ヒート

堂場瞬一

Doba Shunichi

実業之日本社

THE HEAT

目次

装丁　泉沢光雄
装画　尾中哲夫
地図製作　ジェオ

ヒート

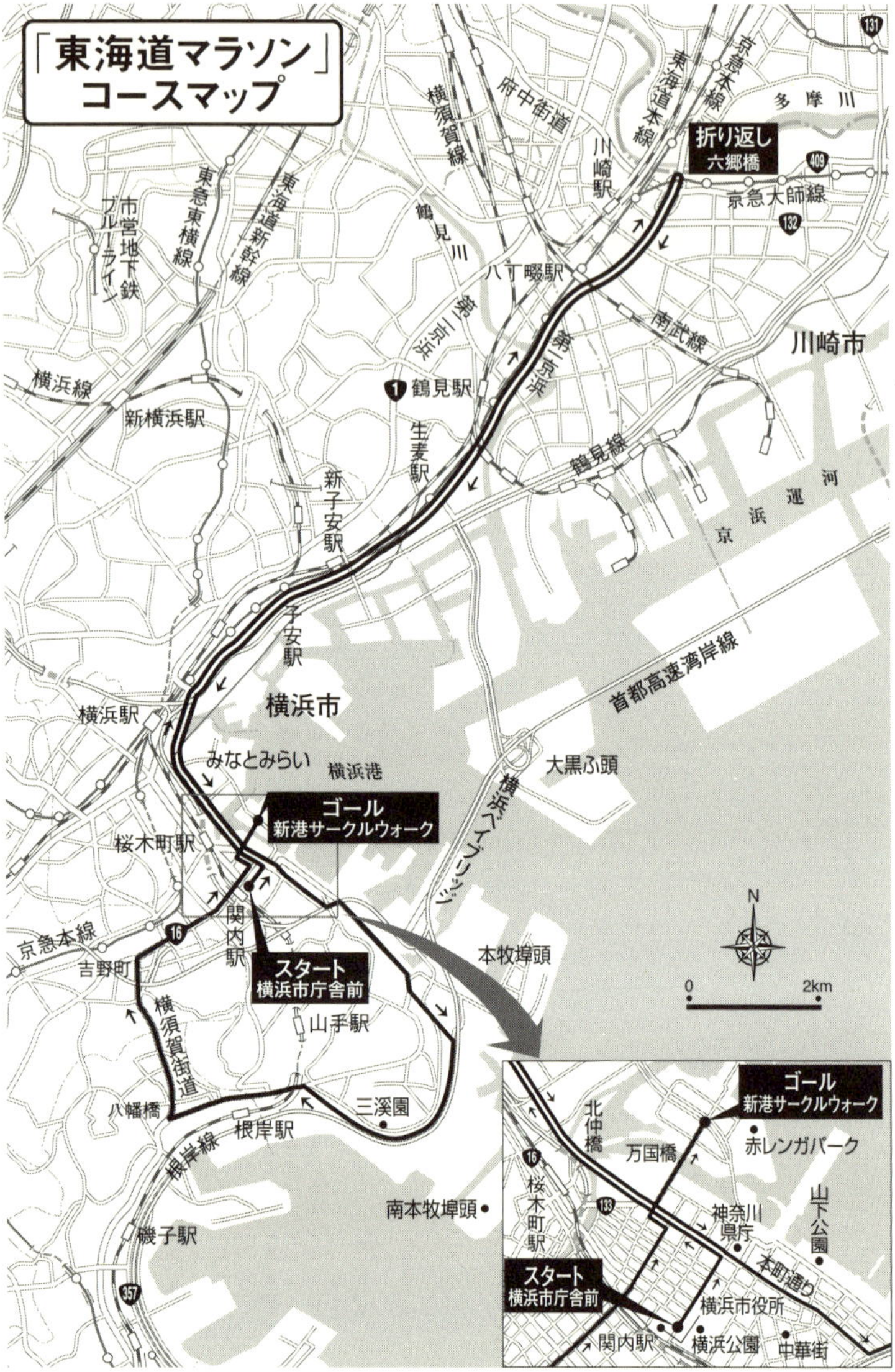

「東海道マラソン」コースマップ
京急本線
東海道本線
多摩川
131
横須賀線
府中街道
川崎駅
折り返し
六郷橋
409
京急大師線
132
東急東横線
東海道新幹線
市営地下鉄ブルーライン
鶴見川
八丁畷駅
第一京浜
南武線
川崎市
横浜線
新横浜駅
鶴見駅
生麦駅
鶴見線
京浜運河
新子安駅
子安駅
首都高速湾岸線
横浜市
横浜駅
みなとみらい
横浜港
大黒ふ頭
横浜ベイブリッジ
ゴール
新港サークルウォーク
桜木町駅
関内駅
京急本線
16
吉野町
スタート
横浜市庁舎前
本牧埠頭
N
0
2km
横須賀街道
山手駅
八幡橋
三溪園
根岸駅
根岸線
南本牧埠頭
磯子駅
357
ゴール
新港サークルウォーク
北仲橋
万国橋
赤レンガパーク
16
桜木町駅
133
神奈川県庁
山下公園
本町通り
スタート
横浜市庁舎前
横浜市役所
関内駅
横浜公園
中華街

第一部　仕組まれる奇跡

1

神奈川県知事は「世界最高が欲しい。しかも日本人が取るべきだ」と言った。

横浜市長は「素晴らしいお考えだ」と追従した。

神奈川県警本部長は「そういうことなら、警察としても全面的な協力を惜しまない」と請け合った。

そして音無太志《おとなしふとし》の両肩に、全てがのしかかった。


いきなり教育局長に呼ばれ、音無は緊張の極限にいた。神奈川県教育局スポーツ課の単なる職員である自分が、局長に直接呼ばれるような状況など、考えられない。何かヘマでもやらかしたのだろうかと、気が気でなかった。仕事中はいつもポロシャツ一枚のことが多いのだが、さすがにこれではまずいだろうと考え、夏物のブレザーを着こむ。

「お前、何かやらかしたのか」同僚の青田《あおた》が、心配そうに訊《たず》ねる。

「分からない。何も聞いてないんだ。いきなり来いってさ」

「普通、局長が俺たちヒラの職員を呼びつけるなんて、あり得ないよな」

「ああ……とにかく、行って来るわ」

約束の時間まであと五分。しかし音無は、早めに局長室に出向いた。自席で待つ五分が耐えられない。予想に反して、局長は早目の面会を受け入れた。判子を押すだけでも忙しく、分単位で面会の約束が入っている人が……。

局長室に、二人きり。てっきり、直属の上司であるスポーツ課長が同席するのではないかと思ったのだが予感は外れ、天井まできていたと思われた音無の緊張感は、さらに張り詰めた。上司がいないとなると、これは個人的な話ではないだろうか。しかし、事情がまったく分からない。馘《くび》を言い渡したり、何か処分を告げるにしても、局長自らがやることなど考えられない。だいたい音無は、最近ヘマをした覚えが一切なかった。

「仕事中、呼び出してすまんね」局長の川内《かわうち》が柔らかい声で言った。

「いえ」緊張で声が裏返る。

「座って下さい」

川内がソファに座るのを待って、音無も腰を落ち着けた。ぱんと革の張った応接セット。局長に近い位置に座るのが怖く、少し距離を置いた。川内が眼鏡をかけ、手持ちの紙に視線を落とす。

「音無太志君」

「はい」

「君は昔、箱根駅伝を走ってるね？」

「いえ、あの……何ですか？　二十年も前ですけど」いきなり昔話を切り出され、音無はしどろもどろになった。

「しかし、あの選ばれたメンバーの中にいたのは間違いない。どうだったね、箱根を走るのは」

「いや、それは何とも……ずいぶん昔の話ですから」歯切れが悪いのは、胸を張れるような走りではなかったせいもある。四年生になってやっと摑《つか》んだチャンスで、八区を任されたのだが、結果は区間最下位。チーム成績も七区の十五位から十七位に落ち、最終的に翌年のシード権を失っている。自分一人の責任ではないが、後輩たちに申し訳ないことをしたと、情けない気持ちを抱えたまま卒業したのを思い出す。

「その経験を生かして、仕事をしてもらっているね。いつもご苦労様」

「はい、あの」何なんだ。混乱がさらに広がる。「局長、これはいったい……」

「ああ、申し訳ない」川内が眼鏡を外した。「一応、君のキャリアを確認させてもらった。スポーツイベントの運営に、ずいぶんかかわっているね」

「はい」

「その総仕上げというわけではないが、今までより一クラス上のイベントの事務局を引き受けてくれないか？」

「新しい大会ですか」

「そう」川内が立ち上がり、窓辺に寄った。県庁の本庁舎から少し離れたこのビルは、横浜スタジアムのすぐ近くにある。ちょうど局長室の窓からは、レフト側のスタンドが見えるはずだ。

　それにしても、どうしてこんなにもったいぶった態度を取っているのだろう。音無は疑問を抱きながら、川内の言葉を待った。責任者――事務局の統括をやれということだろう。今や大きなスポーツイベントは、自治体だけでできるものではない。後援企業や企画会社などが入って、色々ややこしいことになるのは、音無も散々経験してきた。調整役の実務を担当すれば胃の痛む日々が始まると思い、無意識のうちにみぞおちに拳をねじこむ。

しかし川内の指示は、音無の想像を超えていた。

「新設するのは、『東海道マラソン』だ。そこで、日本人選手に世界最高記録を狙わせたい」

忙しいはずの川内が、「少し抜け出そう」と誘った。行き先は横浜スタジアム——というより、その前の横浜市役所だった。「市庁舎前」の交差点に立つと、海に向かって左後方が横浜市役所、右側が横浜スタジアムと横浜公園になる。この辺りは横浜の「顔」の一つだ。

音無は、横浜スタジアムに目をやった。今日もナイターがあるはずだが、昼間のこの時間はまだ静かで、道路に面したレフト側のゲートも開いていない。スタジアムの前はちょっとした広場になっており、背広を肩にかけて忙《せわ》しなく歩くサラリーマン、ベビーカーを押した若い母親の姿が目に入る。夏の陽射《ひざ》しが遠慮なく降り注ぎ、街路樹の緑も勢いを増していた。煩《うるさ》いほどのセミの声が行き交う車の騒音と交じり合い、普通に話をするのも大変なほどだった。

「東海道マラソンのスタート地点は、ここがベストじゃないかと思うんだ」川内が騒音に負けじと声を張り上げる。「ここ」というのが、交差点を指しているのは明らかだった。確かに……ここなら観客もたくさん集まるだろうし、横浜公園の中にはそれなりに広いスペースが確保できるはずだから、参加選手が増えても対応できる——県庁前だと、このような場所が取れないのだ。広々とした片側二車線、見通しのいいフラットな道筋も、スタート地点として悪くない。ランナーは、あまりにも単調なルートは嫌うものだが、逆にカーブや交差点が多過ぎると、自然にスピードが落ちてしまう。スタート地点からしばらくは、真っ直ぐなコースを一定のペースで走りたいと思うのが本音だ。箱根駅伝のスタートのように、走り出した直後に曲がるようなコース設定は、危険でさえある。箱根駅伝の場合は二十人ほどだから、それほど混乱するわけではないが、マラソン大会となったらそうもいかない。

音無は首筋の汗をタオルで拭いながら、県庁の方を見た。川内は、ここからスタートして県庁前まで出て、本町通りに入るコースを想定しているのだろうか。いわば横浜のメーンストリートを駆け抜ける序盤である。

しかしどうして、こんな話を自分に振ってきたのだろう。箱根駅伝の経験者だからマラソン大会の実務をやれ、というのは分かる。自分が、スポーツイベントの仕切りで、役人人生を送ってきたことも理解していた。だが普通は事務局のトップを決め、それからこちらに話が降りてくるものだろう。それがどうして、今回は……確かめようと思ったが、川内は意識してかせずか、音無の疑問を無視したようにぺらぺらと喋《しゃべ》り始めた。

「マラソンでいい記録を狙うための条件は、いろいろ難しいそうだね。コース設定、ペースメーカーの選択、レースの運営……今回は、全てにおいて完璧を期したい。そのために、大きなレースで選手として走った経験のある君の力を借りたいんだよ。少しでも現場の空気を吸った人は、君ぐらいしかいないいんだ」

「しかし、二十年も前の話ですよ」しかも思い出したくもない、恥ずかしい過去だ。

「知事じきじきのご指名なんだ」

「そういうことですか……」

音無は、知事と直接の面識はないし、言葉を交わしたこともなかった。だが彼が早稲田《わせだ》の選手として、自分が出場する十数年前に箱根駅伝を走ったことは知っている。実際、初当選の時には、選挙でそのキャリアを売り物にしたぐらいである。箱根駅伝は、コースの大部分が神奈川県内を通るから、地元の人に強烈な印象を残すことも不可能ではない。

川内が周囲をぐるりと見回す。街路樹が落とす影が、彼の白いシャツを斑《まだら》に染めた。

「予《あらかじ》め言っておくが、相当面倒な話になるぞ」

「そうですか？」

音無は首を捻《ひね》った。確かに、新しいスポーツイベントを実現させるためには、大変な労力が必要になる。特にマラソンや駅伝など、公道を使う長距離レースの場合は、関係各所との折衝《せっしょう》が大変だ。うんざりするような日々が続くのは間違いないのだが、これまでに経験したことがないわけではない。何故《なぜ》川内が、わざわざ「面倒」と強調するのか、見当がつかなかった。

「分からないかな」川内が少しじれたように言った。

「マラソンの運営は経験がありますけど……」

「さっき私が言った言葉、思い出してくれ」

何だったか……あまり言葉も交わしていないが、それほど印象深い台詞《せりふ》があっただろうか。何故気づかないのかと、非難するような視線を川内がぶつけてくる。目を細め、「これだけはしっかり覚えていて欲しい」とつけ加えた。

「はあ」気の抜けた返事を返すしかない。川内の目つきは今まで見たことがないほど真剣なものだったが、それほど入れこむ理由が、どうしても分からなかった。

「私は、日本人選手に世界最高記録を狙わせる、と言った」

「ええ、そうでした」だから何だ？　そんなものは、単なるスローガンというか、内輪の目標のようなものではないか。

「真面目《まじめ》な話なんだ」

「は？」

「東海道マラソンの目的は、それだけだ」

「よく分かりませんが」

川内が、平手を腿《もも》に叩《たた》きつける。街の騒音に混じって、ぱしん、と乾いた音が音無の耳を刺激した。音無はまだ愛想笑いを浮かべていたが、それが次第に消えていくのを意識する。川内は冗談を言う男ではない。

「世界最高を狙えるコース設定をして欲しい。そこで日本人選手を優勝させるんだ」

「記録なんて、仕組んで出るものじゃないですよ」

「そこを何とかするんだ」

冗談だろう、と思った。マラソンは公道を走るレースであるが故に、あらゆる事態が起こり得る。気温が一度上下するだけで、選手のコンディションは大きく変化するし、人の力ではどうしようもない雨や雪も襲ってくる。強い風も大敵だ。自然をコントロールできない以上、主催者側がどれだけお膳立てをしても無駄に終わる可能性が高い。

極めて高い。

「局長、お言葉ですが――」

「これは決定事項なんだ」川内がぴしりと言った。「君には、世界最高を狙うレースを作ってもらう。知事じきじきのご指名だが、私も君が最適任だと思う。人も金も出す。できる限りのことを――いや、できる以上のことをやってくれ。この大会が上手くいったら、今後の昇進などについても、十分配慮させてもらう」

音無は口をつぐんだ。こめかみを流れ落ちた汗が顎に垂れるのを拭いもせず、まじまじと川内の顔を見詰める。この局長はスポーツに関しては素人だから、いくらでも勝手なことを言えるだろう。だが、少しでも競技経験のある人間なら、世界最高を「狙わせる」レースを作ることは不可能だと、すぐに気づくはずだ。知事は素人ではないが、もはや選手時代の感覚を忘れてしまったのか、それとも何か別の狙いがあるのか……。

「予定はいつなんですか」

「再来年の冬、一月か二月だな。つまり、今から一年半も先だ。これだけ時間があれば、準備期間としては十分だと思うが」

無理です、と否定の言葉が喉元まで上がってきた。二年あろうが三年あろうが、無理なものは無理。そこまで常識が分からないのか……レースを開催することはできるだろうが、そこで世界記録が生まれる、しかも日本人選手によって達成されるとは保証できない。むしろ今のところ、雲を摑むような話としか言いようがない。

「とにかく、これから知事と会ってもらえないか」

「知事ですか?」音無は声が裏返るのを意識した。知事と一職員が直接対面することなどないし、今回は特に、無理難題を吹っかけられている。断れば降格、あるいは馘、ないし職場内での塩漬けだ。受け入れても、結果が出せなければ同じことになるだろう。これは、マラソン大会にかこつけて、俺に嫌がらせをする手段ではないか。

しかし、何のために? 意味が分からない。とすると、知事は間違いなく本気なのだ。本気で世界最高を狙うレースを作れ、と言っている。

「断る余地はないんですか」

「ない」川内が即座に断言した。「様々な要素を考慮した場合、悪くない計画だと思う。マラソンの大会で最も格が高いのは、世界最高を記録したレースだろう? 市民マラソンで三万人が参加しても、それは単なるイベントに過ぎない。素人が走るのを見て何が面白《おもしろ》いんだ——というのは、知事の受け売りだがね」

「無茶ですよ」

「とにかく、会ってくれ。知事が君に会うと言われているんだ。忙しい中、わざわざ時間を割いたんだぞ」

「しかし――」

「君を連れて行かないと、私の立場がなくなるんだ」川内の口調は、次第に強張《こわば》ってきた。

「分かりました」音無は大きな溜息《ためいき》をついた。上司の命令には逆らえないが……「断ることはできるんでしょうか」

「それは、知事と直接話してくれ」

こいつ、責任から逃げたな。下を向いて舌打ちしながら、音無は歩道で揺れる無数の影を見詰めた。木々が濃い影を落としているのに対し、自分の影はどこか薄く、頼りなく見える。何だかもう、半分死んでいるようだな、と皮肉に思う。

チャレンジはいい。しかも自分の好きなマラソンならなおのこと――しかし、これから時間を奪われるのは間違いない。

冗談じゃないぞ。女房に何て言おう。


神奈川県庁の本庁舎はれんが造りの古い建物で、明治の香りを残す横浜の光景に、自然に溶けこんでいる。クラシックとモダンの融合が、この街の景観上の特徴で、県庁舎はクラシックな部分を代表する存在であった。

知事との面会には、川内だけが立ち会うことになった。逃げ場なし。知事室に入った途端、箱根を走った時よりも激しい緊張で、目眩《めまい》がしてきた。自分が上がり性なのを、この期に及んで意識する。箱根の時も、前夜、神経性の下痢に悩まされ、最後のチャンスを逃すのではないかとひやひやしたものだ。短距離の選手でなくてよかった、と自分に言い聞かせて、何とか乗り切った。百メートルの選手だったら、十秒で勝負が決まってしまう。つまり、スタートで失敗したら、全てが終わりなのだ。しかし箱根駅伝では、最初が上手《うま》くいかなくとも、挽回できるチャンスが二十キロも続く。

知事の松尾《まつお》は小柄な男で、全身にたっぷり肉をまとっている。とても箱根を走ったようには見えないのだが、三十年以上の歳月を、まったく変わらず過ごせる人間などいない。愛嬌のある丸顔を見て、音無は少しだけ緊張感が薄れるのを感じた。そう、知事の笑顔は確かに、老若男女を問わず、人を和ませる。これはこれで一つの才能ではないか、と音無は奇妙なことを考えた。同時に、この笑顔に巻きこまれないようにしよう、と気を引き締める。「イエス」と言ってしまったら、もう逃げ場はなくなるのだ。苦労するのは目に見えているし……しかし、世界最高を狙う大会。そんなことができたら、どれだけ誇りに思うだろう。

「君が走るのは見ていたよ」松尾がいきなり切り出した。

「はい？」音無は柔らかいソファの上で、苦労して背筋を伸ばし続けながら、聞き返した。

「箱根の八区。あの時は大変だったんじゃないか？　気温がぐんぐん上がって、確か十四度ぐらいになったはずだよ。長距離を走る環境じゃなかったね。しかも、途中から雨が降り出した」

指摘され、当時の様子をまざまざと思い出す。知事の言葉には、一つだけ間違いがあった。気温は十四度ではなく十六度。散歩するには適した気温だが、二十キロ以上を走り抜く長距離選手にとっては、炎暑の中に放り出されたに等しい。体温がぐんぐん上がり、吸いこむ息が焔《ほのお》のように感じられた。十キロ過ぎで降り出した雨は、最初は干天の慈雨に感じられたものだが、汗と混じり合ってウエアを重くし――当時は速乾性のウエアもまだほとんどなかった――スピードを奪う。しかも顔に当たる雨が痛い。目に入ったら大変なことになると、目を細めて恐る恐る走っていたのを思い出す。

「みっともないレースでした」

「条件が悪かっただけだよ」心底同情するように、松尾が言った。「あれが最初で最後の箱根だったね」

「残念な結果です」

「しかし、走り切ったんだから、それでいいじゃないか。一生の想い出だろう」

「はい」走り終え、仲間に迎えられた時……四十二年の人生で、あれだけ褒められた経験はない。よくやった、よく頑張ってくれた。仲間たちの涙が汗まみれのユニフォームに染みこみ、体の奥から熱い物がこみ上げてきたのは忘れられない。

「私もそうだった」松尾が目を瞑《つむ》る。頭の中で、自分のレースを再現しているのは間違いなかった。

音無の記憶では、松尾は三年、四年と二年続けて九区を走った。二区がエース区間と呼ばれるのに対して、「裏エース」区間。コースが比較的フラットなのでスピード勝負になりやすく、時にごぼう抜きのドラマも見られる。松尾はどんな走りを見せたのだろう……さすがにそこまでは、音無も知らない。当時は小学生で、まだ陸上競技にそれほど関心はなかったし、松尾は大学の先輩でもないのだ。自分の大学の記録なら、初出場の時から今年まで、完全に頭の中に入っているのだが。

「貴重な体験だった。箱根を走ったことで、将来が開けたとも言えるんだからな」松尾がどこか満足そうに言った。

満足している？　音無には理解できなかった。松尾の経歴を、頭の中で反芻《はんすう》する。箱根での活躍を買われて実業団に入ったものの、故障が相次いでわずか一年で辞めたはずだ。その後猛勉強して、自治省に入庁。四十歳で役所を辞め、父親の地盤を継いで国会議員になった。三期務めた後に、神奈川県知事選に出馬し、大差で初当選を飾ったのが六年前である。現在、五十六歳で、知事二期目。選挙の時以外に、箱根駅伝の話をすることがあっただろうか。それに、「将来が開けた」というのも変な感想である。箱根を走ったメリットがあるとしたら、古い駅伝ファンが彼の勇姿を覚えていて、票につながったことぐらいしか考えられない。

「ところで、マラソンについてどう思う？」

「どうと言われましても」音無ははっきりと戸惑いを感じていた。「もちろん、自分が運営にかかわっている大会は、一生懸命やっていますす」

「テレビなんかでレースを見て、もどかしくないか？」

「もどかしく、ですか？　そういう風に考えたことはないです」

「自分ならこう走るのに、とか考えないかね」

「私は、マラソンは未経験ですから」

本格的にマラソンを走れるほどの選手でなかったことは、自分が一番よく知っている。箱根を走れただけでも幸運だったのだ。だからこそ、卒業と同時に競技生活にピリオドを打ち、公務員になったのである。確かに、人よりはロードレースについて気にかけているかもしれない。自分が運営にかかわる市民マラソンもあるし、箱根駅伝も毎年沿道にまで出て応援する。テレビでマラソン中継をやっていれば、他の予定を調整しても、二時間以上齧《かじ》りつくのが常だ。

だが、熱心なファンの域を出るものではない。

「箱根駅伝は、不要だな」

自身のキャリアをぶち壊すような発言に、音無は驚いて顔を上げた。冗談かと思ったが、松尾の表情は極めて真剣である。右手で太腿をリズミカルに叩きながら、話を続ける。

「日本以外のどこの国で駅伝をやってる？　国際陸連が基準を定めているにしても、だ」

問いかけだと判断して、「ありません」と短く答えると、松尾が満足したようにうなずく。腿を打つ手の動きは止まらなかった。

「つまり駅伝は――箱根駅伝は、日本独自のローカルレースなんだよ。ところがこの駅伝は、スポーツイベントとして、実に上手くできている。毎回必ずドラマが生まれるし、大学にすれば、無料で宣伝する最高のチャンスだ。そこでいい成績を残せれば、言うことはない。そのために、各大学の陸上部は、箱根駅伝に焦点を合わせて調整してくるわけだ。その結果、どうなる？　二十キロしか走れないランナーの出来上がりだ」

音無は合いの手を挟まず、うなずきもせず、松尾の顔を凝視した。この手の箱根批判はよく聞くが、経験者が語ると重みが違う。本音は何なのだろう――しかし、いくら凝視しても、知事が腹の底で何を考えているかは読めなかった。

「箱根駅伝出身で、マラソンで成功した人間がどれぐらいいると思う？　あれだけたくさんのランナーが走るのに、数えるほどだぞ。箱根で頑張り過ぎると、マラソン転向に失敗するんだ。近年の、男子マラソンの不振には、そういう原因もあると思う」

大袈裟《おおげさ》です、と反論したくなった。マラソン、特に男子の記録が世界に取り残されているのは事実だが、その原因を全て箱根駅伝に帰するのは、あまりにも乱暴である。だが、松尾の熱弁は止まるところを知らなかった。

「これでは、陸上競技に対する熱も冷めてしまう。元々日本は、世界に冠たるマラソン王国だったんだ。その熱気が、箱根駅伝に吸い取られてしまったと思うのは私だけだろうかね？」

問いかけの形を取りつつ、反論を許さない決めつけ。政治家の語り口そのものだと、音無は身を硬くした。松尾の口調は次第に熱を帯びてきた。

「マラソンそのものは、やれば盛り上がるよ。市民ランナーがたくさん参加する大会が各地で開かれて、抽選で参加を引き当てるだけでも大変だ。だがそれは、本当の意味で裾野を広げる役には立たない。あれは単なるイベントだ。本当に大事なのは、いい記録を出すことではないのかね。大会は、記録を目指す選手のためにあるのではないか？」

「仰《おっしゃ》る通りです」そこには賛同せざるを得ない。あまりにも大人数が参加する市民マラソンは、スポーツの大会とは言い難い部分がある。もちろんそれはそれで、参加者は楽しいのだろうが……仮装ランナーの出場が許されるような大会に、スポーツとして意味があるとは思えない。

「そうだろう？」松尾が身を乗り出す。「だから神奈川県は、世界最高を目指す」

どこか論点がずれたように感じ、音無はその違和感の原因を探った。これは……選挙対策ではないのか？　再来年の冬、一月か二月にこの大会を行うとすると、次期知事選の直前である。もしも大会が成功して、そこで知事が誇らしげに優勝者にメダルを授与すれば、選挙に向けて何よりのアピールになる。結局不純な動機なのだろうかと思ったが、松尾はそんな考えを読んだように、言葉をぶつけてきた。

「実は、ゲブレセラシェが世界最高記録を出したレースを生で見ているんだ」

「本当ですか？」音無は思わず身を乗り出した。二〇〇八年、ベルリン。

「視察でヨーロッパに行ってね。その機会に、どうしても世界最高のレースを見ておきたかったんだ。あれは本当に……」松尾が目を瞑り、首を振る。「レース自体もイベントとして盛り上がるんだが、目の前で世界最高記録が出る瞬間を見るのは、何とも言えない快感だった。体が震えたよ。私はどうしても、ああいう瞬間をたくさんの人に生で経験して欲しいんだ。ああいう瞬間に立ち会うと、人生が変わる。大袈裟じゃないよ。あれを見て、私は何としても神奈川県でもあれだけの規模のスポーツイベントをやろう、と決めたんだから。スポーツは人生を変えるんだ。君なら、それは分かるだろう?」

音無は今や、すっかり心を揺さぶられていた。世界最高記録を目指すレースを作る——公務員として、比較的だらだらと仕事をしてきたのは、夢を作らず、語れなかったからではないだろうか。拳を振り上げ、実現へ向けて熱弁をふるえるような大会があれば——熱意は伝染するものだ。伝染しそうな相手を選んで、知事がこの仕事を押しつけてきたのはすぐに分かったが、それでも溢《あふ》れ始めた気持ちを抑えることができない。いつの間にか気持ちが前のめりになっているのに気づく。本気で走らなくなってずいぶん経《た》つが、ランナーの本能のようなものが残っているのかもしれない。

「幾つか、お願いしていいでしょうか」

「音無君」

川内が制した。さすがに図々しいと思ったのだろうが、やるからにはベストの環境を作りたい。

「結構、言ってくれ」

知事が音無に手を差し伸べる。音無は緊張感を何とか押さえつけながら、ゆっくりと要求を挙げ始めた。

「やるべきことは、三つあると思います。一つが、超高速コースの設定。二つ目が、勝てるランナーの招請。三つ目が、強いペースメーカーを探すことです」

「妥当だな」松尾が満足気にうなずいた。「そのためには、あらゆる手を尽くしてくれ。金もいくらかかってもかまわない」

「はい……ただしその三つを実現するためには、大きな壁がいくつかあります。まずコースの設定には、警察の全面的な協力が必要ですが、今までの大会を考えると、概して非協力的なんです」

特に、市民マラソンに関しては、警察は渋い顔をする。何千人、あるいは何万人もが走る場合、とにかく時間がかかる。失格タイムを何時間に設定するかにもよるのだが、六時間、七時間にわたって道路が封鎖されてしまうことも珍しくない。繁華街を通るコースだと、「営業妨害だ」と地元から反対の声が上がることもしばしばなのだ。

「その点なら、心配しないでくれ。県警本部長には既に話を通してある。彼は入庁が同期でね。役所こそ違うが、昔から顔見知りなんだ」

「そうなんですか」手回しのよさに、音無はかすかな感動すら覚えた。間違いなく、知事は本気だ。一番面倒な警察との折衝を、既に自分でやってしまっている。

「だから、何の心配もいらない。最高のコースを設定して欲しい」

「勝てるランナーについては……」

「それは決まっている」知事の表情が一気に引き締まった。

「山城《やましろ》ですね」

満足そうに知事がうなずくのを見て、音無はまた胃の痛みを感じた。

近年の日本長距離界の記録は、多くが山城悟《さとる》の名前で埋まってしまう。箱根駅伝で活躍——四年生の時には学連選抜で出場、九区で区間新を叩き出して総合二位の原動力になった——した後は、初マラソン日本最高記録を叩き出し、二年前には福岡国際マラソンで、日本最高記録を大幅に更新した。現在も記録保持者であり、オリンピックでメダルを狙える逸材だと評されている。何しろ、日本人で初めて二時間五分台に突入した選手なのだ。もっとも世界記録とは、まだ二分も差があるわけで、メダルは楽観視できないが。

何より、彼を引っ張り出して来るのが大変そうなのは、音無にも容易に想像できた。とにかく傲慢、マイペースで、人の言うことを聞かないという評判が耳に入っている。招待したからといって、簡単に走ってくれるとは思えなかった。彼には彼独自の基準があるようで、どれほど「記録を狙えるレースだ」と強調しても、相手にしてもらえない可能性は否定できない。

「いろいろ難しい男だと聞いているが」知事も心配そうだった。

「そういうのは、噂《うわさ》に過ぎないことが多いですから」音無は自分を鼓舞するために言った。「本人に会ったことはないですから、本当はどんな人間なのか、分かりません。ちゃんと依頼すれば、案外素直に出てくれるかもしれませんよ。我々が最高の舞台を用意したと分かれば、走ってくれるんじゃないでしょうか」

「それを期待しよう。ペースメーカーについてはどうだ？」

「普通は、ヨーロッパのエージェントに頼んで、アフリカの選手を派遣してもらうことが多いんですが……」音無は言葉を切った。

「誰か、思い当たる人物がいるのかね？」ソファの肘かけを摑み、知事が身を乗り出す。

「ないわけでもありません。その人選も、私に任せてもらっていいでしょうか」

「もちろん」知事が大きくうなずく。脂肪のついた顎がぶるぶると揺れた。「君のことは全面的に信用している。私と同じ、箱根を走った仲間だからな。あのコースを走って苦労した人間に、悪い奴《やつ》はいない」

山城も？　知事の熱弁に乗せられてやる気は出ていたが、音無は彼のことだけが心配だった。もしも噂通りの男だとしたら……コース設定よりも、あの男を説得する方が難しいかもしれない。

2

「一、二、三っと」

リズムをつけて小さく声を出し、甲本剛《こうもとごう》はスピードを落としてジョギングに移行した。四百メートルのトラックを二十五周。体中の水分が絞り出され、声を出しただけで、喉の粘膜が痛む感じがする。腰に両手を当て、うなだれながら、ジョギングからさらに歩きにペースダウンした。一歩を踏み出す度に足首をぶらぶらさせ、異常がないのを確認する。左足首を疲労骨折したのは半年前。とっくに治っているし、こうやって走れるのだから後遺症もないと言っていいのだが、どうしても違和感が残る。全快には程遠い感じがしてならなかった。左足首が少し固いというか……実際には、気持ちの問題だけなのだろうが。タイム的にも走りは元に戻りつつあるし、走っている姿をビデオ撮影して確認しても、異常は見当たらない。いつも通りのフォーム。顔が苦しそうなのも、普段と一緒だった。

「お疲れでした」

大学の陸上部のマネージャー、吹田《ふきた》が近づいて来る。彼が眼前に翳《かざ》したストップウォッチを見て、甲本は首を傾《かし》げた。

「どうかしました？」心配気に吹田が訊ねる。

「こんなにいいタイムのはずがないんだけどなあ。お前、押し間違ったんじゃないか」

「そんなわけないでしょう」吹田の顔が強張る。「少しは自分の力を信じたらどうですか」

「年だから、これからは遅くなる一方だよ」

「いい加減にして下さい。二十八なんて、長距離ランナーとしては最高の時期ですよ」

「ということは、後は落ちるだけだよな」

吹田が溜息をつく。すぐに愚痴を零《こぼ》すのは甲本の悪い癖なのだが、これがストレス解消になっているのも間違いない。ただし、聞かされる方はたまったものではないだろう。特に吹田は、大学のＯＢである甲本に対してぞんざいな対応をするわけにもいかず、その都度真面目に慰めてくれる。何だか後輩をからかっているような気分になって、甲本は少しだけ後ろめたさを感じた。

踵《かかと》を上げ、脹脛《ふくらはぎ》が緊張するほど思い切り伸びをして、肺の中から空気を押し出す。ゆっくり深呼吸。入念にストレッチしておかないと……真夏の練習は、疲労から筋肉に余計な負荷がかかる。全身のあちこちに、ぴりぴりした痛みが残っているように感じた。

学生選手たちが、スピード練習でトラックの周回を続けていた。先頭の選手がペースメーカーで引っ張る形になり、一列になって整然と走り続ける。アンツーカーを打つシューズの鈍い音が一塊になり、低い地鳴りのように耳を刺激した。もっと軽やかにいけよ、と心の中で注文をつける。大地に釘を打ちつけるような走り方ではなく、滑るように。アスファルトを一度蹴るごとに、足には予想外の負担がかかるのだ。そんな走り方をしていると、怪我《けが》をしてしまう。実際、俺もそうなのだから。決してスムーズな走りでないことは、自分でも分かっている。

一つ溜息をつき、「今日は上がるから」と吹田に告げる。

「お疲れでした」

「今日は、走る陽気じゃないよなあ」右手を額に翳し、空を見上げる。午後の太陽は凶暴で、陽射しが突き刺さるようだった。本当なら北海道辺りで合宿といきたいところだが、残念ながら今の甲本には、そんな金はない。

「それより、お客さんが来てますよ」

「俺に？」甲本は人指し指で鼻に触れた。汗が指先を湿らせる。

「ええ。県の人だって言ってますけど」

「県の人？」

「さあ……とにかく、五千を過ぎた頃から、ずっとお待ちですよ」吹田が体を捻り、トラックのホーム側——陸上部の更衣室がある——を指差した。確かに、見慣れぬ男が一人、ぽつんと立っている。クソ暑いのにちゃんとブレザーを着ているので、こちらまで暑くなってきた。

「何の用か、聞いてないのか」

「だって、甲本さんのお客さんでしょう？」

「そりゃそうだけど、それぐらい聞いておいてくれよ」

「僕は、個人マネージャーじゃないですからね。お金を払ってくれるなら、引き受けてもいいですけど」

「そんな金、あるわけないだろう」

「だったら自分のことは自分でやって下さい」

生意気言いやがって……しかし、どこにも所属していないフリーのランナーである自分に練習場所を貸してくれるのは、大学側の純粋な厚意なのだ。吹田だって、他の選手の世話もしなければならないのに、こっちの練習につき合ってくれる。感謝こそすれ、文句が言える立場ではない。今度、焼き肉でも奢《おご》ってやろう。給料日まではまだ間があるし、財布の中身はいつも寂しいのだが。

しかし、人に会う格好じゃないな。全身汗だくで、自分でも分かるほど臭う。せめてシャワーを浴びて着替えたいところだが、これ以上待たせたら申し訳ないという気持ちもあった。とにかく用件だけ聞いてから、シャワーを浴びるまで待ってもらうか、その場で話を済ませるか、決めよう。

芝の上に置いたペットボトルとタオルを手にし、まず顔と肩の汗を拭った。拭いたそばから汗が吹き出てくるので意味がないのだが、仕方がない。タオルをマントのように肩に羽織り、歩きながらスポーツドリンクを呷《あお》った。少し塩気と酸味のある液体が喉を滑り落ち、細胞の一つ一つを潤していく感じがする。この瞬間のために生きている——どこかの会社が、スポーツドリンクのCMにでも使ってくれないだろうか。そうすれば、金の心配をしなくても済む。いや、俺の場合は顔で落第だな。誰が見ても抵抗感のない、爽やかな笑顔とは言い難い。

向こうからは、こちらに近づいて来る気がないようだった。失礼な奴だと思ったが、すぐに、きちんと礼儀を知っている人間だと気づく。革靴を履いているのだ。運動用の靴でない限り、神聖なグラウンドには立ち入らない——それがアスリートの基本的な常識である。甲本は少しだけ気持ちを引き締め、十メートルまで迫ったところで頭を下げた。向こうは深々と、膝に頭がくっつきそうな礼を返してくる。年の頃、四十歳ぐらい……締まった細身の体形は、ジョギングを恒常的にこなしている人間に特有のものだ。

どこかのチームのコーチが誘いに来てくれたのではないか、と密《ひそ》かに胸をときめかせる。思えばここ三年ほどの甲本は、不運続きだった。大学を卒業後に所属していた実業団のチームが、不況の煽《あお》りを食って解散。移籍先のチームも、同じように一年で潰れてしまった。自分に運がないのではなく、自分こそが疫病神では、と鬱々たる気分になったことも一度や二度ではない。結局二つ目のチームが解散した後、甲本はどこのチームにも所属せず、主に自分が卒業した大学のグラウンドを借りて練習をしていた。この三年間、マラソンには何度か出場していたが、思うような結果は出せていない。何度か記録したサブテン——二時間十分以内——からも、しばらく遠ざかっている。しかも、半年前の怪我が追い打ちをかけ、しばらく練習からも遠ざからざるを得なかった。

しかし、完全に凹《へこ》んでしまったわけではない。もう一度環境が整えば……実際、求職活動は続けていた。しかし自分には勲章がないのだ、とつくづく思い知らされる結果に終わっている。記録の一つも持っていれば、喜んで拾ってくれるチームもあるだろう。だが甲本が持つ――持っていた記録は、ハーフマラソンの日本最高である。それもとうに破られ、過去に埋もれた。

「練習中、申し訳ない」相手がもう一度頭を下げた。

「こちらこそすいません、気づかないで」実際、気づかなかった。ロードを走る時は、案外周りの光景が見えているものである。というより、見ないとやっていけない。特定の建物を目印にすることが、次の一キロを走る推進力になるのだ。しかしトラックでは、景色も代わり映えしないから、ひたすら前方に集中して走るしかない。

「神奈川県教育局スポーツ課の音無です」

差し出された名刺を、甲本は両手で受け取った。汗で湿ってしまうのが申し訳ない。肩書きをもう一度見ると、「新陸上イベント準備室」と併記してある。陸上イベント……俺にマラソンを走れとでも？　わざわざ招待に来た？　一度落ち着いた鼓動が再び激しくなるのを、甲本は感じた。招待されるのは、主催者が記録を期待しているからだ。俺もまだまだ捨てたもんじゃないな。

だが、音無の次の一言は、甲本のプライドを粉々に砕いた。

「ペースメーカーをお願いできませんか」

話をするために、大学の近くにあるファミリーレストランに落ち着いたのだが、甲本は座った瞬間、「自分は機嫌が悪い」と認めざるを得なかった。ペースメーカー、結構。今はどの大会でも、不可欠の存在である。だけど、どうして俺なんだ？　選手としてはもう駄目だから、裏方に回ってくれということか。

自分が出場した大会のパンフレットを思い出す。最近は、ペースメーカーも別項でちゃんと紹介されていることが多い。アフリカの選手たちの記録を見ると、三十キロ過ぎで離脱せずに、そのまま走った方がいいのではないかと思えるほどだ。それだけ実力のあるランナーが、ペースメーカーに選ばれる。だが自分の名前もそこに載るのかと考えると、またもや鬱々たる気分になる。

いっそ、この場で飯を奢らせた上で断ってしまおうか。相手は嫌がらせだと感じるかもしれないが、構うものか。甲本はほとんど自棄《やけ》になっていた。

「俺も箱根を走ったんだ」

「そうなんですか」音無の告白に、甲本は合点《がてん》がいった。現役を引退した後もきっちり走りこみ、今の体形を維持しているのだろう。短く刈り上げた髪、胸板が薄い体形、全てが現役選手の雰囲気を漂わせている。

「ひどい成績だったけどね。区間最下位だ。それで、選手としてやっていくのは諦めた。君とは違う」

「褒められるような成績は残してないですよ」

甲本は、四年連続で箱根を走っている。三年生の時には、三区で区間賞も取った。ただ、あの時は気温が上がったせいでひどくスローなレース展開になり、区間記録には遠く及ばなかった。

「区間賞は、一つのレースに一人だけだ」音無が人差し指を立てる。

「そういう理屈もありますかねえ」甲本はわざとのんびりした口調で答えた。箱根駅伝……数年前のレースなのに、はるか遠い過去の出来事に思える。

音無は、無理に話を進めるつもりはないようで、運ばれてきたアイスコーヒーにミルクとガムシロップを加えると、ことさらゆっくりとストローでかき混ぜた。だったらこっちも黙っていよう。話しかけて、変に食いつかれたらたまらない……しかし、話が途切れるのに我慢できず、甲本は負けを認めて自分から切り出した。

「ペースメーカーなんか、やったことないんですけど」

「誰でも初体験はあるよね」

「やるつもりはないですよ」

「どうして」

「どうしてって……」根源的な問いかけに、甲本は困惑を覚えた。ペースメーカーは裏方。記録は残らず、途中でレースから消える。そんなことに、何の意味があるのか。自分は現役のランナーであり、ペースメーカーを利用する立場だ。

「ペースメーカーの重要性は分かるよね」

「ええ、まあ」

音無が、ブリーフケースからノートを取り出した。ページを開くと、新聞記事の切り抜きで埋まっている。ぱらぱらとめくっていくと、全ての記事に、マーカーが引いてあるのが分かった。

「この、マーカーを引いた部分を読んで欲しいんだ」音無がノートをひっくり返し、甲本に差し出した。手に取る気にはならず、腕組みをしたままノートを見下ろし、目だけで記事を追った。

〈ペースメーカーが外れた三十キロ過ぎから〉

〈三十キロを過ぎてペースメーカーがいなくなってから、レースは〉

〈レースが動いたのは、ペースメーカーが外れた三十キロ過ぎからだった〉

「どう？」探るように、音無が切り出す。

「ペースメーカーの特集記事でも集めたんですか？」

「いや、今のマラソンの記事は、ほとんどがこんな感じで始まるんだ。つまり、ペースメーカーが引っ張っている間は、本格的なレースにならない。残り十二・一九五キロだけが、選手の駆け引きなんだ。取材する記者連中だって、そういう前提で原稿を書いてるし、読者も不思議に思わない。どう思う？」

「どうって……」

「これが、今のマラソンの実態だよ。優秀なペースメーカーがいないと、レースは成り立たない。いい記録は生まれない」

確かに……甲本自身も、レースでは毎回ペースメーカーの世話になっている。直接後ろについてタイムを刻んだり、風除《かぜよ》けにしたりと、いて当たり前の存在だ。だが、日本でペースメーカーの存在が認められたのはつい最近のことである。走っていることは、参加選手や沿道の観客には分かっているのだが、主催者も実況するテレビ局も、存在しないものとして扱っていた。昔は、テレビで観戦している人は妙な感じがしただろうな、と思う。それまでトップを走っていた選手が、突然消えてしまうのだから。

「実は、今回のマラソン――東海道マラソンでは、世界最高を狙う」

甲本はまじまじと音無の顔を見詰めた。この人、大丈夫か？ 世界最高は狙って出せるものではない。よほど好条件が揃《そろ》わない限り……選手が自分の体調を整え、記録が出しやすいレースを選んで

「世界最高」を宣言するなら分かるが、主催者がどうしてこんなことを言える？」

「日本の男子マラソン、どう思う？」

「低迷してますね」

「だろう？」

音無が、人差し指を甲本の鼻先に突きつける。無礼な仕草に顔をしかめると、音無はゆっくりと手を下ろした。アイスコーヒーを一啜《ひとすす》りして、小さく溜息をつく。冷たい物が胃に入って、少しは気分が落ち着いたようだった。

「世界レベルから大きく取り残されている……由々しき問題でしょう」

「それは、我々現役に対する批判ってことですか？」

皮肉のつもりで言ったのだが、音無は思い切り首を振って否定した。この男、年齢の割には若いというか幼いというか……やることなすこと、一々大袈裟である。

「そんなつもりじゃない。頑張っている人にはいい記録を残して欲しいんだよ。そのために、我々が手を貸したいんだ」

「あの、だったら俺もその東海道マラソンを走っていいですかね。まだサブテンを狙ってるんで」

「分かってる。記録を追わなくなったら選手としては終わりだからな……で、やれると思ってるのか？」

「失礼な人ですねえ」甲本は煮えくり返った腹の内を隠すために、わざとのんびりした口調で言った。

「駄目だと思って走る選手はいないでしょう」

「それはもっともだけど、ペースメーカーについてどう思う？」

「自分には関係ないですね」

「本当に？」

「勘弁して下さいよ」意外なしつこさに辟易《へきえき》しながら、甲本は泣き言で逃げることにした。「引退勧告でもしてるつもりなんですか」

「まさか。だって、ランナーの寿命は長いだろう。トレーニング次第では、四十歳まで記録を伸ばせるよ」

「ごく稀《まれ》に、ね」

「ペースメーカーだって、いい練習になるんじゃないか？　アフリカ勢なんか、調整で参加することも多いんだし」

「俺はアフリカの人間じゃないんで」

　皮肉をぶつけたつもりが、彼にはまったく通用していなかった。またゆっくりとアイスコーヒーを飲み、じっと甲本の顔を凝視する。こちらの心根を見透かそうとするような、強い視線。甲本は一瞬たじろいだ。

「君は、ハーフの日本記録を持っていた」

「昔の話ですよ」

「つまり、二十キロまでは強い」

「マラソンでは駄目ってことですか」

「そう、マラソンでは駄目だ」

　あっさり自分の存在を否定され、甲本は本気でむっとした。この男は……いったい何をしに来たのだろう。人に物を頼みに来たはずなのに、馬鹿にするような態度。このまま席を蹴って帰ってしまおうかと思った。そうできなかったのは、あまりにも真剣な音無の表情故である。この男はまだ何か隠している。全部を聞くまでは帰れない、と思った。

「このデータを見てくれないか」

音無が、一枚の紙を取り出した。表計算ソフトで作ったグラフなのだが、それぞれ色の違う折れ線が複雑に絡み合っている。そしてそれぞれの線の位置が近い——変化が小さいので、ひどく見にくい。

「何だか分かるか？」

「さあ」とぼけながら、甲本はグラフの縦線と横線をさっと見て取った。これは……マラソンの、一キロごとのスプリットタイムだ。折れ線はそれぞれ色分けされている。ほどなく、これは今まで自分が走った十回のマラソンを分析したものだと分かった。複雑に交差した線を見ていると、一回一回の走りが思い出される。

「説明しないと分からないかな」

「俺のタイムでしょう」ぶっきら棒に言って、甲本は腕を組んだ。こういう分析は……したことはある。したが、どうにもならなかった。

音無が、淡々とした口調で説明を始めた。

「どの色がどのレースかは、この際無視しよう。君は、非常に正確にタイムを刻んでくるね。一キロ三分から三分二秒台。五キロ平均で見れば、十五分五秒から十秒だ。このペースは、三十キロまでまったく崩れない。大変な正確さだね」

話の行く先が見えてきて、甲本はかすかな不快感を感じた。分かってますよ、と言おうとした矢先、音無が先に口を開く。

「ところが三十キロを過ぎると、急にタイムが乱高下する。ただし、一キロ三分に戻ることはない。三分十秒から四十秒の間で、ペースが乱れる。どういうことだと思う？」

「スタミナ切れですよ」目に優しくないグラフを睨《にら》みながら、甲本は認めた。

「その通り。前半のペースを、後半ではキープできない」

「それをスタミナ切れって言うんでしょう?」もったいぶった音無の喋り方が、いい加減鬱陶《うっとう》しくなってきた。「三十キロまでの走りで最後まで行ければ、二時間六分台も夢じゃない……夢じゃなくて目標ですかね。俺はまだ諦めてないですよ」

「一キロ二分五十五秒を最後までずっとキープできたら? 最終的なタイムは、二時間三分台は間違いない」

「それなら、世界最高ですよ。でも、机上の空論でしょう」甲本は鼻で笑った。音無が箱根を走った経験があるとはいえ、もう二十年近く前だろう。その後競技として走っていなければ、実際の感覚は忘れているはずだ。計算上のことと、実際に走ることでは、天と地ほどの開きがある。

「しかし、このスピードを練習することは、間違いなく君のためになる」

「そんなに上手くいくわけないでしょう」俺ももう、二十八だ。長距離の選手は他の競技に比べて寿命が長いとはいえ、このままずっと続けていける保証はない。体力は間違いなく衰えてくるし、怪我だって怖い。事実、大きな怪我から復帰したばかりで、今もおっかなびっくり調整を続けている。

「上手くやってくれ」

「何ですか、その無責任な言い方」甲本は目をむいて見せたが、音無は平然としている。

「報奨金として一千万円、出します」

「はい?」聞き違えたか? ペースメーカーの相場は、一キロ当たり一万円と聞いたことがある。三十キロまで引っ張って三十万円。安いようだが、時給換算なら大変な額である。

「一千万円」音無が人差し指をぴん、と立てた。「普通、ペースメーカーに対して払う額じゃないけど、我々は、それだけこのレースに賭けている」

「あり得ないでしょう、その額」

「普通はね」ゆっくりとうなずいて音無が認める。「しかし君には、それだけの額を払う価値がある」

「まさか」

「自分の価値が分かってないのか？」

言葉を返せず、甲本は肩をすくめるだけだった。まったく、何という無茶なことを……しかし音無の爆弾はそれだけに留《とど》まらなかった。

「もちろん、すぐに一千万円渡すわけにはいかない。いくつかの関門をクリアしてもらわなくちゃいけない」

「そうくると思ってましたよ」甲本はもう一度肩をすくめた。「上手い話には裏があるんでしょう」

「まず、トレーニングのメニューを我々に渡して欲しい」

「何ですか、それ」

「君が今、所属チームがなくて苦しい思いをしているのは分かっている。こっちは資金とコーチを用意しよう。しっかりメニューを作って、自己管理して記録を狙って欲しい」

「記録って……」

「まず、ハーフマラソンの日本最高を狙ってもらいたいんだ」

「はい？」

「ハーフマラソンの日本最高だ」わずかに苛立《いらだ》ちを滲《にじ》ませながら、音無が繰り返した。

「ちょっと、ちょっと待って下さい」甲本は思わず身を乗り出した。「それじゃ、話が逆じゃないですか。頼んできたのはそっちでしょう？　それを、狙えだなんて……変ですよ」

「勝つためには、それぐらいのことをしなければならないんです」音無の声に一本芯が通った。「まとめますよ？　この計画に乗ってもらえるなら、我々が練習プログラムとコーチを用意します。その後、然《しか》るべき大会に出て、ハーフマラソンの日本最高を狙ってもらう。それは、君のコンディションを整えるためでもあるんだ。そこまでできたら、後は東海道マラソンの本番で走るだけです。無事に三十キロまでレースを引っ張ってもらったら、一千万円払う。もちろん、本番までの練習費用、遠征費用も全部こちらで持つ。何なら、ボールダー辺りで高地合宿をしてもらってもいい」

甲本は目眩を覚えた。何なんだ、いったい……不景気だというのに、このマラソンには、どれだけの予算がついているのだろう。ペースメーカーに一千万円払うなら、優勝賞金はどれだけになるのか。

「考えて下さい。我々は、山城に勝たせたいんだ」

「山城って、あの山城ですか」甲本は、心臓を鷲《わし》摑みされるような緊張感を覚えた。日本マラソン界の至宝。日本記録保持者にして、世界を狙える唯一の男。同時に、超個人主義者で、周りを気にしないマイペースな選手としても知られている。いや、それぐらいの形容では足りないぐらいだ。我儘《わがまま》。利己主義者。究極の個人競技であるマラソンに相応《ふさわ》しい男だが……要するに、仲間意識の強いこの世界では、完全に孤立している。

「そう、あの山城だ」音無がうなずく。「東海道マラソンは、山城に世界最高を狙わせるために開催される」

そんな馬鹿な……甲本は言葉をなくした。一人の選手のためにマラソンの大会を企画した？　この人たち、いったいどうしてしまったんだ？　まともな人間なら、こんなことを考えるわけがない。

3

あいつ、出てくれるかな。

地図を前にしながら、音無の意識はつい、甲本に飛んでしまう。もしかしたら、俺の言い方を傲慢に感じたかもしれない。スポーツ選手は、上からびしびし言われるのに慣れているから、敢えて上から目線を意識してみたのだが、初対面の相手に対してあれはまずかったか……もう少し理詰めで、丁寧に頼んでもよかったかもしれない。

まあ、それはそれだ。

音無は気を取り直して地図に集中する。静かだ……がらんとした会議室が東海道マラソンの準備事務室にあてがわれているのだが、今のところ、常勤は音無一人である。知事は「十分な人数を配置する」と請け合ってくれたが、今のところ辞令が出ているのも音無一人だった。あとは、川内が「事務局長兼務」になっただけ。当然この肩書きはお飾りだから、今のところ、実際に動いているのは音無だけである。

デスクだけは豊富に揃っていた。向かい合わせに十個。しかし座っているのは音無だけだから、十分余裕がある。音無は広いスペースを生かし、二万五千分の一の地図を何枚か組み合わせた大きな地図を広げていた。

既に、幾つかのルートを想定している。だが考えれば考えるほど、最初に設定したものが一番適しているように思えてくるのだった。アナログだと思いながら、コンパスを取り出し、ポイント間の距離を測って紙に移し、実際の距離に換算していく。

市庁舎前の交差点を封鎖して、スタート地点にする。そこから県庁に向かって走り、本町通りに出て左折。そのまままっすぐ北仲橋を渡り、みなとみらい大通りに入ってJR横浜駅前まで出て、第一京浜に入る。ここが、設定の肝だ。第一京浜はひたすらフラットで、比較的直線の道路が続く。箱根駅伝の二区、九区と重なるコースで、スピードが出やすいのは過去のレースからも実証されていた。多摩川近くまで行って折り返し、また県庁近くまで戻って来る。この第一京浜を使った折り返しのコースは、二十六キロ。前半から中盤にかけてのこの区間で、しっかりタイムを稼いでもらう狙いである。

市街地に戻って来ると、ルートは大きく円を描くようになる。港から少し離れた本町通りを走り——観光名所である山下公園沿いを避けるのは風対策だ——谷戸橋から首都高速狩場線・湾岸線の下に入って、JR根岸駅前へ。そこを過ぎてから、国道十六号横須賀街道に入って吉野町まで出て、そこからは再び県庁方面を目指す。距離の調整をしなければならないが、最後の橋を渡って赤レンガ倉庫付近をゴールにするルートだ。

悪くない、と音無は自画自賛していた。知事は「観客は関係ない」ようなことを言っていたが、このルートだと横浜の名所も走る。沿道の応援が期待できる場所も多いから、選手の励みになるだろう。「走っている最中には何も見えない、聞こえない」などというが、案外選手の意識は、走ること以外にも向いているものである。沿道の光景、温かい声援、そういうものは必ず入ってくる。特に声援は、大きなエネルギーになるのだ。中には、ウケ狙いで駄洒落《だじゃれ》の声援を飛ばすオヤジがいたりして、気が抜けてしまうこともあるのだが——観客には「野次、駄洒落禁止」を徹底すべきだろうか、と馬鹿なことを考える。

「よう、どうだ」

声をかけられ、音無は顔を上げた。青田がお盆代わりのノートパソコンの上にコーヒーカップを二つ置いて、部屋に入って来たところだった。

「どうもこうも」しばらく身じろぎもせずに集中していたのだと気づく。目がしばしばし、肩が鉄板のように張っていた。思い切り背伸びをすると、肩甲骨が引っ張られて、ぴりぴりとした痛みを感じた。コーヒーを受け取って一口啜る。かなり濃いブラックで、一気に眠気が吹き飛んだ。

青田が隣の席に腰を下ろし、遠目で地図を眺める。

「しかしお前も、厄介な仕事を押しつけられたな」

「厄介じゃないけど、スタッフが一人もいないのがきつい」

「何だか、窓際部署に押しこめられたみたいだけど」

青田が周囲をきょろきょろと見回す。確かに、と音無は苦笑した。窓際どころか、この会議室には窓もない。元々は倉庫として使われていたので、広いことは広いのだが、どうも陰気な感じがしてならなかった。

「そのうち人も来るだろう……お前も手伝ってくれないかな」

「俺は、長距離は門外漢だから」青田が慌てて顔の前で手を振った。確かに、この男の専門は野球である。元高校球児。県大会の三回戦進出が精一杯の高校出身だが、神奈川は全国稀に見る高校野球の激戦地——未《いま》だに二ブロックに分かれないのは不思議だ——なのだから、別に恥ずべきことではない。

しかし彼の口癖は「どうせ三回戦止まりだし」だった。

「だけど、イベントの経験は豊富じゃないか」

「こんな、一から作り上げるようなやつはやったことがないよ」

「そうかもしれないけど」音無は椅子に背中を押しつけた。首の辺りから、乾いた音がする。

「それで、ルートはできたのか？」青田がまた地図を覗《のぞ》きこむ。

「まあ……幾つか候補を作ったけど、だいたいこれで決まりだと思うよ。後は実際に走ってみて確認しないと」

「走るって、フルマラソンを自分で走る気か？」青田が目を剝《む》く。

「いやあ、それは無理。自転車でいいんじゃないかな」ジョギングは今でも続けているが、さすがに四十二・一九五キロを走り抜く自信はない。もちろん、一回で完走する必要はないのだが。ブロックごとに分けて、それぞれ詳しく調べながら走ることになるだろう。

「自転車でも四十キロはきついぜ」

青田が平手で顔を扇《あお》いだ。今日も外は三十度超。九月になるのに、一向に秋の気配が感じられなかった。本番では最高気温が七度ぐらいだと一番いいのだが……音無は一年半も先のレースの天候を心配した。

「お前もつき合ってくれないかな」

「何で俺が」青田がまた目を剝いた。

「だってお前、自慢のロードレーサーがあるだろう」

「あれは通勤用だよ」

実際青田は、自転車通勤をしている。その時に使っている自転車は、通勤用には明らかにオーバースペックな、本格的なものなのだ。

「一人より二人の方が確実なんだけど」

「その前に、もう少し正確に下調べをやっておくべきじゃないか」

「正確にって、どんな風に」

「これだよ、これ」

青田が、持ってきたノートパソコンを開いた。スリープモードから復旧すると、画面一杯に地図が広がっている。

「これは？」

「地図ソフトなんだけど、距離や高低差が簡単に出せるんだ。アナログ人間の音無のことだから、地図と睨めっこして四苦八苦してるんじゃないかと思ってさ」

「青田……」

「そんな顔、するなよ」

青田が照れたように笑った。いったい自分はどんな顔をしていたのだろうと訝《いぶか》りながら、椅子を動かして、パソコンを正面から覗きこめる位置に移動する。

「仮にだよ、仮にこういうコースを作ってみたんだ」

青田の指が地図上をなぞる。細かい地図に、細く青い線が引かれているのが見えた。

「細か過ぎてよく分からないな」

「ここが、日産スタジアムだ」青田の指が一点で止まる。確かにそのように見えた。近くに横浜線小《こ》机《づくえ》駅もある。「ここから新幹線の高架を越えて、横浜駅方面へ走って国道一号線に出る……多摩川の手前で折り返して、府中街道経由で第一京浜に入って横浜の中心部に戻るルートなんだ。これでだいたい四十二キロ」

「ああ、よくできてる」音無は素直に認めた。地図上でコンパスを動かすより、よほど正確に、手早くできそうだ。「ただし、ちょっと問題があるな。日産スタジアムからこのルートを取ると……多目的遊水地の交差点を曲がってからずっと、片側一車線だ。レースの最初の頃は集団が崩れないから、ある程度道幅がないと走りにくい」

「分かってるよ。あくまで仮に、だから」いちゃもんをつけられたと思ったのか、青田が顔をしかめる。

音無は目を閉じ、あの辺の道路を脳裏に思い浮かべた。車でよく走る所だから、地形が自然に浮かんでくる。

「あと、高低差があり過ぎるんじゃないかな。新幹線の高架を過ぎたら、山一つ越える感じだ。かなりの上り坂になる。それと、国道一号も、かなり起伏が激しいんだよ。第一京浜はほとんどフラットだけど」

だからこそ、箱根駅伝のコースは国道一号線ではなく第一京浜を通るのではないだろうか。仮に国道一号線を走ったら、アップダウンが激し過ぎてペースが乱れ、「エース区間」などと呼ばれることはなかったはずである。

「ま、とにかくこのソフトを使えば、コースの設定も楽だろう?」気を取り直したように青田が言った。

「そうだな。だけど、何でこれを俺に?」

「お前、目、悪くするぞ」青田がにやりと笑った。「この年で老眼じゃ、洒落にならないだろう」

「ああ」実際、最近目が霞《かす》む。知事じきじきに指名されてこの仕事を始めて二週間。ほとんど毎日地図と睨めっこを続けてきて、目に重大なダメージが積もっているのは間違いなかった。ずっと張りついた肩凝りも、目の疲れからきているはずだ。

「この部屋を覗くと、いつも地図に顔をくっつけてるのが見えたんだ。今は、こういう便利なものがあるんだから、使わない手はないだろう」

「助かるよ」音無は安堵《あんど》の吐息を漏らした。「高低差はどんな感じで出るんだ？」

「これだ」

青田が別のファイルを開いた。グラフのようにも見えるが、X軸に地名が書いてあるので、コースに沿って地図を一直線に開いたものだと分かる。Y軸が高低差。先ほど青田が示した地図を分析したものらしいが、予想通り、相当の高低差がある。確認すると、最も低い地点と最高点では三十メートルほども差があるようだった。しかもアップダウンが繰り返す。公認コースにするには問題ないはずだが、これでは記録は望めまい。やはり、自分が想定している、第一京浜を往復させるコースしかないだろう。仮に「東海道マラソン」という名前でなければ、山側でもっとフラットなコースを選べるかもしれない……高速レースにこだわるなら、場所も名称も捨てるべきではないかと思うのだが、上の方からはそういう声が出てこない。「神奈川マラソン」ではスケールが小さい、ということなのだろう。音無の方から代案を出そうにも、いいアイディアがなかった。

「とにかく、助かった。後でこのソフト、使い方を教えてくれよ。お前がこっちに来て手伝ってくれるのが一番だけど」

「さすがに、それは勘弁して欲しい」青田が苦笑した。「海の物とも山の物とも分からないんだから、俺は怪我したくない」

「成功すれば二階級特進だぞ」

「そういうの、興味ないから」青田がひらひらと手を振った。「そのパソコン、しばらく貸しておくよ」

「恩に着る」

ことぐらいは許されるはずだ。
何かと役に立つのだが……後で話してみよう。人事の裁量権があるわけではないが、スタッフを選ぶ
に出世には興味を持たない男だが、面白いイベントなら食いついてくるはずだ。ここにいてくれると
一人取り残された音無は、頬が緩むのを感じた。結局青田も、気にしているのではないか？　確か
「大袈裟だって」笑いながら、青田が部屋を出て行った。

準備室に異動になってから、音無は毎日走って帰宅することにしていた。選手生活を終えて二十年近く……習慣的に走ってはいたが、それはあくまで惰性である。帰宅して、夕食を取る前にひとっ走り。それはしばしば、単なる長い散歩になってしまった。目的がないせいかもしれない。市民マラソンに出ようと思ったこともあったが、結局果たせないまま、半分歩くようなジョギングだけをだらだらと続けている。

しかし、帰宅する時に走ると、どうしても全力で走らざるを得ない。本気で頑張らないと、家に帰るのが遅くなるからだ。

着替えを詰めたデイバッグを背負い、腹の所でも固定する。揺れはかなり抑えられ、走り始めの時には背中の荷物の存在が気にかからなくなる。さすがに五キロを過ぎて疲労が募ってくると、かすかな揺れさえ鬱陶しくなるのだが……これは仕方がない。

ウエアも新調した。今までは普通のTシャツを着ていたのだが、思い切って、体をきつく締めつけるコンプレッション系のウエアの上下で揃えてみた。体の線がはっきり出るのは何となく気恥ずかしくもあったが、効果は絶大だった。最初はきつく感じられたものの、慣れると明らかに筋肉をサポートしてくれているのが分かる。疲労感も、Tシャツを着ている時とは比べ物にならないぐらい軽い。

音無の家は、ＪＲ根岸駅近くのマンションで、想定しているルートの一部に当たる。この区間の様子だけは、誰にも負けずに頭に叩きこめそうだなと考えながら、ゆっくりとストレッチをした。本気で走り始めて二週間、常に体がうずいている感じがするのは、筋肉の状態が変わり始めた証拠だ。

最初は意識してゆっくり走り出す。残暑というには厳し過ぎる暑さ、それに排ガスの臭いが体中にまとわりついた。鬱陶しいのだが、都市部で走る場合には避けて通れない。それでもこの辺は歩道が広いから、まだ走りやすい感じがした。横浜公園、横浜スタジアムを迂回《うかい》するように走り、市庁舎前の交差点を通過してから、不老町の交差点を右へ。この辺りは並木が緑を作り、目に優しい。右側には根岸線の高架。羽衣町《はごろもちょう》で左折すると、東海道マラソンで想定しているコースを逆方向へ行く。その辺りまで来ると体が解《ほぐ》れてきて、中心部に熱がこもる感じが蘇《よみがえ》った。行ける、と無言で自分を叱咤《しった》し、スピードを上げる。体を甘やかしては駄目だ。常に限界に挑むような走りをしないと。

十六号線に入ると、途端に交通量が多くなる。何とか、マラソン選手の視線でコースを見ようとしたが、歩道を走っているし、車が多過ぎてイメージが湧かない。ただ、非常にフラットなのは体の状態で分かった。足にかかる負担は常に一定。

気になるのはビル風だ。この辺りには、道路の両側に雑居ビルが建ち並んでいる。時折、まったく不規則に強い風が吹きつけるのだ。風だけは如何《いかん》ともし難い。選手に十分下見をしてもらって、それなりに「覚悟」を固めてもらうしかないだろう。「ここで強い横風がくる」と分かっていれば、慌てることはないのだ。

路面は特に荒れていない。時折、歩道側に向かってかすかに傾斜しているような道路があり、走りにくいことこの上ないのだが、この付近ではそういう問題はなかった。ラストスパートからゴールにかけて、絶好のコースになるだろう、と自賛する。

首都高の近くを抜けた瞬間、一際強い横風が体を揺らす。ここは……気になっているポイントだ。ビル風は困ったものだが、逆にビルが防風林代わりになることもある。だがこの付近は、突然遮る物がなくなるせいか、常に強風が襲ってくるのだった。首都高を走る車のせいかもしれないが……まさか、レース中、首都高まで封鎖するわけにはいかないだろう。

それにしても平坦《へいたん》なコースである。音無は、走り始めてすぐ、非常に調子がいいことに気づいていた。時折横風にたじろぐことはあるものの、足さばきがいい。今日の俺は、素人ランナーの域を越えているな、と満足に思う。もちろん現役の選手なら、自分をあっという間に置き去りにするようなスピードで走り去るだろうが、自分の年齢《とし》なら十分満足できる走りだ。

やがて周囲の建物が低くなり、けばけばしいネオンサインが我が物顔に目立つようになる。ちょうど黄金町《こがねちょう》を通り抜けているところだ。横浜市内でも大きな風俗街だが、ここをルートに取ることに、知事は難色を示すかもしれない。とにかく、下世話な雰囲気なのだ。中継車がこの辺を映し出したら、あまり格好いいものではないだろう。まあ、その辺を俺が考えても仕方がない……地下鉄吉野町駅がある交差点に出て、音無は慎重に左へ曲がった。スピードを落とさないためなら、できるだけ直線的なコースを取った方がいい。しかし、都市部を走るマラソンでは、交差点や折り返しが鬼門だ。急にスピードが落ちるし、それが肉体に余計な負荷をかける恐れもある。この程度の交差点だと、選手は大きくカーブを描くように走ることになるから、それほどペースが狂うことはないだろうが。

吉野町を過ぎ、首都高の高架下を抜けると、ルートは川沿いになる。川と言っても、小川に毛の生えたようなものであり、特に大きな影響は与えないだろう。むしろ選手にとっては、水の気配が一服の清涼剤になるかもしれない。ずっとビルの谷間を走って来るのだが、根岸駅からこの辺にかけては、広く視界が開けている。左側の高台は米軍住宅……しかしそちらから、強い風が吹き下ろしてくることもない。実際のコースは、今音無が走っているのと反対側だから、少し感覚が違うかもしれないが。

来年の二月、実際にルートを走ってみる必要がある、と音無は覚悟を決めた。何も一日で走らなくてもいい。データを取りながら、風の向きや強さを、なるべく本番に近い条件で調べるのだ。そう考えると、ふいに笑みがこぼれた。これは公務なんだよな……走ることで給料を貰《もら》っている公務員など、日本中に何人いるだろう。

ゆっくりとスピードを落とす。今日もいい走りができた。あとはちゃんとクールダウンして、家に着く頃には呼吸が落ち着いているようにしたい。汗だくで、息も荒い姿を家族に見せたくはなかった。どういうわけか妻は、音無が汗をかいていると迷惑そうな表情を見せる。洗濯が面倒なのかもしれない。

歩きに切り替えると、急に汗が吹き出てくる。バッグを背中から下ろしてタオルを取り出し、顔面を濡《ぬ》らす汗を拭ったが、拭いても拭いてもきりがない。体の内側に籠っていた熱が、一気に噴き出てきたようだった。ルートの最後の部分を歩いていると、やたらと自動販売機が目に入る。何か冷たい物が欲しい——緑茶がいいな。五百ミリリットルを一気に飲み干し、冷たさで喉が痺《しび》れる感覚を思い出すと、唾が湧いてくる。しかしこの唾は喉の渇きを癒してくれるわけではなく、かえって熱を持ったように感じさせるのだ。そうだ、給水ポイントも考えておかないと。この辺りのことは、実際にマラソンの経験がある人に聞きたい。一番いいのは甲本だが、彼にはしばらく会わないつもりでいた。「ペースメーカーをやってくれ」という依頼が、現役の選手である彼にとって、一種の屈辱であるのは理解できる。自分のためではなく、誰かのために走る——自分はやれる、まだ記録を狙えると思っている選手にとって、「お前はもう駄目だ」と宣告されたに等しいショックだろう。だが彼は、分かってくれるはずだ。苦労人であるが故に、裏方の大切さもよく理解しているに違いない。ただ、もう少し時間が必要だろう。

逃してはいけない。世界記録のためには、三十キロまで絶対の強さを持つあの男が、どうしても必要なのだから。

あれこれ考えているうちに、自宅マンションについてしまった。電車を使っての通勤ルートとは、ちょうど逆回りになるコース。山手の高台を、朝とは反対側を回ってきたことになる。今度は、本来のルート通りに走ってみる必要があるな、と思った。役所から家までと考えると、そちらの方がずっと距離が長いのだが、頭に叩きこんでおきたい。

かなりハイペースで走ってきたせいか、手が震えて鍵を取り出せない。情けないと思いながら、玄関ホールでインタフォンに向かって呼びかける——あやうく、隣の部屋を呼び出してしまうところだった。

「はい」息子の明るい声が応じた。もう帰っているのか……今日は塾がない日だったな、と思い出す。小学五年生で進学塾というのは、どうなんだろう。周りの子も皆通っているのだが、音無は息子にかすかな同情を覚えていた。もっと遊びたいだろうに、週三日は塾に通って夜九時過ぎまで勉強している。自分が子どもの頃は、こんなことはなかったのだが……時代が変わったということか。

「パパだ。鍵、開けてくれ」

受話器を戻すがちゃがちゃという音が響き、続いて電子音がして目の前のドアが開く。ふくらはぎに重い疲れを感じて、いつもは使う階段を無視して、まっすぐエレベーターに向かった。相当無理しているのかな、と思う。そう言えば、呼吸も完全に整ったとは言えない。

息子の翔《しょう》がドアを開けてくれた。五年生にしては少し小柄。既に眼鏡をかけている。運動は……体育だけ、常に通信簿の成績欄が惨めだ。

「また走って来たの？」不思議そうに訊ねる。どうして、この暑いのにわざわざ走るのか、理解できない様子だった。この辺りは、母親に感覚が似ている。

「おう」

音無は翔にバッグを預けた。汗臭いのか、顔をしかめながら、翔が荷物を胸に抱える。

「暑くないの？」

「暑いけど、汗をかくと気持ちいいぞ」音無は平手で短い髪を擦った。汗が飛び散り、霧のように顔の前で広がる。「今度、一緒に走ろうよ」

「やだよ。忙しいし」

「勉強ばかりじゃつまらないだろう」

「そうも言ってられないから」

何を生意気なことを。しかし息子との自然なやり取りが嬉《うれ》しく、音無はつい笑みを浮かべてしまった。

食事の前に、とにかくシャワー。冷たい水で一度汗を洗い落とし、温度を上げて徹底的に体を洗ってから、また冷たい水を浴びて身を引き締めた。こういう入浴方法はあまり体によくないというのだが、昔からやっているやり方は簡単には変えられない。

タオルで髪を拭きながらダイニングルームに入ると、既に食事の用意ができていた。カレーか。玄関を入った時に既に気づいていたが、食欲が刺激されて胃が泣く。

「今日、魚のカレーだって」翔が告げる。

「ああ、いいね」

妻の沙耶《さや》得意の料理だ。野菜だけのカレーを作って、最後に白身魚のフリッターを添える。こってりしているのに、カロリーは低目だ。出産後、七キロ体重が増えた時に、真剣にダイエット料理に取り組んだ経験が、今に生かされている形だ。

まず、水を一杯。本格的に走りを再開してから、音無はほとんど酒を呑《の》まなくなった。愛用していたビールの大ジョッキは、今や水専用になっている。氷の入った冷たい水を一気に流しこむと、胃が震えるような感触が襲ってきた。残りはゆっくりと、喉を慰めるように飲む。それで渇きは一段落した。沙耶が顔をしかめながら、ポットから水を追加してくれた。

「そんな飲み方してると、体によくないわよ」沙耶が顔をしかめるのが見えた。

「この水のために走ってるんだ」昔なら、「このビールのために」と言ったところだ。

「それはいいけど……」

「さ、いただこう」妻の小言を無視して、音無はカレーに取りかかった。ボリューム感ある魚のフリッターが嬉しい。程よく辛みの効いたカレーも、申し分ない美味《うま》さだった……しかし、量が食べられない。走り始めて胃が小さくなったのか、食べる量がずいぶん減った。もう少し休憩してからなら食べられるのだろうが、それでは家族揃っての食事にならない。

「お代わりは?」空になった皿を観《み》ながら沙耶が言った。カレーの時、音無は二杯食べるのが常なのだ。

「あー、いや……今日はいい」

「そう?」沙耶が疑わしげに言った。

「昼飯が重くてさ」食べられないのだ、とは言えなかった。沙耶は、家族の食が進まないと途端に機嫌を悪くする。「ちょっと食べ過ぎた」

「食事の前にあんなに水を飲むからじゃない?」

「喉が渇いてたんだ」

「むきになって走るから……」小さな溜息。

沙耶は、音無の現役時代をまったく知らない。そもそもスポーツに興味がないので、音無が走っているのも体力の無駄遣い、ぐらいにしか考えていないようだった。ここのところ走りこんでいるので、露骨に嫌そうな表情を浮かべる機会が多くなっている。自分が走るわけでもないだろうに……だが音無は、一切文句を言わなかった。少しぐらい愚痴を零すことでストレス解消になっているなら、それはそれでいい。

膨れた腹を抱えて、音無はリビングルームの一角にあるライティングデスクに向かった。狭いマンションの中で、ここだけが唯一自分のスペースである。パソコンを置いてあるので、画面を見ている間は、他のことを気にせずに済む。もっとも、長く続けていると、また沙耶に愚痴を零されそうだ。パソコンは家族共用だし、最近は翔が勉強に使うことも少なくない。家にいる時ぐらい、のんびりしていればいいのに……沙耶は口煩く言うわけではないが、結果的に翔が勉強するように仕向けていく。まあ、運動馬鹿になっても何の意味もないからな、と思いながら、どこか釈然としない。

明日のことを考えると気が重い。東海道マラソンを成功させるための三本の柱。このうちコースについては、上手く準備が進んでいると言っていいだろう。問題はペースメーカーと、肝心の記録を狙わせる選手である。白羽の矢を立てた山城に、会いに行かなければならない。

せめて、山城に関するデータをきっちり頭に入れておこう。相手と話す時、一々メモに視線を落とすと、信頼を得られない。

何となく背中に突き刺さるような沙耶の視線を意識しながら、音無は山城の記録に目を通し始めた。

4

「山城！」

　煩いな……ストレッチをしている時に、声をかけられたくない。いや、ストレッチをしている時だけではなく、練習中には常に放置しておいて欲しい。俺に声をかけていいのは、トラックを走っている最中にラップタイムを告げる時だけだ。監督だろうがマネージャーだろうが、そのルールに変わりはない。

　問題は、ルールが往々にして破られることだ。

　山城は呼びかけを無視した。クールダウンのストレッチは、入念にやらなければならない。特に今日のように、自分を追いこむスピードトレーニングをした後は、体のあちこちが軋《きし》んでいる。重要な足については、とりわけたっぷり時間をかけた。脹脛が悲鳴を上げるまで伸ばしてやり、足首を限界まで曲げるようにしながら、何度も回す。右へ、左へ……尻を刺激する芝の感触を味わいながら、山城はストレッチを続けた。

　放っておけば、向こうから近づいて来るものだ。実際、監督の須田《すだ》は、むっつりした表情を浮かべてこちらに歩いて来た。少し太り気味で、ジャージの腹が丸く突き出ている。これがかつてマラソンの日本記録を持っていた人間とは……「ガラスのエース」と呼ばれるほど故障の多い選手だったが、今の彼を見ると、とてもそんな繊細なイメージは浮かばない。山城に言わせれば、単なるジャンクフード好きの中年オヤジである。間もなく四十歳に手が届こうという年齢だが、ずっと年取って見える。

「山城、呼んでたんだけど」

「聞こえませんでした」両足を投げ出して座ったまま、ちらりと須田の顔を見てから、爪先を摑む。アキレス腱《けん》を伸ばしてやると同時に、上体を深く曲げ、背筋に緊張感を与える。今日はこのあと、ウエイトトレーニング。その前に、一度疲れを抜いておかねばならない。

須田が、山城の前に座りこんだ。キャッチャーのように爪先立ちしているのだが、どうにも危なっかしい。安定しないボールが転がる様を想像して、山城は思わず顔を歪《ゆが》めてしまった。

「お前に会いたいっていう人が来てる」

「練習中なんですが」

「今日はもう終わりだろう?」

「まだウエイトがあります。あと一時間ぐらいかかりますよ」

面会に来たのが誰だか知らないが、余計なことを……俺の練習を邪魔するとは、どういうつもりなんだ。

「県の人なんだ」

「県?」

「スポーツ課の音無さん」

「何の用ですか」立ち上がり、山城は大きく伸びをした。肩甲骨がぐっと上に引っ張られる感触を楽しむ。周囲を見回して、「音無」という人間を探す気にはなれなかった。自分の練習を邪魔しにきただけで、既に「敵」と認識している。監督も監督だ。俺が会うはずもないのを分かっていて、わざわざ話す必要などない。追い返してくれれば、それでいいのだ。選手の練習環境を整えるのも監督の仕事ではないか。

「詳しい事情は知らないが、大会への招待だと思うぞ」

「神奈川県で？　マラソンなんかやってないでしょう」

「それが、新しい大会らしいよ」

山城は鼻を鳴らした。馬鹿馬鹿しい……要するに、日本記録を持っている俺を広告塔として使いたいのだろう。新しい大会ということは、市民マラソンになる可能性が高い。大方、東京マラソンへの対抗意識で始めるのではないだろうか。あんな風に、何千人、何万人も走る大会――いや、スポーツイベントでは走りたくなかった。

「帰ってもらって下さい」爪先をグラウンドにつけ、足首を回しながら山城は言った。

「おいおい――」

「邪魔なんです。まだ練習中ですから。監督からそう言ってもらえますか？　よろしくお願いします」

反論を待たず、山城は踵《きびす》を返してクラブハウスに向かった。須田が何か言っているようだが無視する。まったく、監督らしいことぐらいしてくれよ。選手を守れなくて、何が監督なんだ。だいたいあの人は、指導者には向いていない。言っていることがすぐに抽象的になり、頭にすっと入ってこないのだ。昔は相当理論的だったそうだが、それを他人に伝える能力に欠けているのだろう。まあ、「元日本記録保持者」の看板は、監督としては――会社の宣伝のためには絶好のアドバンスなのだろうが。

しかし山城は、誰かのために走るなど、真《ま》っ平《ぴら》ごめんだと思う。このチームにいるのも、とにかく練習環境がよかったからに過ぎない。須田という看板に惹《ひ》かれたわけではなかった。

だいたい天才には、周りから敬われ、尽くされる権利があるのではないか？　人の計画を邪魔しようとするなど、何様のつもりだ。

総合食品メーカー「タキタ」の陸上部は、山城が入部してから、急に所帯が大きくなった。何しろ入社してすぐ、初マラソンの日本記録を叩き出したのである。山城を目指そうという入部希望者が相次ぎ、山城が入った時には十人しかいなかったのが、今では三十五人に膨れ上がっている。

クラブハウスの中にあるウエイトルームでは、他の選手もトレーニング中だったが、入って来た山城に声をかける者はいない。

傾斜のついたベンチの上で、腹筋を繰り返す。浅くゆっくりと上げ、さらにゆっくりと下ろす。ひたすら繰り返す単調な運動に、一度引いた汗がまた全身から噴き出し、ベンチを不快に濡らした。十五回でワンセット。十五秒だけ休んで再開。それを延々と続ける。二十セットまで行ったところでストップし、ベンチにだらりと背中を預けた。頭が少し下になるので血が上る。ベンチの端に引っかけたままだった両足が、かすかに引き攣《つ》るようだった。

「山城さん」

後輩の秋元《あきもと》が、困惑した表情を浮かべて近づいて来た。今春高校を卒業して入って来たばかり。顔にはまだにきびが目立ち、童顔のせいか、いかにも頼りない。

「何だ」寝転がったまま、山城は秋元の顔も見ずに言った。それだけで、彼が異様に緊張するのが分かる。

「あの、面会の人なんですが」

「音無とかいう人か？」

「はい」

「追い返せ」

「はい？」

「追い返せって言ったんだ。俺は疲れてる。これからマッサージを受けなくちゃいけないし」

トラック、あるいはロードでの走りこみ。その後での筋トレと入念なマッサージ――レースのシーズンオフである夏から秋にかけては、ゆったりとしたペースは崩さない。徐々に体を作り上げる時期なのだ。

「追い返すんですか……」自信なさげに秋元が言った。

「たった今、そう言ったよな」

腹筋を使って上体を起こし、両足を固定していたベルトを外す。床に置いたタオルを取り上げ、頭にかけて顔を隠す。そのまま出入り口の方に背を向けて、シャワールームに向かった。しつこいな……どうやって振り払うか。まあ、秋元が頭を下げて、しばらく俺が顔を出さなければ、諦めて帰るだろう。

レースへの招待？　冗談じゃない。自分が走るレースぐらい自分で選ぶ。誰かに面倒を見てもらう必要などないのだ。自分で決めて練習スケジュールを練り、目標を確実に射止める――そこに、他人が入りこむ余地はない。マラソンは自分との戦いだ。分からないことがある時だけ、誰かに聞けばいい。何から何まで他人任せにしている選手には、最後の壁は突き破れない。

練習後のシャワーは、十分と決めている。ぬるい湯で、体表から少し奥まで暖める感じだ。髪は短くしているから、乾かす必要もなく、着替えればすぐに帰れる。だが今日の山城は、用心して更衣室に居残っていた。少し昼寝でもするか……合宿に入っている時は、昼間の練習の後で眠ることもある。とにかく気を張り詰め過ぎるから、わずかでも気持ちを弛緩《しかん》させるための手段だ。「寝よう」と思えば山城は瞬時に眠れる。生まれてこの方、「眠れない」辛《つら》さを味わったことはなかった。

練習を終えた選手たちが、こそこそと帰って行く。自分が雰囲気を悪くしていることは、山城も重々承知していた。だが、他人に気を遣って、上手くつき合うような余裕はない。そんなことをしている暇があったら、自分のために使いたい。

汗が完全に引いたのを確認して、山城はエアコンを切った。荷物をまとめ、明日の練習スケジュールを頭の中で確認してから更衣室を出た。ロードで二十キロを走る予定だが、午後からは雨の予報だ。練習を午前中に繰り上げるわけにはいかない。アリバイ作りで、職場に顔を出さねばならないからだ。雨のレースを想定して、慣れておくのも手か……ひどくならないように祈ろう。

クラブハウスからはほとんど人気が消えたようで、静まり返っている。自分の足音だけがやけにはっきり聞こえた。大学のクラブハウスに比べれば立派な作りだが、所詮は運動選手が使う物だ。そこかしこに汗の臭いが染みついている。玄関で、靴箱から靴を取り出し、しゃがみこんで紐《ひも》を締め上げていると、上から声をかけられた。

「山城君」

冗談じゃないぞ……山城はことさら時間をかけて靴紐を結んだ。相手は焦る様子もなく、ただこちらを見下ろしているようである。いつまでもこうしてはいられない。仕方なく立ち上がり、相手の肩の辺りに視線をすえたまま、「何でしょう」と冷たく言い放った。

「摑まえにくい男だね、君は」

「やることがありますから」

「それはもう終わったはずだ」

しつこい男だ。山城はわずかに視線を動かし、相手の顔を確認した。細面。短髪。目つきは穏やかだ。Tシャツの上にジャージ、ジーンズという軽装で、プラスティック製のブリーフケースを持っている。大学生が持ちそうな、安っぽい物だった。

「県スポーツ課の音無です」

「ご用件は何でしょうか」

山城はさっさとクラブハウスを出て歩き出した。寮までは、ここから歩いて十分ほど。その間ずっとつきまとわれたのではたまらないと思ったが、振り払う上手い手を考えつかない。大抵の人間は、俺の最初の態度に接しただけで引いてしまうのだが、この男は気にする様子も見せない。早足で歩き出すのにしっかりついてきて、横に並んだ。

「マラソンのお誘いだよ。新しく、東海道マラソンを始めるんだ。監督からも聞いてると思うけど」

「勝手に敷地に入られたら困ります」

「監督の許可を得ているから。問題ないだろう?」音無の顔が引き攣る。

「俺は許可してません」

ちらりと横を見ると、音無が失笑しているのが見えた。馬鹿にしているのか？　頭を下げに来たんじゃないのか。そういうふざけた態度を取っている限り、相手にしない。

「寮までは歩きだよな?」

「それが何か?」

「疲れてないか?」

「疲れを持ち越すほど練習してませんよ」

「さすが、日本記録保持者は違うな」

「何が言いたいんですか」山城はつい立ち止まってしまった。いい加減、頭にくる。がつんと言ってやらないと、引き下がるような男ではなさそうだった。

「山城君」機先を制して音無が話しかける。「これでいいと思ってるのか？」

「何がですか」

「日本最高で満足してるわけじゃないよな」

「当たり前じゃないですか」山城は鼻を鳴らした。「チャンスがあるのに、世界最高を狙わないのは馬鹿げている」

「その通りだよな」音無が大きくうなずいた。「そのチャンス、我々が提供するって言ったらどうする」

「それが新しいマラソンだとでも？」

「そう。話だけでも聞いてくれないか？　我々は、君に世界記録を出して欲しい。最高の舞台になると思うけどな」

こいつ、どうかしている。もしかしたら、危ない奴なんじゃないか？　山城は、音無の顔をまじまじと見詰めてしまった。


十分でいい、と音無が申し出て、自分の車に山城を誘った。助手席に落ち着くと、音無がすぐにエンジンをかけ、エアコンの設定温度を下げる。冷風が顔を撫《な》でていく感触が不快で、山城はすぐに手を伸ばして吹き出し口を閉じた。

「止めようか？」遠慮がちに音無が訊ねる。

「これでいいです。顔に直接風が当たるのが嫌なだけで」実際、どんなに暑くても、寝る時にはエアコンも扇風機も使わない。人工的な風の感触が死ぬほど嫌なのだ。

話が長引くのを恐れ、山城は先に切り出した。

「今は、ベルリンのことしか考えてませんから」

「九月だったね」

「ええ」

「来年の？」

「来年も、再来年も」

「オリンピックは？」

「あれは、基本的に記録を狙えない。勝ち負けだけのレースでしょう。興味ないですね」

「ああ」納得したように音無が相槌《あいづち》を打った。「あくまで記録狙いなんだ」

「他に何の意味があります？」

「狙うならベルリンか……確かにあそこは、記録が出やすい高速コースだからな」

「いろいろ検討した結果です。他のレースでは駄目でしょう」

「我々が、高速コースを造ると言ったら？」

山城は鼻を鳴らした。この男は、素人のイベント屋か？　いや、そもそもマラソンのコース設定に「プロ」などいない。ゴルフ場の場合には、プレイヤーが設計にかかわることもあるのだが、マラソンの場合、設計図――地図を書いても、それが本当にスピードの出るコースかどうかは、実際に走ってみるまで分からない。東京マラソンだって、かなりの高速コースと言われているものの、記録は伸び悩んでいる。それは、最高の選手を走らせていないせいかもしれないが。

「男子マラソンの現状についてどう思う？」

「俺は評論家じゃないんで」意識して素っ気ない声で山城は答えた。

「世界的には、超高速レースの時代だ。二時間を切るのも、それほど先じゃないかもしれない。その中で、日本人選手だけが取り残されている感じじゃないか？」

俺以外はな、と山城は皮肉に思った。日本人で初めて二時間五分台に突入し、しかもまだタイムを短縮できる自信がある。山城の計画では、二時間三分台までは確実にいけるはずだった。そのための舞台がベルリンである。

クソ、いつまでこんな話につき合わなければならないのだ。苛立って腕時計を見ると――車に乗った瞬間にストップウォッチを作動させていた――まだ二分しか経っていない。「約束の時間ですから」とさっさと逃げるのが一番なのだが……。

「俺も箱根を走ったんだ」音無が突然切り出した。「一回だけで、区間最下位だったけどな。それに比べて、君はエリートでしょう」

「そうですよ」

横で音無が苦笑するのが分かった。こんな風に言い切れば、相手が呆《あき》れるのは分かっている。しかし一刻でも早く解放されるためには、相手を呆れさせた方がいいのだ。こいつとは会話が成立しない、話すだけ無駄だ、と判断してもらいたい。

だいたい、彼が言う「箱根のエリート」とは何なのだ。山城のチームは、彼が三年の時にシード権を失い、四年の時にも予選会で敗れて本戦出場はならなかった。結果、自分は学連選抜の一員として出場せざるを得なくなったわけで……あの後、山城はできるだけ駅伝を避けている。他人の調子やレース運びに自分が影響されるのは嫌だった。誰かのために走るのは、長距離ランナーの本質から外れている。学連選抜で走った時、絆《きずな》のような物を感じて一瞬心が揺らいだのは事実だが、あれは過去のことである。今の俺は、ただ一人で走るランナーだ。仲間はいらない。本番前にかしずき、サポートしてくれる人間がいればいい。

「そのエリートが世界記録に挑む。我々としてもサポートしたい」

「自分が走るレースは自分で選びます」

「最高の舞台を提供できるんだけどな」

「本当に最高の舞台かどうかは、走ってみないと分からないでしょう」

「東海道」マラソンというからには、国道一号を使うのだろう。あるいは第一京浜か。箱根のコースともカブっている。しかし、あれは必ずしもいいコースではないのだ。かなりアップダウンがあるし、風の影響も受けやすい。極論で考えれば、日本で高速コースは作りようがないのだ。何しろ山国だから、真っ直《す》ぐでフラットなコースが取りにくい。唯一可能なのは、北海道の大平原ということになるだろうが、あんなところでは沿道の応援が集まらない。山城としては、そんな物はない方がありがたいのだが、主催者としてはそうもいくまい。

「実際のコースで走って確認してるよ。こっちもランナーのはしくれだからね。実際に自分の足で感触を確かめてる」

「五キロのタイムは？」

「さあ、どれぐらいだったかな」音無の声が強張る。「昔の記録なんか、一々覚えてない」

「じゃあ、本当の感覚は分からないんじゃないですか。十五分で走る人と、十三分三十秒で走る人では、同じ五キロでも感覚が違う」

「近い感覚は分かるよ。絶対いいコースになる」音無が意地になったように言った。

「そういうことは、本番で走ってみないと分かりませんね」

「だから、君にお願いしたいんだ。最初の大会で、一番に駆け抜けて欲しい」

「人寄せパンダはごめんですよ」山城は冷たく言い放った。「要するに、人を集めたいんでしょう？沿道の見物客を増やして、テレビ中継をやって……イベントとして成功させたいんですよね？ そのための広告塔で使われるつもりはありませんから」

「我々は、君に記録を出してもらいたいだけなんだ。君なら絶対やってくれると信じているんだけどな」

「今は、ベルリンのことしか考えていません」

体力のピークにある今だから、二年連続で挑戦する。そこで結果を出す。山城のスケジュールは、ベルリンマラソンを軸に決められていた。オリンピックはどうでもいい。欲しいのは記録であって、メダルではないのだ。そこに勝手に割りこまれても、困る。人のスケジュールを邪魔して欲しくない。

「そこを何とか」

音無が食い下がる。予想通りしつこい人間だな、と山城は辟易した。

「話し合いの余地はありません」

「君の要望を、最大限尊重する」

「じゃあ、テレビ中継はやめてもらえませんか？ 前に中継車がいると、集中できないんです」実際、眼前に巨大な壁が立ちはだかり、走っている爽快感が薄れるのだ。ペースも摑みにくい。もっとも、これが無理な要求だということは分かっている。マスコミがスポンサーにつかなければ、資金面でショートするはずだ。

「それは……」音無が言い淀《よど》んだ。

「できませんよね」山城はまた鼻を鳴らした。「本当に記録を作らせたいなら、沿道から人払いして、選手が集中できる環境を作って下さい。それができないなら、記録を狙える大会なんて言わないで欲しい」

「でも、ベルリンでも沿道の応援は凄《すご》いし、テレビ中継も入るじゃないか」

反論せず、山城は肩をすくめた。さっさと気づいて欲しい。とにかく出たくないから、無茶な要求を突きつけているだけなのだ。走りたくない人間を無理に走らせても、いい結果が出るわけがないのだから、このまま放っておいて欲しい。こんな風に持ち上げれば喜ぶ人間もいるのだから、そいつらを誘えばいいじゃないか。せいぜい、サブテンを達成できるかどうかの、レベルの低いレースを盛り上げてくれ。

ちらりと腕時計を見る。五分経過。十分と言われているが、もういいだろう。話し合いの余地がないことは、音無も十分分かったはずだ。

「まだ一年半も先の話なんだよ。考えてもらう時間はあると思う」

「考えるだけ無駄です」山城は冷たく言い放った。「こっちはもう、スケジュールを決めているんですから。これから二年間が勝負なんです。体力のピークにあるうちに、記録を狙いたいんです」

マラソンランナーは、他の競技に比べて寿命が長い。三十代後半になっても、なお自己最高を更新するランナーも珍しくないし、練習の仕方次第では、山城もそんな風に選手寿命を延ばすことは可能だろう。だが山城は基本的に、自分は三十歳までに燃え尽きる人間だと思っている。長く競技を続ける必要も、欲望もない。誰も追いつけない記録を出して、さっと身を引くのが理想だった。

「我々には君が必要なんだ」

「別の人間を探して下さい。世界記録を狙いたいなら、アフリカから有望な選手を引っ張ってくればいいでしょう」

「日本人が世界最高を出さないと駄目なんだ。このままじゃ、日本の長距離は駄目になる」

「それは、俺には関係ないことです」

山城はドアに手をかけた。慌てて音無が山城の腕を摑む。全身に不快感が走るのを覚えて、山城は首を捻って彼を睨みつけた。

「放していただけませんか」皮肉をこめて馬鹿丁寧に言ったが、音無は手を引っこめようとしなかった。

「イエスの答えを貰うまでは帰れない」

「無駄です。それなら、一生ここに住みつくことになりますよ」

「どうしてそこまで意固地になる？　君がベルリンで世界最高を狙いたいのは分かった。個人的にも応援したい。でも、東海道マラソンとは間隔が空いてるじゃないか。年に二回、本気のレースを走るのも、珍しいことじゃないだろう」

「死ぬ気は、何回も出せないんですよ。区間最下位の人には分からないかもしれませんけど」

腕を摑む音無の手が緩んだ。その隙に、山城はドアを開けて外へ出た。熱気が襲いかかり、汗が噴き出す。乱暴にドアを閉め、大股で歩き出した。まったく、見当違いのことを。音無がどういう立場で俺に声をかけてきたのか知らないが――年齢からして、東海道マラソンの総責任者というわけではないだろう――あまりにも適当だ。本気で俺を説得できると信じていたなら、おめでた過ぎる。

誰も俺を動かせない。

俺は、俺以外の人間の言うことなど、聞かない。

5

週明け、音無は不機嫌な気分を抱えたまま出勤した。週末の山城とのやり取り……あそこまで激しく拒絶することはないいんじゃないか？　もちろん、彼がベルリンマラソンを重視しているのは理解できる。だがそれは、臆病な——用心深いと言ってもいいが——気持ちの表れではないかと思った。過去に世界記録が出たレース。「高速コース」と一般的に評価を得ている大会。だから、自分も世界記録を出せる可能性が高いと期待しているだけなのだ。新しいコースで、自らパイオニアになって記録を作りだそうという気概に欠けている。

むっつりと押し黙ったまま——話す相手がいないのだから当然だ——音無は白地図を広げた。先週、青田が教えてくれたソフトで大まかなルートを策定したので、今度は見やすいように白地図に移し替えなければならない。上の人間に説明するためには、見やすいのが一番だ。あのソフトは、細々し過ぎていて、道路がはっきり見えないのが唯一の弱点である。

傍らに置いたパソコンの画面を見ながら、赤いサインペンで白地図にルートを刻んでいく。いつも走っている国道十六号線の光景は、ありありと目に浮かんだ。今度は第一京浜も走ってみないと。何だったら、今日の午後から出かけてもいい。ただし、取り敢《あ》えず車にしよう、と決めた。今日も陽射しが強いので、走りながらじっくりコースを視察するのはしんどいだろう。青田にでもハンドルを握ってもらって、自分は助手席から写真撮影といきたい。

よし……やはりこれをA案としよう。今のところの最有力候補。音無は地図をホワイトボードに張りつけ、一歩下がって全体を確認した。悪くないぞ。横浜スタジアム、中華街、横浜駅と市内の名所を走り、最後は赤レンガ倉庫付近にゴールするから、イベント的にも盛り上がるだろう。最終的に、距離はもう少し調整しなければならない。赤レンガ倉庫前をゴールにするか、そのもう少し手前になるか……いずれにせよ、ゴールには大観衆が集まるだろう。

山城は嫌がるだろうな、と苦笑する。あいつが言っているのは極論だ。沿道の観衆が邪魔になるなどという話は、聞いたこともない。マラソンや駅伝では、悪意のある野次を飛ばす人はほとんどいないし、心からの声援は励みになる。あるいは完全に集中して、沿道の声など耳に入らなくなってしまうかどちらかだ。観衆がいない方が集中できるというのは、あまりにも神経質過ぎるのではないだろうか。

「どうだ」

いきなりドアが開き、川内が入って来た。音無は緊張して、ホワイトボードを背にして頭を下げた。川内がボードの前まで歩み寄って来て、地図に目を向ける。

「もう、コースは完成したのか?」

「これは第一候補です。実際に走ってみて、都合の悪いことがあったら、変更しなければなりません」

「どれどれ」川内が眼鏡を外し、地図に顔を近づけた。「スタートは市役所前だね」

「その予定です」

「本町通りに出て、そこから横浜駅……第一京浜か」

川内の指先が地図をなぞる。この男はマラソンに関しては素人であり、コースの批評ができるはずもないのだが、音無はやけに緊張した。素人であっても、絶大な権力を持っているのは間違いないのだから、彼が何かいちゃもんをつけたら、ルートは最初から練り直しだ。

たっぷり五分も地図を吟味して、川内がボードから離れた。

「見たところ、悪くないコースだと思うが」

素人が、と思っていたのも忘れ、ほっとする。川内はうなずくと、また指先で地図に触れた。自分が策定したルートのように、すらすらと話し始める。

「市役所前スタート、はやはりいいね……横浜駅付近が最初のボトルネックになる可能性があるが、そこは警察が協力してくれるだろう。それで、第一京浜を多摩川の手前まで行って、市街地まで戻って来るんだね」

「はい」

音無は、折り返し地点付近の様子を思い浮かべた。折り返しといっても、一直線のコースの場合のように、巨大パイロンの周囲を回る感じにはならないだろう。第一京浜は、あの辺では、片側三車線の広い道路が延々と続く。上り線と下り線は広い中央分離帯で分けられているから、行きは上り線をずっと走り、府中街道と立体交差になるところで大きくカーブを描いて折り返し、下り線に折り返すルートになる。道路が広いだけに、普通の交差点を曲がるよりもよほど楽なはずだ。

「この往復でタイムを稼ぐわけだ」

「そうです。第一京浜の往復だけで、二十六キロあります。ここは高低差もほとんどありませんし、スピードが乗るところです」

「それでもう一度、横浜駅に戻って来て、南部をぐるりと回る感じだね」

「そうですね。後半は自分でも走ってみましたけど、悪くありません。一部風が強いところもありますけど、こればかりはコントロールできませんから」

「ある程度、予期はできるんじゃないか」川内が地図を指先で叩いた。ホワイトボードがかたかたと揺れる。「同じ月、同じ日……気象台に確認すれば、統計的なデータは取れるはずだし、例えば一年前の同じ日に走れば、感覚的にも把握できるだろう」

「はい……」同意しながら、音無はかすかな疑念を感じていた。最初の頃、川内はここまで熱心だっただろうか。あくまで知事と自分をつなぐブリッジ役だったはずでは……しかしその疑問は、すぐに氷解した。

「今から知事が見えられる」

「え？」思わず間抜けな声を上げてしまった。忙しいはずなのに、この件に関しては入れこみ方が違う。

「やはり、関心が高いんだろう。ご自分で言い出されたことでもあるし、何としても成功させたいんだと思う」解説する川内の声には、かすかな緊張感と興奮が感じられた。

「分かります」

「コースの計画について、詳細に説明してくれ。知事の方からも何か注文があるかもしれないから、取り敢えずちゃんと聞いて……いらっしゃったな」

いち早く気配を察したのか、川内がドアに歩み寄る。さっと開けると、まさに知事が顔を見せたところだった。お付きの者はいない。それで音無は幾分ほっとしたが、依然として緊張感は消えなかった。当たり前だ。一介の職員が、短い期間で知事と二度もさしで話すことなど、まずあり得ない。松尾は特に、「職員との対話」を前面に押し出しているタイプでもないし……この件に関しては、それだけ気合いが入っているということか。

「ご苦労さん」短く言って、ホワイトボードに歩み寄る。後ろ手を組んだまま、顔だけを動かしてコースをトレースした。重要なポイントでは地名――交差点の名前などをサインペンで書きこんでいるので、松尾もルートが頭に浮かぶはずだ。

「結構だね」松尾がこちらに顔を向けながら、ゆっくりと言った。

音無は安堵で心が溶け出すような思いを味わいながら、深々と頭を下げた。これで第一関門クリアと言っていいのではないだろうか。最高責任者の松尾がNGを出せば、最初から練り直しになる。

「高低差はどうなんだ？　フラットな感じがするのは、経験的に分かるが」

「お待ち下さい」

青田が用意してくれた図面を、プリントアウトした。受け取った松尾が一瞬顔をしかめる。

「ずいぶんでこぼこしているようだが……」

「縮尺が正確ではありませんから、そう見えるだけです。実際には、全体で高低差は五メートルもありません。幸い、跨線橋《こせんきょう》を越えることもないですし、ほぼフラットと言っていいと思います」

「いいでしょう」松尾がうなずいた。「短い時間でよく、いいルートを造ってくれました」

「実際には、これから全部を走って、距離を正確に測定しなければなりません。道路状況も詳しく調べる必要がありますし……でこぼこな場所は避けたいですからね」

「分かった、この線で進めてもらって結構だ」松尾がホワイトボード上の地図を平手で叩いた。「一つだけ、問題があるな。神奈川警察署、それに消防署がいくつか、ルート上にある。第一京浜に面したところだ」

「ええ」それは音無も気づいていた。緊急車両が飛び出すことがあるから、警察署、消防署がある場所はルートにしないのが暗黙の約束だ。

「それは何とか、こっちで調整しよう。あの辺なら、第一京浜以外にも緊急車両が出入りできる道路があるはずだから……それよりいつ、正式に発表できるだろう」

「いや、それはまだ……もう少し時間がかかります」知事はずいぶん焦っているようだが、実地踏査もまだなのだ。地図はあくまで地図。一つビルが建っただけで、環境は激変してしまう。都市部のビル風を甘く見ていると、痛い目に遭う。

「どれぐらいだ？」松尾の声は異常に真剣だった。苛立ちさえ感じられる。

「二か月……あるいは三か月かと」

「年明けぐらいにどうだろう」

「ええ、その頃なら何とか」

「それならいい。このまま進めてくれ」松尾が深くうなずいた。

「あの、知事？」

「何だ？」踵を返しかけた松尾が、体を捻って音無の顔を見た。

「お急ぎのようですが、何か理由があるんでしょうか」

「音無」

川内が鋭い声で制したが、一度口から出た言葉は取り戻せない。音無も失態を悟ったが、松尾は穏やかな表情を浮かべていた——目だけは爛々《らんらん》と輝いている。

「できたら、年明けに正式発表したいんだ。新年のめでたい席に相応しい話題だろう？　最近、暗い話ばかりだから、たまには派手なネタを記者連中にも投げてやらないと」

そういうことか。裏はないんだな——ほっとして音無はうなずいた。が、すぐに心配事が引っかかる。

「その時点では、どこまで発表されるおつもりなんですか？」

「ルートと、主な参加選手だ。そこをはっきりさせないと、世界最高を狙うレースだといっても説得力がない。目玉選手がいないと、誰も興味も持たないだろう」

ずきり、と胸が痛む。ルート作成が順調にいっているから忘れがちになるのだが、自分はまだ、山城も甲本も説得できていない。世界記録を出すために必要な、あと二本の柱。松尾が、音無の暗い表情にいち早く気づいた。

「何か心配事でもあるのか」

「いや、そういうわけじゃないんですが……」音無は言葉を濁した。

「山城には会ったか？」

いきなり核心を突いてきた。知事本人も、この件を一番心配しているのだろう、と悟る。確かに、目玉選手がいないレースには何の意味もない。一方山城も、そういう思惑には敏感に気づいていたのだろう。だからこそ「広告塔で使われる気はありません」などという拒絶の台詞が飛び出したのだ。もちろん、彼の言う「広告塔」と、松尾の「目玉選手」では意味が違うのだが。目玉選手とは、あくまで記録を狙える逸材のことである。広告塔となれば、記録はともかく、テレビ番組で事前煽りに登場して笑顔を振りまくようなこともあるだろう。ぶっきらぼうを通り越して凶暴ささえ感じさせる顔の山城が、テレビで愛想を振りまく姿は想像もできなかった。

「どうした？　会ったのか」松尾が追い打ちをかける。

「はい、先週末に」音無は思わず目を伏せた。

「扱いにくい男だろう」

慌てて顔を上げると、松尾はにやにやと嫌らしい笑いを浮かべていた。もしかしたら、山城がああいう男だということを知っていた？　だったら事前にもう少し情報をくれてもいいものを。

「来年のベルリンで、世界記録を狙うそうです」

「あそこはいいコースだからな」松尾がうなずく。「今、世界記録を狙うには一番いい。いずれは東海道マラソンが取って代わるがね――で、彼は走らないと言ってるのか?」

「スケジュールを崩されるのが嫌なようですね」

「本当に才能のある選手が完璧主義者になると、どうなるか分かるか?」

「それは――」

「周りが全部敵に見える。敵か、そうでなければ召使いだな。黙って言うことを聞く人間には気を許すかもしれないが、余計なことを言ってくる人間に対しては、牙を剝き出しにするだろう」

「嚙《か》まれそうになりましたよ」

音無が思わず愚痴を零すと、松尾が短く声を上げて笑った。

「肉を切らせて骨を断つ、というやり方もある。とにかく引っ張り出してくれ。彼が走らないなら、この大会を開催する意味はないんだ。それぐらいの覚悟を持って欲しい」

「はあ」先ほどまでのいい気分は、あっという間に萎《しぼ》んだ。問題はもう一つあるわけで、とても楽観的にはなれない。「実は、ペースメーカーの方も……」

「上手くいってないのか」松尾の目つきが、にわかに鋭くなった。マラソン好きで、そのためには全てを犠牲にしようとしていた男の純粋さは消え、権力者に特有の、上から押さえつける態度が前面に出た。

「はい。目をつけた選手はいるんですが……」音無は、甲本について説明した。松尾の記憶にはない名前――ハーフマラソンの日本記録など、関係者以外誰も注目しない――のようだったが、彼ほどペースメーカーに合った資質を持った人間はいない、と強調すると食いついてきた。

「三十キロまでなら、世界記録ペースで走れるわけだ」

「その可能性は高いです」

「だったら、どうしても走らせろ。理想のペースメーカーがいるんだったら、絶対に逃がすな」

「しかし彼は、難色を示しています」

「金は提示したんだろうな」松尾が、親指と人指し指で丸を作った。

「もちろんです」嫌らしい表現だと思いながら、音無は答えた。

「それでも駄目だと？」

「気持ちの問題だと思います」

「だったら、気持ちを動かしなさい。記録に対する大義名分、裏方の大切さ……何でもいい。説得するための手段は選ばなくていい」

「はあ……はい」いきなり頭を押さえつける言い方にむっとしたが、反論はできない。背中を冷や汗が伝い始めた。上手くいけば、この東海道マラソンは自分のキャリアのステップアップになるだろうと考えていたのだが、それは危険と裏腹である。もし失敗したら……考えただけで、胃を鷲摑みされるような恐怖を覚えるのだった。

チャンスの裏にはピンチあり。自分がどれだけ細く危うい道を歩いているのか、音無は初めてはっきりと意識した。

6

いくら何でも惨めだよな、と甲本は唇を嚙んだ。どういう暮らし方が「人並み」なのかは分からないが、自分が人並みに暮らしていないことだけは確かだ。

午後八時。アパートの狭い部屋で膝を抱えたまま、ついぼうっとしてしまった。こういう時、自分の境遇について思いを馳《は》せることが多い。いい加減、早く寝なくてはいけないのだが……明日も朝五時から、弁当工場での仕事があるので、四時起きしないと間に合わないのだ。

自分の一日のスケジュールを考えると、うんざりしてくる。ほぼ毎日、四時起きで工場に向かう。昼まで働いて、そこから先がやっと自分の練習の時間だ。お情けで使わせてもらっている大学のグラウンドに向かい、トラック、あるいはロードで汗を流す。練習は五時か六時まで。ろくにマッサージも受けられないし、体のケアができていないという懸念もある。今のところ、足首の骨折以降は故障がないことだけが救いだった。

監督の中西《なかにし》に対しても、申し訳なく思う。甲本一人が大学生に混じって練習をしていても、彼が困ることはないのだが、何くれとなく気を遣ってくれるので、かえって肩身が狭いのだ。マッサージだって、大学で契約しているトレーナーの世話になればいい、と言ってくれるのだが、そこまでは……と遠慮する気持ちが働いてしまう。「契約している、信頼できる人がいますから」と嘘《うそ》をついて、ずっと断り続けていた。中西は大学職員兼コーチの椅子も用意しようとしてくれたのだが、こちらは大学の方から蹴られてしまった。この不景気のご時世だ、大学側でも、戦力として期待できない職員を増やすことはできないのだろう。

それでも何とか生きて、練習はしている。派遣されて働いている弁当工場で得られる給料は、手取りで月十万円程度。これで生活費を賄い、大きなレースへの遠征費用を工面するとかつかつの毎日だったが、明日にも飢えて死ぬほどではない。

とはいえ、余裕はまったくなかった。フローリングの床に大の字になり、天井を見上げる。ひんやりした床の感覚は心地好《よ》いが、そんな季節もあと少しだ。このアパートは古いせいか、夏は暑く冬は寒い。しかし冷暖房費を節約するため、エアコンなどつけた例《ためし》がない。

思い切って田舎へ帰ってしまおうか、と最近頻繁に考える。何も、神奈川にいなければ走れない、というわけでもないのだ。マラソンの場合、練習場所はどこでも確保できるし、何より実家にいれば家賃がかからない。職種を選ばなければ、田舎だって仕事はあるだろう。両親に少しでも金を渡せば、後ろめたい思いもしなくて済むはずだ。

だが、中西と別れるのが不安である。何くれとなくアドバイスをくれる彼の存在は、甲本にとっては太陽のようなものだった。自分でゼロからトレーニングメニューを作り、それをきっちり守って結果を出す選手もいるが、自分がそういうタイプでないことは分かっていた。依頼心が強い……誰かに支えてもらわないと、心が折れそうになる。自分の弱さを意識しながら、日々を悶々《もんもん》と過ごすだけだった。

ふと、音無の顔が目に浮かぶ。ふざけた話だよな。ペースメーカーで三十キロ走っただけで一千万円。この不景気のご時世に、えらく豪華な話だ。

皮肉に考えた次には、妄想が膨らんでいく。音無は、ペースメーカーの報奨金だけでなく、何でも手を尽くすと言った。説得のためだけに大風呂敷を広げていたとは思えない。例えば、レース本番まで、毎月十万円の強化費をくれ、と頼んだらどうなるだろう。それぐらいは受け入れてくれそうな気がする。バイト代に加えて、毎月あと十万円の余裕があったら、どれだけ楽になるだろう。いや、バイトは辞められるかもしれない。その分、練習や体のメインテナンスに時間をかけられる。金がなくて断念していた高地合宿や海外のレースにも、参加できるのではないか。音無も「ボールダー辺りで高地合宿をしてもらってもいい」と言ってくれていたことだし。

様々な可能性が脳裏を過《よぎ》ったが、上体を起こした瞬間に消えてしまった。

どうしてもその気になれない。プライドが邪魔をする。

俺は現役の選手なんだ。何も諦めていない。走るのは、自分の記録のため——どうして他人のために走らなければならないんだ。

一方で、これは仕事だと割り切ればいいじゃないか、とも思う。音無が言うようにトレーニングにも応用できるだろうし、金にもなる。プライドのことを考えなければ、悪いことは何もないではないか。一千万円あったら何ができるか、よく考えてみろ。ペースメーカーをやったからといって、その後レースに出られなくなるわけでもないし。

冗談じゃない。現役であるうちは、自分のことだけを考えるべきだ。自分の時間は全て、自分のために使うべきだ。

心の中で二つの声がせめぎ合う。とにかく、駄目だ。他人のためなんかには走らない。そうやって音無の申し出を捻り潰そうとするのだが、一千万円の誘惑はあまりにも強かった。金さえあれば……惨めだと分かっている反面、現実的な解決策はそれしかないのでは、と思えてくる。


「ちょっと飯にでも行かないか」

練習上がりで、中西が声をかけてきた。珍しいことである。中西も、甲本が何かと気を遣っているのを分かっているせいか、食事に誘うことはほとんどない。何かあったのではないか、と甲本は警戒した。顔をタオルで拭う間を利用して、あれこれと考える。結局、妙案は浮かばない。断るのも変だし、満面の笑みで食いつくのもはしたない。さりげなくいこう。

「いいんですか?」結局、無難に確認する台詞しか出てこなかった。

「ああ、たまにはな。レバーでも食べないか」

「レバー?」

「焼肉じゃなくて、洋食屋だ」言いながら、中西が早くも踵を返そうとする。昔からせっかちなのだ。

「十分、下さい」

「待ってるぞ」

振り向きもせずに答える。あの調子だと、七分待たせると機嫌を悪くするだろうな……汗を流すだけにして、ゆっくり浴びるのは家に帰ってからにしようと決める。できるだけクラブハウスのシャワーを使って、家では風呂に入らないようにしているのだが……惨めな気分にはなるが、水道代もガス代も節約しなければならない。

まだ頭が濡れたまま、外へ飛び出す。汗が乾く間もないので、Tシャツも不快に肌に張りついたままだ。駐車場へ行くと、案の定、中西は既に自分の車の運転席に座っている。エンジンもかかっていた。慌てて助手席に滑りこむと、ドアが閉まらないうちに発進させる。

「店はどこですか」

「野毛《のげ》だ」

ああ、あそこかと見当がついた。野毛でレバーを食べさせる洋食屋といえば、「グリル横濱《よこはま》」しか思いつかない。あそこでは、レバーカツやレバーソテーの定食が、七百円か八百円ぐらいで食べられる。その値段に見合うような話なら、大したことはないだろう。「明日から練習には来ないでくれ」というような深刻な話なら、もう少し高い食事を奢るはずだ。

大学のグラウンドから店までは、車で十五分ほど。その間、甲本はずっと口をつぐんでいた。走り出した途端、中西が音楽をかけはじめたので、車の中では話したくないのだと分かる——昔からの彼の癖なのだ。低音が効いたヒップホップなのだが、これが最近の好みなのだろうか。カーオーディオに手を伸ばして、ほんの少しボリュームを下げたいという欲求と戦い続ける。

軽い拷問の十五分が過ぎて、中西は車をコインパーキングに入れた。鼻歌交じりなので上機嫌なのは分かるが、曲は先ほど車で聴いていたのとは違うようだ。

「監督、さっきの曲……」

「ああ、吹田に適当に曲を入れておいてくれって頼んだら、あんなのが入ってた」

「吹田も趣味がよくないですね」

「そうか？　俺は嫌いじゃないけどな」

中西は今年、四十八歳になる。青春時代を送ったのは八〇年代で、ああいう曲は流行《はや》っていなかったはずだ。ジャーニーやボン・ジョヴィ辺りを聴いている方が、世代的には合っている感じなのだが……。

「グリル横濱」は、三階建てのビルで、かなりの年代物だ。「定礎　昭和四十五年」の文字を見る度に、厳しい競争をよく生き延びてきたものだと甲本は感心する。味つけは運動選手が好みそうな濃さで、安い上に量が多いので、陸上部の連中が昔から入り浸っている。

「何でレバーなんですか」急な階段を上る中西の背中に声をかける。

「長距離の選手には鉄分が必須だろう」

「まあ、そうですけど……」

「何か不満か？」上を向いたまま、中西が吼《ほ》えるように訊ねる。「ライオン」のあだ名そのままの獅子吼《しく》だった。

「何でもないです」こうなっては、黙って引き下がるしかない。経験から、甲本は口をつぐんだ。

二人ともレバーフライを頼む。そういえば、この店以外ではこの料理を食べたことがないな、と甲本は思い出した。テーブルに置かれたポットから暖かい茶を湯呑みに注ぎ、中西の前に置く。

「ああ、どうも」中西はあっという間に元に戻っていた。「ライオン」の渾名《あだな》のもとになった、もじゃもじゃの髪ともみあげ、髭《ひげ》にも、最近は白い物が混じるようになっている。体形もふっくらしてきた。それでも気持ちは若いままで、グラウンドでは空気を揺るがすような大声で、学生たちに発破《はっぱ》をかける。それが「遠吠《とおぼ》え」と呼ばれているのを、中西は知っているのだろうか。

「で、何なんですか」

「県のスポーツ課の人が会いに来ただろう」

中西はずばりと切り出してきた。甲本は言葉を選びながら、しばし沈黙した。どこから漏れた……吹田辺りだろう。あの男はお喋りだから、中西に告げ口したに違いない。それにしても、中西がどうしてそんなことを気にするのか、分からなかった。

「ええ」否定しても無駄だと思い、取り敢えず認める。

「どういう話だったんだ」

知ってるんでしょう、という台詞が喉を上がってきたが、何とか呑みこむ。ペースメーカーを頼まれたことを、簡単に説明した。

「受けろ」と中西が短く結論を出した時には、まだ料理は出来上がっていなかった。

「いや、しかしですね」甲本はいきり立って反論しようとしたが、言葉が続かない。だいたい、否定する理由はたった一つしかないのだ。

プライド。クソの役にも立たないプライド。

「受けて金を貰え。何の問題がある？　今のお前には、金は絶対必要だろう。その金を元手にして、今より充実したトレーニングをすればいい」

「監督、本当は全部知ってるんじゃないですか」

「知ってるよ」中西があっさり認めた。そのタイミングで料理が運ばれてきて、会話は一時中断になった。中西は、食べている時は選手に会話を許さない。とにかく集中して、料理の一つ一つを味わって食べろ、というのが持論なのだ。そうしないと、栄養が身につかない、と。

話を先に進めたいのだが、中西は一切口を開こうとしなかった。最近、「何度も嚙んでゆっくり食べた方が瘦せる」という持論から、ことさら食事にかける時間を長く取るようになったようだ。それにしても、レバーフライで時間をかけられても……フライとはいっても実態はから揚げで、極薄に切ったレバーの味はかすかにしか感じられない。ソースと芥子《からし》、それにたっぷりの千切りキャベツとポテトサラダが、食事を進めるのを助けてくれる。

甲本もできるだけゆっくり食べようと努めたが、結局中西よりはだいぶ早く食べ終えてしまった。散らばったキャベツを集めて最後の一本まで食べたが、それでもまだ中西の皿には飯が半分ほど残っている。仕方無しに、背筋をぴんと伸ばし、両膝に手を置いたまま待つ。お預けを食った犬のようだなと思いながら、ひたすら中西の食事を見守った。

待つこと十分。満足そうに中西がナイフとフォークを置き、溜息を漏らす。

「いかんなあ。たまに、どうしてもこういうジャンクな飯が欲しくなる」

「レバーは体にいいんじゃないですか」

「フライにしたら台無しだよ。俺はもう走ってないんだから……気をつけないと、太る一方だよな。でも、学生時代から慣れ親しんだ味からは、簡単には離れられない」

長距離走者には鉄分、という先ほどの話を頭から否定するようなものだった。

「分かります」

「さて、出ようか」

紙ナプキンで口を拭いながら、さっさと立ち上がる。気忙しいことで……と皮肉に思ったが、夕食時で店内は混み始めており、長居するのは店に対しても失礼だ。奢ってもらうのだし、ここは彼の言うことに従おう。

外へ出ると、だいぶ涼しくなってきた夜風が体に優しい。かすかに悪臭が漂うのは、近くを流れる川にヘドロが溜《た》まっているからだ。これは昔から変わらない。川を綺麗《きれい》にするぐらい、今の技術なら簡単なはずだが。この辺りはごちゃごちゃとした闇市の雰囲気を残す街で、小さな呑み屋が軒を連ねている。酒呑みにはたまらない環境だろうが、あいにくと甲本も中西も酒を呑まない。それでも中西は、早くも空気がアルコール臭を含むようになってきた繁華街の散歩を楽しむように、ゆっくりと歩いている。

桜木町《さくらぎちょう》駅の近くまで来ると、今度は一転してビルが多くなる。平戸桜木道路沿いにあるカフェを見つけて入る。中は女性が九十パーセントで、どことなく居心地が悪かったが、中西は気にする様子もない。甲本はアイスコーヒーにしたのだが、中西は温かいカフェラテにヘーゼルナッツのシロップを加えた。食べた後にこんな甘い物を飲むから太るんだと思ったが、面と向かっては口には出せない。

「レースに出ろ」

飲み物を持って席につくと、中西がまた唐突に切り出す。どこまでせっかちなんだと苦笑しながら、甲本は首を横に振った。

「出ないつもりなのか」中西が目を見開く。

「だってあれですよ、監督……かませ犬みたいじゃないですか」

「ほう、ずいぶん難しい言葉を知ってるんだな」中西がにやりと笑った。

「馬鹿にしないで下さい。でも、ペースメーカーなんて縁の下の力持ち、裏方じゃないですか。何で現役の俺が、そんなことをしなくちゃいけないんですか」

「頼まれたんだろう？　見こまれたということだぞ」

「そういう風に、県の人——音無さんから聞いたんですか？」

「聞いたというか、お前を説得するように頼まれた」

冗談じゃない。監督まで味方につけて、俺を追いこむつもりなのか。だとしたら、あの男はしつこい上にかなりの策士だ。外堀を埋めて、再度攻撃を仕掛ける作戦なのだろう。監督はどうして丸めこまれてしまったのか……もしかしたら、俺がペースメーカーをやった方がいいと思っているのか。

「やった方がいいと思いますか？」

「やれ」いきなりの断定、いや、命令だった。「金にもなるし、それ以上にいい練習だ」

「三十キロだけ走るなんて、何の練習にもならないでしょう。ハーフより長いし、フルより短いし……」

「スピードトレーニングになるだろうが。マラソン用には、三十キロまでのスピードを最後まで持続できるようにすればいいんだ。一度、一キロ二分五十五秒ペースで三十キロを走り切れば、すごい自信になるぞ。それに、調整のためにペースメーカーを引き受ける選手もいる」

「それは分かってますけど……」誰も彼も、同じ理屈をこねやがって……ついつい、口調が曖昧になる。「そういうつもりで練習してないですからねえ」

「まだ時間はある。一年半近く先だぞ？　何とでも調整できるだろう」

「そうかもしれませんけど、気持ちが乗らないですね」

「乗るも乗らないもない。冷静に考えろ」中西がふっくらした両手を組み合わせた。「今後の競技者としての人生……一千万円あれば、余計なことを心配しなくて済むようになる」

「そこまで知ってるんですか？」

「それはそうだ。お前のことだからだぞ。俺がどれだけお前のことを心配してるか、分からないのか」

「それは分かってますけど……」甲本は両手を組み合わせ、腿の間に挟みこんだ。「何も俺に、こういう話を持ってこなくてもいいと思うんですよね」

「向こうも、計算があってのことなんだぞ。音無さんは、いろいろとよく調べている。彼、昔箱根にも出たそうじゃないか。そういう経験が生きてるんだろう」

「一回だけ走って、区間最下位だったそうですけど」要するに、エリート集団の中の落ち零れだ。

「出るのと出ないのとでは、大きな差がある」中西の口調は、次第に熱を帯びてきた。「一度でも箱根を経験した人間は、人生が変わるんだよ」

「そうですかねえ。俺はそんなに変わったとは思えないけど」

「だったらお前は、感受性が鈍過ぎる」

甲本が右手の中指と親指を擦り合わせ始めた。苛立っている時の癖。甲本は慌てて腿の間から手を引き抜き、背筋を伸ばした。

「変な話だが、お前は三十キロまでは日本最強になれるかもしれない」

だから、そんなレースはないでしょう——反論を呑みこみ、かすかにうなずく。愚痴ってはいるものの、「最強」と言われて悪い気はしない……と、こんなことで乗せられてたまるか。

「一度ぐらい、誰かのために力を貸してやっても、悪いことはないぞ」

「だけど、他人のために調整するのって、何か変じゃないですか？　東海道マラソンが開かれる頃、俺、もう三十ですよ」誕生日は十二月。三十歳になって初めて走るレースがペースメーカーとして、というのは情けなさ過ぎる。だいたい、選手寿命は刻一刻と終わりに近づいているのだ。遠回りしている余裕などない。「俺には俺なりの目標もあるんですけど」

「ペースメーカーをやったぐらいで目標が崩れるようじゃ、駄目だろうが。なあ、今の男子マラソンの長期低落傾向を考えてみろ。このままでいいと思うか？　誰かが突き抜けないと、日本のマラソンは世界標準から大きく取り残される。そうなると、長距離を走りたいと思う子どもが少なくなって、どんどん底辺が狭くなるんだ」

「そんな大きな話は考えられませんよ」

「馬鹿者」

中西が平手をテーブルに叩きつける。周囲の客がびっくりして振り向くのを見て、甲本は背中を丸めたが、当の中西は気にする様子もない。

「監督、見られてますよ」小声で忠告する。

「関係ない」声も一段甲高くなっている。「いいか、ある程度の年齢になったら、広い視野を持たないと駄目だ。後輩たちのために自分の力を使うとか……そうやって経験は引き継がれていくんだぞ」

「俺の経験が役に立つとは思えないですねえ」

「残すべき経験がないのは悲しいことだな」憤然と言い放ち、中西が腕組みをした。

まったく、何なんだ……皆よってたかって、俺をペースメーカーに仕立て上げようとするなんて。そんなに、ランナーとしての俺は駄目なのか。もう見こみがないのか。かつてのハーフマラソン日本記録保持者といっても、とっくに破られているし、そもそもそんな記録は誰も重視しない。金を払うから走ってくれと頼んでくるのは、賞金稼ぎに手を合わせるようなものではないか。

それは確かに、一千万円という金額は魅力的だ。数年間は、金の心配をせずにトレーニングに徹することができるだろう。それで選手生活の晩年を飾る……駄目だ、そんなことを考えていては。これはプライドの問題なのだから。

「よく考えろ」

「考えてます」中西の忠告を軽く受け流す。

「よく考えたら、もう結論は出てるはずだぞ。お前は走るしかないんだ」

まさか。結論ありきで話をされたら、たまったものではない。

7

会見場は、ひどく居心地が悪かった。福岡国際マラソンで日本記録をまたも更新したのだから、胸を張っていいのだが、そもそも記者会見が嫌いなのだ。無愛想に振る舞っても早く終わらないと分かっているのに、笑顔を見せることができない。結果、非常にぶっきら棒な会見になってしまい、夜のスポーツニュースや翌日の新聞にもしっかり反映されてしまう。普段は周囲の人間との軋轢《あつれき》など何とも思わない——というより眼中にない——山城だが、相手が「世間」になると話は別だ。どこで何を言われているか、分かったものではない。もちろん今のマスコミは、自分を貶《おとし》めるようなことを書くわけがないのだが。

日本で唯一、世界と勝負ができる男だから。

ストロボが激しく明滅し、カメラのライトが目を焼く。今はカメラの性能がいいから、こんな風にしなくても十分撮影できるはずなのに……意識して表情を消した。やがてストロボの攻撃が徐々に引いたところで、司会者が仕切って会見を動かし始める。

一つ一つの質問に、短く、できるだけ言質《げんち》を取られないよう意識しながら答えていく。今日のレース展開は。体調は。記録更新についてどう思うか。

「まだまだです。まだ先がありますから」

記者席から、かすかなどよめきが起きる。パイプ椅子ががたがたといい、山城は「言い過ぎたか」と一瞬悔いた。「世界記録を狙う」と公言した、と思われたのかもしれない。自信なさげな振りをするつもりはないが、「ビッグマウス」の印象を植えつけたくもなかった。一つ咳払《せきばら》いをして、つけ加える。

「タイムはまだ短縮できます。具体的な目標は、ちょっと勘弁して欲しいんですが」

「来年のベルリンマラソンを走る予定ですよね？　そこで世界記録を狙っているんですか」容赦なく、質問が飛ぶ。

「ベルリンを走るのは初めてですから、まだ様子が分かりません。記録の方は、今の時点では何とも言えません」

質問した記者が不満そうな表情を浮かべたが、それ以上突っこんではこなかった。ほっとしたところへ、別の質問が飛ぶ。

「再来年の二月に、新しいマラソン大会が開かれるという情報があります。記録を狙える高速コースを設定してあるという話なんですが、そこには出るんですか？」

これは、例の東海道マラソンのことか？　あれ以来、音無からの接触はない。てっきり計画倒れで流れてしまったのかと思っていたのだが……水面下では着々と進んでいたのだろうか。しかし、こういう場で質問する人間がいるということは、水面下ではなく、既に表沙汰になっているのかもしれない。新聞も、スポーツ面にはくまなく目を通しているのだが、気づかなかった。

「そういう大会があるんですか？」山城は逆に質問し返した。

「そういう情報があります」

ということは、まだ正式な話ではないのだろう。この記者は、単なる噂の段階で質問をぶつけてきたのか……山城は、「特に話を聞いていないので、何とも言えません」と無難に返事をした。

会見はそれで打ち切りになった。最後にもう一度、写真撮影。優勝したケニアの選手――山城は日本人最高で二位だった――と三位のイギリスの選手との三人で、フォトセッションに応じる。山城の目は、先ほど質問をした記者が、他の記者に囲まれて逆質問を受けているのを捉えた。あれはやはり、極秘情報だったのではないか？「どういうことなんだ」と突っこまれているのかもしれない。だとしたら、こんなところで話を出したのは大失敗ではないか。せっかく特ダネになりそうな話を、自ら明かしてしまったのだから。

それにしても、いったいどうなっているのだろう。走るつもりなど当然ないが、あの大会がどうなるのか、気にならないと言ったら嘘になる。ここまで情報が隠蔽されているのが不思議でならなかった。本番まであと一年二か月というのは、ずいぶん時間があるような感じがするが、マラソンの大会には相当な準備期間が必要なはずだ。

もしかしたら、準備は上手く進んでいないのではないか。だとしたらこっちには、逃げるチャンスが生まれる。「最初の話と違う」と言い抜けて、調整が間に合わないと訴えれば、主催者も無理はできないはずだ。マラソンランナーにとって「調整」は、あらゆる非礼に対する言い訳になる。

面倒事に巻きこまれずに済むかもしれない。自分の計画にはないレースのことを気に病む必要もなくなるだろう。ほっとして表情が緩むのを感じながら、山城はストロボの光を浴び続けた。

須田がホテルの山城の部屋を訪ねて来たのは、午後九時過ぎだった。ゆっくりと夕食をとり、マッサージを受けた後、ベッドに大の字になってうつらうつらしていた至福の時間。面倒臭いなと思いながら立ち上がってドアを開けると、怪訝《けげん》そうな表情を浮かべた須田が立っていた。全身を蝕《むしば》む疲労で、人と話をするような気分ではなかったが、須田はさっさと部屋に入って来てしまった。一人がけのソファに腰を下ろすと、座るよう、山城を促す。椅子は一つしかないので、山城は仕方なくベッドに腰かけた。柔らかい感触に、眠気が襲ってくる。


「さっきの会見なんだけど、東海道マラソンのことだろう」

「そうなんじゃないですか」

「九月に、県のスポーツ課の人が訪ねて来ただろう？　お前、話を蹴ったそうだな」

「当然ですよ」

「ああいうことは滅多にあるもんじゃない」

「そうですか」

「出ないのか？」

「まさか」山城は鼻で笑った。「予定が狂います。これからは、来年九月のベルリンに向けて調整していくんですから」

「再来年の二月のマラソンには合わせられない、と」

「監督なら、それぐらいのことは当然分かってくれてると思いましたけど」皮肉をかましてやった。

須田は選手生活の前半に華々しい記録を残したものの、怪我に苦しめられるようになってからは、調整に四苦八苦していたはずだ。結局最後のレースでも、途中で足を傷めて棄権してしまった。

「九月と二月……間隔は十分空いてると思うけどな」

「走るつもりはないですから」

「日本で世界記録を出せたら、最高だと思わないか」

須田が身を乗り出し、山城の目を真っ直ぐ覗きこむ。山城はどこか白けた気分になって、肩をすくめた。

「どこで記録を出しても同じです。数字が変わるわけじゃありません」

「注目度が違うぞ」

「注目されるために走ってるわけじゃないんで」首を振った。沿道の声援も、マスコミの好意的な記事もいらない。俺は巨大な自尊心のためだけに走っているのだから。

「しかし向こうは、相当いい条件を考えてるみたいじゃないか。俺が聞いた話だと、超高速コースを設定してるようだぞ。ベルリンに匹敵する設定になるかもしれない」

「だけど、海の物とも山の物ともつかないでしょう？　そんなレースに本気になれませんよ」

「ベルリンには伝統があるからいいわけだ」

「実際、あそこでは世界記録が出てるじゃないですか」

「そうだけど、毎回記録が更新されてるわけじゃない。東海道マラソンだって悪くないと思うぞ。記録が出る可能性は高いと俺は見たけどな」

「監督、あの連中から金でも貰ってるんですか？」

須田の顔が赤く染まった。金の話になると、この男は神経質な反応を見せる。元々、父親がＩＴ系の企業を経営していたせいもあり、潤沢な資金で練習環境を整え、先端的な練習をしていた。ところが父親の会社が倒産して——自分の現役引退と重なる——その後は金に汲々《きゅうきゅう》としている、と山城は聞いていた。何しろ彼の現在の立場は、あくまで「タキタ」総務部の社員である。陸上部の監督として報酬をもらっているわけではなく、同年代の平均的なサラリーマンよりも、年俸は低いだろう。

「俺は厚意で言ってるんだ」

「誰に対する厚意ですか」

「お前に決まってるだろう。お前が世界記録を出す瞬間は、俺も見たい。俺だけじゃないぞ。日本中が待ってる」

「俺は、そんな人気者じゃないですよ」

須田が顔を歪めて笑った。ゆっくり首を振りながら、山城の言葉を否定する。

「今日の会見、どう思った」

「何がですか」

「レースのことを聞いてきた記者がいただろう。事前に情報が漏れてるんだよ。しかもあれは、お前が走る前提で話をしてる。もう、既成事実になりつつあるんだぞ」

「冗談じゃない」いきり立って山城は立ち上がった。「こっちは、走るなんて一言も言ってないんですよ。勝手なことをされたら困る」

「外堀を埋め始めたのかもしれないな」須田が丸い顎をゆっくりと撫でた。「周りがそうやって期待し始めれば、走らないわけにはいかないだろう」

「否定しますよ」

「どうやって？　声明でも出すのか？　レースの開催はまだ正式に発表もされていないんだぞ。そこで喋ったら、かえって変に思われるだろう」

「しかし……」

「落ち着けよ」須田が両手を広げて下に向け、二度、三度と振った。「スケジュールの調整ぐらい、俺がやってやる。仮にも監督なんだからな……ベルリンで世界記録を狙うのもいい。だけどそれだけじゃ、勿体《もったい》ないぞ。せっかくいいレースがあるんだから、走らない手はない。世界記録、欲しいだろう?」

「欲しいじゃなくて、出すんです。必ず」

「まあ……」須田がまた苦笑する。「今それを言って正気を疑われないのは、お前ぐらいだろうな」

「当然です」

「そう思うなら、全国にお前の力を見せつけてやればいいじゃないか。ベルリンは確かに高速レースだけど、注目度は低いぞ。国内のレースでテレビ中継があれば、一躍注目の的だ」

「馬鹿馬鹿しい」山城は吐き捨てた。「俺は見せ物じゃない。テレビのために走るわけじゃないですよ」

「記録に注目がついてくるだけだって考えればいいじゃないか。何を嫌がってるんだ? お前の走りを待ってるファンはたくさんいるんだぞ」

「俺は、他人のために走るんじゃありません。これは自分との戦いなんだ」

「お前、な……」須田が深々と溜息をつく。「そのお前が走るのに、どれだけの人が手を尽くしてると思ってるんだ。皆のバックアップがあって、走れてるんだろうが」

山城は口をつぐんだ。周りの人間が俺にかしずくのは当然……その気持ちに変わりはないのだが、さすがに口に出すほど愚かではない。単に態度が傲慢なのと、思っていることを何でも口にしてしまうのとは、まったく別の問題だ。言ったが最後、周りの人間は全て去るだろう。監督の須田でさえ例外ではない。特にこの男は、自分をチームから放り出す権限さえ持っているのだから。何も一時の激情に駆られて、無茶な言葉を吐き出す必要はない。

「少し考えてみろよ。お前の実力なら、ベルリンで走って、その五か月後にもう一本マラソンを走るのは、まったく無理じゃないぞ。それぞれ、ちょうどいい調整になるじゃないか」

「ベルリンは調整じゃない。本番です」

「怖いのか？」

　探るように須田が切り出したのを無視し、顔を背ける。彼も、あの手この手を使ってくるものだ。脅したり持ち上げたり、何としても俺を走らせるつもりらしい。だが、こんな風に簡単に読まれてしまうようでは駄目だ。底が浅過ぎる。

「この件では、これ以上お話しすることはないですよ」視線を切ったまま、山城は冷たく宣言した。

「そうか」須田が腿を叩いて立ち上がる。ひどく年寄りじみた仕草だが、ちらりと見た彼の顔は、確かに実年齢よりも年を重ねたように見えた。だがそれも、監督として仕方のないことなのだ。人の心配をして、給料を貰っているのだから。

　だったら会社は、彼には今よりずっと高い給料を支払うべきかもしれない。俺の世話をするのは、他の選手よりも遥《はる》かに手間がかかるはずだ。

8

十二月最初の月曜日。青田たちが一日付けで異動してきて、一気に六人に人数が増えた準備室の空気は、川内の冷たい声で凍りついた。

「誰が喋ったんだ」

音無はそっと、隣に座る青田の顔を盗み見た。彼は呆気《あっけ》に取られて、口をぽかんと開けている。どうして川内が怒っているのか、まったく分からない様子だった。まあ、それはそうか……毎朝新聞は読むにしても、スポーツ新聞にまで目を通す人は少ない。音無はこの朝、たまたま読んでいたので、川内の怒りの原因が分かっていた。彼を爆発させているであろう見出しを思い出す。

〈横浜で新たなマラソン開催か〉

福岡国際マラソンの結果を伝える記事の最後に、無理矢理つけ加えたような囲み記事だった。「関係者の話によると」という前置きで、横浜・川崎をコースにした、世界記録を狙えるような高速レースが計画されている、という内容だった。昨日のレース後の会見で、誰かが山城に質問をぶつけたらしい。

音無が山城に接触したのは一度きりである。あれからずいぶん経つ……簡単に説得できる相手ではないから、冷却期間が必要だと思っていたのだ。山城の方では、計画は流れてしまった、と判断していたかもしれない。それが突然、日本記録を出したレース後の記者会見でこんなことを聞かれるとは、彼も驚いたのではないだろうか。

「誰が喋ったんだ」川内が厳しい表情でメンバーを見ながら、繰り返す。音無は何もしていないから、気楽に構えているつもりだったのだが、さすがに居心地が悪くなってきた。公務員特有の、ねちねちとした査問。結果的に、ありがちな「原因不明」「誰も責任を取らない」ことになっても、そこに至るまでは、トラウマになりそうなほど責められる。公務員が、危険を承知で冒険をしない所以《ゆえん》だ。へマをして叩き潰されるより、査定が下がっても何もしない方がいい。

それにしても、変だ。

準備室ができているぐらいだから、東海道マラソンの件は既に「オン・ザ・テーブル」になっている。予算もつき、事業として回り出しているのだ。しかし、役所の中で関係者が動いていることと、一般に認識されることの間には、深い溝がある。だいたい役所というのは縦割りで、隣の部署の人間が何をやっているかさえ、知らないことが多い。それに、計画に最初から加わっている音無は、事の重要性を十分承知しているが故に、役所の中でもできるだけ内容を話さないようにしていた。「大きなイベントをやる」とだけ説明していたが、それでほとんどの人間は引き下がってくれた。具体的に喋れないということは、まだ世間に出してはいけない話だ、と暗黙の了解が成立するのである。公務員ならではの察しのよさだ。

「とにかく、東海道マラソンの具体的な話は、ここにいる人間しか知らないんだ。誰かがマスコミに漏らしたとしか考えられない。知事もご立腹だ」

結局川内が怒っている原因はそれか、と合点がいった。松尾は、年明けに「めでたい話」として発表したがっていた。それが、予定より一月も早く、しかもこんな形で表沙汰になったとすれば、臍《へそ》を曲げてもおかしくはない。時折エキセントリックになる男なので――そうでなければ東海道マラソンなどというとんでもない企画は考えつかないだろう――今頃怒りで、知事室の什器《じゅうき》を壊しまくっているかもしれない。

「音無、どうなんだ」

「喋ってませんよ」川内の追及に、音無は興奮も怒りも見せずに答えた。実際喋っていないのだから、そうとしか言いようがない。自分が真っ先に名指しされたことには苛立ったが、そんなことで怒っていては、追及の矛先が自分一人に向いてしまう。それだけは避けたかった。いずれは容疑が晴れるにしても、それまで神経戦を戦う余裕はない。だいたい十二月に入って、本格的にコースの測定を行わなければならない時期なのに……既に、自転車に取りつけるトリップメーターも用意してある。三人がそれぞれコースを走破し、平均値を出すのだ。実際のコース検定と同じやり方である。

「だったら、誰が喋った」

まずい……川内の視線が音無から動かない。依然として、自分を最重要容疑者と見なしているようだ。完璧に否定しておかないと、攻撃は長く続くだろう。音無は語気を強めて再度否定した。

「私は何も喋っていません」

「間違いないか?」

「間違いありません」

「大きなイベントの実質的な責任者になって、舞い上がってるんじゃないか?」

それを押しつけたのは誰なんだ。音無は内心むっとしたが、反論しないだけの理性は保っていた。余計なことを言って言質を取られてしまったら、後々問題にされる。公務員というのは、そういうことは絶対に忘れないのだ。隙あらば、部下を減点しようとチャンスを狙っている。「あの時、お前はこう言ってたじゃないか」――身に覚えのない発言を持ち出された経験は、音無にもある。

「だったら誰なんだ」

川内がメンバーを睨みつける。沈黙……普段から調子のいい青田なら、誰かに喋っていてもおかしくないが、音無はそんなことを考えてしまった自分に腹が立った。もちろん、青田は最初の最初から事情を知っていたのだが、仲間を信じられなくてどうする。いや、この男は俺に嫉妬を抱いて、何か計画しているのかもしれない。何しろ俺は、大会が成功すれば昇進が約束されているのだ。口約束に過ぎないとはいえ、ずっと机を並べて仕事をしていた青田がむっとしていてもおかしくない。どうして俺じゃなくてあいつなんだ、と。

「誰も喋ってないんだな？」と川内が念を押す。

あんたが喋ったかもしれないけどな、と音無は皮肉に考えた。川内はあまり酒癖がよくない。酔うと暴言を吐く癖があり、よく酒席を共にする部長、課長クラスがその都度必死に宥《なだ》めているのは、有名な話だった。内輪の会合でならともかく、他の客に向かってひどい事を言ったら、大問題になる。

「とにかく、だ」川内がスポーツ紙をデスクに放り出した。「この件に関しては、今後もまだ機密扱いだ。朝から広報の方にも問い合わせが入っているが、『今のところそういう予定はない』と否定してもらっている」

「それは、局長のお考えですか」

「何が」川内が、質問した音無を睨みつける。

「大丈夫なんですか？　今否定して、年が明けてから『やります』と発表したら、結果的に嘘をついたことになるでしょう」

「嘘じゃない。機密を守るための方便だ」

噂で広がってしまった機密情報。変な話だ。もしかしたら今頃、ネット上ではこの話題が盛り上がっているかもしれない。後で確認しよう、と決めた。ネット上で噂が広がっても、開催には何の影響もないはずだが、痛くもない腹を探られるようで気分はよくない。

川内はその後も、公務員の守秘義務について一演説ぶってから、部屋を出て行った。ドアが閉まった瞬間、ほうっと溜息が漏れる。

「川内さんが自分で喋ったんじゃないのか」音無は思わず毒づいた。

「あ、俺もそう思った」青田が話に飛びついてくる。「酔っぱらって、余計なことを喋ったとかな。今までだって、結構危ない話はあったみたいだぜ。だいたい、さっさと発表しちまえばよかったんだよ。悪い話じゃないんだから、早く広まる分にはいいじゃないか」

「ところが、俺たちがまだコースを正式に決定してないからな」音無は肩をすくめた。これも公務員根性と言うべきだろうか、予定より早く仕事をしようという意識は、自分にも薄い。納期は納期であり、それより遅くても早くてもいけないのだ。ある日付を軸に、全ての人間が動いているのだから、早めると全体の予定が狂ってしまう。

「そのことだけど、今夜、やるんだろう?」

「ああ、予定通りだ。昼間は車が多くて危ないからな」

コースの走破調査。本当は、夜中の二時スタートにしたかった。首都圏の大動脈である第一京浜は、日付が変わる頃まで車の数が減ることはない。しかし、さすがにその時間だとかえって危ないのでは、という声も上がり、午後九時開始になったのだ。

「俺も走るんだよな」そんなことは前から決まっていたにもかかわらず、青田が念を押した。

「当たり前だよ。元高校球児の体力に期待してるからさ」

「そんなもの、もうなくなってるよ」青田が乾いた笑い声を上げる。「車の方じゃ駄目か？　しっかり支援してやるからさ」

万が一のために、車が一台、一緒に走ることになっていた。とはいっても、自転車のスピードに合わせて走るのは難しいから、先行しながら停止しては様子を見ることになる。こちらにも二人が乗ることになっていた。運転手役と監視役。

「まあ、そう言わずに頑張ってくれ」こいつの尻を叩くのも自分の仕事かとうんざりしながら、音無は言った。「一人でやったらきついけど、三人で走れば楽しいツーリングだよ」

「四十二キロか……途中で死んだらどうするかな。生命保険、下りるんだろうか」

「骨ぐらい、拾ってやるさ」

音無は思い切り彼の背中を叩いた。勢いで、青田がデスクに突っ伏してしまう。何か文句を言われる前に、音無は部屋を出た。夜までに、準備をしておかなければならないことはたくさんある。

横浜市庁舎前交差点は、午後九時になると急に静かになる。基本的にこの辺は官庁街、ビジネス街なので、夜間人口が少ないのだ。ナイターの季節には横浜スタジアムを訪れる観客——必ずしも多いわけではないが——で賑《にぎ》わうのだが、十二月ともなると、ゴーストタウンではないかと思えるほどだった。もう少し東の方へ行けば中華街があるのだが、こちらもそろそろ店じまいの時間である。横浜の中華街は、夜は早いのだ。十時になると、多くの店がシャッターを下ろしてしまう。

三台のロードレーサーが歩道で待機していた。自転車好きの職員から借りてきたもので、どれも本格的なレースに使える仕様である。音無は昼間少し乗ってみたのだが、普通の自転車に乗っているのとは訳が違った。腰高でハンドル位置は低く、上体はほとんどフレームの上に寝そべる格好になる。

このまま四十キロ以上を一気に走り切ったら、明日の朝は腰痛で苦しむことになるだろう。だいたい十キロを目安に一回休憩を取るよう、事前に決めていた。

ロードレーサーには既に、トリップメーター——正確に言えばサイクルコンピューター——が取りつけられている。タイヤの外周径を入力すれば、走った距離をかなり正確に算出してくれるものだ。本来、陸連がコースの距離を測る検定の場合は、より厳密な方法を取るのだが、何度か繰り返せば、この方法でも問題ないはずだ。

「冷えるな、おい」

青田が両手を擦り合わせる。フードつきの分厚いアーミージャケットを着ているのだが、寒さは防げないようで、その場でしきりに足踏みしていた。三台の自転車の前に停《と》まった車のマフラーからは、排気ガスが白く立ち上がっている。自転車で走るのは、音無と青田、それに若手——まだ二十代の坂《さか》崎《ざき》の三人。車には二人が乗りこんでいる。音無は、フットサルの大会で使うビブスを借り出してきていた。蛍光色ではないが、黄色なので、そこそこ目立つだろう。それを着こみ、手袋をはめる。坂崎だけは本格的な格好をしていた。休日には平気で百キロのツーリングに出かけるという彼は、太股《ふともも》の筋肉がきっちり浮き上がるサイクリングスーツに、もう一枚、グレイのジャケットを羽織っている。ジャケットも上半身にぴたりと合っており、いかにも空気抵抗が少なそうだ。それに、本格的な——太い骨を組み合わせたようなヘルメット。一人だけ浮いている。音無は、Tシャツの上に薄手のダウンジャケット一枚だ。

「そろそろ行こう。だらだらしてると日付が変わっちまう」音無は自転車に跨《また》がった。尻の位置が思い切り高く、アスファルトに爪先立ちになってしまう。走り出せば安定するのだろうが、危なっかしいことこの上なかった。

「音無君」

呼びかけられ、不自然な姿勢のまま振り返った。思わず転びそうになり、爪先で何度か小刻みにジャンプを繰り返して安定させた。

「知事」

こんな時間に、こんなところへ知事が現れるとは。音無は自転車から降り、慌てて正面から向き合った。

「今日、コースの測定をやると聞いたもんでね。差し入れだ」コンビニエンスストアのビニール袋を顔の高さに上げてみせる。

「すいません」受け取ると、中にはスポーツドリンクや缶コーヒーが入っていた。

「いやいや、体力勝負だから、水分が必要だろう」

音無は松尾の格好をちらりと見た。シャツの上に直《じか》にマウンテンパーカーを着ているだけで、公務を終えてから軽く着替えてここに来たようだ。

「あの……お一人なんですか」

「そうだよ」松尾が不思議そうな表情を浮かべる。「部下の督励は仕事だけど、差し入れだけで人を連れて来るのは大袈裟だろう」

「ありがたくいただきます」

音無は頭を下げた。何でこの男は、こんなに上機嫌なのだろう。東海道マラソン開催の情報が漏れたことで、頭から湯気を立てていると思ったのだが……自分からこの件を切り出すのも気が引け、音無は口をつぐんだ。差し入れはありがたいが、さっさと帰ってくれないものか。

「ちょっと、いいかな」

松尾が手招きした。音無は青田に差し入れを渡し、知事の後について交差点から離れた。松尾が周囲をちらちらと見てから、声を潜めて話し始める。

「川内が慌てててただろう。福岡国際の件……あの後の会見のことだ」

「ええ」

「気にするな」

「はい？」

「怒られたか？」

「我々を疑っている様子でした」

「それはあらぬ疑いだな。情報を漏らしたのは私だから」

音無は言葉を失い、松尾の顔をまじまじと見た。松尾は真顔で、小さくうなずくだけだった。

「どういう……ことですか」

「本当は一月に発表したかったんだが、早めに情報が漏れることにもメリットがあるんだよ。単なる噂が、いつの間にか事実として認定されるようになる」

「ええ」相槌を打ちながら、音無の混乱は収まらなかった。

「噂先行で構わないんだ。後で正式発表して、事実関係を認める……とにかく、噂はなるべく早く広まった方がいい」

「そんなものなんですか」

「私の経験ではね」松尾が自分を納得させるようにうなずく。「単に発表しただけだと、記者連中も食いついてこない。リークの形の方がいいんだ」

「……分かりました」

本当に松尾の思い通りになるのだろうか。疑いながらも、音無はうなずかざるを得なかった。マスコミを操作するのは、どう考えても自分の仕事ではない。ここは知事の思惑通り——好き勝手にやらせておいた方がいいだろう。それにこれで、自分たちが情報漏れの原因だと疑われることはなくなる。いや、松尾は川内に対しても黙っているつもりではないか。何となく「中抜き」という感じがするのだが……まあ、いい。余計なことを考えるよりも、こちらは実務を進めるだけだ。

「じゃあ、頑張ってくれ。今日は冷えるから、風邪を引かないように」

「ありがとうございます」

どこか釈然としない気分を抱えたまま、音無は頭を下げた。


坂崎がリードする形で、三台の自転車が走り出した。さすがに坂崎は普段から走りこんでいるだけあり、相当のハイペースである。上半身がまったくぶれず、弾丸のようにすっ飛んでいく。二番手を走る音無は、ついていくだけで精一杯だった。ギアの選択が難しく、なかなかスピードに乗れない。しかし、本町通りからみなとみらい地区へ抜ける頃には、何とか坂崎についていけるようになった。ちらりと振り向くと、青田はずいぶん遅れている。やはりあいつには無理だったか……あまり遅れても困るから、坂崎にスピード調整してもらおう。音無は無線——こぎながら携帯を使うのは無理だった——に話しかけた。

「坂崎、ペースダウンだ。青田が遅れてる」

「了解です」

ハンドルに取りつけたサイクルコンピューターを確認すると、時速三十五キロに達している。マラソンランナーのスピードが時速二十キロぐらいだから、だいぶ速いのは間違いないのだが、それでも他の車の邪魔にはなる。どうやって調整するかは難しいところだ。坂崎一人なら、車の流れをリードするぐらいのスピードが出せるかもしれないが。

監視車が音無たちを追い越し、前方で停止する。ハザードランプの瞬きを目標にしながら、音無は必死にペダルを踏んだ。街路樹が並ぶこの道路は、ランドマークプラザの脇を通り抜けて横浜駅方向へ向かう。いかにも新しく作られたという印象が強い街で、道路は比較的直線部分が多い。カーブは緩やかで、昼間なら見通しがいいだろう。

日産本社を過ぎると、すぐに運河を渡る。途端に強い風が吹きつけてきて、音無はバランスを崩した。無線からは、「きつい！」と青田の悲鳴が聞こえてくる。橋を渡り終えても、横風は止まらなかった。この辺りは横浜駅の東口が近く、真新しい高層マンションやビジネスビルが建ち並んでいる。ただし、びっしりと林立しているわけではなく、そのせいでかえって風がひどくなるのではないだろうか、と懸念した。ここは最初の壁だなと思い、監視車に連絡を取る。

「今の橋を渡って横浜駅東口に抜けるポイント、要チェック」

苦しい息の下で話したので、相手がきちんと意味を受け取れているかどうか分からない。だがそれは、音無の杞憂《きゆう》だった。

「風ですね？」と返事が返ってくる。

「その通り」

「チェックポイント一番、横風注意、了解」

車に乗っていても分かるほどの強風だったのだろうか。だとしたら、何か手を考えねばならない。ルート変更というわけにはいかないが……首都高横羽線の西側を走る国道十六号線から一号線へ抜けるルートに変えるべきか。どちらにせよ、青木通りの交差点で右折すれば、第一京浜に入ることになる。

しばらく首都高の下を走る。頭上を押さえつけられる感じがしたが、すぐに視界が広くなった。片側三車線の広い道路が、ずっと真っ直ぐ続いている。ここから先は、ひたすら走り続けるだけだ。

必死にペダルをこぐことだけに集中していると、箱根駅伝を走った時の記憶がわずかに蘇ってくる。あれは……周りの光景が見えているような見えていないような、不思議な体験だった。事前に下見をして、目立つ建物の位置を頭に叩きこんでいたのだが、実際に走っているうちに、ほとんど頭から抜け落ちてしまった。一歩踏み出すごとの一メートルを、次の十メートルを考えているだけで、先の目印のことなど、何も考えられなかった。

第一京浜を使うのは、やはり正解だ。所々に現れる中央分離帯は、植栽で青々としている。昼間なら、この緑が目を和ませてくれるはずだ……俺が走っても、そんなものを見ている余裕はないかもしれないが。

それにしても、フラットなコースだ。時折わずかな傾斜があるが、自転車で走っている分にはまったく気にならない。一度、実際に走って傾斜を確認しよう。おそらく、自転車で走っているのと変わらない感覚が得られるはずだ。

「音無！　音無！」無線に青田の悲鳴が響く。

「どうした」

「足が攣った」

思わず吹き出しそうになったが、音無は無線に向かって休憩を告げた。六郷橋西詰《ろくごうばし》め、第一京浜の折り返し点まであとわずかというところである。左へ折れれば、ＪＲと京急の川崎駅。巨大な歩道橋がかかっており、車の量は多い。監視車のリードに従って、三人は交差点を越えたところで自転車を止めた。アスファルトに足をつくと、脹脛と脛《すね》が異常に緊張しているのに気づく。走るのとはまた別の筋肉を酷使してきたわけか……明日の朝は、間違いなく筋肉痛になるだろう。

青田は、車道の隅にしゃがみこんでいた。顔面は汗だくで、ジャケットを脱いで荒い息を吐いている。そんなに苦しかったのか……音無は監視車に戻り、スポーツドリンクを取ってきた。手渡すと、奪い取って一気に喉に流しこむ。

「大袈裟だよ」

言ってはみたものの、青田の疲労は本物のようだった。呼吸がなかなか整わず、声もかすれている。坂崎がやって来て、彼の横にしゃがみこんだ。

「大丈夫ですか？」

「飛ばし過ぎなんだよ、お前は」

青田が睨みつけたが、坂崎はしれっとした様子である。額の汗を手の甲で拭うと、跳ねるように立ち上がった。

「化け物かよ」青田がうんざりした表情を浮かべる。

「普段、少しサボり過ぎじゃないですか、青田さん」坂崎がからかう。

「煩い」ペットボトルを投げる仕草をしたが、当然実際にはそんなことはしない。代わりに口をつけると、残った半分を一気に飲み干した。

「そんなに急に飲んで大丈夫か？」心配して音無は訊ねた。

「ああ、平気」

ひらひらと手を振ったが、とても平気そうには見えなかった。もう少し休んで……何だったら青田は車に乗せてしまってもいい。こんなこともあろうかとワンボックスカーを用意してきて正解だった。

自転車ぐらいは楽に収容できる。

「少し休もう」

言い残して、音無は車のドアを開けた。運転席に座った後輩、高沢《たかさわ》の横に滑りこむ。

「どうだ?」

「予想以上にフラットですね」高沢が室内灯を点《つ》け、チャート図を広げた。「ここまで、高低差は本当に三メートルぐらいでしょう。あの地図ソフト、本当に優秀ですよ」パソコン関係に詳しい高沢がメンバーに加わって、作業はぐっと効率化していた。元々駅伝ファン——自分ではまったく走らないが——だというのも大きい。この仕事に、嬉々《きき》として取り組んでいた。

「細かいアップダウンは……」

「無視していいんじゃないですか。というより、自転車や車では分かりにくいと思います」

「後で、実際に走るしかないか」

「その方がいいですよ。ランナーの感覚の方が信用できるでしょう」

「俺は現役じゃないよ」

「それでも、俺よりはましなんじゃないですか」高沢が傍らのノートパソコンを取り上げ、キーを叩いた。スリープから復旧して写真が浮かび上がったが、暗くてほとんど分からない。

「これは失敗でした。少しは写るかと思ったんですけど、これだけ暗いと無理ですね。昼間、もう一度車で走ってみていいですか?」

「そうだな。写真だけじゃなくて、ビデオ撮影もした方がいい」

「それなら、車の屋根にビデオを設置するのがいいですね。人の目の高さに合わせないと」

「その辺は任せるよ……もうすぐ折り返しなんだけど、少しペースを落としてくれないか? 青田がへばってるんだ」

「分かりました」

相当ゆっくりしたペース――それこそ坂崎にとっては早歩きぐらいかもしれない――で、第一京浜を折り返す。来る時はずっと、軽い向かい風が吹いていたのだが、戻りは追い風になった。非常に走りやすくなったが、逆に心配にもなる。本番でもこういう風が吹いたら、前半で疲労を溜めこむことになりかねない。なるべく楽に走ってもらって、後半にもペースが落ちないようにしなければならないのだが……何度か走って、風の吹き方を確かめるしかない。

二回目の休憩は、横浜駅、みなとみらい地区を通過して県庁前に戻ってからにした。そこで青田が、とうとうギブアップする。両足を痙攣《けいれん》させてしまい、歩道に寝転がった。

「しょうがないな。残りは車で行ってくれ」音無は、青田を見下ろしながら言った。

「ちょっと、ちょっと待ってくれよ。立てない……」情けない声をたてて、青田がガードレールを摑んだ。両手を使って体を起こし、恐る恐る両足を伸ばしていく。何とか収まったようだが、顔色がよくない。「明日、休みでいいか?」と弱音を吐く。

「そんなことをしてると、税金泥棒って言われるぞ」

「言われてもいいよ。明日は絶対に起き上がれないからな。自転車に乗ってるだけなのに、なんで全身が痛いんだよ」

「知るか」この男は通勤も自転車で、乗り慣れているはずなのに……音無は青田の自転車を押して、車のラゲッジスペースに押し上げた。軽いはずのロードレーサーがひどく重く感じられ、自分も相当疲れているのだと意識する。ここまでで三十キロ弱。時刻は既に十時半になっている。一度目の休憩が長過ぎたのだ。

「あと、どうしますか」平然とした口調で坂崎が訊ねる。

「一気に行くか」残り十二キロ強。音無はダウンジャケットを脱いだ。寒風が体に突き刺さるが、今はそれが心地好い。

自転車組は二人になったが、青田のことを気にせずに済むので、逆にペースは上がった。坂崎のリードで、闇を切り裂くように突っ走って行く。コースの後半は官庁街から住宅地なので、第一京浜よりはずっと走りやすい。音無はリズムに集中した。フラットなコースで、ほぼ一定のペースでペダルをこいでいける。もちろん、自分の足で走るのに比べればはるかにハイペースなのだが、それを除けば、風を切る感覚は似ている。自転車も悪くないなと思うと、張りつめた太股の感触も心地好く感じられるようになってきた。

県庁前を抜け、中華街の脇を通り過ぎて首都高の高架をくぐり、マンション群の脇を通り過ぎて湾岸線の下へ入る。上に広い道路が覆い被《かぶ》さるので、急に暗さが増したように感じられた。昼間なら関係ないだろうが。その先、道路は緩い右カーブを描くようになるのだが、実際に走っているとほとんど感じられない。三渓園《さんけいえん》に近い湾岸線の下を走る。間門《まかど》交差点を過ぎて根岸線の高架をくぐると、少しだけ根岸線と並行して走る。この辺りは二車線だが、ペースメーカーは外れてレースが本格的に動き出しているはずだから、大きな集団はばらけているだろう。根岸駅の前、音無の自宅の近くを通り過ぎると、八幡橋を右折して横須賀街道へ。暗いのではっきりとは見えないが、右側を流れる川の気配は感じられた。

ここまで来れば、あと少し。黄金町の毒々しいネオンを見ながら、音無は必死にペダルをこいだ。太股と脹脛の緊張感が、耐えきれないほど高まってくる。これは間違いなく痙攣すると思いながら、スピードを緩められない。久しぶりに、勢いに乗る感覚を味わった。しかしいつの間にか、坂崎の背中は小さくなっている。いや、実際見失っていた。しかし後は、赤レンガ倉庫にゴールするだけだから……最後、運河を渡ってようやく顔を上げる。喉の奥から声にならない声が漏れた。もう少し、もう一歩。車がほとんど走っていないので、また頭を下げ、一気に強くペダルを踏みこむ。ぐんと自転車が加速し、風が体を強く叩き始める。

「ストップ！」と誰かが叫ぶ。何言ってるんだ？　無視してさらに突き進もうとした瞬間、無線が怒鳴った。

「音無さん、ポイント越えてます！」

まずい。ついむきになり過ぎて……距離を測るのが今日の仕事で、スピードを出すことは関係なかった。慌ててブレーキをかけ、その場に急停止する。左足の爪先をアスファルトの上につけて、ようやく一息ついた。心臓は胸郭を破りそうで、かすかな吐き気がこみ上げてくる。吐き出される息は熱を持っているようで、喉を焼くような感覚があった。左足が……痙攣する……ゆっくりと体重を左側にかけ、やっと足の裏全体でアスファルトを捉えた。倒れそうになるのを何とかこらえながら、ゆっくりと右足をサドルの上に通す。その瞬間、右足のつけ根——尻の辺りが激しく痙攣した。

悲鳴を上げながら、自転車を右手一本で持ち、それで体を支えながら何とか痛みを堪《こら》える。屈伸だ……屈伸しなければ。しかし自転車を横倒しにするわけにはいかない。

足を引きずりながら監視車から出てきた青田が、自転車を支えてくれた。音無は車道の隅に何とか腰を下ろし、痙攣が去るのを待った。ほどなく痛みは消えていったが、全身を激しい疲労感が襲う。調子に乗って走っていたつもりでも、やっぱり年なんだな、とつくづく思い知った。レース本番までには、まだまだ体力勝負の場面が多いのに。

「きつかったみたいだな」

青田が渡してくれたスポーツドリンクを受け取る。手が震えて、キャップが開けられない。頰に押しあて、冷たい感触を楽しむだけにした。そのうち手の震えが止まったので、キャップを開けて中の液体をほんの少し口に含んだ。ぐるりと回し、口蓋《こうがい》に染みこむ感触を味わってから、一度アスファルトの上に吐き出した。疲れ切った状態で急に飲むと、冷たさに胃がびっくりして痙攣を起こすこともある。今度は少し多めに口に含み、しばらく滞留させて温めてから、飲み下した。冷たさがじんわりと喉から胃にかけて広がり、思わず声が出る。

「死ぬかと思った」吐き出した言葉がざらざらしていた。

「むきになって走るところじゃないだろうが」青田が呆れたように言う。

「走ってるとつい、な」

「分かるけど、いつまでも若いつもりでいると怪我するぜ」

「気をつけるよ……それより、サイクルコンピューターを確認してくれ」

車道の端は様々なごみで汚れている。空き缶や煙草《たばこ》の吸い殻、ビニール袋……倒れこんでしまったので確かめもしなかったが、自分のジャージも相当汚れているはずだ。これは女房に怒られる、と苦笑した。ばれないように自分で洗濯するか。

「四十二・二七キロ」青田が叫ぶ。

「ちょっと長いのか……」

青田が取り外して来たサイクルコンピュータを受け取り、確認した。赤レンガ倉庫のすぐ側《そば》まで来ているが、あそこはゴールにできそうにない。どうしてもゴールにしたいのなら——あそこには観客を集めるスペースもある——スタート地点を前に出すしかないだろう。あるいはゴールを、万国橋を過ぎてすぐの位置にある円形の歩道橋・サークルウォークにするか。あそこは造形的に面白いし、ゴールシーンを見下ろす絶景の場所なのだが……道路を完全封鎖していても、あまり観客を集められないかもしれない。

いや、そもそもこのマラソンの目的は観光振興ではないのだ、と思い直した。極端に言えば、観客などいなくてもいい。記録には何の関係もないのだから。

坂崎が近づいて来た。こちらは相変わらず平然とした顔をしており、グレイのジャケットのジッパーを少しだけ下げて、体の中に風を通している。暑くないのだろうか、と音無は不思議に思った。

「四十二・一二キロですね」

「え？」音無は顔を上げた。「百五十メートル以上も違うのか？」

「誤差の範囲だと思いますけど」坂崎がさらりと言った。

「そうかな」ガードレールを頼りに、音無はようやく立ち上がった。「俺は、お前の後をぴったりつけてたんだぜ」

「それでも、少し蛇行したりするでしょう？　交差点を曲がる時のコース取りも違うし……四十キロ以上も走れば、それなりに差は出てきますよ」

「そうかねえ」音無は首を捻った。痙攣した右の太股がだるい。足を後ろに出し、腰に両手を当てて、ゆっくりと体を沈みこませた。足に負荷がかかり、また痙攣しそうになるが、ぎりぎりまでその姿勢を堅持し、伸ばしてやる。本格的にマッサージを受けないと、明後日《あさって》以降にも持ち越すだろう。

「そんなに気にする必要はないと思いますけど」坂崎は楽天的だった。

「そうだよ」青田も同調する。「最終的には、検定があるんだろう？　それでまた調整すればいいじゃないか」

「いや」音無はスポーツドリンクを呷った。ゆっくり、と思っていても、つい勢いをつけて飲んでしまう。「距離はきちんとしたいんだ」

「そんなに神経質にならなくても」坂崎が困惑の表情を見せる。

「四十二・一九五キロ、マイナス四十二メートルに合わせたい」

坂崎と青田が顔を見合わせる。二人がすぐに理解してくれないのが、音無にはもどかしくてならなかった。

「ルール上、全体の距離の千分の一までの誤差は、許されるんだよ」

「わざと短くするのか？」青田が目を剝く。

「四十メートルを走るのにどれぐらいかかる？　マラソンはだいたい時速二十キロだから……とにかく、七秒や八秒はかかるだろう。四十二メートル短ければ、それだけタイムが短縮できる」

「お前、それは……」青田の目が細くなる。「いいのか？」

「合法的なルールの解釈だ」

「だけど」

「一秒でも速く。俺たちにできるのは、その舞台を用意することだけだよ」

俺は既に、少しだけ狂気の領域に入っているのかもしれない、と音無は思った。しかし各地のレースが、記録のために様々な工夫をしているのも事実である。中には、やり過ぎではないかと思えるものもあるのだ。ルールの範囲内なら、できるだけのことをして選手のために舞台を整えるのは当然ではないか。

9

全身を襲う倦怠感《けんたい》は、なかなか抜けなかった。昔は——それこそマラソンを始めた頃には、レースの翌日から既に軽い練習を再開していたものである。それが一種のリハビリというか、クールダウンにもなったのだ。だが今朝の甲本は、いつも通り午前四時に目を覚ましたものの、なかなかベッドから抜け出せなかった。体は動かした方がいいに決まっているのだが、踏ん切りがつかない。今日は弁当工場にいかなくていい——当然、大会出場のために仕事は休んでいた——と思った瞬間、また眠ってしまった。

次に目を覚ましたのは午前七時。普段の行動パターンからすると、完全に寝坊である。だが少しだけ自分を甘やかすことにして、布団《ふとん》に潜りこんだまま、リモコンでテレビをつけた。

ニュースはちょうど、昨日の福岡国際マラソンの様子を伝えている。ゴールする山城。勝てなかったが、日本人最高、日本記録を更新する堂々とした走りだった。さほど苦しげな様子も見せず、ラストスパートでは短距離の選手のようなスピードを見せつけた。どこにあれだけの力を残していたのだろう。甲本のタイムは、二時間十二分台。自己ベストにも遠く及ばない、平凡なレースに終わっていた。この辺が自分の限界かもしれない、と寂しく思う。あとは走る度にタイムが落ちて、いつか引退を意識するようになる。

クソ、一回ぐらいレースが上手くいかなかったからといって、何で弱気になってるんだ。だが、アルバイトしながらの競技生活が限界にきているのも事実である。今日までは休みをもらっているが、明日からはまた早朝四時起きで工場に通わなければならない。リズムができているのは確かだが、とても一人前の選手の日常には思えなかった。これで一度でも勝てれば、マスコミも面白がって取り上げてくれるのだろうが。そうすれば、こういう日々は変わる……。

今日一日を、貴重な休みだと考えることにした。ホテルを引き払って横浜へ帰るだけだが、できるだけゆっくりしよう。体を休め、明日からの仕事のことは何も考えないようにすべきだ。工場に充満する揚げ物の臭いを思い出しただけで、陰鬱たる気分になる。そうだ、せめて昼飯ぐらいは何か美味い物を食べていこうか。博多《はかた》は食べ物が美味い。金がないから贅沢《ぜいたく》はできないが、せめて本場の豚骨ラーメンぐらいは味わっておきたかった。

ベッドから抜け出す。食べ物のことを考えて体が動き出すのは、我ながら浅ましいと苦笑したが、これればかりは体の要求だから仕方がない。ゆっくりストレッチをして、全身の筋肉と会話をする。どこか特定の箇所が痛むわけではなかった。ただ、全身が倦怠感に覆われている。背中の張りがひどい。何とかマッサージを受けられないだろうか。

シャワーを浴びると、だいぶ楽になった。熱い湯を、我慢できなくなるまで肩と背中に浴びせることで、血流がよくなり、温まってくる。それで凝りがかなり解れた。

少しでも体を動かした方がいいだろうと考え、ジャージに着替えて部屋を出る。走る気にはなれないが、早足の散歩で下半身の筋肉を解しておきたかった。

月曜日、博多の街は既に目覚め、道路は車の洪水になっていた。排気ガスは悩ましいが、気にしないのが一番だと自分に言い聞かせ、通勤するサラリーマンの間を縫うように、足早に歩道を歩いて行く。腕を大きく振り、大股で一歩一歩をストレッチ代わりにする。十二月にしては気温が高い日で、ほどなく額に汗が滲んできた。体もすっかり解れ、緊張感は抜けている。こういうウォーキングも悪くないな、と思った。

ホテルの周りを、ぐるりと四キロほども歩いただろうか。途中、昨日走ったコースも通り過ぎる。ああ、この辺で結構苦しんだんだよな……後半に向けて、一度エネルギーが切れる地点。何とか持ち直したものの、スタート当初のスピードは戻らなかった。結局俺は、三十キロまでの人間なのか。音無の顔が目に浮かぶ。頭にくるが、彼の指摘はもっともだった。三十キロまでは日本一——昨日は全然だめだったが。

駄目だ、と首を振る。金に釣られてでも、プライドをくすぐられてでも、ペースメーカーなど引き受けるべきではない。

途中、コンビニエンスストアの前を通り過ぎる。スポーツ新聞が読みたかったが、買うのは我慢した。今は百三十円でも無駄にすべきではない。ホテルに戻れば、ロビーで読めるだろう。

額の汗を拭いながら、ロビーに落ち着く。このホテルを宿舎にしている選手も多く、あちこちにそれらしい人間を見かけた。顔見知りの姿はないので、新聞を取ってきて記事に没頭した。気になるのはやはり、昨日の福岡国際マラソンの記事だった。

山城の活躍が大きく取り上げられている。本人は必ずしもこの結果に満足していないようで——どこまで貪欲なんだ、と甲本は呆れた——コメントは渋い内容だったが、記事は、彼を礼賛する内容に終始していた。「これで世界記録を狙えるポジションにきた」か。

しかし一口に記録と言っても、簡単には破れないんだけどな、と甲本は皮肉に思った。記者たちの分析は、本当に信頼できるだろうか。最近は「この道何十年」という記者が少なくなって、専門的な深い分析記事を読む機会が減っている。

「山城の記事か」

いきなり声をかけられ、甲本は慌てて新聞を畳んだ。

「監督……」

中西がソファの隣に腰を下ろす。甲本を始め、教え子が何人か出場していたので、応援に来ていたのだ。

「山城のこと、気になるか？」

「いやあ、別に……レベルが違いますから」甲本は照れ笑いを浮かべてから、ひどく惨めな気分になった。自分で自分にレッテル貼りをしてしまっているのを意識する。

「確かに、山城とはだいぶタイム差があるな」

「そうはっきり言わないで下さいよ」

「事実は事実だ」

冗談めかして言ったが、目は笑っていない。またペースメーカーの話を持ち出すのだろうかと、甲本は気持ちが揺らぐのを感じた。この話は自然消滅させようと思っている。音無も何も言ってこないし、もしかしたら自分以外の人間に白羽の矢が立ったのではないかと考えていた。それならそれでいい。自分の目標は別にある。

具体的に、何が？

ふいに不安が襲ってきた。二十八歳で走ったレースで十二分台。いつから二時間十分が切れなくなったのだろう。これから先、自分の伸びしろはどれぐらいあるのか。サブテンだけを目標にして残りの選手生活を全うするのは、あまりにも寂しい。

中西の顔を見ると、少しだけ顔色が悪かった。

「どうかしましたか？」

「いや、今朝はちょっと頭が痛くてな……そんなことより、東海道マラソンの話が出てたぞ」

「そうですか？」慌てて新聞を開く。

「福岡国際の記事にくっついてるよ。昨日の会見で、山城に聞いた記者がいたらしい」

本当だ。小さい記事だが、確かに神奈川県が新しいマラソン大会を計画している、という話がある。高速コースを造り、記録を狙えるレースにする狙い、ということも。この辺りは音無が言っていた通りだ。しかし、正式な発表があったわけではないようで、どうにも腑《ふ》に落ちない。こういうことは、大々的にぶち上げるものではないだろうか。確か、東京マラソンの時もそうだった。

「いよいよお前も、追いこまれたんじゃないか」

「いやあ、まさか」甲本は作り笑いを浮かべた。最近すっかり、こういう表情が得意になってしまった気がする。

「最近、県の方から接触はないのか？」

「全然ないですよ。だから計画は潰れたのかと思ってました」

「そうじゃないみたいだな」中西が甲本の肩を軽く叩いた。「そろそろ覚悟を決めた方がいいぞ」

「冗談じゃないですよ。そう簡単にはいきません。それとも監督、俺はマラソン選手としてはここまでだって言うんですか」

「そうじゃなくて、ペースメーカーとして走った経験を、次の自分のレースで生かせばいいじゃないか。この前から、何度も同じ話をしてるだろう。何でそんなにむきになるかね？　変なプライドに頼ってるだけじゃ、選手としてやっていけないぞ」

「すいませんね、変なプライドしかなくて」変なプライド——自分の卑屈な台詞が胸に染みこみ、どんよりと気持ちを曇らせる。

「ま、いずれ正式に発表があるだろう。その時までには、気持ちを決めておいた方がいい」中西が額を押さえた。先ほどよりも顔色が悪い。

「大丈夫なんですか？」

「いや、ちょっとこの頭痛はしつこいな……寒かったから、風邪でもひいたのかもしれない」

それほど寒かっただろうか？　昨日タイムが伸びなかったのは、十二月にしては気温が高かったせいもある。監督は疲れているのかもしれない。右目の下が、痙攣するように引き攣ってもいた。

「大事にして下さいよ。もうオッサンなんですから」

「何でそんなに口が悪いのかね……おい、今日は何時の飛行機だっけ？」

「二時です。その前に、豚骨ラーメンでも食っていこうと思ってますけど」

「いいな。俺もつき合うよ。十二時ぐらいにここを出れば大丈夫だろう」

「そうですね」福岡空港は、非常に市街地に近い。博多駅から地下鉄で二駅。住宅地の真上を飛行機が低空で行き来する様は、香港《ホンコン》をイメージさせた。

「元気出せよ、ラーメンぐらい、奢ってやるから」

「いや、悪いですから」言いながら、数百円が浮くならそれに越したことはない、とせこく考えてしまう。

「若いもんが遠慮するのはみっともないぞ。大して高いものじゃない。ラーメンぐらい、気にするな」

頭を下げたが、それは単なる儀礼ではなく、心底感謝しての行動だった。

替え玉をして腹一杯になり、羽田行きの全日空機に乗りこむ。中西とは席が離れたので、甲本は狭いシートで何とか眠ろうとしていた。そういえば、飛行機も久しぶりである。遠征もままならなかったのだ、と今さらながら自分の不運、貧乏さに腹が立つ。しかし、まさか所属チームが立て続けに解散することになるとは……不景気で、陸上に限らず活動停止する実業団のチームは後を絶たないのだが、自分だけにはそんなことは起きないと思うものだ。しかしこの件については、会社の経営状況などを見抜けなかった自分にも責任はある。これだから、陸上馬鹿などとからかわれるのだ。

瞼《まぶた》を閉じてみたが、眠れない。体はひどく疲れているのだが、目は冴《さ》えていた。何故か……考えることが多過ぎるのだ。いっそ、東京へ着いたら音無に電話をかけて、きっぱりと断ってしまおうか。今日の新聞に記事が出ていたのは、いいきっかけになる。「新聞で読んだんですけど、走る気はないですから」。以上。相手に反論を許さず電話を切る。しかし音無は、しつこく食い下がってくるような予感がしていた。そして自分は、簡単には振り切れない。その結果、疲労とストレスを溜めこむのは間違いない。向こうから何か言ってくるまで、放っておくしかないか。何も自分から進んで、網に飛びこむこともない。

二時間後、羽田に到着してシートから立ち上がると、体のあちこちが悲鳴を上げていた。レースの後で、エコノミーの狭さは酷である。一度ぐらいビジネスクラスで空の旅を楽しんでみたいが、そんなことは今のところ、夢のまた夢だ。もしもマラソンに取り憑《つ》かれず、大学を卒業してから普通にサラリーマンをやっていたら、そういう出張をする機会があったかもしれないが。

振り向いて、中西の姿を探す。立ち上がって、上から荷物を降ろそうとしていたが、どうにも調子が悪そうだ。顔色は蒼白《そうはく》。頭痛が治らないのだろうか。

混み合う通路で、人の波をやり過ごしながら中西を待つ。こんなところで倒れたら大変だ、と急に心配になった。ようやく歩いて来た中西の額には、汗が滲んでいた。

「本当に大丈夫なんですか？」

「ちょっと、今回の頭痛は変だな」中西が平手で額の汗を拭う。声はかすれていた。

「病院、行った方がいいですよ」

「そこまでは必要ないだろうけど……どこかで薬を買うよ」

「家まで送りますよ」ここから横浜市内の中西の家までは、何度か電車を乗り継いでいかねばならない。

「馬鹿言うな。子どもじゃないんだから」中西が笑ったが、今日は強がりにしか聞こえない。

到着ロビーまで、無言で進む。中西はいかにもだるそうで、一歩一歩を踏み出すのさえ大変そうだった。荷物を持ちましょうか、と言おうと横を向くと、中西の姿が視界から消えてていた。状況を把握する前に、女性の悲鳴が響く。いったい何が――中西は床に倒れていた。ぴくりとも動かないその姿を見て、甲本は自分もパニックに陥った。監督、何してるんですか？　冗談にしては質《たち》が悪いですよ。跪《ひざまず》き、彼の体を揺さぶろうとした。しかし誰かが「触らないで！」と叫んだので、慌てて手を引っこめる。

四十歳ぐらいの男性が飛んできて、中西の上に屈《かが》みこむ。肩を軽く叩き、次いで右頬を――中西は左頬を下にして倒れていた――突く。

「まずいな……」

「あなた、何なんですか」いきなり現れて勝手なことを言い始めた男に、甲本は文句を言った。胸の中では怒りが渦巻いている。

「医者です。あなたは知り合い？」

「ええ、あの、大学の……」説明しようとして、言葉がもつれてしまう。自分と中西の関係は、オフィシャルなものではないのだ。簡単には説明できない。

男が立ち上がり、「救急車！　すぐに呼んで下さい！」と叫んだ。甲本はぎょっとして、男の腕を摑んだ。

「何なんですか？」

「くも膜下出血の疑いがある。危ない状況だ」

「くも膜下……」甲本は言葉を失った。どういうことなんだ。中西はこのまま死ぬのか？

医者と名乗った男が、矢継ぎ早に甲本に質問した。頭痛を訴えていなかったか？　顔面の痙攣は？　言葉が出てこないようなことは？　前の二つが当てはまる。男の表情が見る間に険しくなった。

「やはり、くも膜下出血の可能性が高いな」

「まさか」

「まさかって、どうして？」

「この人、マラソンの監督なんですよ。ちゃんと運動もしていたんです。それがくも膜下出血なんて」

「そういうことは関係ないんだ」

空港の職員が慌てて飛んで来た。救急車を呼んだ、という報告を聞いて、男が厳しい表情でうなずく。その頃には、周りに人の輪ができていた。警備員が数人がかりで、交通整理を始める。甲本は、行き交う人が皆、恐る恐る倒れた中西の姿を覗きこむのを目にした。ふざけるな！　見せ物じゃないんだぞ！

「もう少し早く気づいていればな……」医師が暗い顔で言った。

「そんなこと、素人には分かりませんよ」

「くも膜下出血の前駆症状があったはずだ。その時点で適切な治療をしておけば、こういう事態は避けられたかもしれない」

「俺のせいだって言うんですか」甲本は食ってかかったが、医師は軽くいなした。

「そうは言ってない。こういうことは、知らない人の方が多いんだから」

「だったら余計なこと、言わないで下さい！」甲本は思わず叫んでいた。中西の体を揺さぶって呼びかけたいという欲求を何とか押さえつける。そんなことをしたら、症状は悪化するに決まっているのだから。声さえかけられない。自分の声が、彼にダメージを与えるかもしれない――甲本は、生まれてからこれほど悔いたことはなかった。くも膜下出血の予兆かどうかはともかく、朝の時点で中西の様子がおかしいのは分かっていたのである。もっと強く言って、医者に行くよう勧めておけばよかった。


気づいた時には手遅れ、というのは珍しくない。だが、自分の身にそんなことが降りかかると考えている人間など、いないのだ。

数時間に及ぶ手術が終わった時には、すっかり夜も更けていた。病院には関係者が何人も出入りしていて、中には顔見知りもいたが、甲本は一人ぽつんとベンチに腰かけ、誰とも口をきかなかった。特に、大学の陸上部の連中の視線が痛い。異変に気づかず、救えなかった俺の責任を問うているのか――仮にそれで責められても、反論はできない。ひたすら頭を下げるだけだ。そのうち、誰も話しかけてこない状況に耐えられなくなった。無視されるよりは、罵倒される方がまだましだ。


吹田を摑まえ、声をかけた。

「どうなんだ」

「何とも……」わずか数時間で吹田の顔は憔悴《しょうすい》しきり、涙目になっていた。マネージャーとしては有能なのだが、あくまで学生である。こんなトラブルに巻きこまれた経験などないだろう。

「手術は終わったんだろう？」

「今集中治療室にいて、様子を見ています。容態がはっきりするまで、もう少し時間がかかりそうですよ。でも……」

「でも？」

「厳しいかもしれません」

吹田の口からそう聞かされると、ショックは一際大きかった。いつも軽口を叩き合っている後輩を傷つけてしまったことも悔しい。ぎりぎりと拳を握り、爪が掌《てのひら》に食いこむに任せる。痛みが、自分の責任を実感させた。

「甲本さんが気にすることはないですよ」

「そうもいかない」

「でも、医者じゃないんだから」

「気づいているべきだったんだ！」ここが病院だということも忘れ、甲本は声を張り上げていた。「監督の様子は、朝からおかしかったんだ。俺が気づいていれば、こんなことには……」

吹田が同情の視線で甲本を見る。

「気にしないで下さい」もう一度繰り返すと、これ以上かかわり合いたくないとでもいうように、足早にその場を去って行った。

ベンチに腰を下ろした甲本は、深々と溜息をついた。自分が喫煙者だったら、ここで煙草に火を点けるところだ。しかし今の自分には、何もできない。許されるのは、無事を祈ることだけだ。

何時間が過ぎただろう。相変わらず、大学関係者が何人も残っていた。甲本が座っているベンチから少し離れた場所に固まり、時折言葉を交わしているようだが、その内容までは聞き取れない。その中に、中西の家族——妻と娘——がいるのに気づき、甲本はさらに暗い気分になった。大学の連中に対しても申し訳ない気持ちはあるが、家族に対しては絶対に申し開きができない。自分にとって中西は恩師なのだが、彼には家庭人としての顔も当然あったはずである。何度か会ったことのある二人の顔を見て、甲本はさらにうなだれた。上体は折れ曲がり、ほとんど膝の間に頭を入れるような格好になる。

悪い想像が勝手に走った。こんな時間まで多くの人が残っているのは、中西の容態が相当悪いからだ。無事に手術が済み、回復を待つだけの状況なら、一度引き上げているはずである。しかし、まるで最後のお別れをする機会を待って居残っているような様子である。医師の説明が一切ないのも気になった。手術は終わっても予断を許さず、容態を見守っているのではないだろうか。

急に輪が乱れ、女性二人が動き出した。看護師が厳しい顔つきで先導している。二人が自分の前を通り過ぎる時、甲本は一層深くうなだれてしまった。自分の存在を消してしまいたいと激しく思う。

10

「亡くなった?」山城は眉を潜めた。「どうしたんですか、急に」

「くも膜下出血だったそうだ」須田が唇を噛む。

中西監督……まだ四十代だったのではないか。少し太り気味だったが、山城の記憶にある限り、不健康な感じはなかった。こういう不幸はいきなり襲ってくるものだが、それにしても……親しくしていたわけではないが、知った人間の突然の死は、普段物に動じない山城にさえ衝撃を与えた。レースから二日経った火曜日、監督室に急に呼び出されたから何かと思えば、そんなことだったとは。山城は唇をきつく引き結んだ。

「お前、知り合いだったか？」

「何度か話したことはありますよ」

「今夜、通夜だそうだ。どうする？」

「どうするって……」山城は冠婚葬祭の類にはなるべく顔を出さないようにしている。不義理は承知の上で、自分のスケジュールを優先しているからだ。だが今は、オフのようなものである。マラソンを走り終えた直後はできるだけ体を休ませ、回復を待つ。そのために今日の練習も午後早く、軽めに切り上げたのだ。通夜は夜の七時ぐらいからだろうから、十分間に合う。

「知ってた人なら、顔ぐらい出してもいいんじゃないか。俺は行くよ」

「監督は知り合いなんですか？」

「俺の大学時代のコーチと同期なんだ。その縁で、何度か一緒に飯を食ったことがある。最後に会ったのは二年ぐらい前だけど、家族にも挨拶したことがあるからな。行かないと義理を欠く」

須田が立ち上がり、ジャージを脱いだ。だぶついた体にシャツを被せ、黒いネクタイを取り出して襟に通した。

「着替えがないんですけどね」やはり行きたくない。スケジュールは関係ないにしても、わざわざ隠滅たる気分になりたくはなかった。

「今から寮に帰って着替えても、十分間に合うだろう。こういう葬式ぐらい、出ておけよ。陸上関係者が結構集まってくるぞ。義理を欠いた人間だと思わせない方がいい」

「……そうですか」

山城は、須田の言葉の裏に潜む意味を敏感に読み取っていた。取り敢えず顔を出せ。そうじゃないと、今まで以上に変わり者だと思われるぞ。

「一つ、いいですか」

「何だ」顔をしかめてネクタイと格闘しながら、須田が言った。

「中西さんの通夜なら、マスコミも結構取材に来るでしょうね」

「そりゃそうだ。大物だからな」

ロッカーの扉についた鏡を覗きこみ、ネクタイを解《ほど》く。長さが気に食わなかったらしい。普段滅多にネクタイなど締めないから、調子が狂うのだろう。ようやくネクタイを結び終えると、満足そうに撫でつけながら山城に向き直ったが、どうにも間抜けな感じは否めない。下はまだジャージ姿だから、ベルトの位置が分からないのだ。ズボンを穿《は》いたら、またネクタイの長さを直すことになるだろう。

「で、マスコミがどうした?」

「あの連中には喋りたくないんですけど、何とかしてもらえます?」

「お前には喋る義務があるんだぞ。日本記録保持者なんだから」

「顔を出すだけですよ」山城は念押しした。

「お前みたいな立場の人間には、マスコミはコメントを求めたがるんだよ。俺も現役時代は、どうでもいいことでよく喋らされた。馬鹿馬鹿しいと思うだろうけど、無難なことを言っておけばいいんだ。どうせ連中も、当意即妙のコメントなんか求めてないんだから」

「そう、ですか」面倒臭い、という気持ちがどうしても先に立つ。須田は何故一言、「俺がカバーするから」と言ってくれないのだろうか。それぐらい察して、気を回してくれてもいいのに。そのために給料を貰っているんじゃないのか。「取り敢えず顔は出します」

「そうした方がいい。現場で落ち合おう。場所は……」須田がデスクの上に屈みこんで、メモに走り書きした。一枚破り取って山城に渡す。中区の葬儀場だった。「行き方、分かるな」

「何とか」一緒に行くつもりはないのか、と山城は唇を捻《ね》じ曲げた。葬儀場の外でマスコミの連中に摑まってしまったら面倒だ。顔を下げ、足早に歩いてやり過ごすしかない。あるいは「大変残念です」ぐらいは言っておくべきか。

何でこんな面倒なことをしなくちゃいけないんだ。

俺の仕事は走ることだけなのに。

葬儀場はこじんまりとした作りで、人で溢れていた。予想していた通り、マスコミの連中が大挙して押しかけて来ている。テレビカメラがあるので、あいつらは嫌でも目立つのだ。しかし、人が多いので、何とかそこに紛れることができた。

しかし、この会場はないいんじゃないか。中に入った途端、山城は顔を歪めた。席数は百ほどではないだろうか。既に全席埋まっており、座れない人は斎場の後部に固まって立っているので、出入り口からは祭壇が見えなくなっている。それでも、隙間に入りこむようにして、山城は祭壇の様子を垣間見た。横に長く花が飾られており、中央に大きな写真。半白の髭が目立つ笑い顔は、「ライオン」の渾名《あだな》そのままだった。さすがに厳粛な気持ちになり、両手をきつく握り合わせる。

ほどなく通夜が始まり、山城は読経の間、ずっと頭を垂れていた。中西と話したのは二度か三度……箱根駅伝の時、それと社会人になっても顔を合わせている。中西は、教え子が走るレースには必ず応援に来ていたので、そういう機会に会ったのだ。豪快で、山城がコーチとして指導を仰ぎたいタイプではなかったが、慕う選手が多いのは理解できる。

隣ですすり泣く男の存在に気づいたのは、読経が途切れた瞬間だった。長く、低く続く嗚咽《おえつ》。ちらりと横を見ると、自分と同じ種類の人間だと分かった。顔を見た記憶があるような、ないような……ああ、甲本剛じゃないか。確か数年前、ハーフの日本記録を出したことがある。恩師、ということなのだろうか。それにしても鬱陶しい。悲しいのは分かるが、泣き過ぎだ。

焼香を済ませ、元いた席の近くに戻ると、また甲本と一緒になった。目は赤く腫れ、まだ嗚咽を漏らしている。よくそこまで続くものだ、と呆れてしまった。自分より年上なのだが……。どうにもとにかくにも、義務は果たした。通夜ぶるまいは無視して、さっさと帰ることにする。どうにも気分は重く、一刻も早くこの場を後にしたかった。

「山城」声をかけられ、嫌な表情を何とか押し潰して振り返る。今まで話したこともない甲本が立っていた。話をするのも面倒だったが、年齢的には先輩だし、無碍《むげ》にもできず、軽く頭を下げる。

「忙しいのに悪かったな。わざわざ来てくれたんだ」

「何度か会ったことがありましたから」

「そうか……」一斉に斎場から出る人の波に揉《も》まれ、立って話し続けるのは大変だ。山城は足並みを合わせてゆっくり歩き出した。甲本は離れるつもりはないらしく、同じ足取りで横に並ぶ。

「監督、俺の目の前で倒れたんだ」

「そうなんですか」それで彼が、これほどショックを受けているのが理解できた。

「福岡国際に出て……俺も出てたんだけど、こっちへ帰って来てすぐ、空港で」

「くも膜下出血ですって？」

「その前から少し様子がおかしかったんだ。頭が痛いって言ってたし、顔が痙攣していて。俺が早く気づいていれば、こんなことにはならなかったと思う」

「医者じゃないんだから、仕方ないでしょう」

慰めたつもりが、甲本はいきなり声を張り上げて反論してきた。

「医者だろうがそうじゃなかろうが、大事な人を守ってやれなかったんだ、俺は！」

周囲の視線が集まる。山城は咄嗟《とっさ》に目を伏せた。甲本の荒い息遣いがはっきりと伝わってくる。

「何の恩返しもできないで……俺は二回、チーム解散を経験している。今の練習場所を提供してくれたのが監督だったんだ」

「そうですか」そういえば、以前スポーツ誌で読んだことがある。甲本が所属した実業団のチームは、立て続けに活動停止していたはずだ。不運といえば不運だが、そこで次のチームから声がかからないのは、彼にそれだけの実力がないからではないか。決して難しい話ではない。日本のスポーツ界は情実がまかり通る世界だが、実力は人情を上回る。それにしても、この男は何が言いたいのだろう。

「監督に見てもらった最後のレースで、みっともない結果になって……」

「ええ」この男は何位――タイムはどうだったのだろう。みっともないと言うぐらいだから、大したことはなかったのだろうが……山城は、他人のレース結果を気にしたことなどなかった。

「山城、東海道マラソンに出るのか？」

「はい？」唐突な質問に、山城は声を潜めた。

「どうなんだ」

「やるかどうかも分からないレースでしょう？　出るとか出ないとか、そういう問題じゃないですよ」

「俺も誘われてるんだ。出る気にはなれないけど」

「そうですよね。話は聞きましたけど、何だか企画倒れみたいな感じが……」

「マラソン自体はやるかもしれないけど、俺は出ない」

彼の話を聞いているうちに、山城は「絶対に出ない」という気持ちが固まってきた。福岡国際で「みっともない」成績を残してしまった男にも声をかけているぐらいのレースなのだ、レベルは推して知るべしである。

「俺も出ませんよ」

「そうか……でも、お前は世界最高を狙えるんじゃないか」

「それならベルリンで狙います」年が改まれば、ターゲットを定めて練習に身を入れなければならない。ゆっくりしていられるのは今のうちだけだ、と山城は気持ちを引き締めた。

「じゃあ……今日はどうもありがとう」甲本が深々と頭を下げた。

「いえ」急に居心地が悪くなり、山城はさっと一礼して歩調を速めた。少し人が散っており、これなら甲本から離れられるだろうと、ほっとする。

外へ出ると、寒気が体を包みこんだ。今日は暖かかったので、コートを着ないで来てしまったが、この時間になるとさすがに冷える。夜空を見上げると、遠慮がちな星空が見えた。背中を丸め、両手を擦り合わせて歩き始める。

どこかで飯でも食って帰るか……普段は食生活にも気を遣うが、レース直後だけは自分に甘えを許している。終始気を張ったままでは、精神的に参ってしまうのだ。須田は現役時代、豊富な資金に物を言わせて専属のシェフを雇い、徹底した栄養管理をしていたそうだが、それが結果的に彼の選手寿命を縮める結果になったのではないか、と山城は疑っていた。確かに、マラソン選手にはマラソン選手に向いた食事があるのだが、そればかりでは息が詰まる。だいたい、そこまで食事をコントロールしても、体は自由にならないものだ。競泳のマイケル・フェルプスの食事を紹介する記事をどこかで読んだことがあるが、朝食からサンドイッチ三つにフレンチトースト、オムレツ、夕食にはパスタ五百グラムとピザ一枚、さらに千キロカロリー相当の栄養ドリンクを飲んでいたはずである。一日の摂取熱量は一万二千キロカロリー。ある程度浮力が必要な競泳選手と、ぎりぎりまで体脂肪率を削るマラソン選手では食生活が違うのは当然だが、フェルプスはかなり好き勝手に食べている感じがした。ピザやパスタは、いかにもアメリカ人が好みそうなジャンクフードで、栄養的にはあまりプラスにならない。しかし、ある程度楽しみながら食べないと、食事さえ修行になってしまう。山城はそこまで自分を追いこむつもりはなかった。だから大きなレースの直後には、好物の肉ばかり食べる。

さすがに一人で焼肉というわけにはいかないから、今日は中華街にでも寄っていくか——そう思って駅の方に向かって歩き出した瞬間、須田に声をかけられた。

「ご苦労さん」

「どうも」

ぼんやりとした声で返事をする。要請に従って通夜に出たのだから、今夜は監督にたかるのもいいか。二人は無言で、駅の方に向かって歩き始めた。通夜帰りの参列者が周囲を歩いているが、須田は特に誰かと言葉を交わそうとはしない。この世界では、顔は広いはずなのだが……。

「甲本さんと会いましたよ」

「ああ。中西さん、彼の目の前で倒れたそうじゃないか。ショックだっただろうな」

「ずっと泣いてました」

「それも当然だろうな」

「何か、甲本さんも東海道マラソンに誘われてるみたいな話でしたけど」

「そうか？」須田が首を傾げる。「俺は聞いてないよ」

「あの人は、そういうレベルの選手じゃないと思うけど。世界最高を狙うレースっていう割に……にぎやかしですかね」

須田が素早く周囲を見回し、忠告した。

「あまり人の悪口を言うなよ」

山城は口をつぐんだ。これは彼の言い分に利がある。噂が回るのは早い。誰が誰の悪口を言っていたか、ちょっとした話が爆発的に広まり、いつの間にか悪人にされてしまうのも珍しい話ではない。競技人口が多い割に、陸上界は狭い世界なのだ。

「人のことはいい。自分のことを考えろ」

「その話なら、もうやめて下さい」山城は口元を歪めた。「出る気はないんですから」

「そうか」

もっと突っこんでくるかと思ったが、須田は口をつぐんでしまった。本当に諦めたのか……山城は今でも、音無と須田がグルではないかと疑っている。関係者全員が、自分を取り囲んで外堀を埋めようとしているのではないか、と。どんなことをしても無駄だ。何かをやる時、自分の内側から溢れ出てくる欲望以外の物に動かされることはない——例外は、人生でたった一度だけだった。あれはあまりにも特殊な状況であり、それ故に今でも忘れ難い出来事になっているが、二度はない。誰かに言われて動くと、絶対に後悔する。納得したつもりでいても、最後には「自分は操り人形だ」と悔いることになるのだ。

「飯でも食っていくか」

「そうですね」

「中華街で」

「ええ」同じことを考えていたのかと気づき、山城はうつむいて密かに笑った。予想していた通り、通夜は何となく不快感を残したのだが、たぶん牛バラ飯をかきこむことで消え失《う》せるだろう。人間は意外に単純なものであり、小さな喜びが大きな苦悩をあっさり消しさってしまうことも珍しくない。

11

甲本は、頭がぼうっとしたまま、じっと正座していた。通夜ぶるまいの席に参加していたのだが、料理に箸をつける気にもならず、正座して他の参列者の様子をぼんやりと見ていた。みっともない……泣き過ぎたのか、頭の芯が痺れたようだ。

それにしても、中西の人脈は広い。知った顔――陸上界の大物があちこちにいた。選手としてよりも指導者として名が知れた男だったが、陸協の幹部を始めとして、大学や実業団の関係者が多数居残り、彼の思い出を話し合っている。

「夏の北海道合宿で――」

「中国の高地合宿で言われたことが――」

「気合の入れ方が上手い人だった」

「人情派だよ、あの人は」

「よく泣いてたし――」

想《おも》い出《で》話が、嫌でも耳に入ってくる。「人情派」は間違いないな、と甲本は納得した。二つ目のチームが解散して路頭に迷うのを覚悟した時、真っ先に声をかけてくれたのは中西だった。確かに学生時代には四年間指導を受けたが、あくまで自分は卒業生である。その後母校に対しても何の貢献もしていなかったのに、彼が電話してきたのは、チームの解散が決まったその日の夜だった。まだマスコミに情報も流れていないのに、どこで聞いたのだろうと不思議に思ったものである。彼の誘いはさりげないものだった。

「うちの施設なら、使い慣れてるだろう」

潰れそうなチームを選んでしまった自分の不明を恥じていた甲本にとって、温かく胸に染みる言葉だった。

「甲本君、ちょっといいか」

声をかけられ、顔を上げる。ああ……大学の施設課の課長、上杉《うえすぎ》だ。この大学は、各地にキャンパスが分散しているためか、管理部門として施設課を置いている。嫌な予感がした。スポーツ関係の施設もその統括下にあるほか、何故か体育会系の組織の運営も担当しているのだ。スポーツに力を入れている大学らしく、「スポーツ委員会」という組織もあるのだが、委員長が学長という事実からも、形骸化しているのは分かる。監督やコーチの人事、予算の決定などについて、実質的な権限を持っているのは施設課なのだ。

「はい」

立っている上杉に合わせて、甲本も立ち上がった。正座していたので少し足が痺れていたが、上杉はそれにまったく気づいていない様子で、腰を屈めるような姿勢で、早足で部屋を出て行く。甲本は足を引きずりながら続いた。

上杉はそのまま、外の喫煙場まで足を運んだ。駐車場に近い目立たない一角で、細く長い脚の灰皿が二つ、置いてあるだけである。消え切らなかった火が吸殻に移ったのだろう、一つの灰皿からはもうもうと煙が立ち上がっていた。それを避けるように風上に回り、上杉が煙草に火を点ける。眼鏡の奥の目を細め、探るように甲本を見た。

「今回は大変だったね」

「ええ」

「目の前で倒れられたら、誰でもショックだと思う。気を落とさないで欲しい」

「はい」何を言われるか分からないので、言葉を慎重に選んだ。わずかに鼓動が早まり、胃がきゅっと締まる感覚に襲われる。

「こんな時にこんなことを言うのは何だけど……新しい監督なんだけどね」

「まさか、もう決まったんじゃないでしょうね」

「いや、それはない」上杉が慌てて首を振った。「中西さんがこんなことになるなんて、誰も想像できなかったから。中西さんには、ずっと陸上部の面倒を見てもらうつもりでいた。でもこうなったら、できるだけ早く、後任を選ばないとまずい」

「そうですね」

「具体的な人選はまだなんだが……甲本君、君はまだ、うちの学校で練習を続けたいか?」

嫌な予感はこれだったのか。OBが、時折練習に顔を出すのは珍しくない。しかし陸上部で、甲本のようにフルタイムで施設を使い、学生に混じって練習しているOBは、他にいなかった。大した金がかかるわけではないだろうが、大学側から見れば、「部外者」に施設を貸していることになる。中西は甲本の庇護者《ひごしゃ》であった。絶対的な力を持ったその庇護者がいなくなった今、甲本の存在について疑義を唱える人間が出てきてもおかしくない。「あいつを練習させているのは筋が違うのではないか」と。しかし、あまりにも早い、と思った。まるで上杉が、このチャンスを狙っていたような感じがする。

「今、他に練習できる場所はないですから」

「そうか、そうだよな……」上杉の言葉は歯切れが悪かった。しきりに煙草をふかしながら、暗い空を見上げる。やがて、意を決したように言った。「もしかしたら、新しい監督は、君がうちの施設を使って練習するのを好まないかもしれない。特に、OBではなく外部から招いた人に決まったら」

「そういう計画があるんですか」

「ないわけじゃない」上杉が声を潜めた。「こういう席だから大きな声では言えないんだけど、OB会の方ではもう、何人か候補を挙げているようなんだ」

「そんな、失礼な」甲本は思わず声を荒らげた。OB会が、監督やコーチの人事などに対して、ある程度の影響力を持つことは知っていたが……。「監督が亡くなったばかりなんですよ」

「それはそうなんだが、こういうことで遅滞は許されないだろう。ここ五年、箱根駅伝のシード権も逃しているし。立て直しは急務なんだ」

その事実を告げられると、黙るしかない。最後にシード権を獲得したのは、甲本が四年生の時。翌年、十三位に終わってシード権を逃してからは、毎年予選会に回っていた。今回も何とか本選出場権を得たのだが、周り――特にOBの中に、中西の手腕を疑問視する声が出始めているのは、甲本も知っている。これまで十五年もチームの面倒を見てきた人間に対して、それはないんじゃないか、と密かに憤慨していたものだ。チームの強化は、監督一人が頑張ればいいというものではない。

「監督のせいだけじゃないですよ」

「それは分かっているけど、ね」上杉が言葉を濁す。「もしかしたら、新しい監督は君に何か言ってくるかもしれないから、そういう心積もりでいた方がいい」

「それは忠告ですか？」そもそも、彼がこんなことを言ってくるのがおかしいのではないか。まだ新しい監督を誰にするか、絞りこまれてもいない状態で……もしかしたら忠告ではなく、進言なのかもしれない。部外者はとっとと大学から消えろ、と。新しい監督が何か言い出してトラブルになるより先に、自分から身を引いた方がいいのではないか、と思っているのかもしれない。

保身か。

「そういうわけじゃないよ」どこかゆったりとした口調で、上杉が否定する。「とにかくこれからは環境が変わるから、何が起きてもおかしくない。そういうことを頭に入れておいた方がいいっていうだけだ」

忠告——警告ではないか。頭に血が上るのを意識したが、何とか抑えつける。こんなところでこんなことを言い出す上杉は大馬鹿だが、それに乗って反論したり、すがったりしては、自分も同レベルになってしまう。ここは我慢して、今後の状況を見極めるべきだ。

上杉が煙草を揉み消しもせず、灰皿に投げ捨てる。細い煙が立ち上がった。もう一つの灰皿と同様、他の吸殻に引火するのは時間の問題だろう。だが彼は気にする様子もなく、軽く一礼してその場を去って行った。

取り残された甲本は呆然《ぼうぜん》としてしまったが、しばらくして意識が再起動した。予想した通り、二つの灰皿から激しく煙が立ち上がり、火事のような有様になっている。放っておいてもいいのだが、水を貰って消さなければ、という強迫観念に襲われた。

とぼとぼと歩き出した瞬間、女性とぶつかりそうになる。うつむいたまま「失礼」と言ってかわそうとしたが、呼びかけられたので思わず顔を上げる。

「春菜《はるな》さん」

中西の娘、春菜だった。認識した瞬間、心臓を鷲掴みにされるような衝撃を覚える。病院でも姿は見かけていたが、とにかく顔を合わさないように気をつけていたのだ。中西が死んだのは自分の責任——家族にどう詫《わ》びていいのか分からなかった。

「すいませんでした」自然に謝罪の言葉が口をつく。膝にくっつきそうなぐらい深く頭を下げ、罵声を覚悟する。しかし春菜の口から出てきたのは「顔を上げて下さい」という穏やかな言葉だった。

恐る恐る直立の姿勢を取り、何とか春菜の顔を正面から見る。不思議と穏やかな表情だった。確か、二十三歳……この前会った時は、まだ大学に入ったばかりだったはずだ。その頃に比べて、顔つきは明らかに変わっている。長い髪を後ろで一本に束ね、化粧っ気はまったくない。黒縁の眼鏡は、普段はしないものではないか、と思った。数年前に会った時、「コンタクトに変えた」と話していたように覚えている。何故こんなことだけ、はっきり記憶に残っているのだろう、と不思議に思った。

「気にしてるんですか?」

いきなり核心を突かれ、甲本は言葉に詰まった。本音を見抜かれているような気分になり、思わずうつむいてしまう。

「気にしないで下さい。仕方ないんです」

「どういうことですか」

「ここのところずっと、健康診断の結果がよくなくて。動脈硬化だって言われていたんです」

「まさか」思わず反論してしまった。確かに数年前に比べると太ったが、甲本が見る限り、元気そのものだったのだ。

「父も、そう考えていたんだと思います。自分の体に自信を持っていたんですね。だから私たちがちゃんと治療してって口を酸っぱくして言っても、受け流していて……こういうことって、油断しているといきなり、なんですよね」

それを知っていれば……二人でレバーフライや豚骨ラーメンを食べたことが悔やまれる。動脈硬化……コレステロール……知っていれば、絶対にあんな食事はしなかった。力ずくでも止めていただろう。

「監督、自分のことにはあまり関心のない人だったから」

「そうですね。いつも選手のことばかりで」寂しそうに春菜が笑った。「家にいるよりも、大学にいる方がずっと長かったですよね」

「ええ」

「あの……一つ聞いていいですか」

「ええ」激しい喉の渇きを覚えながら、甲本は相槌を打った。

「最後に父と話したの、甲本さんですよね。どんな話をしたんですか?」

「それは――」倒れる直前の中西の台詞。「馬鹿言うな。子どもじゃないんだから」。調子が悪そうなのを見て、家まで送ろうかと申し出たのに対する切り返しだった。その言葉をそのまま告げることもできたが、甲本は躊躇《ためら》った。やはり、自分のケアが十分でなかったと認めることになる。

「やっぱり、マラソンの話をしてました」

「福岡国際ですか?」

「いや、これからの話で……僕がどうしても走りたくないマラソンがあって、でも監督は走らせたがってました」

「そんなこと言える立場じゃないんですけどね」

「いや、監督はいつまでも監督なんです」

フリーの立場である自分にとって、唯一頼れた存在。その彼が勧めてくれたペースメーカーとしての役割を、俺は最後の最後まで断っていた。もしかしたら中西にとって、それが大きなストレスになっていたのではないだろうか。ストレスは、動脈硬化にも大きな影響を及ぼすはずだ。だとしたら、彼が死んだ原因は自分にこそある。

「それが遺言っていうのも、父らしいですね」春菜が寂しそうに笑った。

「遺言……」春菜の一言が胸に沁《し》みる。

「最後まで選手のことばかり考えて」

「そう、ですね」

うっかり応じてしまったが、言葉の重さをすぐに思い知ることになった。あれが遺言だとしたら、守らないわけにはいかないだろう。自分の意に反することにはなるが、世の中、自分の思い通りにならないことの方が多い。

所属したチームが立て続けに解散し、恩師まで失った自分は、それについては痛いほど分かっているはずではないか。

第二部　奇跡への挑戦

1

「それでは、始めさせていただきます」

広報課長もかなり緊張しているな、と音無は唾を呑んだ。普段は表情の変化があまりない男なのだが、今日はかすかに耳が赤らんでいる。それはそうだろう。この会見は、普段にはない大規模なものである。県庁の一番広い会議室を使い、五人の人間が登壇している。もちろんメーンで話すのは松尾知事なのだが、大物が五人も並んでいると、それだけで事の重大性が伝わるようだ。松尾の他には、横浜、川崎両市長、事務局長である川内、それに神奈川県陸協の会長である地元代議士という顔ぶれである。

「まず、神奈川県陸協の藤木秀雄《ふじきひでお》会長からご挨拶いただきます」

東海道マラソンの主催は県と横浜、川崎両市、それに陸協となる。計画を進めてきた主体はあくまで県なのだが、ここは陸協に最初の花を持たせるということなのだろう。

藤木が立ち上がる。本人は陸上競技の経験がまったくないが、立場上、この要職についている。音無は、彼が陸協会長の肩書きで話す場面を初めて見た。還暦はとうに過ぎ、小柄で小太りの体形。明らかに染めている髪は、少し薄くなっていた。

「ご紹介いただきました、神奈川県陸上競技協会会長の藤木でございます」

政治家特有の、よく通る太い声。やけに低姿勢なのも、いかにも場慣れした政治家っぽい感じだった。音無は普段、テレビで政治家の顔を見ると白けて鼻を鳴らしてしまうタイプなのだが、さすがに今日は、そんな気持ちにはならなかった。

「今回は、東海道マラソンという画期的な企画が実現する運びになりましたことを、ご報告させていただきたいと思います。このマラソンは、日本の長距離競技の将来を担う重大なイベントになるのは間違いなく、神奈川県陸協といたしましても、全力を挙げて成功に向け、取り組む所存であります」

藤木の話は、次第に選挙演説のようになってきた。このまま延々と続いたんじゃたまらないぞ、と音無は辟易したが、藤木は案外早く切り上げてくれた。場の雰囲気を読み取り、自分に期待される役割をしっかり果たせるのも、政治家の資質かもしれない。五分ほどで藤木の話が終わると、広報課長が「ここからが本番だ」とばかりに大きく胸を膨らませ、知事を紹介した。

「それでは知事の松尾から、今回の東海道マラソンの概要について、ご説明させていただきます」

松尾が立ち上がる。太り始めた体形をカバーする上質なダブルのスーツ。自信溢れる笑み。こういう場ではさすがに役者だな、と音無も感心する。

「知事の松尾でございます」

この場には、普段会見に出る地元の記者以外にも、東京からスポーツ紙や専門誌の記者も集まっている。テレビカメラも会見場の後方にずらりと並んでいた。ライトが松尾の顔を照らし出し、わずかに興奮した表情を浮かび上がらせた。松尾がぴしりと背筋を伸ばし、マイクを握った手に力を入れる。

「今回、東海道マラソンの実施について、お知らせさせていただきます。近年、マラソンの裾野が広がり、各地で市民マラソン大会が隆盛を極めているのは、皆さんもご存じの通りかと思いますが、残念ながら、トップレベルの選手に関しては、ずっと低迷が続いております。特に男子選手に関して、その傾向が強い。私も、駅伝競技の経験者として、長距離競技の低迷には心を痛めておりました。国内の選手の記録が伸びない理由については、高速レースが存在しないことが大きな一因であると考え、今回東海道マラソンの開催に踏み切った次第です。裾野を広げるためのマラソン大会はもちろん重要ですが、今回は一般参加を認めず、純粋に速さを競う、レベルの高い大会にするのが目的です。目標は、このレースで世界最高記録を出すことです」

おお、というどよめき。失笑が漏れるのではないかと音無は心配していたのだが、記者たちの反応はそこまで皮肉っぽくはなかった。松尾が言葉を切り、会場を見回してから続ける。

「では、実際のコースをご覧いただきます」

松尾の言葉に合わせて、場内の照明がぱっと落ちる。正面やや左側にあるスクリーンに、地図が大写しになった。プレゼン用の資料は全て、高沢が作成している。作成期間二週間の力作だ。最初に出てきた地図は、神奈川県東部を切り取ったもので、地元の人以外には分かりにくい。

「コースは、横浜、川崎両市内を走ります」

左下に赤い起点が現れた。同時に「横浜市役所」の文字も浮かび上がる。

「スタート地点は、横浜市役所と横浜スタジムに挟まれた交差点になります。ここを出て、コースは本町通りからみなとみらい地区を経て、第一京浜に入ります」

松尾の説明が進むに連れ、ルートを示す赤い線が地図上に伸びていく。なかなか分かりやすいプレゼンだ、と音無は一人満足した。

「第一京浜では、六郷橋の手前、府中街道とぶつかる立体交差で折り返し、同じコースを横浜市内まで戻ります」

自分で何度も確かめたルートである。年が明けてからは、自転車ではなく実際に走ってコースを辿《たど》ってみた。さすがに一回で走り切るわけにはいかず、何度かに分け、沿道の写真撮影をしながらだったが。音無が撮影した写真は、コース紹介にも使われている。

松尾がコースの全体図を説明し終わり、区間ごとの詳細な解説に移った。普通、行政の責任者である知事が、このようなイベントの会見で一人で説明を行うのは珍しい。最初の挨拶だけして、後は実務担当者に任せるのが普通だ。それを敢《あ》えてプレゼンターを買って出たところに、彼の入れこみようを感じる。

松尾は全体を三つの区間に分けた。スタート地点から第一京浜の折り返しまでが一区。折り返してから神奈川県庁までが二区。市内南部をぐるりと回ってゴールするまでが三区。それぞれのコースの詳細を、写真を交えながら説明していく。観光名所の説明をさりげなく織り交ぜているのは、東京から来た記者に対するサービスだろう。もっとも今回のレースは、観光振興的な役割はまったく期待されていないのだが。

「以上がコースの全体説明になります。このコースは、高低差が最大で五メートルしかなく、国内では稀な、フラットな高速コースになるのは間違いありません。好記録の達成を期待します。なお、出場選手については現在検討を続けていますが、記録が期待できる選手が集まることになると思います」

松尾の説明は二十分にも及んだ。少しは疲れるのではないかと思ったが、話し始める前よりも顔色がよく、元気に見えるほどだった。座ると、隣の藤木が顔を寄せて何やら話しかけてくる。松尾が真剣な表情で何度かうなずき、それで納得したように手元の資料に視線を落とした。

広報課長が次の段取りに入る。質疑応答。音無も会場の前に行き、記者たちの間を走り回るために、ワイヤレスマイクを手にした。実は、会見ではこれが一番難しいのだ、と音無は聞いたことがあった。記者たちが満足するよう、十分質問を拾い上げた上で、時間内にきっちり終わらせる。それには、壇上で質問を待ち構える方の能力も大事だ。過不足なく、特に答えが長くならないように気をつけながら話さなければならない。この場はあくまで松尾が仕切るだろうから、心配はいらないだろうが。

「それでは、これから質疑応答に入ります。ご質問のある方は挙手の後、社名とお名前をお願いします」

一斉に手が上がり、音無はしばらく、忙しない時間を経験することになった。

「世界記録を出すためには、コース設定と同様に、出場選手も重要だと思いますが、今の段階で出場が決まっている選手はいないんですか」

「交渉中ですが、記録が期待できる選手に走ってもらう予定です」

「具体的に名前は挙がりませんか」

「それはもう少し待って下さい。決まり次第、順次発表する予定です」

「交渉が難航していることはありませんか？　この時期は、国内各地でマラソン大会が開かれます」

「他の大会と東海道マラソンでは、若干趣旨が違うので、それをご理解いただいた選手に走ってもらいたい」

「他の大会が、記録の面では駄目だということですか？」

「そういうことは申し上げていません」

松尾の顔が一瞬曇る。記者の傍らに控えた音無は、彼をちらりと睨みつけた。こういう意地悪な質問をすることが記者の仕事だと思っている人間は、未だに多いのではないだろうか。この質問を口にした記者は、まだマイクを離さなかった。

「敢えて『記録を狙う高速コースを用意した』というのは、他のレースに対する批判ではないんですか」

「ただ、条件を整備した、というだけです。マラソンは誰のためにあるのですか？　選手自身のためでしょう。我々はいい環境を整備して、記録を出すお手伝いをするだけです」松尾は少しだけ早口になっていた。

「まあ、我々陸協としても、今回の件については大変感謝していますよ」藤木が助け舟を出した。「マラソン大会にも、いろいろな性格があっていいと思います。皆が楽しく走る市民マラソンは、競技の裾野を広げるために大事ですし、観客を集めて観光誘致の手段とするのもありでしょう。同時に、純粋にタイムを競う大会もあるべきです。東海道マラソンに関しては、タイム重視、世界最高を狙う大会という位置づけに育ってくれればと思います。国内、いや、世界のランナーが目指す大会に育てるのが、最終的な目標なんです」

ナイスフォローだ、と音無は胸の中でガッツポーズをした。こういう理想論は得てして馬鹿にされがちだが、この場では最も相応しい回答のように思える。ただし彼らの——特に松尾の場合、こういう考え方がそのまま公式見解でもあるのだが。つまり、心の底から信じているのだ。

別の記者が、さらに意地の悪い質問をぶつける。

「しかし、いくら高速コースを設定しても、走る選手が全てではないでしょうか。いい記録を狙える選手が出場しない限り、結果は出せないと思います。その辺、調整はどこまで進んでいるのでしょうか」

「——日本記録保持者の、山城悟選手を招聘《しょうへい》します。なお、言い忘れましたが、優勝賞金は二千万円とします。世界最高記録が出た場合の報奨金は五百万円、日本記録の場合は二百万円となります」

松尾が低い声で宣言すると、記者たちの間に、「おお」というどよめきが再び起こった。松尾が薄い笑みを浮かべ、マイクをゆっくりとテーブルに置く。そのタイミングを見計らったように、広報課長が質疑応答の終了を告げた。演壇の五人が一斉に立ち上がり、深々と頭を下げる。会場を出て行こうとする五人に向かって、さらに質問が浴びせかけられた。

「山城が出るのは決まったんですか？」

「他には誰が出るんですか？」

返事はなし。拒絶することで想像と期待を膨らませようという松尾の戦術ではないか、と音無は思った。同時に、山城を追いこむための作戦。公の場で名前を出されたら、山城も断りにくくなるはずだ。


「参ったなあ」青田がぶつぶつと文句を言う。午後一番の会見が終わってから数時間、準備室——今回の会見で、その存在が公式に明らかにされた——の電話は鳴りっ放しだった。日本記録保持者の山城は出場するのか。この一点が記事に入るかどうかで、扱いも大きく違ってくるわけで、記者たちが必死に確認を求めるのは理解できる。だが準備室は、公式見解として、「現在調整中」と繰り返すことにしていた。だいたい今日は、山城の名前を出す予定はなかったのに……知事の暴走は毎度のことだが、頭が痛い。

「これで一段落じゃないか」答えたものの、音無も疲れ切り、デスクに突っ伏してしまった。ひんやりとした天板の感触で癒される。

「みんな、ちょっと聞いてくれ」

準備室長の笹川《ささがわ》が立ち上がった。これまでは川内が兼任していたのだが、一月一日付けで責任者として正式に赴任してきた男である。前職は企画調整部の広報情報課長。外部との折衝が多い職場だったことが、抜擢《ばってき》された理由のようだ。小柄だがエネルギッシュな男で、準備室は少しひんやりとしているのに、上着を脱いでワイシャツの袖を捲《まく》り上げている。毛深い腕が覗いていたが、寒さを感じないのはそのせいかもしれない、と音無は思った。

「業務時間は間もなく終了だが、問い合わせ対応で誰か残業を頼む。マスコミの仕事はこれからだから、夜中まで取材があるかもしれない。それと、ニュースが流れれば、市民からも電話がかかってくる可能性がある」

横に座った青田が、嫌そうに顔を歪めるのが分かった。しょうがない……新年早々に遅くまで残業は、誰だって嫌だ。ここは自分が手を挙げるしかないだろう。

「私が残ります」

「そうか?」笹川が音無に視線を向けた。

「少しやることがありますから、そのついでで」

「よし。一人だと対応しきれないかもしれないから、高沢も頼む」

「分かりました」素直な高沢は、嫌そうな素振りも見せずにうなずく。

「それじゃ、今日はご苦労さん。反響が大きくて、知事も喜んでいたと思う」

それは、あれだけ演出たっぷりで会見したのだから、反響も大きいだろう。最後に爆弾を落として記者の注目を集めるなど、大した役者だ。知事は行政の長だが、政治家でもある。あれぐらい人を惹きつける能力がないと、選挙は戦えないだろう。

解散を命じられると、他のメンバーは一斉に去って行った。だだっ広い部屋に二人だけが取り残されると、急に室温が下がった感じがした。音無はいつも着ているジャージを羽織り、席についた。日付が変わるまでとは言わないが、十時か十一時までは待機していた方がいいだろう。記事の締め切りがそれぐらいではないか。とすると、夕飯はここで済ませておくしかない。交代で食べに行くか、どこかで調達してくるか……音無の考えを読んだように、高沢が切り出した。

「飯、どうします?」

「どうしたい?」逆に聞き返した。

「弁当でも買ってきましょうか? 部屋は空けない方がいいですよね」

「そうだな……」

「ちょっと美味い弁当にしませんか。東家楼《とうかろう》が夜用の弁当を始めたんですよ。千円均一ですけど、どうですか?」

「東家楼なら美味いだろうな」

「配達じゃなくて取りにいけば、百円引きになります」

「よし、それでいこう」

「じゃあ、注文しますね。七時ぐらいに取りにいく感じでいいですか」

「ああ」

早々高沢が予約の電話を入れた。ほっと一息ついたところで、電話が鳴る。すぐに反応した音無の耳に、忙しない女性記者の声が飛びこんできた。

「ああ、すいません。広報に電話したら、こちらに電話するように言われました。東海道マラソンの関係です」

相手は全国紙の記者で坂元美奈《さかもとみな》と名乗った。女性記者からの電話は今日初めてだったかな、と音無は考える。

「どうぞ」

「山城選手のことなんですが、出場は決定したんですか?」きびきびした、ともすれば相手を追いこんでしまいそうなきつい喋り方だった。

「現在、調整中です」音無は公式見解を繰り返した。

「だったら、知事の説明は事実誤認ということですか?」

「そういうわけではないんですが」

「何だかはっきりしませんね」

問い詰めるような口調に、音無は思わず苦笑いしながら繰り返した。

「まだ調整中ですから」

「では、あれは知事の先走りということですか?」

「それは、私には何とも言えません」音無は、わざと淡々とした調子で答えた。記者の中には、相手を怒らせて本音を引き出そうとする人もいる。

「出場は要請したんですよね」

「しています」それも自分が。「調整」どころか、冷たい反応に追い返されて、その後事態はまったく動いていないわけだが、そういう事情を明かすわけにはいかない。音無は突然、自分の両肩にずしりと重い責任がのしかかるのを感じた。これでももしも、山城が出場しなかったら……レースの意味合いは、半減どころかまったくなくなってしまうだろう。日本人選手による世界最高記録——それこそが、東海道マラソン開催の意義なのだ。いつの間にか滲み出ていた額の汗を、人差し指で素早く拭う。

「で、実際のところ、出るんですか、出ないんですか?」

「そこはまだ調整中なので、勘弁して下さい」

「出るとは思えないんですが」

いきなり美奈が爆弾を落とした。この記者は何を知ってるんだ？　音無は、拭い去ったばかりの汗が、また額に滲むのを感じた。

「どういう意味でしょうか」

「山城選手は、いつもスケジュールを入念に組みます。今は、ベルリンマラソンに焦点を合わせているんですよ。今年と来年は、二年続けてベルリンで走る予定になっているはずです。その合間に、他の大会を挟むのは考えられないんですよねえ」

「九月のベルリンマラソンから東海道マラソンまでは、間が空いてますから」

答えながら、この見解は決して個人的なものではない、と自分に言い聞かせた。長距離の——特にマラソン選手は、確かに一年に何度もフルマラソンを走るわけではない。一度走った後には、疲労を回復させるために、筋肉を完全に弛緩させてしまう。その後次の大会に出るためには、数か月をかけて準備し、ピークを持っていかなければならないのだ。ただ走るだけなら毎週でも大丈夫なのだが、意味のある走りをするためには、それだけの時間が必要である。

「それはちょっと変ですね。山城選手が、そんなに急にスケジュールを変えるとは思えません」問いかけというより、自分の信念を確認するような言い方だった。

「ですから、調整中ですので」

「あれはやっぱり、知事の暴走じゃないんですか？」

「暴走？」音無は自分の声が引き攣るのを意識した。

「客寄せのためですよ。山城選手が走るとなったら、注目度が一気に高まるでしょう？　日本最高記録保持者なんだし、今、日本人で世界最高を狙うと言って笑われない選手は、彼しかいません」

「もちろんです。しかし、客寄せというのは……」

「彼以外の選手の名前を挙げても、誰も世界記録を狙うレースなんて思わないでしょう」

読まれている。面倒な記者に当たってしまった、と音無は胃が痛むような思いを味わった。会場に女性記者がいただろうか……何人かいたはずだ。あの中に、こんなにしつこく突っこんできそうに見える女性がいたか。記憶がはっきりしない。

「実際、山城選手は東海道マラソンを走る予定を入れていません」

「どうして断言できるんですか」

「監督に確認しましたから」

須田監督か……かつての日本最高記録保持者。「ガラスのエース」と呼ばれ、選手生活の晩年は故障に悩まされたが、初マラソンから何回かの、颯爽《さっそう》とした走りは、音無もよく覚えている。現役引退後は、以前所属していた実業団チームの監督に就任し、山城を指導している。

これは失敗だった、と悟る。誰かが須田に直当たりして――山城が取材に応じるとは思えない――確認することを、事前に想定しておくべきだった。今からでも遅くない、この電話を終えたら須田に電話して、適当に口裏合わせをしてくれるように頼もう。須田は、現段階では否定するしかないものの、山城が東海道マラソンを走ることには基本的に賛成しているのだから、協力してくれるはずだ。

「とにかくこちらとしては、交渉中としか言えません」

「そこ、大きなポイントなんですけどね。今回記事にする上で、一番大事なポイントですよ。山城選手が出るか出ないかで、レースの格が大きく変わってきますから」

たった一人のせいで……いや、あながち大袈裟とは言えない。山城はそれだけ、価値のある選手なのだ。

「それは分かりますが、交渉中なのは交渉中としか言えないんですよ」いつの間にか、全身から汗が噴き出している。

「そうですか……」美奈ががっかりしたように言った。「こんなことは言いたくありませんけど、根回し不足ですね。出場が正式に決まった時点で発表した方がよかったんじゃないですか」

「こちらにも年間予定がありますから、ご理解いただきたいですね」

「分かりました」かすかな溜息。「あんたは何も分かっていない」とでも言いたそうだった。「出て欲しいですね」

「それは、もちろん」口調が少し変わったな、と思った。冷静な新聞記者ではなく、当事者のようではないか。

「せっかくレースをやるからには、いい大会にしないと」

「仰る通りです」

電話を切って、ぐったりと椅子に背中を預けた音無に、高沢が「どうかしました?」と怪訝そうに訊ねた。

音無はゆっくりと背中を丸め、今のやり取りの内容をぼそぼそと伝える。

「それは……まずいですね」高沢が眉間に皺《しわ》を寄せた。

「そうだよなあ」

「山城が出る出ないはともかく、これでは知事が嘘をついたことになってしまいます」

「そもそも後から『調整中』と言った時点で、知事は嘘をついたことになるけど」

「ちょっと先走り過ぎですかね」

「今電話してきた女性記者も同じようなことを言ってたよ。とにかく、須田監督に電話しないと」

音無は携帯を取り上げ、須田の番号を呼び出した。この時間だとまだ練習中かもしれないが、とにかく伝言だけでも残しておかないと。

予想に反して、須田は電話に出た。背後がざわついているので、外にいると分かる。

「監督、すいません、準備室の音無です」

「ああ」

須田の口調は、何故か歯切れが悪い。重要な練習中で喋れないのだろうか、と音無は懸念した。

「ご都合が悪いようならかけ直しますが」

「それは大丈夫なんだけど……音無さん、坂元という女性記者から電話がなかった？」

「ありましたよ」どきりとしたが、美奈は彼に直当たりしているのだから、その後彼女がこちらに確認の電話を入れることは、須田は予想していたはずだ。

「申し訳ないね……山城のことでしょう」

「喋っちゃったんですか」詰《なじ》るような口調になってしまったのを悔いたが、一度出てしまった言葉は取り消せない。

「そう、悪いと思ったんだけど……あれ、俺の女房なんだ」

音無は携帯を取り落としそうになった。

2

クラブハウスで新聞をひっくり返しながら、山城は思わず笑ってしまった。各紙によって、東海道マラソンの扱いはばらばらである。そして問題の核心——自分が出るのか出ないのかについて、はっきり書いている新聞は一紙しかなかった。

〈今回の東海道マラソンの目玉として松尾知事が名前を挙げた山城悟選手＝タキタ＝は、現段階では出場を考えていない模様〉

自分に直接取材しないで書いているわけだが、そんなことはどうでもいい。こういう記事が出ることで、世間は「山城は出場しない」という方向で納得してくれるはずだ。

須田が脇を通りかかる。どこかそそくさとした態度で、山城の顔を一瞬だけ見たものの、すぐに視線を逸《そ》らしてしまった。

「監督」

声をかけると立ち止まったが、こちらを見ようとはしない。立ち上がり、彼の目の前で新聞を広げた。

「ありがとうございました」

「何が」須田が困ったように目を細める。

「これ、監督がコメントしてくれたんでしょう？　お陰でこっちには、話が回ってきませんでしたから」

「ああ、それ……」須田の口調は奇妙に曖昧だった。「その記事な……うちの女房が書いたんだ」

「は？」

慌てて新聞をひっくり返して記事を確認する。確かに。文末に【坂元美奈】の署名があった。女性では珍しい全国紙の運動部の記者で、須田が現役時代に知り合ったと聞いている。結婚してからも、仕事の上では旧姓を使っているようだ。須田も、家族には事情を話したということか……これはある種の情実ではないだろうか。まあ、俺はそれで助かってるんだから、何も問題はないが。

「じゃあ、奥さんにお礼を言っておいてもらえますか。この記事、結果的に事実そのままですから」

「おいおい」須田が目を細める。「本気で断るつもりなのか？」

「走る理由がありませんよ」

「記録を出せそうなコースなんだけどなあ」

山城は肩をすくめ、新聞を乱暴に畳んだ。

「それ、筋が違うような気がします」

「だけど、皆が記録を望む気持ちは分かるだろう？　これは、今後の日本長距離界の命運にかかわる問題なんだぞ」

「そういう難しいことを考えていると、絶対いいタイムは出ませんから。政治的な話が大好きな人間がいるでしょうから、難しい問題は、そういう奴らに任せますよ」

「そんな人間、どこにもいないぞ。俺たちは皆、ただ走るのが好きな陸上馬鹿じゃないか」

山城はゆっくりと首を横に振った。「陸上馬鹿」——自分が最もなりたくない姿である。もちろん、現役でいる間は、競技に全てを捧《ささ》げる。自分が才能を持って生まれてきたことに感謝し、世界記録を目指して全力で頑張る。ただ、そういう生活は走っている間だけだ、と割り切っていた。いつか現役を引退する日になったら、きちんと第二の人生をやり直すつもりでいる。日本にいては甘えてしまうだろうから、どこか海外の大学で学びなおすことを考えていた。そうでないと、須田のように、陸上に人生の全てを縛られた人間になってしまう。現役を引退した後も、三十年や四十年は元気で働き、生きていかなければならないのだ。想い出に浸るのではなく、新しい道を探さなくて、何が楽しいのか。

「とにかく、この話はこれで終わりにしませんか」

「終わらないと思うよ」須田がどこか寂しそうに笑った。「この記事はこの記事として……他の新聞、読んだか？」

「ええ」

指摘され、山城は唇を歪めた。きちんと調べていないのか、他紙は「山城　出場へ」「出場へ向け調整中」と書いている。つまり、山城が走る前提でレースが成り立つというわけだ。冗談じゃない。しっかり取材すれば、俺が走る気などないことは、はっきりするのに。

「あまりやりたくないんですけど、記者会見して否定しておきますか？　あるいは何か声明を発表するとか」

「そんなことをすると、質問攻めにあうぞ。そういうの、嫌いだろう」

「それはそうですけど……」

記者たちにつきまとわれる嫌な感じと、いつまでも否定しないでいることで醸成されるであろう、「出場する」という空気。どちらも面倒臭い。いっそ、何かあって大会自体が流れてくれないだろうか。そうすれば、心穏やかにベルリンに挑める。

「お前がイエスと言えば、全て決まりなんだがな。すっきりする」須田が冷ややかな口調で言った。

「何を意固地になってるんだ。九月にベルリンを走った後で、一二月に東海道マラソン——スケジュール的には全然無理がないぞ」

「一度決めたことは崩したくないんで」

「だったら怪我もできないな」

「俺には縁がないですからね。無事これ名馬って言うでしょう」

須田の表情が険しくなるのを山城は見て取った。彼の心にまだ巣食う脆《もろ》い部分——過去の傷——を突いてしまったと意識したが、謝罪するつもりはなかった。そんなことは、するだけ時間の無駄である。


枯れた芝の上に寝転び、ゆっくりと足を上げる。一、二、三……五秒数えながら、ほぼ地面と垂直になるまで、膝を曲げないように意識しながら動かしていく。下ろす時も五秒。ストップウォッチを使わずとも、時間の感覚には自信がある。二十回繰り返してから、そっと足を伸ばして両腕を広げ、芝の上に横たわった。

この運動は、腹筋の他に、腸腰筋《ちょうようきん》を鍛える効果がある。腿を上げる時に使う腸腰筋を鍛えるのは、マラソン用のトレーニングの基本だ。もちろん腹筋の下の方にも効いているのだが、もっと深い部分、インナーマッスルを鍛えるのに最適である。

じっと横たわったまま一分。焦る必要はない。冷たい風が体の上を通り過ぎていくのを心地好く感じた。空が高い……背中を刺激する芝の固い感触が、軽い眠気を誘った。

あと二セット。よし、スタートだ。一度軽く両足を浮かせた状態で停め、そこからゆっくりと上げていく。勢いをつけると腰が浮いてしまうが、そうならないように気をつける。このトレーニングは時間をかけてやるのがポイントなのだ。腹の下側に、ぴりぴりとした緊張感が走る。寝転んだ姿勢で上体を持ち上げるクランチの場合には腹の真ん中が緊張してくるのだが、この場合は、もっと下腹部、そして左右に緊張感が分散している。

三セットを終えて、慎重に立ち上がる。物事はすべからくシンプルに行くべきだな、と思う。走る際の下半身の動作は、三種類しかない。地面を蹴る、足を上げる、下ろす、である。この三つに使う筋肉を鍛え上げることが、スピードアップのベースなのだ。足を引き上げる力を鍛えるためには、腸腰筋のトレーニング。次いで、やはり同じように使われる腿の裏側のハムストリングのトレーニングだ。ここは、地面を蹴る時にも使うので、非常に重要である。しかも怪我しやすい箇所なので、入念なトレーニングとケアが必要だ。

右足を、腿が地面と水平になるまで高く上げ、踏み出してから深く、左膝が芝生につくぐらいまでしゃがみこむ。右足の爪先は真っ直ぐ正面。立ち上がり、今度は左足を踏み出し、同じ動作を繰り返す。左足は、足の裏全体で強く地面を蹴るよう意識した。そのままトラックの幅の分だけ歩いて行くのだが、半分ほど行くと腿の前後、脹脛《ふくらはぎ》にぴりぴりと軽い痛みが走るようになる。そこを我慢して、できるだけ時間をかけ、ゆっくりと続ける。終えると足が震え出し、関節各部にも緊張感が走っているのを意識した。

両手を腰に当て、天を仰いで息を吐く。これを二往復だ。きつく地味なトレーニングだが、今年度は既にレースを走る予定がなく、実質的にオフに入っている今だからこそ、やっておかなくてはいけない基礎練習である。

数人の選手が一団になって、トラックを駆け抜けて行く。二月の別府大分《べっぷ》毎日マラソンを走る選手たちが、スピードトレーニングの最中なのだ。テレビで見ていると分からないが、すぐ近くにいると、その足音の大きさが耳につく。しかも全員が全員をペースメーカーにするように走るスピード練習だと、一塊になっている分、音は大きい。

まあ、せいぜい頑張ってくれ。別大マラソンは、海に近い場所を走る。海風の影響を受けやすいせいか、あまりスピードが出ない。記録を狙うようなコースではないので、山城は一度も走ったことがなかった。景色がいいから市民ランナーには人気のある大会なのだが……そういえば自分は、楽しんで走ったことなど一度もない。走るのは常に苦しく、やめられるものなら途中でやめてしまいたいといつも思う。マラソンなら必ず三十キロ過ぎに、そういう瞬間が訪れる。ペースメーカーがいなくなり、自分たちの手にレースの主導権が移った瞬間。最近はそこから先がレース本番であり、駆け引きが始まるのだが、それに嫌気が差すこともある。

マラソンほど、外的要因に左右される競技もないと思う。まず、コースの設定。当日の気候。そして一緒に走るランナーのスピードやペースメーカーの技量など、自分とは関係ない部分によって、レースの展開は大きく変わってしまう。

走るのは自分なのに。

一分経ったはずだと思い、クラブハウスの壁の時計を見る。秒針が大きく見やすいので、自分がはめている時計ではなく、こちらを頼りにすることも多かった。しまった、一分以上休んでしまった……しかし慌てることはない。トラックの反対側目指してもう一度、と右足を踏み出した途端、須田に声をかけられた。いい加減にしてくれ……練習していない時なら話ぐらいはするが、練習中は勘弁して欲しい、とうんざりした。選手を妨害する監督がどこにいるのだ。

「ちょっと気になる話を聞いたんだが」

「練習中なんですけど」睨んでやったが、気にする様子もない。まったく、この人は……仕方なく、正面から向き合った。「で、何ですか」

「東海道マラソンのペースメーカー、甲本が引き受けたらしい」

「何ですか、それ」

山城は一瞬、何のことか分からなかった……いや、何か変だ。甲本は今まで、ペースメーカーの経験などなかったはずである。ペースメーカーの技量は、近年ますます重視されるようになっているが、東海道マラソンの主催者がそれほど大会を大事に考えるなら、何度もペースメーカーを経験した選手を連れてくるのが自然ではないだろうか。ペース配分が完璧、主催者の意図もよく理解できる日本人選手と、スピード感溢れるアフリカの選手という組み合わせが理想だ。しかしフルマラソンのタイムに見るべきものがない甲本が何故……可能性に賭けたのだろうか。仮にもハーフの元日本最高記録保持者だ。四十二・一九五キロでは期待できなくても、三十キロまでなら引っ張ってくれるはずだ、とでも考えたのか。

そんなに簡単に計算できるなら、苦労はしない。

「事情はよく知らないが、そういうことになったようだ。それで、しばらく彼をうちで預かることになったから」

「意味が分かりませんが」山城は眉を潜めた。

「練習場所がないんだよ。ほら、中西監督が亡くなっただろう？　新しい監督が来たんだけど、どうも甲本の方で遠慮したらしくてね。彼はチームが潰れてからずっとどこにも所属してなくて、恩師の中西さんの厚意で、大学の施設を借りていたんだ」

「だけど、うちには何の関係もないじゃないですか」

「マラソンの事務局の方から頼まれたんでねえ。仕方ないよ」須田がキャップを脱ぎ、髪をかきあげた。

「初耳ですよ、そんなこと」

「そこは監督の専権事項だから」

「引き受けたんですか」

「別に、練習場所を貸すだけだから」

「そうですか」

「なあ、やっぱり東海道マラソンは必要だよ。大袈裟に言えば、日本の長距離界の未来のためにも、あのレースはやった方がいい」

理想論は勘弁して欲しい……須田はいつもこうだ。具体的な練習方法については、非常に科学的で、最新理論もよく研究している。だから自分の役に立つと思えるものは、山城も進んで取り入れていた。だが、精神論になると、どうにも抽象的で、簡単にはうなずけない部分も多い。他の選手はそれなりに感じ入ることもあるようだが、山城はいつも聞き流していた。

夢と目標は違う。須田はそこを混同しているのだ。

徹底的なリアリストである山城は、夢を持たない。あるのは次のレースのタイムという、具体的な目標だけ。それが積み重なって、世界最高記録が視野に入ってきただけだ。

「日本人のため、ですか」

「そうだ。長距離界を盛り上げるには、日本人が世界最高記録を出すのが一番だ」

「一度世界最高が出たレースは、注目されますよね」

「そうだよ」

「そうすると、次からは世界の強い選手が集まってきます。そうなったら、日本人なんか勝てなくなるんじゃないですか」

須田が唇を引き結んだ。どうして黙る？　そんなことは少しでも考えれば分かるはずなのに。主催者も、須田と同じでそこまでは考えていないのかもしれない。ただ、一回目の大会を成功させ、あわよくば世界最高記録を出して話題にする。レースの格を上げて、結果的に世界に名だたる大会に育てたい……何かずれている。

「お前もそろそろ、もっと広い視野で物を考えるようにならないとな」

また精神論か。しかし、この論法は簡単に論破できる。

「目の前のコース以外のことに意識を集中している人間は、タイムを伸ばせませんよ」

3

後がない。

振り返れば断崖絶壁、後ろに飛沫《ひまつ》の上がる海が見えるような気がした。荷物をまとめて出かけようかと考えたが、どうしても立ち上がれない。

ここ数年、甲本を取り巻く環境は何度も激変した。新しい練習場所、新しいコーチ。体力の限界ではなく、それこそ、自分の記録が伸び悩んだ原因ではないかと思えてくる。いわば、外的要因だ。しかし自分を責める気持ちも消せない。こういうことは、よくよく準備をしておけば避けられたのではないか。潰れそうなチームに入らなければ、今までずっと安定した練習を続けてこられたはずなのに。

そして今また、新たな環境が開けた。今日からは、まったく縁のなかった実業団の施設を借りることになる。練習場所としては悪くない。「タキタ」の陸上部は駅伝の名門だし、何よりかつてのマラソン日本最高記録保持者、須田が監督を務めている。国内きっての理論派が側にいるのは心強い。

もっとも甲本はあくまで「場を借りる」だけだから、彼の指導を受けるのは筋違いだ。大学の新しい監督、角谷《すみや》に頭を下げて、今までと同じ環境で続けた方がよかったのではないか、とも思う。あそこなら顔見知りの後輩たちの面倒を見られる。多少は母校に貢献もできるわけで、後ろめたい気分も減るはずだった。しかし角谷の冷たい視線は、明らかに甲本をよそ者扱いしていた。もしも自分が何らかの記録を持っていたら、事情は違っていたかもしれないが。

もう、戻れないのだ。

音無と交わした約束を頭の中で反芻《はんすう》する。東海道マラソンが終わるまでは、毎月「練習費」を保証する。贅沢できる額ではないが、弁当工場の仕事をやめられるだけの額ではあった。それで練習に集中すれば……調整のための大会出場や合宿の費用は別途提供。そして無事にペースメーカーの役割を終えたら、報奨金は一千万円だ。二年か三年、練習のことだけを考えればいい。

目の前にニンジンをぶら下げられて走るようなもので、どこか釈然としなかったが、仕方ない。プロとアマの基準が曖昧になってしまった今、「金のために走る」のは、決して汚いこととは言えなくなっているはずだ。

——いや、自分はある意味、これで完全なプロになるのだな、と思う。ある特定の目的があって、それを達成することで報酬を貰うのだから。その目的が「勝つ」ことでないのは、やはり筋違いな気もするが。

とにかく、もう決まったことだ。後は自分の仕事をこなすのみ。ようやくバッグを手にすると、甲本は立ち上がった。結局決めたのは自分なのだから、誰かに責任を帰すことはできない。マラソンは、結局そういうものではないか。結果は全て、自分に跳ね返ってくるのだ。

「よろしくお願いします……お邪魔しますが」甲本は丁寧に頭を下げた。ひどく緊張しているのを意識する。目の前の相手は、元日本最高記録保持者である。甲本がまだ十代の頃、その美しい走りを見て、自分も長距離で行こうと決断する動機を作ってくれた選手。彼が引退してからもう数年が経っているのだが、だからといってオーラが消えることはない。

「まあ、そう緊張しないで」須田が柔らかい声で話しかけた。「ちょっと座れよ」

「今、練習中じゃないんですか」

「俺が監視してないとサボるような奴は、ここにはいないから」須田が自信たっぷりに笑った。

顔を上げ、彼の正面のソファに座る。笑顔が似合うのは、ずいぶん顔が丸くなったからだ、と気づく。現役時代は専属シェフを雇ってまで食生活を完璧にコントロールしていた、という記事を読んだ記憶があった。金があるからこそできたことだが、その記事に添えられていた写真の須田は、山に籠って断食修行を繰り返す求道僧《ぐどうそう》のように痩せこけていた。全身から、殺気ともいえる雰囲気が発散されていたのを思い出す。あれは、彼が最後のレース——結果的に故障で途中棄権した——に臨む少し前の写真だったはずである。レースまでまだ時間があるのに、あそこまで集中して大丈夫なのだろうか、と心配になったものだ。同時に、自分はこれだけの殺気を身にまとえるのだろうかと気持ちが揺らいだ。あそこまで自分を追いこまないと、勝てないのだろうか。

しかし目の前の須田は、穏やかな雰囲気を漂わせた三十代後半の男だった。頭の中に固まっていたイメージとの食い違いに、思わず拍子抜けする。

「君のことは、音無さんからちゃんと聞いている。練習場所については心配しないで欲しい。ここの施設は自由に使ってもらっていいから」

「邪魔にならないようにします」

「うちの連中は、皆気がいいから。大丈夫だよ……山城を除いては、だけどね」須田が苦笑した。

「ああ」それは甲本も懸念しているところだった。須田以上の逸材と言っていい山城は、ある種の変人としても有名だ。人と交わろうとしない。監督やコーチの言うこともほとんど聞かず、自己流でトレーニングを積み、レースの展開を考える。それでも批判が起きないのは、きちんと結果を出しているからに他ならない。他人に関係なく、自分の思うがままに生きていい人間が、同時代に一人ぐらいはいるものだ――まあ、自分には関係のない世界だが。通夜の席で話しかけたが、あの時どんな会話を交わしたかは、ほとんど覚えていない。甲本は動揺しきっていたのだ。

「これから東海道マラソンに向けて、トレーニングの予定はどうなってる？」山城の話題を続けるのは気が進まないようで、須田が話を変えてきた。

「はい、やはりスピード中心で行こうと思います。三十キロまでというのは、今までの練習では想定に入っていませんから、決定的に上手い練習方法は見当たらないんですが」

「スピード練習はいいと思う。基本、それだけ考えていれば大丈夫だよ。ただ、トラックの練習だけに頼っちゃ駄目だな」

「そうですよねえ」須田の言いたいことはすぐに分かった。スピード練習にはトラック、というのは定番である。だが自分がやらなければならないのは、本番のコースでしっかりとタイムを刻むことだ。トラックとロードでは環境が違い過ぎる。

「実際にコースを走るのが一番いいんだけど、今回の設定コースは交通量が多いからな。一人でやるのは無理だろう。危険だ」

「ええ、それが気がかりなんですけど……」手伝ってくれる人もいない。

「俺がサポートするよ」

「監督が？」甲本は目を剝いた。「しかし監督には、ご自分のチームのこともあるでしょう」

「君が頑張って走ってくれれば、回り回ってうちの——山城のためになるんだ。俺だって、あいつにはいい記録を出してもらいたい。ただあいつは、練習方法については俺の言うことをほとんど聞かないからな。影でサポートしてやるぐらいしかできないんだ」

「そんな、監督の言うことを聞かないなんて……」噂は本当だったのだ、と甲本は啞然《あぜん》とした。スポーツの世界においては、コーチ・監督と選手の上下関係は絶対に崩れない。どんなに無理な練習を強いられても、黙って耐えるのが選手の役目だ。柔道の世界などでは、どんなに年をとっても指導者を「先生」と呼ぶのがその象徴である。もちろん最近は、昔と違って精神論に頼った無茶な練習を課する指導者はいなくなっている。選手が頭で納得できる、科学的トレーニングが主流だ。

「まあ、トレーニング方法は一つだけじゃないし、選手が納得してないなら押しつけることもできないんだけど」

須田の顔に張りついた苦笑は消えない。こと山城の問題に関しては、これが彼の標準的な表情ではないか、と甲本は思った。

「そうですか……それはタキタの事情ですから、俺には余計なことを言う権利もないと思います」

「ちょっと、君が考えている練習スケジュールを聞かせてくれ」

甲本は、頭の中で固めていた大雑把《おおざっぱ》な予定を話し出した。須田がその場でパソコンを使い、データに落としていく。できれば夏にはどこかで高地合宿を行いたい、ということも遠慮がちにつけ加えた。人の金で海外へ行くのも何となく気が引けるのだが、高地トレーニングはやっておいて損はない。その辺りで一度、徹底的に自分を追いこむ必要もあると思っていた。そしてハーフマラソンの大会への出場。五月の仙台国際と、七月の札幌国際へのエントリーは既に決めていた。

「三か月で二回のハーフか……」須田が顎を撫でた。

「間隔、短いですかね」

「むしろ少ないかな。もっと負荷をかけた方がいい。三月に全日本実業団があるけど、どうだろう」

「チームに所属していないから、出場できませんよ」言ってしまってから唇を噛み締める。あの大会は、個人レースというよりも団体競技の意味合いが強い。もちろん個人のタイムは出るのだが、あくまで「上位三名の成績で争う団体戦」として見られているのだ。

「だったら、名古屋ハーフだな。あれは十一月だから、本番前の練習にちょうどいいんじゃないか。一度そこでピークに持っていって、本番までの二か月でもう一度山を作るのは簡単だ」須田が右手をくねくねと、折れ線グラフのように動かした。

「そうですね、検討します」五月から十一月にかけ、半年で三レース……ここまで予定を詰めこんだことはない。ハーフは、当然フルマラソンよりも消耗は少ないが、最近走っていないので、ペース配分を忘れてしまっている。しかもマラソンの半分を走ったからといって、三十キロまでレースを引っ張るペースメーカーの役割が果たせる保証はないのだ。ハーフはあくまでレースの感覚を取り戻すため、スピードは実際のコースで鍛えるしかないだろう。

「ペースメーカーのタイム設定については何か言われている？」

「はっきりとではありませんが、音無さんからは一キロ三分台、五キロで十五分を切るスピードが必要だと言われてます」

「世界最高を狙うレースなら、もっと速くないとだめだ」須田がばっさりと切り捨てる。腕組みをしてパソコンの画面を睨んでいたが、やがて結論を出した。いや、既に頭に入っていて、口にするのを躊躇っていただけかもしれない。「一キロ二分五十五秒……それで、四十二キロで二時間二分三十秒だ。残り〇・一九五キロをどれぐらいで走るかによるが、このペースでも世界記録を切れるかどうか、ぎりぎりだろうな」

甲本は軽い目眩を覚えた。音無も仮説として言っていたが、一キロ二分五十五秒というのは、相当なハイペースである。五キロや十キロなら何とかなるかもしれないが、三十キロとなったら……マラソンを走る時の甲本のペースは、一キロ三分から三分二秒台。それが三十キロまで続き、そこから先はがっくりとペースが落ちるが、三十キロまでだって一杯一杯なのだ。四十二・一九五キロ走るためにセーブしてこの数字、というわけではない。

改めて指導者の口から聞かされると、とんでもないことなのだと自覚する。

「きついだろう?」

「きついですね」

「でも、引き受けたからにはやるしかないんだぞ」

「分かってます」甲本は顎を引き締めてうなずいた。

「ちょっと、俺にもトレーニングスケジュールの見直しをさせてくれないか?」

「いや、でも、自分はここを練習場所として借りるだけですから……」須田の厚意はありがたいし、彼のノウハウを吸収できれば展望が開けるかもしれないが、頼ってはいけない、という意識が強い。

「俺だって、この東海道マラソンに賭ける気持ちはあるんだよ。こんなことは言いたくないけど、日本記録を持っていた時も、世界最高には及ばないだろうと思っていた。だけど今は、山城という人材がいる。あいつに世界最高を出させるために、何でもやるつもりだ。言っちゃなんだけど、君にはペースメーカーとしての素質がある。それを利用しない手はない、というわけだ」

「そうですか」機械。駒。どんなに義務を果たしても、褒め称《たた》えられることはない。そう考えると、選手としての寿命ももう終わりに近づいているな、と意識せざるを得ない。今後は裏方として、レースの組み立てに回るしかないのか。

「俺はもう、完全に裏方だよ」須田がぽつりと言った。「どんなに貢献しても、勝てば褒められるのは選手だ。でも、いつの間にか開き直れた。こうやって、ずっとマラソンにかかわっていられるのは間違いないんだから、幸せなことなんじゃないかな。それに、どんな選手でも、永遠に走るわけじゃない。記録と順位にこだわる人生には、いつか終わりが来るんだ……いや、ちょっと言葉が悪いかな。君にはまだチャンスがあると思う。ここで徹底したスピード練習を重ねれば、もう一皮剝けるかもしれない。それは悪いことじゃないだろう?」

「ええ」尊敬する相手を前に、否定の言葉は吐けない。だが、一度裏方に回ってしまった選手が、再び表舞台に立つチャンスなどほとんどないことは分かっていた。

「頑張ってくれ。俺も頑張る……目下最大の問題は、どうやって山城をレースに引っ張り出すか、なんだけどな」

「まだ決めてないんですか?」甲本は思わず目を剝いた。目玉中の目玉、このレースは彼のためにあると言っても過言ではないのに。

「決めてないというか、本人は出ないと言っている。世界記録を狙うターゲットは、ベルリンなんだ」

「あそこは記録が出やすいですからね」

「あいつを説得できないようじゃ、俺も指導者失格だな」ぽんと膝を叩き、須田が立ち上がった。

「じゃあ、そろそろ行こうか。ここの施設を案内するよ。それと、他の部員たちにも紹介する。余計なことは言わないでいい。ただ名乗って、頭を下げれば十分だから」


練習を中断させてしまったか、と甲本は恐縮しきりだった。須田も、タイミングを見てくれればいいのに。挨拶するだけだったら、全体練習が終わった後とかでも問題ないはずだ。

二十数人の選手が集まった前に立った甲本は、今までにない緊張感を覚えた。移籍した二つ目の実業団チームでの挨拶、大学へ練習場所を移した時の後輩への挨拶……どちらの時も、もう少し気安い思いでいた。

「一瞬だけ、な」須田が慌てた口調で告げる。「今日から、うちで練習をすることになった甲本君だ。事情は前に話した通り。彼には、東海道マラソンでペースメーカーを務めるという、重大な役目がある。そのための調整に、施設の充実しているうちを選んでくれた。これは主催者側の意思でもあるので、皆、よろしく協力してやってくれ……じゃあ、甲本君、一言ご挨拶を」

一歩進み出て「甲本です」と告げ、頭を下げる。だが顔を上げた瞬間、言葉を失ってしまった。言うべきことは決まっていたのに、喉を締められたように声が出てこない。

山城。

一人、選手たちの輪の外側にいる山城が、刺すような視線をぶつけてきた。ちょっと待ってくれ。お前とは一度しか顔を合わせたことがない——中西監督の通夜の時だ。それなのに、積年の仇敵《きゅうてき》を発見したような目つきで俺を睨むのは何故だ。

とにかく早く喋って、この場を去ろう。一人で練習している分には、あの男と接触する機会はないはずだ。余計なトラブルは避けなければならない。

甲本はもごもごと喋って、挨拶を終わりにした。しかし喋っている間も、山城の視線を強く感じる。これは、噂以上にとんでもない奴かもしれない……「タキタ」を練習の拠点に選んでしまったのは、とんでもない間違いだったのではないか。

あるいは、音無には何か考えがあるのかもしれないが。あの男は策士だ。単なる箱根駅伝経験者で、公務員というだけではない。自分をここに置いたのにも、何か訳があるのではないだろうか。

だが、精神的にはマイナスにしかならない。練習を始める前から、甲本は逃げ出したくて仕方がなくなっていた。


ちらりと腕時計を見る。トラック、二十周目を終了。久しぶりの練習だったのでスピードは上がらないが、ペースが極端に落ちたわけでもない。これでいいんだ、と自分に言い聞かせた。

足をスムーズに繰り出すことだけに、意識を集中する。太股の表裏には疲労が溜まり始めていたが、まだいける。これぐらいで悲鳴を上げていたら、ペースメーカーなど務まらないのだ。残り五周になって、甲本は意識してスピードを上げた。ラストスパートではなく、単なるペースアップ。ほんの少し腕の振りが大きくなるよう意識し、上体の動きで体を引っ張っていく。一月の風は冷たいが、今体に叩きつけてくるそれは、熱風のようだった。前後——主に前への動きを意識し、体が左右にぶれないよう、注意する。時折、体を傾がせながら走る選手がいるが、あれは駄目だ。微妙に空気抵抗が出て、壁にぶつかるような感じになる。距離が長くなればなるほど、前へ進むのに苦労するようになるのだ。

第一カーブに差しかかる。自分とは別に一万メートルを集団で走っている選手たちの背中が、ぐんと迫ってきた。このままだと、二周以内には追い越すことになりそうだが、どうしたものか。選手たちは綺麗に縦一列になっている。あれを外側から追い抜くのは、結構面倒だ。今は仮想の線——トラックの端から三十センチ離れた場所にある幅三十センチの線——の上を走っている。ここから外れる動きをすると、仮に一瞬であってもペースが乱れてしまう。

ぎりぎりですり抜けていくか、と考えているうちに、残り四周になってしまった。前の選手までは、五メートルと迫っている。足音がはっきり聞こえ、細い壁が眼前に立ちはだかっている感じになった。よし、カーブを利用しよう。甲本は第三カーブに入る前に、ぴたりと前の選手の背中についた。カーブに入る際、曲線を一瞬だけ無視して真っ直ぐ進む。それで外側へわずかに膨らむことができた。今や、列の最後尾の選手と併走している。ここから一気に追い抜いて、先頭に立ってペースを維持しよう。競っているわけではないし、向こうはまだ周回をだいぶ残しているはずだが、何故か負けたくないという気持ちが前面に出てくる。

カーブの外側をわずかに膨らみながら、走っていく。距離が少しだけ長い分、こちらが不利だが——カーブでは少しでも内側を攻めるのが鉄則だ——それでも第四コーナーの出口付近で五人の選手を一気に抜き去っていた。よし、後は適当に軌道修正して、最後の三周を終えよう。ホームストレッチに差しかかった瞬間、「ラスト十!」の声がかかる。あと十周?　数え間違った?　酸素不足でくらくらする頭で必死に計算したが、どう考えても残り三周である。混乱しているうちに第一カーブに差しかかり、そこで初めて、先ほどの指示は他の選手に向けられたものだと気づいた。馬鹿馬鹿しい。自分はよそ者、異分子であり、勝手に練習しているだけなのだ。誰も自分に声をかけてくれるはずがない。長距離走者は基本的に孤独なものだが、練習はチームの一員として行う。こういう状況には慣れているはずなのに、甲本は自分だけが別の存在なのだと強く意識し、一抹の侘《わび》しさを感じた。

走りに対する意識がふっと薄れる。筋肉との会話を交わさなくても問題がないのは、むしろいい走りをしている証拠である。体が完全に走りのペースを記憶しているから、一々いろいろなことを確認しなくても済む。

最後はほとんど無意識のまま、周囲の光景さえ目に入らずに走り終える。最後までスピードは落とさず、短距離走者の心意気でゴール地点を走り抜ける。最後の一周のラップタイムも、まったく変わらなかった。スピード自体は褒められたものではないが、天性の物と言えるペース配分は、まだまだ健在だ。ストップウォッチをリセットし、徐々にスピードを落として、まだ走っている選手の邪魔をしないようにトラックの内側に入る。フラットなアンツーカーとは一転して、芝のさくさくという感触が足裏に心地好かった。

ゆっくりとトラックの内側を一周し、ホームストレッチに戻って来たところで座りこむ。シューズと靴下を脱ぎ、両足を投げ出してストレッチを始めた。緊張して硬くなった腿の裏側の筋肉を、特に入念に伸ばしてやる。疲労骨折した足首も、丁寧に何十回と回して解してやった。以前に比べて、少し硬くなっている感じがする。これは走りこんでいけば、いずれ元通りになるだろうが……頑張っても年は取るものだな、とつくづく思った。どれだけメインテナンスを続けていても、五年前、十年前とは体そのものが変化している。アスリートとしての自分のピークはとうに過ぎたのではないか、と不安にならざるを得ない。

ここでの練習も、漫然と続けているだけでは駄目だ。今日は一周ごとに自分でタイムを計ったが、それでは正確にならない。できれば誰かに計測してもらって、きちんと数字を残した方がいいのだが、頼める相手がいなかった。マネージャーが何人かいるのだが、これ以上チームに迷惑をかけるわけにはいかない。どうしたものか……。

冷たい風が吹き渡り、甲本は思わず身震いした。半袖の練習着の上に古びたベンチコートを羽織り、そのまま横になる。左足を右足の下に巻きこむ形で、ぐっと股関節を広げてやった。十五秒、姿勢を維持する。今度は右足。走った後にこれをやると、関節の可動域が広がる感じがする。

ストレッチを終えて大の字になり、やけに高い空を見上げる。タキタのグラウンドは横浜でも北の方、新横浜に近い場所にあるせいか、周囲に遮る物も少ない。そのために、風が強く吹きこむようでもあるが、環境は悪くない。クラブハウスの設備は最新だし――トレーニングルームの豪華さには目を奪われた――アンツーカーの当たりもいい。芝は目の保養以上の役目を果たしているとは思えなかったが――フィールド競技の選手は所属していないのだ――よく手入れされている。強いチームは、施設にもこんなに金をかけられるのだな、と感心した。そういえば甲本が今まで所属した二つの社会人チームは、どちらも施設関係が貧弱だった。二番目のチームなどは、クラブハウスのシャワーがなかなか温水にならなかったものである。

「甲本さん、上がりですか」

声をかけられ、慌てて体を起こす。近づいてきたのは……確か、マネージャーの水木《みずき》。脛まであるベンチコートを着ているのに、寒そうに背中を丸めていた。

「ちょっとトレーニングルームを試してみようと思ってるけど」

「ああ、あそこ、いいですよ。去年の秋に最新のマシンを入れたんです。全部油圧式ですから、音がしないで静かですよ」大きな目がくりくりとよく動く男だ。

「そうみたいだね」

「その前に、ちょっと事務連絡があるんですけど、いいですか」言いながら、隣にしゃがみこんだ。

同時に、スポーツドリンクのペットボトルを甲本に手渡す。

「こんなの、いいのに」

「いや、歓迎のご挨拶として」人懐こい笑みを浮かべる。

「じゃあ……」少しだけ後ろめたい気持ちを味わいながら、甲本はスポーツドリンクを口に含んだ。

少し温まるのを待ってから飲み下す。

「ええと、マッサージ関係なんですけど、ここに行って下さい」水木がメモを手渡した。住所からすると、このグラウンドのすぐ近くのようだ。「歩いて五分ぐらいですから。うちが年間一括契約してるんで、お金は必要ありません」

「いや、それじゃ悪いよ」

甲本はメモを差し出した。水木は不思議そうな表情を浮かべたままで、受け取ろうとしない。

「悪いって、何がですか？　余計なお金がかかるわけじゃないんですよ。予算の中に織りこみ済みなんです」

「でも、それはタキタの予算だろう？　部外者の俺がお世話になるわけにはいかない」

「何言ってるんですか」水木が屈託のない笑みを浮かべた。「余計なお金を払うつもりはないですけど、これは一緒なんですから」

甲本は口をつぐんだ。口の両脇に深い皺が刻まれるのが自分でも分かる。これは須田の差し金なのだろうか。厚意でやってくれているのは理解できるが、やはり筋が違うような気がする。しかし、断るのも申し訳なかった。だいたい、体のメインテナンスの基本であるマッサージは、金がかかる。それを浮かせることができれば、と甲本は思わず頭の中で数字を弾《はじ》き出していた。

「悪いな」

「いえいえ、とんでもない」水木が破顔一笑した。「それと、練習でお手伝いできることがあったら言って下さいね。一人で走ってると、ラップ計測も上手くいかないでしょう。ロードを走る時も、誰か一緒にいた方がいいですよね」

こいつは典型的なマネージャー体質なのだ、と思った。いくら監督に指示されたとしても、ここまで気を利かせるのは簡単ではない。

「監督の命令？」

「それはそうですけど、言われた以上の結果を出すことにこそ、マネージャーの真価がありますからね」

「申し訳ない」胡坐《あぐら》をかいたままの姿勢で、甲本は深々と頭を下げた。「俺なんかのために」

「そんな、卑下しないで下さい」水木が慌てて顔の前で手を振った。「こっちでできることは何でも協力しますんで、困ったことがあったら言って下さい。筋トレ、つき合いましょうか？」

ここ数年、こんな風に暖かい言葉をかけてもらったことなどなかった。迂闊《うかつ》にも、甲本は涙が滲み出すのに気づかなかった。

練習だけに集中すると、意外に時間を持て余す――この感覚を、甲本は初めて知った。学生時代は、授業や講義の合間に練習している感じだったし、社会に出てからは、どうしても仕事をしなければならなかった――練習する権利を得るための義務だと思っていた。それが今や、練習のことだけを考えていればいい。贅沢な環境には、戸惑うものだと思っていた。

しかし、毎朝四時に無理矢理起きていたのが嘘のように、今は毎日七時までゆっくり眠れる。万年睡眠不足も解消し、体調はすっきりしてきた。四時起きも、慣れてしまえば何ということはないと思っていたのだが、実際には知らぬうちに生活のリズムがおかしくなっていたに違いない。

練習は、できるだけ午前中にこなすようにしていた。タキタのチーム練習は午後からなので、その邪魔にならないように、という意識もある。水木は「手伝う」と言ってくれたが、さすがに彼本来の仕事の邪魔になるのではと思い、遠慮していた。それ故、タイム測定などが曖昧になっていたが、それでも構わないと思う。今のままで十分だ。これ以上は望まない。

この日は、一週間に一度設定した完全オフの日だった。それを平日の月曜日にしたのは、週に一度、音無と面会しなければならなかったからである。金を出す代わりに、きちんと練習の成果を報告しろというわけだ。管理されている感覚が強かったが、文句を言える立場でもない。

十一時半に役所に来るよう言われていたので、それまでの時間を、雑務をこなして過ごす。溜まっていた洗濯物を片づけ、部屋の空気を入れ替えながら掃除を済ませる。二月の風は冷たかったが、こんな風に自分の身の周りを綺麗にできるのは嬉しかった。今までは精神的に余裕がなく、古く狭い部屋は汚れるがままになっていたのである。部屋が綺麗なだけで、ずいぶん気分が違うものだ、と小さな満足感を覚える。

約束の時間より少し早く、十一時二十分に県の教育局に着いてしまった。少し時間を潰していこうかと思ったが、多少早くても問題ないだろうと思い、準備室を訪れる。タキタで初練習をする前の日に来て以来だから、一週間ぶりだった。

準備室には、どこか忙しない空気が流れていた。一週間で状況が変わるわけでもないだろうが、やることは山積みなのだろう。声をかけるのが憚《はばか》られる感じだったが、音無の方で甲本に気づいた。笑みを浮かべながら立ち上がると、隣の人に「後、頼むな」と声をかけてコートを摑む。

「飯、行こうか」

軽い調子で言って、さっさと部屋を出て行く。背中を追いかけながら、「報告はいいんですか」と訊ねると、笑みを浮かべたまま振り返り、立ち止まった。

「報告なんか、飯を食べながらでもできるよ。だいたい、週に一回ぐらいは、美味い物を食べても大丈夫じゃないか？　今はまだ、体重の心配までする必要もないだろう」

「どういうことです?」甲本は目を細めた。何だか騙《だま》されたような気分になる。

「飯を奢るって言ってるんだよ。週に一回、なるべく続けよう」

「音無さん……」

「いいから、さっさと行こう。十二時になると、中華街は混むからな」

そう言うと歩調を速め、長い廊下をさっさと歩いて行く。どういうつもりなのか分からず、甲本は首を捻ったが、彼の姿が見えなくなりそうだったので、慌てて後を追う。

教育局から中華街までは、歩いて五分とかからなかった。その大半は、二つの信号を待つ時間である。加賀町警察署北の変形的な五差路を過ぎると、すぐに中華街独特の喧騒《けんそう》に巻きこまれる。平日の昼前なのに、もう人で溢れており、狭い道路は歩きにくいことこの上ない。寒い季節なので、あちこちで上がる、中華まんを蒸す湯気が食欲を誘った。練習がない日なので、朝はバナナ二本にミルク、コーヒーしか飲んでおらず、もう腹が減っている。

「ええと、こっちかな」

音無が、自信なさげに手元のメモを見下ろした。こんな近くで仕事をしているのだから、中華街のことなど隅から隅まで知っていそうなものだが……不思議に思うと、音無は五階建てのビルの前で立ち止まった。まだ新しい建物で、一階から最上階まで同じ店が入っているようだ。中華街の店というと、原色ぎらぎらの内外装が定番だが、この店は色遣いを抑えており、その分高級感があった。店の前に植えられた竹が、風にわずかに揺れている。

「何だか高そうな店ですね」甲本は思わず立ち止まってしまった。割り勘などと言われたらどうしよう。

「高いよ」音無があっさり言い切った。「ランチが二千円からだから、中華街では図抜けて高いよね。自分の金だったら、絶対に来ない」

「じゃあ――」

「今日はスポンサーがいるってことだ」音無がにやりと笑い、一歩前へ出た。自動ドアが開き、やはり中華料理店らしい派手な赤い絨毯《じゅうたん》が二人を出迎えた。音無がさらりと言った。「個室だから」

「え？」

「その方が、打ち合わせにはいいだろう？　時間も気にしなくていいし」

「そうですけど……高いですよね」部屋代は別に取られるのだろうか、と余計なことが心配になった。

「いいから、いいから。金のことは心配するな」

これも予算から出るのだろうか。こんなご時世に、あれだけ大きなマラソン大会を新たに始めるだけでも大変なのに、こんなことに公費を使っていたら批判の対象になるのでは、と心配になった。どうも俺は、心配して気を回し過ぎる嫌いがあるのだが……これは性格なので仕方がない。

エレベーターで一気に最上階まで上がる。広いフロアに余裕のあるテーブル配置。上の階の方が値段が高いのではないか、と甲本はまた不安になった。音無が店員に名前を告げると、二人はすぐに個室に通された。

「すいません、知事。遅れました」音無が慌てて頭を下げる。

知事？　そういえば、ニュースで見た男がテーブルについている。もう一人同席した初老の男は、秘書か何かか。

「いや、いい。こっちが早く着き過ぎた」知事が手を挙げて、音無の動きを制する。「さ、座って。打ち合わせもあるから、食事を済ませてしまおう……甲本君だね」

「はい」思わず直立不動の姿勢を取ってしまう。

「これで、四人中三人、箱根を走ったランナーが揃ったわけだ」知事がにやりと笑う。「秘書課長、あんただけ仲間外れだね」

「いやいや、私は昔から運動音痴で、体育の時間は地獄でした」

「ま、人それぞれ得意分野がある、というわけだ」

音無が席――秘書課長の前――に着いたので、甲本もならう。知事の正面になり、嫌でも緊張感が増してきた。何なんだ、これは。知事はこんなに簡単に、面識のない人間と食事をするのか。

訊ねるわけにもいかず、背筋をぴんと伸ばして次の話題が始まるのを待っていると、お茶と前菜を持った店員が入って来た。

「とにかく食べてしまおう」知事がお茶を一口飲むと、忙しなく前菜に手をつけた。

「甲本君、食べて。遠慮はいらないから」

音無が勧めてくれたので、甲本も箸を手にした。縁が赤いチャーシュー、太いくらげ……どれも上等そうだが、味など分からない。これほど緊張しながら食事をするのは生まれて初めてだった。

料理は次々に運ばれてきた。昼にしては量が多く、夜のフルコースという感じである。それを平気で平らげていく知事の健啖《けんたん》ぶりに、甲本は目を剝いた。それにしても、回る丸テーブルでなくてよかったと思う。知事と料理を取り分けることになったら、この程度の緊張感では済まなかっただろう。

席上、話題は陸上に関する雑談に終始した。今シーズンの各大会のこと。知事は結果をよくフォローしているようで、秘書課長は完全に聞き役に回っていた。一方の音無は時折口を挟むだけで、ほぼ料理に専念している。この人はどうして緊張もしていないのだろう、と不思議に思った。あくまで一介の職員であり、知事と直接話をする機会などないはずなのだが。

チャーハン——量は上品だった——が出て、料理がほぼ終わりになると、知事が初めて甲本に話しかけた。

「調整の方はどうですか」

「はい、あの、一週間前から始めたばかりですので……」

「そうだよな。長距離のトレーニングは時間がかかる。簡単に結論が出るものじゃないからね。私の時もそうだったよ。一年かけて箱根を走れるレベルに持っていくのは、どこかもどかしい感じもしたね」

「……はい」そうか、知事も箱根駅伝を走ったのだ、と納得した。選挙戦ではそのことをキャリアの売りにしていたはずである。箱根を走った根性を、今度は県政でも生かさせて欲しい、とか何とか。

「今回は、いろいろ無理を言って申し訳なかった」頭こそ下げないが、謝辞、と言っていい言葉である。

「いや、その……こちらこそ、いろいろとサポートしていただいて」言葉遣いが間違っていないかどうか、にわかに不安になった。

「音無君が、どうしても今回のレースには君が必要だ、ということでね。強く推薦したんだ。よく応えてくれました」

本当は、そんなつもりはなかった。背に腹は代えられぬ、それだけである。中西が健在だったら、まだ大学で練習しながら、自分のレースのことだけを考えていたかもしれない。人生は、ほんの小さなことでやすやすと変わってしまう。自分の場合は、その躓《つまず》きが多過ぎるのは間違いないが。とにかく、今の知事の言葉に「仕方なく」とは返せない。

「とにかく、こちらとしてもできる限りのサポートはする。気にしないで、思うように調整してもらっていいから。須田君もアドバイスしてくれるはずだ」

「すいません」

「頭を下げるようなことじゃないよ」知事が大声で笑う。「お願いしたのはこっちなんだから。当然君は分かっていると思うけど、現代のマラソンで、ペースメーカーの存在は極めて重要だ。まさにペースメーカーがレースを作ると言ってもいい。ある意味、君は東海道マラソンの主役なんだよ」

まさか。面映《おもはゆ》さのあまり、甲本はうつむいてしまった。自分のように実績もなく、ピークを過ぎつつあるランナーが……ただ、途中までレースを引っ張るだけだ、いい気になるなと自分に言い聞かせる。最後に脚光を浴びるのは、最初にゴールに飛びこむ選手だけなのだ。

「こんなにしていただいて、いいんですか」

「もちろん」知事が力強い声で言った。「今回、我々の目標は世界最高記録だ。そのためにはあらゆる手を尽くす。その中でも、ペースメーカーの存在は、最も重い意味を持つんだから。金で解決できることだったら何でもするよ」

景気のいい話で……と皮肉に考えながら、甲本は両肩に重圧がのしかかってくるのを感じた。知事はそんなことには気づかない様子で、自分に酔った調子で続ける。

「今のマラソンは、多くの人に支えられて成り立っているからね。ただ速いランナーが走ればそれでいい、ということはない。自分がレースを根本的に支えている、ぐらいの気持ちでいてもらっていいんだよ」

「はあ」

「甲本君、この一週間の練習スケジュールと、今後の予定を教えてくれないか」

知事の演説がいつまでも続いたらたまらないと思ったのか、音無が割って入る。甲本は求められるまま話した。知事も熱心に耳を傾けている様子なので、緊張感がまた膨れ上がってくる。

「本番までにハーフに三回出るのは、須田監督の提案なんだね」松尾が念押しした。

「ええ」

「だったら、従った方がいい。彼のアドバイスは間違いないから」

「でも自分は、練習場所を借りているだけですし……」

「気にしないでいい。須田監督には全面的に頼った方がいいよ」音無がさらりと言った。

「本当は、君を『タキタ』に押しこみたかったんだ。正社員にして、身分を安定させてね」知事が言い添えた。「しかし、さすがにそれは……会社の人事にまで、県は口を出せないから」

「そうだったんですか」甲本は顔から血の気が引く思いだった。この人たちは、いったいどこまで強引に計画を進めているのだろう。そしてどんなに持ち上げられようが、自分は単なる駒なのだ。少しでも失敗すれば、切り捨てられるのは目に見えていた。自分がどれだけ細いロープの上を歩いているのか、嫌でも意識させられる知事との面会になった。

4

五月。一年のうちで数少ない、気持ちのいい季節だ。最近の日本は極端に暑いか寒いかで、心地好い春や秋がどんどん短くなっているような気がする。

音無は、青葉が茂る街路樹の下、ゆっくりしたペースで自転車をこいでいた。久しぶりに気分がいい。昨日行われた仙台国際ハーフマラソンで、甲本が日本人一位でゴールしていた。今朝のスポーツ新聞では、一躍ヒーロー扱いである。かつてのハーフマラソンの日本最高記録保持者が、久しぶりの復活。タイムこそ全盛期の記録に及ばないものの、堂々たる成績であり、ドラマ性満点だ。

須田の下で練習を積んできた数か月が、ここにきて花開き始めている、と音無は確信していた。このまま上手く調整を続ければ、完璧なペースメーカーとして、きっちり仕事をこなしてくれるだろう。これから甲本は、七月の札幌国際、十一月の名古屋と、短期間に次々とハーフマラソンを走る。名古屋まで自分を追いこみ、本番までラスト二か月で一度ペースダウンしてから、また最高のコンディションへ持って行く手順だ。まさに選手並みのスケジュール。

甲本の方は上手くいっているので問題はないが、目の前にはまだ難問が山積している。最大の壁は、山城の強い拒絶だ。今年に入ってから二度、面会しているのだが、いずれも冷たくあしらわれてしまった。今のところ、打つ手はない。「まだ時間はある」と自分を納得させようとしているが、実際には、九か月しかないと考えるべきだろう。マラソンを走る準備に、相当長い時間がかかることを考えると、交渉の限界が近づいていると思った方がいい。

そのことが頭に浮かぶと、爽やかなサイクリング――あくまで仕事だが――にも心が弾まなくなった。頬を撫でる五月の風も、どことなく鬱陶しい。今日は今日で、重大な交渉に出向こうとしているわけで……。

前が空いたので、ギアを一段落とし、思い切りペダルを踏みこんだ。スピードが乗り、ほぼ全速力で走っているうちに、額に汗が滲んできた。体が解れ、筋肉が嬉しい悲鳴を上げる。

あまりにもコースの視察が続くので、とうとう妻の沙耶を拝み倒して買ってもらったロードレーサー。半年分の小遣い減額と引き換えだったが、後悔はしていない。自分の足で走るのは大好きだし、普段は車にも乗るのだが、自転車のスピード感覚は新鮮で、幾ら乗っても飽きることがなかった。最近はついに、自転車通勤に変えてしまったほどである。

今日はマラソンコースを逆走する形で、県警の第一交通機動隊に向かっている。先導を頼む白バイ隊員たちと面会し、あるお願いをする予定だった。果たして受け入れてくれるかどうか……異例のことだけに、交渉の難航も予想される。

国道十六号線を西へ向かい、吉野町の交差点で左折。第一交通機動隊へは、そのまま横須賀街道を南下して一キロほどだ。途中、首都高の下をくぐる時の段差が、少しだけ気になる。大した高低差ではないし、距離も短いのだが、ずっとフラットなルートを走ってきた選手のリズムを乱すことになるかもしれない。

第一交通機動隊の庁舎は、カステラのような茶色い四階建ての建物で、隣にファミリーレストランがある。終わったらここで昼飯だな、と計画を立ててから、敷地内に自転車を乗り入れた。建物自体は小さいのだが、敷地は奥が広い作りになっており、様々な緊急車両が停まっている。人気はなく、のんびりした空気が流れているので、今日は特に事件もないのだろうと想像する。

第一交通機動隊長の太田《おおた》は、乗る白バイが可哀想《かわいそう》に思えるぐらい恰幅《かっぷく》のいい男で、押し出しが強い。制服の圧力もあって、音無は少しばかり気後れするのを感じた。去年の夏からいろいろな人に会い、少々の無理は押し通してきた、自分でもかなり強引になったと思っているが、相手が警察官となると話は違う。しかし太田の第一声が、音無の緊張を打ち砕いた。

「あなた、箱根を走ったよね？」

「はい？」

「そう、間違いない。二十年ぐらい前だったかな」

「そうです……テレビでご覧になりました？」

「あの時、白バイで先導してたんですよ」

「ええ？」思わず甲高い声が出る。偶然とは恐ろしいものだ。

「びっくりしたね。というより、覚えている自分にびっくりした。直接あなたを先導して走ってたわけじゃないけど、エントリーした選手の名前は頭に入れておいたから」

「確かに、古い話です」

「あれは、いい経験でした。県警のイメージアップにもなるし、箱根駅伝に関しては、うちも大歓迎なんだよね。交通規制は大変だけど」

「今回はまた、面倒なお願いで申し訳ありません」音無はすっと頭を下げた。ソファの座面がへたって腰の位置が低くなり、逆に膝は高いので、自然に頭が足の間に入りこむ格好になってしまう。

「まだ鍛えてるようですね。贅肉がない」太田が、何故か嬉しそうに言った。

「最近は自転車です。はまってしまいました」

「ああ、あれは運動としてもいいみたいだね。事故に遭わないように、気をつけて下さいよ。最近、自転車の事故が増えてるから」

「ありがとうございます」

一気に緊張が解れたところで、音無は事務的な話に入った。まず、先導する白バイ隊員の選抜について。

「三組、六人用意しようと思っている」太田が指を三本上げた。

「途中交代ですか」音無は顔をしかめた。選手の集中を妨げないといいが……。

「四十二・一九五キロは長いよ。集中力を保って安全に先導するためには、途中交代は絶対に必要です。ま、誰を走らせても腕は確かだから、心配する必要はないよ」

「いや……ちょっと心配なんですが」

「何が?」太田がぎょろ目をさらに大きく見開く。

「選手の集中力が途切れないかどうか、です」前方に同じ光景を見て走り続けることで、レースに専念できる。途中で白バイが交代したら、どうなるか……。

「それは、我々素人には分からないねえ」

太田が苦笑する。こればかりは、やってみないと分からないだろう。

「それと、先導以外にもお願いしたいことがあるんですが」

「というと?」一転して心配そうに、太田が目を細める。

「ペースメーカーです」

「ペースメーカー? それは専門のランナーが……」

「もちろん、そうです。お願いしたいのは、別の意味でのペースメーカーなんです。これをご覧いただけますか」

音無は数枚の写真をバッグから取り出した。手に取った太田が、額の上に跳ね上げていた眼鏡をかける。

「電光掲示板?」

「そのようなものです。LEDを使った特製のもので、幅は五十センチ、高さは二十センチほどあります」

「それぐらいに見えるが……手の大きさと比べるとね」

この写真は、開発元の会社で撮影したものだ。両手で持ってもらったので、大きさが想像しやすい。

「重さは一キロ弱ですね」

「それで？」太田はまだ警戒していた。

「これを白バイの後ろにつけてもらうことは可能ですか？」

「何でまた」

「それこそ、電光掲示板なんです。タイムを計測する先導車と無線でつないで、リアルタイムでいろいろな情報を掲示できるようになっています。積算タイムとか、距離とか、一キロごとのスプリットタイムとか……」

「ちょっと、ちょっと待ってくれよ」太田が写真をテーブルに置いた。「白バイっていうのは、装備満載なんだよ。変な改造はできないし」

「あの、リアシートの所の、弁当箱みたいな箱がありますよね？　あそこに何とかつけられませんか。それが無理なら、隊員の方に背負ってもらうとか」

「いや、それはどうかな……もっと危なそうだけど。厳しく訓練してるけど、そういうバランスの取り方は、ね」

太田が腕組みをした。かなり無理な頼みだったらしい、と悟る。確かに、重さはそれほどでもないが、肩幅をはみ出すサイズの電光掲示板だと、白バイに乗るのは無理があるかもしれない。

「この電光掲示板を作ったのは、東京の大田区の会社で、高い技術力があります。これから改造してもらうことも可能ですし、何とかお願いできませんか」

「それは、ねえ……」

「県警本部長からも、全面的な協力をお約束していただいているはずですが」まるで虎の威を借る狐《きつね》だなと思いながら、音無は切り札を出した。

「あんたも、痛いところを突くねえ」太田が苦笑した。「まあ、それは間違いないけど、現場はまた違う気持ちでいるのも理解していただかないと」

「重々承知しています」

残念ながら、マラソン大会を開こうとしても、誰もが諸手《もろて》を挙げて賛成するわけではない。特に、実質的に道路封鎖をしなければならない警察と、自由な人の行き来を邪魔される商店街は、露骨に渋い顔をすることも多い。県警本部長が知事と意気投合し、全面的な協力を確約してくれていたが、それが絶対的なものでないことは音無も理解している。いくら上からの命令があっても、現場には現場の都合があるだろう。

「一度、テストをしていただけないでしょうか。現物をお持ちしますから、どのような形でなら固定できるか、その辺も含めて試していただけないかと……」

「まあ、テストぐらいなら」渋々ながら太田が認めた。

「だったら、今日の午後はどうでしょう?　現物は、私どものところに一つあるんです。早速持ってきますので」

「あんたも、ずいぶん強引な人だねえ」呆気に取られて太田が口を開けた。

「申し訳ありません。でも、これも記録のためなんです」

「でも、選手が時計なんか見てる暇、あるの?」

「常に目に入る位置にあれば。それには白バイが一番なんです」

この試みには、メリットもデメリットも想定される。いつも視界に飛びこんでくるタイムのせいで、逆にペースが乱されると嫌がる選手がいるかもしれない——といっても、想定されるのはペースメーカーの甲本と、トップを走ってくれるはずの山城だけだが——が、その場合は、途中でやめてしまえばいいのだ。何かサインを決めておけばいい。

「じゃあ、すぐに準備させていただいてよろしいですか？　本番で使うのと同じ白バイがあると一番いいんですが」音無は立ち上がった。青田か誰かに持ってきてもらおう。実際にテストしてもらえれば、問題ないことはすぐに分かるのだ。

「それは大丈夫だけど、本当に、ずいぶん急だね」

「あまり時間がないんです。やることはまだ山積していますし」

「まあ、とにかく試してみましょうか」太田が膝を叩いた。「あまり愚痴ばかり言っていると、本部長に雷を落とされるからね。こっちは宮仕えの身だ」

好きでやっているわけではないし、全面的に賛成したわけでもない——彼の本音はあっさり読み取れたが、音無はそれ以上の謝罪も説明もしなかった。謝っている時間があるなら、一歩でも先に進まないと。


結果的に、実験は成功した。予め用意しておいた伸縮性のベルトを使って、電光掲示板を白バイのケース上に固定すると、かなり乱暴に扱ってもまず動かない。実際にその状態で走ってもらったのだが、まったく問題はなかった。相当飛ばせばまた話は別だが、マラソンの先導ということは、時速二十キロ程度である。スピードを出し過ぎて落ちる、ということはまずないだろう。

さらに無理を言って、そのまま公道を少し走ってもらった。横須賀街道を吉野町まで往復するだけで、音無は自転車で背後から着いていったのだが、視認性の点でも問題ない。昼間、明るい場所でもよく見えるように、色を微調整してもらったのが功を奏している。一走りして戻ってから、白バイ隊員に様子を訊ねた。

「特に問題ないです」若い隊員は平然とした口調で答える。「風の抵抗もほとんど感じませんでした」

「サイドミラーの具合は？」白バイ隊員が選手にペースを合わせるには、振り返るかサイドミラーで確認するしかない。

「それも大丈夫です」

「縦につけたらどうなりますかね？」電光掲示板は、縦横両方向に表示可能だ。選手の立場でどちらが見やすいかはまだ分からないが、可能性は探っておいていい。

「左右どちらかのパニアケースの所に、ですよね？　うーん、それはどうでしょう。位置を高くすると、風をもろに受けるかもしれません。それに、サイドミラーの視界に入りそうです」

音無は、隊員に白バイに跨ってもらい、一度外した掲示板を、左のパニアケースに縦位置で固定してみた。

「どうですか？」

「上の方が、サイドミラーの下の視界の邪魔になります」

「そうですか……」これより下だと、選手からの視認性に問題がある。視線が下向きになって、頭がぶれてしまうのだ。仕方ない、横位置でよしとしよう。

「隊長、どうもありがとうございました」実験を見守っていた太田に向かって、丁寧に頭を下げる。

「まあ、実際に走る隊員が問題ないと言えば、こっちはそれで構いませんけどね」あまり納得していない様子で太田が言った。「ご要望は承りました」

「まだ何かあるかもしれませんけど、よろしくお願いします」

「これ以上？」太田が右目を細める。「できることとできないことがあるよ」

「できないと思っているのは、自分で自分に限界を作っているからじゃないですか」

「むしろ、規則の問題かな」太田が冷たい声で言い放った。「警察というのは、規則でがんじがらめにされている組織だから」

「失礼しました」スポーツ選手に対して言うような物言いをしてしまった。この男の機嫌を損ねてはならない……言葉遣いには気をつけよう、と気持ちを引き締める。甘えるのと、図々しく頼るのとでは、天と地ほどの違いがある。

この大会が無事に終わったら、自分はどれだけの礼状を書かねばならないのだろう。その数を考えると、軽く目眩さえ感じるのだった。


「じゃあ、こういうフォーメーションで」音無は青田に向けて怒鳴った。広い駐車場を使い、実際にどのようにランナーをリードするか、実験を繰り返している。

「かなり近いな」自転車に手をかけて支えていた青田が怒鳴り返す。車の出入りが多いので、会話が邪魔されるのだ。

「いや、こんなものなんだ。これで事故が起きることはまずないから」

「了解」

音無は、庁舎の四階にいる坂崎に向かって手を振った。本当はヘリから空撮して位置関係をきちんと把握したいところだが、さすがにそれはできない。高沢がメジャーを持って、二台の自転車——白バイのダミーだ——とワンボックスカー、それに音無の立ち位置の距離を測って記録した。クリップボードに素早く図を書きこんでから、音無に提示する。

「ランナーから八メートル前方の左右に白バイ、その五メートル先に中継車ですね」

「そうか……ちょっと遠いかな」

音無はワンボックスカーを見やった。実際の中継車はもっと大きな車体で、大型の電光掲示板も高い位置につけられるから、選手は見やすいはずだが、問題は距離感だ。近過ぎると、選手の方では妙な圧迫感を感じるだろうから、どれぐらいが理想の距離かは、何度も実験を繰り返す必要がある。ここは甲本に手伝ってもらうか……こんなことに引っ張り出して申し訳ないという気持ちが先に立ったが、その一方で、金を払っているのだから当然だ、という気持ちもある。報奨金一千万円もそうだが、彼が要求してきた毎月の「強化費」――実質的には生活費――十万円をひねり出すのが、どれだけ大変だったか。よく予算が通ったものだと、今でも不思議に思う。知事の肝いりあってこそ、ということだろう。結局、役所ではトップダウンが一番強いのだ。

「よし、じゃあ、これぐらいにしよう。撤収だ」

青田と高沢が自転車を片づけにかかる。音無は四階の窓からこちらを見下ろしている坂崎に向かって両手で大きな丸を作り、実験終了を告げた。

準備室に戻り、冷たいお茶を用意して配る。五月の暖かな陽気の中で動き回っていたから、全員が汗をかいていた。自分はお茶には手をつけず、笹川に今日一日の動きを報告する。

「県警への根回し、終了と」

笹川が立ち上がり、ホワイトボードの隅に張ったチェックリストの項目の一つに、二重丸をつけた。

笹川は細かい男で、チェックリストは三種類用意してある。今張ってあるのは「レース半年前までに終了すべきこと」で、他に「一か月前」「前日」がある。「半年前」リストでさえまだ空白だらけで、これからやるべきことの数を思うと、音無は目がくらむような思いを味わった。

「県警は素直に引き受けてくれたか?」

「隊長は渋い顔をしてましたけど、隊員の人の感触は悪くなかったです」

「現場の人間が文句を言わなければ、管理職は気にしないだろう。これで、タイム表示の問題は解決だな」

「あとは、流す情報の吟味ですね。それと、情報系全体をコントロールするプログラムを作らないといけないんですが、それは高沢が引き受けてくれてます」

「オタクが一人いると、助かるもんだな」笹川が顔を寄せてきて、囁《ささや》いた。「外注してみろ。とんでもない額を吹っかけられるぞ」

「ＩＴ系の連中の金の計算の仕方は、未だによく分かりませんね」音無も同調した。

「とにかく、よかった。これで甲本君に払う強化費の分ぐらい、楽に浮くからな」

「そんなに、ですか?」音無は目を剝いた。

「ああ。だから、県がＩＴ関係の企業に今まで払ってきた金も、きちんと監査したら問題になるかもしれない。とにもかくにも、いい人材がいてくれてよかったよ。で、どうだ?　一つ目標をクリアしたんだから、今日辺り、軽く行こうか?」笹川が杯を傾ける真似《まね》をした。

「ああー、今日は……まだ気の重い仕事が残ってまして」

「山城か?」笹川が目を細める。

「ええ。いくら何でも、そろそろいい返事を貰わないと。タイムリミットが近づいてるんです」

「そうだよな……任せておいていいのか?」

「変な話ですけど、知事が顔を出しても、状況は変わらないと思います。山城君はとにかく、人の話を聞かない人間ですから」

「それぐらいじゃないと、あれだけの選手にはなれないのかもしれないな」訳知り顔で笹川が言った。

「そうなんですけど、こっちとしてはたまりませんよ」音無は溜息をついた。

「まあ、一人に押しつけて申し訳ないとは思うが、最初からかかわっているのは君だけだからな。頻繁に担当を替えるわけにはいかない」

「分かってます」うなずきながら、音無は背中に重い疲れと強烈な張りを意識した。笹川はバランス感覚には優れているから、調整役としては有能だが、自分から積極的に腰を上げるタイプではない。少しでも現場の仕事を手伝ってくれれば、多少は楽になるのだが……しかし彼の言う通りで、最初からこのプロジェクトに嚙んできたのは自分一人だ。責任も感じている。上手くいった時の達成感を想像すれば、突っ走ってやろうという気持ちにもなるのだった。

こんな単純な考え方しかできないから、選手としては大成しなかったのかな、とも思う。それでもここまで、ずっとスポーツにかかわってこられたのは素晴らしいことではないか、と自分を奮い立たせた。自分のような裏方がいないと、選手も本当の力を発揮できないのだから。

監督の須田は、ひどく居心地悪そうに、何度も足を組み替えていた。出場に関して山城が首を縦に振らないのは、自分にも責任があると思っているのだろう。音無は先回りして彼を慰めた。

「気にしないで下さい。山城君を説得するのは、誰にとっても難題です」

「しかし、私は監督ですからね。選手一人コントロールできないなんて、情けない話だ」

「山城君が特殊過ぎるんです」

「それは確かにそうなんですが」淡々とした声で言って、ペットボトルの水を呷る。

「少なくとも、甲本君は順調に調整してくれているんだから、いいじゃないですか。今日はどうしてるんですか?」

「昼頃仙台から帰って来て、軽く走ってから引き上げましたよ。さすがに、レース翌日だからね」

「本人、何か言ってましたか」

「悔しがってました。優勝を狙えたはずだって」

音無は頰が緩むのを感じた。欲が出てきたか……その気持ちは絶対に、甲本にとっても自分たちにとってもプラスに働く。

「アフリカ勢と競って勝てるつもりでいたんですね」

「調子はいいんですよ。普段から安定してタイムが出ている。昨日も、レースの持って行き方次第では勝てたかもしれないですね」

「最初から飛び出しちゃいましたからね」

ケニアからの招待選手二人が、前半からレースを搔《か》き回したのだ。スタートから一キロを過ぎた地点で抜け出し、そのままハイペースを保って終始レースをリードし続けた。三位集団はついに追いつけず、最後になってペースが落ちた時、それまでと変わらぬスピードで走っていた甲本が、結果的に抜け出す形になったに過ぎない。ある意味、最初から最後まで甲本は変わらなかった。

「甲本君、駆け引きは苦手なんですかね」

「それはあるかもしれません」須田が身を乗り出した。「これぱかりは、教えても簡単に身につくものじゃないんですよ。音無さんも記憶、あるでしょう? 隣を走っている選手が何を考えているか、分からないものじゃないですか」

並走して走っていると、相手の息遣い、足の運びの乱れなどがはっきりと分かる。実際、ほとんど腕がぶつかりそうなほど近い距離で走るのが常なのだ。

「僕は、近くのランナーの様子ぐらいは気にしてましたけどね」

「甲本はそういうのが苦手でね。昨日もレースの後で話したんだけど、ほとんど何も覚えていないそうです。自分のことで一杯一杯になってしまうんでしょうね」

「ペースメーカーとしては、それでも構いません。設定タイムさえ守ってもらえれば、問題はありませんから」

「私はちょっと、違う考えですけどね」須田が首を振る。

「何がですか」音無は少しだけ警戒した。毎日のように接している須田は、甲本の別の顔を見つけたというのだろうか。

「彼は、まだ伸びる。マラソンではどうか分からないけど、ハーフではもう一度日本最高記録――もしかしたら日本人初の一時間切りに挑戦できるかもしれない。ペースメーカーの仕事は、そのための一環と考えさせるようにしています。その方が、本人のモチベーションも上がるでしょう?」

「そうですけど……」指導者としての須田の方針は分かるが、甲本に変な色気を出されても困る。

「彼がハーフで日本最高を出せば、うちの会社の人事も考え直すかもしれない」

「正式に社員として迎えるつもりなんですか?」実業団は、長引く不況の影響で、どこも活動を縮小気味なのだが……知事も、そこには首を突っこめないと言っていた。

「強い選手がいれば、当然チームに加えたいと思うものでしょう。不可能な話じゃないですよ。だから今回のペースメーカーは、あくまでワンステップ。ここから先、絶対ハーフの記録を狙ってもらいます」

「マラソンでは駄目ですか」

「今のところはまだ、ねえ」須田が寂しそうに笑う。「それに彼には、ペースメーカー向けの距離しか練習させていませんから。マラソンそのものでは、もう記録は望めないかもしれないな。スタミナもスピードも、伸びる限界はある。後は、本人がそれを納得して、ハーフにだけ賭けられるかどうかです」

ハーフマラソンは、フルマラソンに比べてずっとマイナーな種目だ。日本最高記録、世界最高記録といっても、専門家以外はほとんど誰も注目しない。目立ちたいと思っているランナーばかりではないが、誰も目を向けてくれない種目で頑張っても、気持ちに張りが出ないのは事実である。

「それで山城君の方ですが」音無は話題を切り替えた。途端に須田が口をつぐむ。「説得、難しいですか」

「九月まで引っ張れないですかね」

「いや、それは……」

須田の意図は簡単に読めた。ベルリンの結果待ち。もしも今年の大会で世界最高記録を出すようなことがあれば、目標を達成した山城は、こちらにも目を向けてくれるかもしれない。しかしこれが分の悪い賭けであることは、十分分かっている。初めて走るコースだし、去年、同じベルリンマラソンで世界最高記録を出したケニアの選手が参加することが噂されている。世界トップレベルのランナーと走れば、得る物は大きいだろうが、勝てるかどうかはまた別問題だ……いや、確率はかなり低いだろう。山城はスピードに勝り、駆け引きもできる選手だし、レースの経験も順調に積み重ねている。しかし、世界との間には、まだ高く厚い壁があるのだ。

「どっちに転んでも、一つの転機にはなると思いますよ」須田がソファの肘かけを摑んだ。「勝てば、いい気持ちでこっちの話に乗ってくるかもしれない。負けたら、来年のベルリンへの調整だということにして――」

「調整じゃなくて、世界最高記録への挑戦です」

音無は憤然とした口調で訂正した。「世界の壁は厚い」と考えたこととの矛盾には気づいていたが、言わずにはいられない。須田が、唖然として音無の顔を見詰める。

「とにかく、話してきます」

「直球勝負する他に、別の手も考えておいた方がいいと思いますがね」須田が提案した。

「別の手？」

「誰か、彼に対する影響力のある人を見つけることですよ。山城だって、他人の言うことにまったく耳を貸さないわけじゃないでしょう。そういう人間から、一言言ってもらえれば……」

山城に対して、あなた以上に影響力のある人がいるのか。疑念を感じながら、音無は監督室を出た。影響力……一人、思い当たる。しかしこの人を引っ張り出してくるには、知事に動いてもらうしかないだろう。たかが選手一人を説得するのに大袈裟だと激怒するか、山城を走らせるためには手段は選ばないと賛成してくれるか——後者であって欲しい、と音無は心の底から願った。

5

山城は嫌な気配を感じ取って、ロッカールームを出るのを躊躇った。誰かが待ち伏せしているような……今そんなことをしそうな人間は、一人しか思い浮かばない。

音無。

待ちくたびれて諦め、帰るまで待とうか。しかしあの男は粘り強い。簡単には諦めそうにないし、それまでこちらも、腹を空かせたままじっとしているのは馬鹿馬鹿しい。マッサージに寄って、その後は飯だ。いつものスケジュールを崩したくない。

　無視すればいい、と決めた。話しかけられても一切答えず、足早に立ち去る。そういうことをされると、人はプライドをずたずたにされて、反応できなくなるものだ。あっという間に抜き去られた選手の心が折れるように。

　思い切ってロッカールームのドアを開ける。ここまでは入って来ていない。ということは、玄関か。

　予想通り、音無は玄関で待ち構えていた。腕を組み、壁に貼られた大量の賞状を、さながら美術品を見るようにじっくり鑑賞している。気づかない振りをして、山城はスニーカーに足を突っこんだ。いつもは一回ごとに紐を締め直す——きちんとしておかないと怪我の原因になりかねない——のだが、今日は紐が緩んだまま歩き出した。

　音無が無言で後をつけてくる。ストーカーかよ、と思いながらも、山城はスピードを出せなかった。シューズがぶかぶかで、どうにも歩きにくい。日本人の典型的な足形と違って甲が低く細いので、紐をきちんと締めないと、靴の中で足が遊んでしまう。

「レース中のタイム表示の方法を考えたんだ。聞いてくれないか?」

　横に並んだ音無が、前置き抜きでいきなり切り出してきた。当然山城は答えなかったが、音無は気にする様子もない。自分に言い聞かせるように淡々と話し続ける。

「LEDを使った小型の掲示板を、特注で作ったんだ。二台の白バイに乗せて、経過時間やスプリットタイムを表示できる。これなら一々自分の時計を見る必要がないんだけど、どう思う?」

　無視。靴を引きずりながらスピードを上げる。とにかく、歩いて五分ほどの診療所に逃げこまなくては……マッサージを受けている間は、余計な話を聞かされずに済むだろう。それに、いつも治療してくれるトレーナーの大熊《おおくま》が、柔道三段の腕前を生かして追い払ってくれるかもしれない。

「それと、テレビ中継車には、もう少し大型の電光掲示板をつける。合計三つあるわけだけど、どういう組み合わせがいいかな。一番大きいやつで経過時間、白バイの片方で距離、もう片方でスプリットタイムという感じがいいんじゃないかと思ってるんだけど。スプリットタイムは、一キロと五キロとどっちがいいかな」

「好きにして下さい」

さすがに我慢しきれなくなって、山城は声を荒らげた。立ち止まらず、前方の空気に向かって毒舌を吐く。

「俺には何の関係もないんですから、勝手にやればいいでしょう」

「そうもいかないんだ。いいレースにするために、いろいろ意見を聞きたい」

「いい加減にしてもらえませんかね」山城は思わず立ち止まった、「出ないって、何度も言ってるでしょう。これ以上つきまとわないで欲しいな」

「君がいないと、このレースは成り立たないんだ」

「マラソンぐらい、誰でも走れるでしょう」

「君が走らないと意味がない」音無は一歩も引かなかった。まるで今日がエントリーの締め切り日であるかのように、強引な口調である。「皆が君に夢を託してるんだ。君が世界最高を出す瞬間を見たいと願ってる。その期待を裏切らないでくれ」

「勝手に期待してるだけじゃないですか。俺は何も感じてませんよ。記録を狙わせるなら、他の選手に頑張ってもらって下さい。俺は俺で、やることがあるんです。予定を崩すわけにはいかない」

再び足を引きずるように、山城は歩き出した。音無はついてこない。やっと諦めたか……強い言い方にも意味があるのだなと思った瞬間、音無の声が背中を叩く。

「怖いのか?」

怖い? この男は何を言ってるんだ。山城は歩みを停め、ゆっくりと振り向いた。音無は涼しい表情で、両手をだらりと脇に垂らして立っている。体から力が抜け、どこか馬鹿にしたような雰囲気が感じられる。

「ベルリンなら、注目度は国内のマラソンより低い。テレビ中継があっても、視聴率は全然低いはずだ。いくら前段で新聞やテレビが煽っても、所詮は海外の話だからね。そういうところで走れば、周りの目は気にならないし、大して緊張もしないだろう。だけど国内のレースだったら、注目度は二段階ぐらいアップする。全国の人がテレビ中継を観て、沿道の観客が声を嗄《か》らして……そういう中で走るのが怖いのか?」

「別に。慣れてますから」沿道の声援を受けて走るのは、大学一年生の時から経験している。箱根駅伝——むしろ社会人になってから走ったレースよりも、あの関東ローカルの駅伝大会の方が応援は盛んである。打ち振られる旗の量は半端ではない。まるで、揺れる白い壁を横に見ながら走るようなものなのだ。あれを経験してしまったら、他のマラソン大会など、無人の荒野を行くに等しい。

「そうかな? 期待されて、結果を出せないほど辛いことはない。君が精神的にタフなのは知ってるけど、それは今まで、いつも人の期待以上の結果を出してきたから、傷ついていないだけなんだよ。ずっと勝ち続けてきた人間は、敗北に弱い。君はそれを恐れてるんじゃないか? いつか、自分の思うような結果が出ないレースを経験するかもしれない。でもそれは、できるだけ地味な形で、とでも思ってるんだろう」

何を考えてるんだ、この男は。山城は唖然として目を見開いた。説明するのも馬鹿馬鹿しい。誰が、負けると思って走る？

「負けることなんて考えてませんから。そういう発想はまったくないですね」

　今度は音無が口を開ける番だった。怒らせて火を焚《た》きつけようとしたのだろうが、無駄だ。そういう考えが透けて見えるようじゃ、話にならない。反論できないままの音無を残して、山城は悠然と歩き出した。彼が追いかけて来られないのは分かっている。


「いい感じで仕上がってるね」太腿の裏側に触れながら、大熊が言った。タキタの選手の間では、「ゴッドハンド」として知られる男である。彼の掌は、全ての選手の筋肉の状態を記憶しているのだ。

「順調ですよ」

「少し張りがあるけど、これも計算のうちで……」

「そういうことです」

　わずかに強張った筋肉を揉み解《ほぐ》される快感に身を任せながら、山城は先ほどの不快な対談を頭から消し去ろうとした。馬鹿馬鹿しい。何であいつらは俺に固執するのだろう。走らないと言ったら走らないのだ。自分たちの都合で、全ての人間が思い通りに動くと思ったら大間違いだ。世の中には、自由にならないこともあると思い知った方がいい。

「ところで、東海道マラソンは出ないのか？」

　山城は思わず、腕立て伏せの姿勢で立ち上がった。

「何言ってるんですか」目を細め、大熊を睨む。

「いや、最近盛んにそういう噂を聞くんでね。どうなの？」

「出ませんよ。先生も、無責任な噂なんか聞かないで下さい」

「そう？　でも俺も、君が走るのを見たいけどな。地元だし、応援に行くよ」

「走る気、ゼロですから。とにかく、今年のベルリンが最優先です」

「間が空いてるんだろう？　サービスで走ってやればいいのに」

「サービスなんかしても、俺にはいいことは何もありませんから」

「相変わらず強情だねえ」大熊が苦笑した。「仰向けになって」

　無駄口を叩きながらも、マッサージの手は休めない。体重をかけて膝と股関節のストレッチをする。山城は息を止めたまま、大熊の表情を観察した。からかっている様子ではなく、誰かに説得を頼まれた感じでもなく……純粋に好奇心からか。

「この話、もうしませんからね」山城は機先を制して言った。「走らないマラソンの話をしても、意味ないですから」

「ま、山城君がそう言うなら」

　山城は無言で、大熊の手で体が解されるのに任せた。まったく面倒な……周りの人間は皆、自分が東海道マラソンを走ると思っている。「見たい」という感覚は理解できないでもないが、「そのために走る」という動機づけは自分にはない。誰かのために走っていい結果が出るなら、とうにそうしている。自分は自分のためだけに走る。底なし沼のように深いエゴを満たすためなのだ。

　あらゆるスポーツ選手は、エゴの沼を持っている。人によってその大きさ、深さに差はあるが、頂点に近い選手ほど、底は深いはずだ。汲《く》み取っても汲み取っても尽きぬエゴ。それに突き動かされて、記録を伸ばせる。誰かのために、などという甘っちょろい考えでは、どこかで伸びは止まってしまうのだ。

　そして俺のエゴは、誰よりも大きい。誰かに声をかけてもらう必要などまったくないのだ。走る動機は、自分の内側からふつふつと沸き上がってくる。

思いもかけぬ訪問者が現れたのは、翌日の夕方だった。この日の練習は、ロードを軽く二十キロと筋トレのみ。追いこまない練習なので、体も軽い。音無も待ち伏せしていないし、気楽な気分になってゆっくりシャワーを浴び終えたところで、ロッカールームに須田が飛びこんできた。顔色が悪い。

「どうしました?」濡れた髪をタオルで乱暴に擦《こす》りながら山城は訊ねた。

「客だ」

「あの人……音無さんなら勘弁して下さいよ。監督も、あの人の口車に乗って、俺にちょっかいを出さないで下さい」

「違う」

「じゃあ、誰なんですか」まったく面倒臭い。こっちは自分の練習で精一杯なのだ。他のことには一切かかわり合いたくない。

「代議士……県の陸協会長、藤木先生だよ」

「何ですか、それ」

「失礼なことを言うな」須田がぴしりと言った。「とにかく、早く準備しろ。監督室でお待ちだ」

「髪が乾いてないんですけど」

「そんなもの、どうでもいい!」

踵を返すと、須田が音を立ててドアを閉め、出て行った。冗談じゃないぞ、おい。山城はタオルを頭に冠《かむ》ったまま、ロッカールームの真ん中で立ち尽くした。とうとう、説得に大物を引っ張り出してきたか。そのうち、日本陸協の会長なんかが来るんじゃないだろうな……いや、それはないか。強化委員会とは、指定選手になった後面談して、きちんと事情を説明している。ベルリン一本、記録を狙うためには他のことは一切無視する。強化委員会はさすがに、こちらの事情を理解してくれた。陸上に対するプロとアマの違いということか。

山城はわざとゆっくり着替えた。「そんなものはどうでもいい」と言われたので、髪だけはわざと濡らしたままにする。どうせならネクタイでも締めていこうかと皮肉に考えたが、残念ながらロッカールームには置いていない。

監督室に入ると、須田が弾かれたように立ち上がった。こちらに背中を向けていた男は、ゆっくりとソファを離れる。他に、横にもう一人。さすがに陸協の会長ともなると、一人で現れることはないのだろう。

山城はこの男が、一目で嫌いになった。小柄で小太りな体形。ダブルの背広の腹が、みっともなく突き出ていた。どう見ても陸上経験者ではなく、五十メートル以上走ったことがあるかどうかすら怪しい。地位だけで、今の肩書きについた男——所詮部外者だ。

「やあ、山城君」

よく通る声での、親しげな呼びかけ。一歩前へ進み出ると、右手を突き出してきた。山城は彼の手と顔を一度ずつ見て、仕方なく握手に応じた。ぽってりとした感触の、少し湿った手。一刻も早く手を洗いたい。握手を終えた後、放した手をズボンに擦りつけたいという欲望と、必死に戦わねばならなかった。

「まあ、座って下さい」

促されるまま、須田の横に腰を下ろす。監督室は狭いし、ソファに挟まれたテーブルも小さいので、どうしても藤木との距離は近くなる。余計なことは一言も言わないぞ、と山城は気持ちを引き締めた。

この男が陸協の会長なのは事実だが、あくまでお飾りである。代議士といっても、それほど力を持っているわけではないから、気に入らないからといって、自分を捻り潰すようなことはできないだろう。ビビることはないのだ。

「今回の東海道マラソンのことは、もう耳に入っているね」

「ええ。何だか、いろいろと」

「ご存じの通りで、我が国男子長距離界の長期間の低迷には、目を覆わんばかりのものがある。まことに残念なことで、我々裏方の人間も、怠慢を認めざるを得ない。この現状を打破するには、とにかく高速レースが可能なマラソンを実施して、日本人に世界最高記録を出させるのが一番なんだ」

つい「はあ」とつまらない返事をしてしまいそうになり、言葉を呑みこむ。誰も彼も、同じようなことを言っている……無言でうなずいた。

「幸い、松尾知事はご自分が箱根駅伝を走った経験があるから、先頭に立って今回のレースの計画をぶち上げてくれた。本当は、私どもが先導してやらなければならないことだが、とにかくありがたい話なんだ」

選挙演説かよ、と呆れながら、山城は必死で欠伸《あくび》を嚙み殺した。藤木の抽象論は延々と続き、途中からは本気で眠くなってきた。意識を失いかけたタイミングで、藤木が本題に切りこんでくる。

「山城君、君はずっと出場要請を断り続けているそうじゃないか。スケジュールの都合も分かるが、そこを何とか、曲げてお願いできないだろうか」

膝に両手をついて、深々と頭を下げる。驚いた須田が、それこそ膝に頭がつきそうなほどの勢いで倣った。馬鹿馬鹿しい。政治家の土下座は、どこまで信用できるんだ？　だいたい、土下座というほどでもない中途半端なものだし。

「申し訳ないですが……」

言葉を濁すと、藤木が跳ね起きる。薄くなった髪から覗く地肌まで赤くなっていた。握り締めた拳が震える。突然、怒声を爆発させた。

「君は、自分を何様だと思ってるんだ！」

「自分はマラソン選手です。それ以上でもそれ以下でもありません」山城は、自分で考えている以上に冷静だった。

「日本中が、君に走ってくれと頼んでるんだぞ」

「初耳です」

「私を馬鹿にしているのか？」

「とんでもありません」山城は穏やかな笑みを浮かべて首を振った。相手が怒れば怒るほど、気持ちは静かに澄んでいく。「今年と来年のベルリンマラソンに向けて、何年も前からスケジュールを組んでいたんです。それを崩したら、仮に東海道マラソンを走っても、結果は出せません」

「話にならん」藤木が鼻を鳴らして立ち上がる。須田にぴしりと指を突きつけ、「選手の教育がなってないんじゃないか！」と非難した。

立ち上がった須田が「申し訳ありません」と繰り返しながら頭を下げた。情けない……というより、監督、あなたはこんなことをしちゃいけない人だ。この男は、言ってみればたかが国会議員。その数は、衆参合わせて七百人もいるのではないか。一方、須田が持っていた日本最高記録を上回る日本人選手は、三人しかいない。単純比較をしてはいけないかもしれないが、須田の方が、はるかに選ばれた人間なのだ。

藤木ごとき人間に、須田を罵倒する権利はない。山城は思わず立ち上がろうとしたが、下を向いていた須田が目線で制した。動くな、余計なことをするな、と。山城はソファの両の肘かけをきつく摑み、怒りを鎮めようとした。

「こういう話ではなかったはずだがな。知事にも一言言っておかなくてはならん」

知事？　そういうことか……俺がいつまで経っても「イエス」と言わないので、業を煮やした知事が、最後の切り札として陸協会長を送りこんできた――筋書きは簡単に読める。馬鹿馬鹿しい。どんなに偉い人間が乗りこんできても、俺の気持ちを動かすことはできない。

藤木が、床を踏み抜きそうな勢いで、部屋を出て行った。慌てて須田が続く。一人取り残された山城は、ソファに浅く腰かけ、両足を床に投げ出した。冗談じゃないぞ……こんなことぐらい何とも思わないが、これから先、新たなプレッシャーが襲いかかってきたら面倒だ。一々払いのけていくだけで、精神的に疲れる。

だいたい、藤木も馬鹿馬鹿しく思わなかったのだろうか。どんなにいい条件が揃っても、記録が出るとは限らない。仮に俺が走って、大した記録が出なかったら、主催者はどうするつもりだろう。誰かに向かって謝罪する？　あり得ない。責任はうやむやになり、巨額の予算をかけてスタートしたマラソン大会は、二回目から一気に萎《しぼ》んでしまうだろう。何で、どいつもこいつもろくでもないことばかり考えるのか。

ほどなく須田が帰って来た。てっきり雷を落とされるとばかり思っていたのだが、彼は溜息をつくだけだった。

「怒らないんですか」胸に顎を埋《うず》めたまま、山城は訊ねた。

「呆れて物も言えないよ」須田が力なく首を振った。

「どうも」山城はのろのろと立ち上がった。

「どうしてそんなに意固地になる？　藤木会長は、知事の特命全権大使だぞ」

「知事本人が来ればいいじゃないですか――来ても同じことですけどね」

もう一度、体の中の物を全て吐き出してしまいそうな勢いで須田が溜息をつく。この男も変わったな、とつくづく思う。自分が彼の走りを見て感動を覚えていた頃は、精悍《せいかん》な、それでいてどことなく傷つきやすい顔立ちだったのだが、たっぷり肉がついた今は、中年に足を踏み入れかけた、単なる太った男である。しかも数多くの悩み事が目尻の皺に刻まれているようだった。

「監督、もう無駄なことはやめましょう。監督が悩む必要はないですよ」

「お前がイエスと言ってくれれば、全部解決するんだが」

「それは無理です。無理なことに力を注いでも、疲れるだけですよ」

「まあ、な」釈然としない様子で言って、須田が自分の椅子に腰かける。これ以上かける言葉もなく、山城は一礼して監督室を出て行った。冷たい空気が背中で揺らぐのを感じたが、自分の方針を変えるつもりは一切なかった。

6

三か月に二回のハーフマラソン出場は、気づかぬうちに体にダメージを与えたようだ。札幌国際から一週間、具体的にどこがおかしいというわけではなく、全身がばらばらになってしまったような違和感が抜けない。激しいトレーニングの後の適切な休息で、トレーニング前よりも筋肉量が増える「超回復」という考え方があるが、今の甲本は、まったく回復しないまま、だらだらと毎日を過ごしているだけだった。アフターケアの意味も含めたトレーニングはスケジュール通りにこなしているが、どうにも熱が入らない。札幌国際では日本人最高、総合でも三位という成績で、タイムも日本最高記録にあと十秒と迫るそれなりに満足いくものだったが、その高揚感も早々と薄れてしまっている。

今日だって、このタイムトライアルはパスしたかった。今走っても、ろくなタイムが出ないのは分かり切っている。しかし既に、スタート地点には全員が揃っていた。今日が日曜に変わって一時間――一週間で交通量が一番少ない夜が、トライアルのために選ばれている。こんな日、こんな時間に何人もの人が集まってくれているのだから、ここで「やめた」と言うわけにはいかない。最近、何だか周りの人に遠慮ばかりしている……自分の立場を考えると、絶対に「ノー」とは言えないのだ。

「準備、いいかな」車から降りてきた須田が声をかけた。音無も一緒である。

「あまり大丈夫じゃないですね」いつもの癖でつい愚痴が出てしまう。「暑いし……」

七月なのだ。夜中の一時といっても、気温はそれほど下がっていない。アスファルトは昼間の熱気を溜めこんでいるようで、ソールを通しても熱さが感じられるほどだった。札幌国際でも気温が上がって苦しいレース展開を強いられたが、あの時よりも環境は悪い。

「しかし、着実にタイムはよくなってるからな。練習の成果が出てるんだよ」須田が自分を納得させるように言った。

「監督の指導のお陰です」俺の実力じゃないんだ、と皮肉に考えてしまう。何だかんだ言って、須田が組んでくれたスケジュールに従って練習を重ねているのだ。二回のハーフマラソンで確実にタイムが伸びているし、練習中のタイムトライアルも順調。結局、ここ何年か一人きりで練習していたのは、自分にとって何のプラスにもなっていなかった、と思い知る。

背後から赤い光が迫ってきた。それを見て、音無が右手を大きく挙げて振る。甲本は思わず目を剝いた。白バイ……こんな大事になるとは聞かされていなかった。だいたい、たかが練習で走るのに、白バイは大袈裟過ぎないだろうか。

白バイが三人の後ろ、二メートルほどのところでぴたりと停まり、隊員が降り立つ。三人に向かって軽く敬礼すると、ヘルメットの下に見える顔は若い隊員のものだと分かった。

「お疲れ様」音無がさりげなく声をかけ、甲本と白バイ隊員を引き合わせた。「こちら、第一交通機動隊の横溝《よこみぞ》巡査。本番でも実際に先導してもらうことになっているんだ」

「あ」甲本は間抜けな声を出してしまった。「あの、よろしくお願いします」それから、音無に懸念の視線を向ける。

「いいんだ」音無が顔の前で手を振った。「今回のマラソンは初めて尽くしだから、事前のリハーサルは、やってやり過ぎることはない」

「大袈裟ですよね。こんなつもりじゃ……」甲本は肩をすくめたが、他の人間が皆真剣な表情なので、後の皮肉は呑みこまざるを得なかった。

「白バイも、実験的なことをやってもらうんだ。電光掲示板の話、したよな」

「ええ」

「実際にあれをつけて本番のコースを走るのは、今日が初めてなんだ。不都合があったら、早く解決しておかないといけないからね。今日は、通算タイムを出す表示になっている。それを見ながら走ってくれ」

「分かりました」

「それと今日は、本番と同じように、先導用の白バイは三台で引き継ぐ。引き継ぎのポイントは、六郷橋手前の折り返し地点、それに県庁前。急に白バイが交代するから、驚かないでくれよ」

「はい……あの、まさか、信号は操作してないですよね？」

「いや、さすがにそこまでは」音無が苦笑する。「だから、実際のペースと同じというわけにはいかない。ただ、我々の調査の意味もあるから、できるだけ限界に近いところで走ってくれ」

無茶言いやがって……音無は長距離の経験者だから、信号によるゴーストップでどれだけペースを乱されるかは分かっているはずだ。夏場に北海道が合宿場所に選ばれることが多いのは、暑さ対策の意味合いももちろんあるが、信号のない真っ直ぐな道路が長く続いているから、という理由もある。まあ、これぱかりは仕方ない。取り敢えず実際のコースを三十キロ走るのは、今日が初めてなのだ。本番とは、夜と昼という違いがあるが、ある程度は感触を摑めるだろう。

音無が、幅五十センチほどの電光掲示板を白バイの後部に取りつけた。あれだと風の抵抗を受けて運転しにくそうだが……しかし白バイ隊員の横溝は気にする様子もなく、大型バイクに身軽に跨った。直後、オートバイのエンジンが息を吹き返す。

「じゃあ、皆さん、いいですか？」

音無が両手でメガフォンを作り、怒鳴った。白バイがすっと前に出て、音無と須田が乗りこむ車の後ろにつく。自分が走る姿は、他の車からは見えにくいかもしれないが、白バイの存在が安全を確保してくれるはずだ。だが、数字を浮き上がらせながら走る白バイは、かなり滑稽な存在に見えるだろう。

須田が真剣な表情で近づいて来た。

「あまり無理はしないでいい。体調、まだ戻らないんだろう？」

「体は重いですね」

「今日は感触を覚えるだけでいい。このコースを走る機会は、これから何度でも作るから」

「そうですか……」何というか、ブロイラーの気持ちが分かるような気がした。狭い場所に閉じこめられ、促成栽培で短時間に大きく育てられるような感じ。いや、文句を言っている場合ではない。今はこれが、自分の仕事なのだから。

　須田が走り去った後、甲本はゆっくりと足首を回した。脹脛に居残る疲れ。腰にかすかな痛みもある。故障したわけではなく、まだ回復していないだけだと分かっていたが、一抹の不安を感じる。マッサージが十分でなかったのかもしれない。どうも遠慮してしまう――具体的には、あそこで山城と鉢合わせするのが怖かった。山城と直接言葉を交わすことはなかったが、最近の彼が普段にも増して不機嫌なのは、見ただけで分かる。東海道マラソンへの出場を断り続けているのだが、最近、様々な人が声をかけ、何とか引きずりこもうとしているらしい。その状況を、彼が鬱陶しく思っているのは明らかだった。

　余計なことは考えないようにしよう。山城のために走るのは間違いないのだが、そう考えると気持ちが萎えてしまう。あんな我儘な奴のために、どうして……どうでもいい。とにかく、これで金を貰っているんだから、自分の気持ちなど殺してしまえ。

　甲本は右手を挙げた。号砲はないが、スタートの合図。即座に反応して車が走り出し、白バイも続く。すぐに電光掲示板の赤い文字が「0：00：00」から「0：00：01」に変わった。

　走り出して一分ほどすると、緊張感が抜け、体が解れてくるのを意識する。走っている最中はいいのだ、と改めて思う。疲れを意識するのは、むしろ走っていない時だ。

　片側二車線の道路の、歩道寄りの車線をひた走る。この時間になると、市の中心部であるこの辺りには車は少なくなる。真っ暗なのが少しだけ異様な感じだが、本番もこういう風だろうということは容易に想像できた。最初の交差点は県庁前。ここはほぼ九十度、左に鋭く曲がるところであり、道幅も狭い。まだ集団はばらけていないはずで、気をつけないと巻きこまれてペースが崩れてしまう。最初は無理してでも前へ出るようにすること、と頭の中にメモした。

ここから先は、しばらく直線が続く。少し走ると、みなとみらいの高層ビル群が見えてきた。窓が暗いのは、不景気で残業している人や宿泊客が少ないからか。

まだ暑さは気にならなかった。肌感覚で、二十度ぐらいだろう、と分かる。足は快調に動き、汗も出てこない。そろそろ運河を越える辺り。ちらりと右を見たが、大観覧車の灯りも既に消え、闇に沈んでいた。夜中の十二時過ぎに、イルミネーションが消えるんだったか……ふと思い出して、前を行く白バイの電光掲示板を見た。「0：03：22」。暗いせいもあり、LEDの赤い文字はくっきりと浮かび上がって見える。何だか急《せ》かされている感じがしないでもないが、ないよりはあった方が絶対にい い。腕時計に視線を落とす頭の上下の動きは、微妙にスピードに影響してくるはずだ。腕の動きも止めねばならないため、一瞬だがバランスが崩れてしまう。

よし、あの数字についていこう。今のところ信号にも引っかからず、いいペースで走れている。こういう機会だから、目印になる大きな建物などを記憶しておきたいところだが、何故か突然、周囲の風景がふっと溶けて消えた。自分も闇の一部になり、風のように流れている。全身の動きが美しく調和した。今の自分の体は精密機械のようにぴたりと正確に動き、ひたすら空気を切り裂いて進んで行く。快感が、苦しさをはるかに上回っていた。

そういう感覚はしばらくすると消え去り、暗いながら、周辺を見る余裕が出てきた。横浜駅の近くを通り過ぎ、第一京浜に入ると、風景が一変する。マンションが建ち並ぶ住宅地で、ガソリンスタンドやコンビニエンスストアが目立った。車は圧倒的に、トラックなどの大型車両が多い。これでは相当走りにくい……いや、本番は道路を封鎖してあるから関係ないわけか。

時折信号に引っかかるものの、予想に反して、さほど調子が狂うこともなかった。疲れていたはずなのに全身に力がみなぎっており、概していいペースで走れている。白バイの電光掲示板では大まかなスプリットしか分からないが、間違いなく「一キロ三分」ペースは崩れていないはずだ。呼吸は軽快で、全身を酸素が循環してパワーが生み出される感覚は健在である。

横浜駅付近を過ぎてから第一京浜の折り返しまで十三キロ程度、と聞かされていた。距離が伸びるに連れ、信号に引っかかる度に少しぎくしゃくするようになってきた。府中街道との交差点では、それまでのペースを大きく崩される。本番では府中街道の陸橋の下をぐるりと百八十度回って方向転換することになるのだが、道路が封鎖されていない現在は、信号に従って渡るしかない。先導車と白バイがUターンするのを見送りながら、甲本は交差点を三回渡らざるを得なかった。うち二回は信号待ちになり、すっかりペースが狂ってしまう。その場で足踏みをしていても、実際に走るのと同じわけにはいかないのだ。しかも府中街道の陸橋はそれほど高さがないせいで、頭に被《おお》い被さるような圧迫感を覚える。

第一京浜の下りに戻ると、先導車がハザードランプを点《とも》して停まっていた。白バイは二台。百八十度転回した後で、交代する手順になっているのだろう。車から降りた須田が、水の入ったペットボトルを手渡してくれた。立ち止まらず、軽くジョギングしながら受け取る。

「大丈夫か！」

追い抜くと、背中から声が追いかけてくる。大丈夫とか大丈夫じゃないとかいう問題じゃないんだが、と苦笑しながら、甲本はペットボトルを持った右手を上げ、小刻みに振った。

「捨てていいからな！」と、さらに声がかかる。そんな、ゴミを投げ捨てるなんて……しかし彼らのことだ、何か拾う方法を考えているのだろうと思い直し、水に口をつける。本番では自分なりにブレンドしたスペシャルドリンクを用意する選手が多いが、今回はただの水だった。一口含み、しばらく口の中で転がしておいてから飲み下す。じわっと喉に染みこんだ水が、全身の細胞にあっという間に行き渡るようだった。もう一口。今度は少し長く吸いついて、多めに飲む。よし、オーケー。水分摂取完了だ。水がまだ少し残っているので、再びスピードを上げながら、甲本は頭から浴びせかけた。冷たい感覚が意識を尖《とが》らせ、熱くなった全身をわずかだがクールダウンさせる。やはり相当暑かったのだ、と改めて思い知る。汗の量が半端ではない。こうやって走っていると、時速は二十キロ程度。車ならのろのろ運転だが、実際にはかなりスピードが出ていて、少しぐらい汗が吹き出ても風で乾いてしまう。だが今日は、間に合わないぐらい汗が出ていた。珍しく、太股から脛にかけても汗が流れ落ちるのが分かる。常に衝撃を受けている足首から先が熱い。シューズの中が蒸れ、ひどく不快だった。

わずかに残った水を飲み干し、左手でぎゅっとペットボトルを握り締める。あんな風に言われたが、捨てるわけには……その時、後ろから「捨てて下さい」と電気的に増幅された声で指示された。トラメガか……ぎょっとして振り向くと、先に先導してくれた白バイが、十メートルほど後ろにぴたりとついている。拾って帰ってくれるということか。それなら問題ない。投げ捨てず、腕を伸ばしてそっと下に落とし、スピードを上げた。ほどなく、白バイが甲本を追い抜いて行く。再びトラメガから「頑張って！」の声援。びっくりさせるなよ、と甲本は苦笑した。

よし、チャージ完了。甲本は走りに意識を集中した。第一京浜は広い道路だから、上りと下りでかなり景色が違う。昼間なら絶対飽きないな、悪いコースじゃないと意識する。きちんと下見しておけば、目標物はいくらでもあるから、ペースを保ちやすいだろう。ひたすらフラットで、何もない道を走るだけではペースが伸びないはずだ。北海道で、畑の中を延々と走るようなコースだと、次の目印がないからうんざりしてしまうだろう。実際に走っていると、周囲の光景を見ている暇はないが、それでも目標物が頭に入っているかいないかでは大違いだ。

奇跡的に、折り返してからはほとんど信号に引っかからなかった。白バイの電光掲示板を時折見ながら、ひたすらフォームを固めることだけを意識する。走る前に感じていた疲れ、ぎこちなさは、今はまったくなかった。

県庁前で、三台目の白バイに交代。そこからしばらく行ったところで、先導車のブレーキランプが赤く明滅し、停まった。何かあったか……ここで三十キロなのだ、と気づくまでに少し時間がかかった。目印は、道路左側のビルに入った中華料理店。

ゆっくりとペースダウンし、ジョギングから歩きのスピードに落とす。タイムは……「1：35：30」。これはちょっと……。

「お疲れ」

音無から声をかけられ、軽くうなずく。不満な顔に気づいたのか、彼が笑みを浮かべて「上出来だよ」と言ってくれた。

「いや、全然駄目ですね」呼吸を整えながら答える。

「この条件でこのタイムなら、問題ないよ」クリップボードを手にした須田が指摘した。

「でも、一時間三十分ジャストで走り切らないと……全然遅いですね」

「途中でかなりロスしてるのを忘れるなよ。何度も信号に引っかかったし、それで何分かは遅くなってる。ちょっと補正してみたんだけど……」須田がクリップボードを見た。「信号ロスで、二分十五秒もある。ということは、実際のタイムは一時間三十三分十五秒だ。大まかだけどね」

「それにしても遅いですよ」

まだ自分を追いこんでいない、という意識があった。走り終えたばかりなのに、こうやって平気で喋っているのが何よりの証拠だ。普通は倒れこんでしまうのだが……。

「いや、かなりいいペースだった」須田が淡々とした口調で指摘する。慰めているわけではなさそうだった。「ハーフのレースから一週間でこのタイムは、立派なものだよ」

「そうですかねえ」思わず疑念を口にする。確かに、走り出したら体は軽かったが、絶好調の走りというわけではなかった。無意識のうちにセーブしていたのかもしれない。しかし、セーブしてこのタイムは、ある意味立派と言っていいだろう。間違いなく、一キロ三分のペースは簡単にキープできるのだ。ただし本当の問題は、ここから先。一キロ当たり五秒短縮して、それをずっと続けるのは、未知の領域だ。

「邪魔にならないところで、ストレッチしておけよ」

須田の指示で、歩道に上がる。さすがにこの時間になると、通り過ぎる人もほとんどいない。邪魔にならないだろうと思い、座りこんで足を伸ばした。筋肉の緊張感——固さはあまりないようだ。髪から垂れた汗が、アスファルトの上に黒い斑点を作る。暑さは、筋肉には悪い影響を与えなかったようだが、全身から水分を搾り取られたような感覚は否定できなかった。須田が差し出してくれた水を、一気にボトルに半分ほど飲む。喉が鳴り、一瞬目眩がした。膝を抱えこみ、膝頭に額をつけた。呼吸はゆっくりと平常に戻りつつあったが、疲労感は並大抵ではない。ちびちび水を飲みながら、目眩が去るのを待った。真夏の合宿は何度も経験しているが、こんなにきつかった走りはない。

「ちょっと疲れがひどいみたいだな」須田が心配そうに声をかけてくる。

「ハーフを走って一週間しか経ってないんです。無理ですよ。俺はそんなにタフじゃないですから」

「少し休憩だな……でも、この夜中のロード練習は、本番までに何回かやってもらう。体にコースを叩きこんでくれ」

「こんなことまでやらなくちゃいけないんですか？　本番で、きっちり走るだけで十分でしょう」

「ただ走るだけじゃ、ペースメーカーにならない」

須田の口調はひどく冷たかった。やっぱり俺は歯車に過ぎないわけか、と皮肉に思ったが、口には出せない。言葉にしないことで、ストレスが埃《ほこり》のように薄《うっす》らと積もっていくことは分かっていたが、立場を考えると――より具体的には一千万円の報償を考えると――何も言えなかった。

「じゃあ、取り敢えずお疲れ様でした」音無が近づいて来て、話をまとめにかかった。「今日はこれで解散しましょう。順番に送りますよ」

「じゃあ、先に私、その後に甲本の順番ですね」欠伸を嚙み殺しながら須田が言った。

「そうなりますね。立てるか、甲本君」

「何とか」甲本はガードレールに手をかけて、体を引っ張り上げた。やはり、思ったよりも疲労感は強い。腿の裏側が笑っていた。こんな時間でなければ、すぐにマッサージにかかるところである。せめて明日、練習を休みにして足を運ぶことにしよう。トレーナーの大熊は治療院の二階を自宅にしているから、連絡さえ入れれば、土日でもマッサージを施してくれるのだ。

車に乗っても、甲本は終始無言だった。音無と須田があれこれ話し合う声は聞こえてきたし、その大部分が自分のことだと分かっていたが、会話に加わる元気もない。既に五百ミリリットル入りのペットボトルを二本、空にしていた。げっそりだ。こんな練習を何回も繰り返していたら、故障してしまうかもしれない。無理な練習が、怪我という形で自分に返ってくるのは、運動選手なら誰でも知っている。甲本の場合は疲労骨折だった。あの時は、急に折れて動けなくなったわけではなく、かすかに痛みを感じた、と思った二日後に、足が動かなくなったのだった。足首を骨折していても歩けるものだ、とわざと軽く考えていたが、あの時の恐怖はまだ頭にこびりついている。二度と走れなくなったら……一度怪我したところは癖になるというし、タキタの練習に参加してからも、終始左足首のことだけは心配していた。

須田を自宅前で下ろし、音無と二人きりになると、今度は気詰まりな沈黙に包まれる。ようやく体は落ち着いてきたが、この男と面と向かって話すと、未だにある種の緊張感を強いられる。何というか……この男はなりふり構わない。元々そういう性格なのか、このレースに賭けているからかは分からないが、目的のためには手段を選ばない強引さがあった。それに粘っこい。こちらが悲鳴を上げるまで、平気で同じ攻撃を何度でも繰り返すのだ。最初は何ともないと思っていても、やがて攻撃が体の芯に効いてくる。

「羨《うらや》ましいな」

音無がぽつりと漏らした。後部座席でぼんやりしていた甲本は、思わず「何がですか」と確かめてしまった。余計なことを言ったと悔やんだが、言葉は取り消せない。

「いつまでも走れてさ」音無がちらりとバックミラーを見た。鏡に映る彼の顔は暗く、疲労の色が濃い。疲れを知らない男に見えるが、さすがにこの時間になるとエネルギーを使い果たしてしまうようだ。

「ただ走ってるだけですよ。俺なんか、二流どころか三流ランナーですから」

「札幌国際で日本人最高を出した人間の台詞とは思えないな。つまらない謙遜にしか聞こえないぞ」

「でも、優勝したわけじゃないんで」

「愚痴が多いな、相変わらず」音無の口調は、笑っていた。

「上にずっと重石《おもし》が乗ってますからね。皮肉っぽくもなるんですよ」

「重石か……分かるよ、その感じ」

「そうですか？」

「君が三流なら、俺は四流か五流か、とにかく君にはまったく及ばないレベルの選手だった。だから、大学を卒業して、競技としての陸上とは縁を切ったんだけどね。でも君は走り続けてる。それだけでもすごいと思うよ」

「褒められても、本番のタイムが伸びるわけじゃないんですけどねえ」どこか白けた気持ちになって、甲本は頬杖《ほおづえ》をついた。大したランナーじゃない——それは自分が一番よく知っている。走り続ける選手が偉いなら、四十歳になろうが五十歳を過ぎようが走ってやる。もちろんその頃は、タイムのことなどどうでもよくなっているだろうが。

「俺の上には三流、二流、一流、超一流とたくさん選手がいてさ。いつも頭を押さえつけられてる感じがしてた。どんなにあがいても、自分よりタイムが上の選手がいる限り、どうしようもない。陸上が自分との戦いっていうのは嘘だね。マラソンで、二時間二十分台で一位になっても、優勝は優勝だ。勝負には勝ったことになる」

「今回、大事なのは、順位じゃなくてタイムじゃないんですか」

「そうなんだが、何ていうかな……上手く言えないけど」バックミラーの中で、音無が拳で顎を擦った。「まあ、とにかく俺は、君が羨ましいんだ」

「そうですか？　俺は山城が羨ましいですけどね」

「そうか？」

「だってあいつは、同世代に一人しかいない、頂点の選手ですよ。怪我にも縁がないし、世界記録を狙える位置まで来ている。羨ましくないわけがない」

「そういう選手を引っ張って、世界記録を出させる手伝いをするのは嫌か？」

一瞬虚を突かれ、甲本は言葉を失った。俺の仕事は、間違いなくそれなのだ。山城の援護。あいつに世界記録を狙わせるためだけの捨て駒。考えてみれば音無は、よくこんな仕事を頼んできたものだと思うし、自分が引き受ける気になったのも不思議だ。金に負けたことは否定できないが……それにしても、一人の人間のために周りの人間がこんなに動き回るのは、奇妙な話ではなか。しかも山城本人は、依然として「出ない」と拒絶の姿勢を崩さない。このままだと、音無の頑張りは全て空回りで終わってしまう。

「あいつ、本当に出ないんですか？」

「拒絶されてる……でも、俺は諦めてないよ」間髪入れず音無が言い切った。「まだ時間はある。絶対説得してみせるさ」

「もしも出なかったら、俺が世界最高を狙っていいですかね」

一瞬、車内が嫌な沈黙に包まれる。甲本はバックミラー越しに音無の反応を窺《うかが》った。固めた拳を顎に当てたまま、困ったように目を細めている。

「まあ……頑張ってくれとしか言いようがないな」

「冗談に決まってるじゃないですか」甲本は軽やかな笑い声を上げてやった。フルマラソンで何度かサブテンを記録しただけの、しかも下り坂の選手が世界最高を宣言するなど、ジョーク以外の何物でもない——聞いた人はそう受け取るしかないだろう。

「いや、まあ、走る以上は、何が起きるか分からないからな」音無が、あまりフォローになっていないフォローをした。

「他にも有力な選手がいるんでしょう？　誰かがやってくれますよ」俺以外の誰かがな、と皮肉に考えた途端、胸の奥に小さな痛みが生じる。何だろう？　心臓を痛めたわけではあるまいが……自分でも分からない痛みに苛《さいな》まれ、甲本は拳を左胸に押し当て、強く押してみる。そんなことをしても引くような痛みではなかった。

「それにしても、誰か山城を説得できる人はいないかなあ」

「やっぱり駄目なんですか？」

「この前は、陸協の会長まで引っ張り出したんだけど、山城が怒らせて会談は決裂した」

甲本は思わず額を揉んだ。陸協の会長は確か、地元選出の代議士だったのではないか？　そんな人を怒らせて……山城の度胸というか、非常識ぶりには啞然とするしかない。

「そんな偉い人で駄目だったら、もう誰もいないでしょう」

「大学や高校の恩師とか、どうだろう。そこはまだ当たってないんだ」

「どうでしょうねえ。監督の言うことを聞くような人間じゃないだろうし」

山城ほど我儘な人間もいないが、彼より研究熱心なランナーも、まず存在しない。最新理論の吸収に貪欲で、どんどん練習に取り入れていく。そういうのは、指導者から見れば鬱陶しいこともあるはずだが、結果を出し続ける選手を外すわけにはいかない。高校・大学までは、個人競技の陸上でもチームワークを重視するから、それを守るためにエースを外す監督も珍しくないのだが、山城の場合、そういうレベルを超えている。

「大学の先生とか、いつまで経っても影響力があるものだけどね」

「普通はそうですよねえ」自分にとっての中西がそうであったように。恩師と、そして大事な仲間。箱根を走った経験を共有する仲間たちとは、いつ会っても昔の気分に戻れる。

箱根？　ふいに思いついて言ってみた。

「ええと、もしかしたら山城とまともに話ができる人間、いるかもしれませんよ」

「誰だ？」

いきなり車が急停止する。赤信号でもないのに、急ブレーキを踏むほど興奮するようなこと――音無はそれだけ困っているのだと、甲本は心底思い知った。音無が、怖い顔で「誰だ？」と繰り返し訊ねる。

「誰かは、今は分かりませんけど」自分で言い出しておきながら、甲本は急におどおどしてしまった。音無の苦境と本気度を知ったが故に。「あいつ、四年の時に学連選抜で走ってるでしょう」

「ああ、確か予選会で東体大がぼろ負けしたんだよな……あいつが学連選抜で出て、二位になった年だ」

「そうですね。後にも先にも、あいつが躓いたのって、あの時だけだと思うんですよ。選抜チームの事情は知りませんけど、何かあったんじゃないですか？　二位を取ったっていうことは、きっと魔法が起きるようなきっかけがあったはずです。タイムのいい選手を揃えただけじゃ、勝てませんから」

「その通りだな」音無の声に興奮が滲む。「チームワークが固くなるような何か……仲間かな」

「だと思います。そうだ、今思い出したけど、山城って毎年、箱根のゴールには顔を出すらしいんですよ」去年の暮れに、スポーツ誌でその話題を読んでいた。長距離シーズンを前に、山城を大々的にフィーチャーした記事の中で、彼は珍しく個人的な心情を吐露していた。そこで、「毎年一月三日には大手町に行っている」と明かしたのである。インタビューアーは突っこんで「どういうことだ」と聞いていたが、山城はそれ以上説明しようとしなかった。

「それは別に珍しくないと思うけど……大学の後輩も走るんだから」

「山城が後輩に声援を送るところなんか、想像できますか?」

「できないな」音無が即座に断言した。「じゃあ、何なんだろう。何で毎年大手町に行くんだ?」

「学連選抜のゴールを見届けに行ってるんじゃないですか? 選抜は、毎年メンバーが変わりますから、一代限りのチームです。だから先輩も後輩もない。だけど山城が、学連選抜に特別な気持ちを持っていたとしたらどうですか?」

「甲本君」音無が重々しい声で言った。「もしも君の想像が当たっていたら、毎月の生活費、二万円ずつ増額してもいいよ」

7

頭が痛い。こんな形でレースの後遺症が出るのは珍しかった。それだけ過酷なレースだったと言えるのだが、もしかしたら一秒ごとに頭痛が悪化するのは、居並ぶテレビカメラのライトと、カメラマンのフラッシュのせいかもしれない。特にフラッシュは目を焼き、視界を真っ白にさせる。視覚から入ってくる激しい刺激が、脳に悪影響を与えているのだろうか。

自分がわずかに緊張していることに気づいて、山城は驚いた。記者会見は大嫌いなのだが、その場に出て緊張したことはほとんどない。それが今回は、明らかにいつもより鼓動が激しかった。理由は分かっている。いつもは、選手が何人か集まって会見になるケースがほとんどである。レース前、レース後……単独会見はほとんどない。それが今回は、ひな壇にいるのは自分一人である。いや、須田も壇上にはいるのだが、自分はあくまで脇役だとばかり、思い切り端の方に座っていた。

まあ、レースの結果には満足していないわけではないが、参ったな。ベルリンでのレースを終え、成田空港に着いた途端に、陸協の広報担当者に拉致されて、空港近くのホテルに連れて来られたのである。

優勝。タイムこそ平凡だったが、世界の一流レースで勝ったことが、自分が想像するよりも大きな波を巻き起こしたのを、山城は思い知っていた。空港近くのホテルに用意された会見場には、百人を超える報道陣が集まっている。過去に、これだけの人数を前に記者会見をしたことはなかった。

「写真は、一度ストップ願います」広報担当者がマイクに向かって叫ぶと、ハウリングが空気を鋭く切り裂いた。「後でもう一度、写真撮影の時間を設けますので……会見を始めさせて下さい」

フォトセッションか。山城は下をむいて、うんざりした表情を隠した。今度は壇上に出て、ガッツポーズをしたり、メダルをくわえてみせなければならないわけだ。あのパフォーマンスは、誰が始めたのだろう？　山城もカメラマンの要請で何度かやって見せたことがあるが、後で見ると、大抵ひどく間抜けな顔に写っている。

疲労と時差ぼけで、急に眠気が襲ってきた。始まる前に、一瞬だけ体を捻って後ろを向き、欠伸を嚙み殺す。体に震えが来た瞬間、シャッター音が聞こえた。チクショウ、演壇の横に陣取っているカメラマンがいるではないか。顔全面に髭を生やしたそのカメラマンは、笑いながら山城に向かって手を挙げてみせた。悪いな、でも面白いカットだったら使わせてもらうよ、とでも言いたげに。山城は彼が巻いた腕章で、社名を確認した。変な写真を掲載したら、絶対にきつく抗議してやる。その後は一切の取材を拒否だ。

「それではまず、ベルリンマラソンで優勝しました山城悟選手から、ご挨拶させていただきます」

質疑応答かと思っていたのに、そこからか？　段取りの悪さにかすかな怒りを覚えながら、それでも山城は一分ほど時間をつないで挨拶した。気温が上がって過酷なレースになったが、何とか勝てた。応援に感謝している――真っ赤な嘘だが――と話をまとめる。低い声は聞き取りにくいだろうし、途中から自分でも何を言っているのか分からなくなってしまったが、まあ、いい。自分は喋ることで生計を立てているわけではないのだから。

そこから質疑応答に入る。今日はとにかく、慎重に対応することにした。レースの疲れがまだ取れていないうえに、時差ぼけが重なるダブルショックなのだ。緊張すべき場面なのに、気をつけていないと瞼《まぶた》が落ちそうになるし、頓珍漢《とんちんかん》な返事をしてしまわないとも限らない。須田は声が届かないぐらい離れた場所に座っていて、助力は期待できなかった。

「今回のレースを振り返ってどう思いますか」

「順位はともかく、タイムにはまだ満足していません」

「日本記録は更新しましたが」

「もう少しいけたと思います。今回は気温が上がり過ぎて、コンディションがよくなかったです」

「具体的な反省点は？」

「あの悪条件の中では、最大限の努力ができたと思います。ただし、タイムには満足していません」

「今後、世界最高記録を出せる自信はありますか」

「出せるように、調整していきます。来年のベルリンで、もう一度挑戦します」

「東海道マラソンで、世界最高記録を狙うつもりはないんですか」

女性記者が手を挙げた。勘弁してくれ……と山城はうつむいた。須田の妻、美奈ではないか。ちらりと横に目線をやって須田を見ると、自分の妻だと気づいていないのか、あるいは完全に無視して、爪をいじっている。この監督は、家庭ではどんな感じなのだろう、と少し不思議になった。

気を取り直し、硬い声できっぱりと答える。

「走る予定はありません」

「決めてないんですか」美奈が追及する。

「いや、走りません。走らないと決めました」

「かなりの高速コースが用意されているし、条件はいいと思いますが」

「次のレースは、来年のベルリンに絞ります」もしかしたら彼女もグルなのか？　誰かの意を受けて、マスコミの人間が動くのは珍しくない。しかし、こうなってくると自分以外の人間は全て敵……冗談じゃない。包囲網の存在を強く意識し、山城は肩が強張るのを感じた。

「時間ですので、最後の質問をお願いします」

広報担当者が慌てて言った。俺の発する気配——殺気に気づいたのかもしれない。美奈がまだ食い下がろうと高々と手を挙げたが、無視された。ほっとして、最後の質問——応援してくれた人たちに一言——にもごもごと答え、立ち上がる。

下らない写真撮影に応じながら——要求されたのは、予想通りガッツポーズとメダルを噛むポーズだった——山城は美奈の姿を捜した。いつの間にかいなくなっている。言いたいことだけ言って、さっさと帰ってしまったのか。何なんだ……後で須田に文句を言っておかないと。そう思って横を見ると、監督もいなくなっている。まさか、夫婦で落ち合っているんじゃないだろうな。

嫌な予感は当たった。会見場の裏にある控え室に戻ると、須田と美奈が何やら話し合っている。山城が入って来たのに気づくとぱっと離れたが、須田の顔には、バツの悪そうな表情が浮かんでいた。

「夫婦の再会なら、別の場所でやってくれませんか」山城は二人を見もせず、荷物を担ぎ上げた。何でも突っこんでおけるアディダスの大型のジムバッグを肩に担ぎ、リモワの百リットル入りのスーツケースの上に、機内持ちこみできる小型のスーツケースを重ねる。一週間の遠征にしては大荷物で、その大部分は須田が推奨するスポーツドリンクなどで占められていた。はっきり言って山城は、何を飲んでも同じだと思っているのだが。

「山城君、本当に走らないつもり？」美奈が遠慮なく突っこんできた。

「いい加減にしてくれませんか？　こんなところに潜りこんでまで取材なんて、ルール違反でしょう」

「それは承知の上よ。それにこれは、取材じゃないわ。お願いだから」

「お願い？」バッグを担ぎ直しながら、山城は目を細めた。「何ですか、それ」

「東海道マラソンに出て欲しいの」

「記者さんの台詞じゃないですね。誰に頼まれたんですか」盛大に溜息をついてやったが、皮肉が通じた様子はない。「音無さん？　それとも知事から直接話がいきましたか」

「誰にも頼まれてないわよ」美奈の顔に怪訝そうな表情が広がった。「これは、長い間陸上を取材してきた記者としてのお願い。日本の人たちの目の前で、世界記録に挑戦して」

「そんなことをしてると、スケジュールが狂うんで」

「どうして自分のことばかり考えてるの？　あなたがここまで走れたのは、いろんな人の後押しがあったからでしょう。そういう人たちのために走ろうという気はないの？」

ない、と断言するのは簡単だったが、山城は首を振るだけにした。言葉にしない方が、気持ちの強さを理解させられる時もある。だがそれは、美奈には通用しなかった。なおも食い下がってくる。

「東海道マラソンであなたに世界記録を出してもらうために、いろんな人が頑張って用意しているのよ」

「だから、何ですか」

「これだけ皆に期待されて、それでも走らない？　逃げる気？」

「監督、いい加減にしてもらえませんか」山城は須田に助けを求めた。しかし須田は、こちらを見ようともしない。これじゃ、監督としての役割を果たしてないじゃないか。公私混同だ。うんざりして、山城は荷物を引いて歩き出した。逃げるも何も、周りが勝手にあれこれ言っているだけではないか。

「山城君、考え直して。皆のために走って。私たちも記事でバックアップするから」

部屋を出る直前、山城は歩みを止めて立ち止まった。まじまじと美奈の顔を見た後、肩をすくめる。

「誰かのために走ろうなんていう考えは、陸上に対する侮辱ですよ。自分のためだけに走ればいいんです。それ以外は、全部嘘だ。誰かのために、なんて言ってる奴は、自分を欺いている」

美奈が言葉を失った。ここまでひどいことを言わなくても、とでも言いたげに眉をひそめる。しかしこれは、山城にとって完璧な本音だった。誰かのために——そんな甘ったれた気持ちでいたら、自分を追いこめない。駅伝でもやるならともかく、マラソンは最初から最後まで自分との戦いなのだ。俺がもう少し弱い選手だったら、周りの人間に感謝の気持ちを持って、彼らの期待に応えようとしたかもしれないが、あいにく俺は頂点に近いところにいる。自分の意思以外に従う必要などないし、周りは全て奴隷か敵だ。そこのところを勘違いして、下らないスポーツ小説のように感情論に持っていかれても、こちらは白けるだけである。そこのところを——マラソンの本質を分かっていない人間が多過ぎる。


成田からの帰りには、須田がタクシーを奢ってくれたが、かえって迷惑だった。真意を聞いてみたい気持ちもあったが、また変な風に話が転がるのも嫌だったので、ひたすら口をつぐんで目を閉じる。

時差ぼけ解消のために少しでも寝ておこうと思ったが、目を瞑るとかえって眠気は訪れないのだった。横に座る須田の存在も気にかかる。もぞもぞと体を動かし、その都度あちこちに残るうずきと対面することになった。早く、大熊のゴッドハンドに体を委ねたかった。

渋滞もなく、成田から横浜まで一時間半。まったく眠れないまま、目だけ閉じているのは苦痛以外の何物でもなかった。グラウンドに近づいてきたので目を開けると、須田は静かに寝息を立てて自分の横で寝ている。まったく信じられない人だ……呆れて苦笑し、運転手に最後の道順を指示する。

タクシーが停まったところで、ようやく須田が目を覚ました。

「お、着いたか」慌てて財布を取り出し、金を払う。領収書を出してもらうのを待つ間に、山城はさっさと外へ出て自分の分の荷物を出した。日本は暑い……九月だというのに、まだ真夏の熱気が空気に居座っていた。それでも、久しぶりに感じる重たい空気が懐かしい。この遠征はひどく息が詰まったな、と思う。須田と一週間、ベルリンのホテルで同宿。それなりに広いダブルの部屋だったが、朝から晩まで二人きりなので、さすがに気が抜ける暇がなかった。向こうにいる間に、須田が東海道マラソンのことをまったく口にしなかったのは、あれ以上気詰まりになるのを避けるためだったのだろう。それが、帰って来た途端にこんな羽目に……須田夫婦は、絶対に示し合わせていたに違いない。いつの間に連絡を取り合っていたのだろう。あるいは、ベルリンに出発する前から決めてあったのか。

荷物を地面に下ろし、思い切り両手を空に突き上げる。凝り固まった肩から背中にかけて、ばきばきと枯れた音が響いた。

「いやあ、こっちは暑いなあ」

須田が呑気《のんき》な声で言った。ハンカチで汗を拭い、山城の横に立って天を仰ぐ。一言文句を言ってやりたくなったが、言葉を呑みこんだ。余計なことを言えば言うほど、誰かの仕掛けた罠《わな》にはまるような気がしている。最初は不快なだけだったのが、最近は神経に直接触れるような痛みを感じるようになった。ボディブローが徐々に効いてきたということか……ヘボなパンチでも、数を撃てばそれなりにダメージを与える。

「飯でも食って帰るか？」

「これからマッサージに行きます」

「ああ、そうだな」須田は予想外にあっさりと引いた。先ほどの一件を反省しているのかもしれない。妻まで使って俺を引きずりこもうとして失敗した……今夜、家庭でどんな会話が交わされるのかと考えると、頬が緩んでしまう。「じゃあ、お疲れ。明日は完全オフだな？」

「洗濯して一日終わりですね」

「そうか……」何か言いたがっている。疲れている時に、こちらの心を揺り動かすような一言を、と思っているのだろう。

余計な話が出ないうちにと、山城は荷物を引いて歩き出した。クラブハウスに置いておけるものは、そのまま放置。少しでも身軽になって、マッサージを受けに行くつもりだった。しかし、須田の視線が背中に張りつく。無駄ですからね、監督。実現不可能なことに、エネルギーを使わないで下さい。そういうの、傍《そば》から見ているだけでも疲れるんですから。

大熊のマッサージはたっぷり一時間半。いつもよりも三十分延長した。終わった瞬間、全身の筋肉が緩くなり、体が溶けてしまったような感じがした。今回はだいぶ無理した、というのが大熊の診断だった。もちろん山城にも、それは分かっている。気温二十度を越える中でのスピードレースは、純粋な体力勝負だった。スタミナが足りない日本人には不利な状況だが、山城は敢えて限界に挑んだ。

ペースメーカーもスピードが上がらず、三十キロ近くまで先頭集団は十人以上の選手が固まった、一番走りにくい状況。山城は、ペースメーカーがコースを外れようとする直前、給水所の手前でロングスパートをかけた。他の選手が手を出さなかった二十八キロ地点の給水所で水を補給していたので、残りを一気に突っ走り切るつもりだった。作戦は奏功し、三十五キロ過ぎでは安全圏のリードを奪うことができた。

しかし、そこから先が地獄だった。

陽光が矢になって一斉に体に突き刺さり、お湯の中を泳ぐようなものだった。これまで経験したことのないひどい状況下でのレースであり、よく無事に完走できたものだと思う。ひたすら自分に言い聞かせていたのは、他の選手も同じ条件だ、ということ。暑さに強いアフリカ勢も、今日ばかりは参っているはずだと自分を慰めた。四十キロから先の記憶は、完全に飛んでいる。今までどれだけの距離を走ってきたかは自分でも分からないが、あんな経験は初めてだった。

「少し休んだ方がいいね。足がかなりやられてる」大熊が手を洗いながら言った。

「そうですか」

「テレビで見てたけど、相当過酷なレースだったみたいだね」

「現地では、史上最悪のコンディション、とか言ってましたよ」

「そんな感じだったね。明日一日は完全休養して、明後日も練習の前に軽くマッサージしておいた方がいい。筋肉の状態を見るから。状態が悪かったら、練習は休むべきだな」

「じゃあ、昼過ぎに来ます」

さあ、後は飯だ。あまりの疲労に食欲も湧かないが、ここはとにかく、がっちり食べておかないと。肉だな。時間をかけて、たっぷりと食べる。今日は寮の食事ではなく、どこか外にしよう。他の選手と一緒ではなく、久しぶりに一人でゆっくり食べたいという気持ちもあった。首を乱暴に左右に振ってから、シャツを羽織る。袖に腕を通すにも苦労するほど全身がくたびれていたが、回復しないようなものではないと分かっていた。

一度クラブハウスに戻り、タクシーを呼んで、近くにある寮へ荷物を運びこむ。寮では祝福の言葉をかけられたが、曖昧に返事しただけで、会話は避けた。誰かと喋りたい気分ではない。一度部屋に上がりこんでしまうと、外へ出るのが面倒になるのは分かっていたので、荷物を解かずにすぐ外へ出る。

寮の近くで肉が食べられるところといえば、焼肉屋とステーキハウスだ。焼肉に心が動かされたが、一人で肉を焼くのも馬鹿馬鹿しい。結局ステーキハウスを選んで足を運ぶ。ドイツでは肉ばかりだったが、どこで食べても固くて不味《まず》かった。ステーキは日本が一番だなと思いながら、あそこのステーキハウスは、オーストラリア産の牛肉を売り物にしていたのだ、と思い出す。何だか、今日の俺はちぐはぐだ。

まあ、どうでもいい。焼き方に独特のコツがあるのかどうか、この店のステーキはいつも、山城を満足させてくれる。今日も一ポンドのステーキに山盛りのサラダ、大盛りのライスを平らげ、ほっと一息ついた。ついでにデザートも食べることにする。普段は甘いものになど目が向かないのだが、今日は回復のために糖分が必要だった。

サラダバーの横に、デザートバーもある。重いケーキは食べる気にならず、口直しにもなるアイスクリームにした。バニラとチョコのミックスを大量に。上にアラザンをかけて、ついでにドリンクバーでエスプレッソのダブルを選んで自席に持ち帰った。さて、栄養補助剤だと思って食べよう。スプーンを取り上げた瞬間、思いもよらぬ人間に声をかけられた。

「山城？」

顔を上げると、自分の人生を一度だけ捻じ曲げることに成功した男がそこにいた。浦大地《うらだいち》。城南《じょうなん》大主将にして、箱根駅伝の学連選抜でキャプテンを務めた男。あの時九区を走った自分から引き継ぎ、様々な思いを背負ってゴールを目指した男。直接会うのは数年ぶりだったが、人懐っこい笑顔はまったく変わっていなかった。進歩のない奴、と思いながら、山城は思わず頬が緩むのを止められなかった。


彼女を送って来たついでに飯を食べている、と浦が言った。彼女？　こいつもやる時はやるんだ、と山城は皮肉に思った。大学時代には、女性にはまったく縁がなさそうなタイプに見えたのに。図々しさは相変わらずで、平気で山城の前に座りこんだ。

「彼女は放っておいていいのかよ」

「五分ぐらいなら。もう飯は終わってるんだ。用事があったら携帯を鳴らすだろう」浦がスマートフォンを振ってみせた。「そんなことより、ベルリンの優勝、おめでとう。今日帰って来たのか？」

山城は軽く頭を下げた。浦は……何と言っていいか、仲間「のような」ものである。かつて学連選抜で一緒に走った男。九区の山城から十区の浦へ襷《たすき》をつないだ。

そして負けた。

最高の負け方があるとしたら、まさにあれだったと山城は思う。自分のキャリアの中では、何の意味も持たないレースだが――そう、意味はない。しかし、意味あることが全てでもない。二度経験したいとは思わないが、否定すべき過去ではなかった。

「あまり喜んでないと思ってるんだろう」浦が突然指摘した。

「何が」

「ベルリンで優勝……大変なことだよな。もっと喜ぶとか驚くとかが普通じゃないか、と思ってるだろう？　こんなところで偶然会ったんだし」

「いや、別に」

「お前が勝ったって、誰も驚かないよ」浦が軽く声を上げて笑う。自分のジョークに満足したような笑顔だった。「いつかは世界で勝つことは分かってたんだから。どのタイミングになるかっていう問題だけだったんだぜ？　それより今回は、暑かったらしいな」

「サウナの中で走ってるみたいなものだった。これから少し、練習方法も考えないと」

「暑さ対策なら、冬に南半球で練習したらいいじゃないか」

「それも手だな」

真に受けたのを驚いたのか、浦が目を見開く。山城はアイスクリームの皿を押しやり、エスプレッソを飲んだ。苦みが、口中に残った脂分を洗い流してくれる。

「あそこで勝つためには、それなりに準備が必要だ」

「勝つって、勝ったじゃないか」浦が両手を広げる。

「レースに勝つって意味じゃない」

「ああ」浦が惚《ほう》けたように言った。「記録か」

「他に何がある？」

「変わらないな、お前」浦が苦笑する。

「人間は、急には変わらない」

「じゃあ、相変わらず、周りの人に迷惑かけてるんだろう」

「俺はそう思わない。周りの人がどう思ってるかは知らないけど」

浦が肩をすくめた。黙って皿に手を伸ばし、アイスクリームを食べ始める。山城は何も言わなかった。言う気にもなれなかった。勝手に手を出されれば激怒するものだが、何故かこの男に対してはそんな気になれない。そういえばこいつ、少し太ったか？

「ちゃんと走ってるのか？　太っただろう」

「ちょっと、ね」

浦が体を斜めにして、テーブルの下から通路に向けて右足を突き出した。山城は目を細めてそれを見ながら、事情を悟った。また怪我か……こいつは徹底して運に見放されている。学生時代から何度も怪我に襲われ、満足のいくコンディションでレースを戦ったことはほとんどないのだ。最後の箱根駅伝もそうである。倒れこみながら何とかゴールに辿り着いた時の凄絶な姿は、今でもくっきりと脳裏に焼きついていた。あれはレースなどではなかった。一人の人間が、己の全存在を賭けた戦いだった。

「怪我か」

「今度は股関節なんだ」浦が腿を擦った。

「古傷じゃないよな」

「ああ、ここ二年ぐらい、苦しんでる」

言われて、山城は顔をしかめた。この男とは、何年も会っていない。浦たちは毎年、学連選抜で走った仲間たちとOB会のような会合を開いているようだ。当時の監督も参加して賑わうようだが、山城は毎年招待してもらっているにもかかわらず、一度も顔を出していない。昔の知り合いと酒を酌み交わすなら、引退してからでいい。その時にはもう、相手にされなくなっている恐れもあるが、それならそれでいい。孤独に耐えられる人間でないと、マラソンなどできないのだ。

　学連選抜は、今はまったく個人的な想い出である。だから毎年、ゴールを見るために大手町に出かける時も、一人きりだ。

「レースも走ってない」

「つくづく、怪我の多い男だな」

「分かってるよ」浦が寂しげに笑う。「無事これ名馬っていうからな。それで言えば、俺は駄目な選手だ。それは自分でもよく分かってる」

「うちの監督と同じか」

「須田さんと一緒にするなよ。あの人は、かつての日本最高記録保持者だぞ」

「最後は怪我で負けた」

「お前、それ、きつ過ぎ」浦の顔が、一瞬怒りで赤くなる。半分食べたアイスクリームの皿を山城の方に押し戻し、両手を組み合わせた。「手術しようかと思ってるんだ」

「股関節だったら、結構大変じゃないか？」少しでも体の中をいじり回してしまえば、リハビリに相当時間がかかることは想像に難くない。一年か、二年か……年齢的に、本格的にレースに復帰できるかどうか、微妙なところだろう。

「何の保証もないんだ……普通に歩けるようにはなるみたいだけど、競技の上では、ね」浦が肩をすくめる。

「復帰できないのか？」

　山城はテーブルの下で、両の拳を握りしめた。こうやって、一人一人脱落していく――どうしても避けられないことだ。スポーツ選手には誰にでも等しく、加齢や故障が残酷に襲いかかる。そうでなくても、各レベルでの篩《ふる》い分けは必ずあるのだ。中学から高校へ、高校から大学へ、そして社会人になる時でも、最高の上澄みだけが先へ進める。学連選抜で一緒に走った連中もそうだ。あの時の十人のメンバーのうち、大学卒業後も高いレベルで競技を続けているのは、自分も含めて三人しかいない。初めての箱根駅伝で難所の五区を任され、驚異的な走りを見せた門脇《かどわき》にしても、郷里の長野に戻って高校の先生になっていた。陸上部の監督はしているのだが、本人はもうレースには出場していないらしい。

「さあ、どうしようかな」浦が寂しげな笑みを浮かべる。「何とも言えないんだ。股関節の故障は初めてだし、もう一度走るのが怖い。でも、ここで走れなくなって引退ってことになっても、俺は後悔しないけど」

「阿呆《あほ》か、お前は」山城はテーブルの上で両手を広げた。「お前みたいに、才能じゃなくて根性で走る奴は、ちょっとやそっとの怪我で諦めないもんだぜ」

「変な決めつけ、するなよ」浦が顎をかいた。かすかに目が潤んでいるように見える。「……まあ、その通りだけど。でも、根性にも限界がある。それでも俺は、後悔しない」

「どうして。やり切ったわけじゃないだろうが」

「お前がいるからな」

浦が山城の顔を指差した。こんなことをされると、普段は苛《いら》つくものだが、何故かこの時は、背筋がぴしりと伸びる感じがした。思わず、ソファに背中を押しつける。

「同年代で、お前がまだ頑張って走ってる。それだけで励みになるんだよ。こんなこと言ったら、お前は白けるかもしれないけど、そんな風に考えてるのは俺だけじゃないんだぞ。同年代のランナーは皆、お前の中に自分を見てるんだ。自分がなれなかった理想のランナー……お前が走ってるうちは、自分も走ってる気分になれるんだ。どうせ無愛想にして、あちこちでいろんな人を怒らせてるんだろうけど、お前に勇気を貰ってる人がいるのは間違いないんだぜ。俺もその一人だ」

「だから？」

「頑張って走ってくれ。世界最高、狙えよ。今のお前ならできる」

「……手術、どうするんだ」山城はかすれた声で訊ねた。

「やる方向で考えてる。ただ、タイミングがね……やったらしばらく入院しなくちゃいけないみたいだし」

「そうか」

「できるだけ早い方がいいって言われてるけど、踏ん切りがつかなくてさ」

「そうか」馬鹿みたいに山城は繰り返した。

「俺も、案外勇気がないんだね」少し声を震わせながら浦が言った。「手術は何回も経験してる。その都度、何とか成功してまた走れた。でも今回は、もう一度走れるっていう、確実な保証はないんだよな。そう考えると、正直言って怖い」

「俺には分からない」山城は正直に言った。「だけど、手術した方がいいんだろう？　もう一度走るためには、手術が必要なんだよな」

「自分のためには、その方がいいんだろうな。可能性に賭けた方が……でも、勇気が出せないんだ。何か、背中を押してくれる物があればいいいんだけど、そういうのって、探しても見つからないんだよな。例えば、お前が世界最高を出したら思い切って手術する、とかはどうかな？」

「記録は、いつかは出すけど」

「来年のベルリンじゃ、遅過ぎる。手術はできるだけ早い方がいいって言われてるんだ。年明けか、春先頃までには――」

浦のスマートフォンが鳴った。素早く取り上げ、「お呼びらしい」と寂しげな笑みを浮かべる。名残惜しそうに立ち上がると、「たまには学連選抜のOB会にも顔を出せよ」と声をかけてきた。下手に否定するとまた話が長くなると思い、山城はうなずくだけに止《とど》めた。

「じゃあ、な」

浦が踵を返し、店の奥に向かって歩き始める。かすかに右足を引きずっているのを山城は見て取った。こうやって歩くだけであの状態になるのは、かなりの重傷だ。山城は歯を食いしばり、顎に力を入れた。

背中を押す物、か。

俺には、あいつの背中を押す力があるのか?

ある、と自分の内なる声が告げた。

8

「ミッション、クリアか」浦のにやついた顔を見ながら、音無は思わず漏らした。興奮はなく、かすかな戸惑いが心を揺らしている。これで本当に、上手くいったと言っていいのだろうか。

「保証はないですけどね」車の助手席に座った浦が、落ち着いた口調で言った。「東海道マラソンのことを、はっきり口にしたわけじゃないですから。でもあいつは、勘のいい男だから、気づいたと思いますよ」

「もうワンプッシュ欲しいな」音無は顎を撫でた。

「ご心配なく。手は打ってあります」

「というと?」

「監督に頼みました……当時の、学連選抜の監督に」

「吉池《よしいけ》さん?」

浦はうなずいた。既に指導者としては一線を退《ひ》いているが、陸上競技界におけるビッグネームの一人だ。長年名門チームの監督を続けながら、箱根駅伝に出場したのは一回だけ。それも現役最後の年に学連選抜を率いてであり、自分のチームではなかった。

だが、指導の腕は確かである。彼の下で学び、その後オリンピックに出場した選手が何人もいる。箱根駅伝への出場が叶《かな》わなかったのは、吉池が駅伝のみを重視した練習をさせなかったから、というのが関係者の間での定説になっている。吉池は、将来――マラソン転向後――も見越した練習を選手に課していたわけで、これでは箱根で勝つことだけを目標に年間のスケジュールを組んでいる他のチームに敵《かな》うはずもない。吉池自身、そのことは重々承知していたはずだが、それでもやはり、箱根への思いは熱かったはずだ。

「吉池さん、学連選抜には特別の想いを持ってますから」

「今でも連絡、取り合ってるんだ」

「年に一度は会いますしね。大変なんですよ、これが」浦が苦笑する。

「何が?」

「あの時の箱根の録画を、ずっと鑑賞するんです」

「だったら、一日がかりじゃないか」音無は目を剝いた。

「ええ……朝八時集合で、観終わってからようやく宴会になるんです」

「まあ、でも、それぐらいの我儘は許していいんじゃないか?」

「実際は、僕らも楽しんでますからね」浦がにやりと笑う。「遠い奴らは、前日から泊まりがけですよ。それでも毎回、ほとんど欠席者がないんです……山城を除いては」

「彼は、箱根についてどう考えてるんだろうね」

「現役ばりばりの選手だから、過去を振り返るつもりも余裕もないはずですよ。だからこの会合には顔を出さないんだと思います。でも、毎年一月三日には、学連選抜のゴールを見届けるために、大手町に行ってるみたいですけどね。俺も、何回も見かけてます。ただ、いつも『寄って来るな』オーラを出してますから、話ができない」

「ああ」音無は妙に納得してしまった。確かに山城は、人を寄せつけない雰囲気を自然に放っている。それは昔から、仲間に対しても変わらないわけだ。自分たちだけが彼に嫌われているわけではない——そもそも山城の方でも嫌っている意識はないかもしれない——と分かって、少しだけほっとした。

「とにかく、吉池監督にもプッシュをお願いします。もう少し待ってもらえますか?」浦が腕時計を見た。「最終的なタイムリミットは?」

「あと一か月、かな。いろいろ準備もあるし」

「分かりました。不自然にならないように、何とか芝居をしてみます」

「芝居、ねえ」音無は、店の外階段を、手すりを使って何とか下りて来た浦の姿を思い出した。「ところで、股関節の怪我は大丈夫なのか?」

「え? ああ」浦が自分の右太股を平手で思い切り二度、叩いた。「嘘です」

「嘘?」音無は思わず声を張り上げた。浦が「任せてくれ」と言ったから、詳しい事情は聞かなかったのだが……彼が仕込んだ盗聴用のマイクを通じて、山城とのやり取りを聞いていただけである。てっきり、本当に手術をするものだと思いこみ、大変な時期に面倒なことを頼んでしまったと、申し訳なく思っていた。

「そう、嘘ですよ」浦がにやりと笑って繰り返した。「こうでもしないと、あいつは引っ張り出せませんからね」

「大した演技だった」音無は肩をすくめた。「俺も完全に騙されたよ」

「役者になった方がよかったですかね」

浦の笑顔が大きくなる。確かに演技力はあるが、この顔だと主役ではなく個性的な脇役という感じだろう、と音無は思った。

「とにかく、お疲れ様でした」

「とんでもない。こっちこそお役に立てて嬉しいですよ」

「これがばれたら……」

「考えたくないですね」浦の笑顔が強張る。「股関節は、奇跡的に回復したことにしておきましょう。上手く口裏を合わせて下さいよ」

「もちろん。誰だって命は惜しいからね」

浦の顔から笑みが完全に消えた。かつて実際に、死に直面したことのある男だけが持つ、恐怖の表情が浮かんでいる。俺たちは、とんでもない男を引っ張り出そうとしているのだと、音無は今さらながら背筋が凍るような思いを味わっていた。

このところ、音無が最も気を遣って取り組んでいるのは、風対策である。都市部を走るマラソンでは、どうしてもビル風が吹きつけるし、横浜では海風も気にしなければならない。

　自宅のダイニングテーブルに広げた地図を見下ろす。音無は、それぞれの問題に特化した複数の地図を作っているのだが、これはそのうち「風用」にしている一枚だった。コース図の中で、特に風が強くなりそうなポイントに赤い矢印を記してある。

　気になるのは、スタートした直後、本町通りを抜けてみなとみらい地区に至る北仲橋《きたなか》だ。ここは、運河側からの風が吹きやすい。ビル街とビル街の隙間でもあり、風を遮るものが何もないという悪条件もあった。走り出して一キロほどの地点で強風に襲われたら、出鼻を挫《くじ》かれるようなものだろう。

　音無は何度も赤いボールペンでルートをなぞり、腕組みをして首を捻った。何とか、風を止める手はないものか……いや、それは無理だ。レース当日は、ここ数十年の気象データをひっくり返した限り、晴れの特異日である。荒れ模様になる可能性は少ないが、風はどうしようもない。よく晴れた冬の一日、海を渡ってきた風が選手たちに強く吹きつける様を想像すると、首がすくむような思いがした。

「まだ起きてるの？」

　パジャマ姿の沙耶が、眠そうな目を擦りながら近づいてきた。慌てて壁の時計を見ると、もう十二時過ぎ。急いで地図を畳んだ。

「ああ、ごめん。ちょっと気になることがあって」

「ここのところ、そればかりじゃない」

「本番が近づいてきてるから」妻の言葉に露骨な棘《とげ》を感じながら、音無は言い訳した。「解決しなくちゃいけないことが山積みなんだ」

「どうして、何でもかんでもあなたが背負いこまなくちゃいけないの？」

「まあ、最初からかかわってるし……」もごもごと言葉を濁す。最近、こういう愚痴を聞く機会が増えた。「どうしてあなたばかり？」「他の人もこんなに忙しいの？」。不思議なものだ。東海道マラソンにかかわるようになる前も、沙耶は別に家族団らんの時間を大事にしていたわけでもないのに、急にこんなことを言い出すとは。もしかしたらこういうのは、夫婦の危機なのかもしれない。しかし音無には、上手くフォローする術がなかった。こういうことになると、徹底して頭の動きが鈍くなる。

「早く寝てね。明日も早いんだから」

「ああ……なあ、風を防ぐにはどうしたらいいかな」

「はい？」沙耶が怪訝そうな表情を浮かべ、一瞬後に溜息をついた。「それ、マラソンの話？」

「まあね」

「心配なら、壁でも何でも立てておけばいいじゃない」

「壁か……」ぴんと閃《ひらめ》くものがあった。イメージがいきなり実を結び、顔から緊張が抜けてくる。

「それだよ、それ」

「何が」沙耶の顔に戸惑いが広がる。

「壁を作ればいいんだよな。確かにその通りだ」

「何言ってるの？」

「いや、ありがとう」音無は勢いをつけて立ち上がった。「このマラソンが無事成功したら、君も功労者だな」

「ちょっと……無理じゃないですか？」坂崎が怒鳴った。

「これは、人手じゃ駄目だよ」青田も悲鳴を上げる。

二人とも顔を真っ赤にして、全身に力が入っているのが分かる。

「踏ん張ってくれ！」音無は叫んだ。手には、風速計。それを顔の高さにかざし、風速を読み取る。実際には読み取るまでもなく、風が弱まっているのが分かった。よし、これならいける。沙耶の考えは百パーセント正しかった。

三十秒ごとに風速を測り、チャートに書きこむ。横断幕を広げる前に比べれば、間違いなく風は弱まっていた。

「よし、下ろして！」そろそろ限界だと思って怒鳴ったが、二人はなかなか「壁」を下ろせない。海側から吹きつける風は結構強く、二人がかりでも、きちんとコントロールできないのだ。見ているだけでも、相当危なっかしい。

風よけの実験に用意したのは、横浜ベイスターズが優勝して記念パレードをやった時に、地元商店街が用意した横断幕である。長さは二十メートルほど、高さも三メートルあった。その両端と中央部分に角材で補強を入れ、さらに角材の上を塩ビの細いパイプでつないで、仮設の壁のようなものを作ったのである。

風を受け、横断幕が大きく道路側にはらむ。その瞬間、風の勢いに引っ張られて、左側を担当していた青田が転びそうになった。横断幕が左側から崩れ落ち、歩道から車道にまで広がりかける。慎重に信号のタイミングを見計らい、車が来ないわずかな時間を狙ったのだが……このままだと、道路に横断幕が広がり、通行の邪魔になってしまう。音無は慌てて手助けしようとしたが、その瞬間、何とか青田が踏ん張って姿勢を立て直した。角材を胸に抱えこんでコントロールしながら、端をようやく歩道に下ろす。通行人の邪魔にならないよう、坂崎が必死で横断幕を畳んでいった。青田は体力を使い果たしたようで、その場にぐったりと座りこんでしまう。

「お疲れ」

息を整えながら労《ねぎら》いの言葉をかける。まだ座りこんでいた青田が、恨めしそうに音無を見上げた。

「これ、相当大変だぞ」青田が両手を広げ、音無に掌を見せる。全体が真っ赤に腫れ上がり、一部は傷になって血が滲んでいた。

「だから軍手しろって言ったんだよ」坂崎は音無の指示に従っていたが、青田は「平気だ」と無視してこのざまである。それでも音無は、申し訳なく思った。

「かなり風がくるんだな?」

「体ごと、持って行かれそうになった」青田がようやく立ち上がる。「本番用には、もう少し何か考えないと。最低でも二時間ぐらい、持たせないと駄目だろう」

「実際は前の日に設置することになるしな……鉄パイプで支柱を作って、木製の看板にするしかないだろう」

「それは、構造的に問題がありますよ」坂崎が忠告する。「強風をもろに受けたら、木だったら持たないかもしれません」

「じゃあ、どうする」

「もう少し柔軟な塩ビ管を支柱に使うとか、壁部分に細かいスリットを入れて少し風を逃すようにするとか。そうしないと、強い風がきたら、一発で持って行かれる可能性もありますね」

「じゃあ、そういう風に発注しよう。こういうことの専門家もいるはずだから、何とかしてくれると思うよ」

「だけど音無よ、予算、大丈夫なのか」青田が心配そうに訊ねる。

「まあ、そこは何とか……」実際は、既に予算をオーバーしかけている。甲本を抱きこむために、予想外の金を使わざるを得なかったのが痛かった。

「金がないなら、ここ、広告にしたらどうですか」坂崎が突然口を挟む。

「広告？」

「だって、木の板が並んでるだけじゃ、格好悪いでしょう。それより、広告がずらりと並んでいた方が、見栄えもいいじゃないですか」

「どうかな……」

この大会の公式スポンサーは既に決まっている。テレビ放映の関係もあるし、公式スポンサー以外の企業の広告が映るのは御法度だ。その件を説明すると、言い出した坂崎が顎を撫でながら考えこんだ。

「じゃあ、地元の商店街から広告を貰えばいいじゃないか」青田が切り出す。「六角橋《ろっかくばし》商店街とか、さ。県や市の広告でもいいわけだし。それなら、公式スポンサーともぶつからないんじゃないか？」

「それだ」音無が人指し指を突きつけると、青田が露骨に嫌そうな顔つきになる。「青田、商店街巡りをやってくれないか？」

「マジかよ」青田が目を剝く。「俺が営業するのか？」

「そうだよ。地元の人間同士だから、代理店を通したりするより話が早いだろう？　広告は一括して作らせれば、安く上がるはずだし」

「しょうがねえな」青田がズボンの尻を両手で叩いた。「お前の勢いには敵わないね」

「頼む」頭を下げ、音無はこの手はあちこちで使えそうだ、とほくそ笑んだ。設置は大変だろうが、これで風をある程度防げるなら、安いものである。何か所かで橋を渡るのだが、予め予想できる場所には、この手が使えるだろう。

問題は、その日だけ不規則に吹く風だ。これはどうしようもないのか……いや、何か手があるはずだ。音無は何一つ、諦めていない。

9

ずいぶん走りこんだ。

毎日練習後に記入しているノートで改めて確認し、甲本はふと溜息をついた。ハーフマラソンを走った五月、七月を除いては、月間の走行距離数は千キロを超えている。普通にチームで練習していれば、合宿期間並みの追いこみ方だ。疲労は確実に体を蝕んでいたが、それでもやめられない。いつか、このペースで走りこむことが、自分の義務だと思えるようになっていた。

ノートを閉じ、広げっ放しの布団の上に横になる。頭の下に両手を差し入れ、天井を見上げた。ぼうっと霞む視界。疲労のあまり、目を瞑ったら今にも眠ってしまいそうだ。須田のトレーニングスケジュールは本当に正しいのだろうか、と疑問に思うことがある。普通は、何日か追いこむ練習をして、週に一日ぐらいは完全休養日を作るものだ。しかし甲本は、基本的に一日も休んでいない——走らなかったのは、レースの翌日ぐらいだ。少ない日で二十キロ。週に二回は、ペースメーカーが走る三十キロをノンストップでこなしている。日曜日だけは十キロ程度で、これが本当に「休み」と感じられるぐらい、自分の体を苛《いじ》め抜いていた。確かにタイムはよくなっているが、あまりにも体を酷使し過ぎているのではないだろうか。これでは本番前に、故障してしまうかもしれない。

須田は「問題ない」と請け合っている。「お前は、走れば走るほどタイムがよくなるタイプだから。それに、自分で気づいていないだけで、相当タフだ」

本当に？

本当だろう。

須田はかつて「ガラスのエース」と呼ばれた。それだけに、コンディショニングには人一倍気を遣い、知識も深い。その彼が保証してくれるぐらいなのだから、俺はタフなランナーの部類に入るはずだ。

結局今まで、自分を徹底して追いこんでこなかったのだ、と反省する。実業団のコーチも、ここまでの練習は要求しなかったし、一人になってからはどこかに甘えがあったのも事実である。要するに俺は、基本的に自分に甘い二流のランナーだったのだ。それが山城との決定的な違いである。あの男は、須田の言うこともほとんど受け入れない。たまたま自分の考えと合っていれば、監督から提案されたトレーニングに取り組むこともあったが、基本的には全部自分で考えてやっている。それ故、タキタの他の選手たちとは一線を画する練習になるのだが、はっきり言って、自殺行為にしか思えないような激しいものであった。週に二回は四十キロのロード。トラックでのスピード練習では、千五百メートルの記録更新を狙うようなスピードで、一万メートルを走る。体のケアは徹底してやっているようだが、パンクしかねないメニューである。

起き上がり、少し伸びた髪を両手で後ろへ撫でつける。今日はマッサージに行かないとな……大熊に体を徹底してケアしてもらう日だ。須田は大熊に絶対の信頼を置いているようで、普段のマッサージの他に、二週間に一度は、体を隅から隅まで調べてもらうように、と強く言い渡していた。確かに大熊は「ゴッドハンド」と呼ばれるのも当然の腕の持ち主だが、時間がかかるのが面倒だった。

とはいえ、これも須田の指示である。金を貰って走っている立場なのだから、逆らえるはずもない。

何となく、「奴隷」という言葉を思い浮かべながら、甲本はのろのろと立ち上がった。

悪いタイミングというのはあるものだ。

いつもは、タキタの選手たちと顔を合わせないよう、できるだけ早い時間に治療院に出かける。しかし今日は大熊の都合で、夕方を指定されていた。

そこで、マッサージを受け終わったばかりの山城と出くわしてしまった。ジャージにTシャツという軽装で治療室から待ち合い室に出て来た山城が一瞬立ち止まり、甲本に刺すような視線を向けた。おいおい、俺が何かしたか？　軽く受け流すこともできるはずなのに、甲本は思わず下を向いてしまった。情けない……スポーツの世界においては、記録が全てに優先するとは限らない。先輩は先輩、年長者が絶対的な存在なのは、どんな競技でも同じなのに、甲本は山城の存在感に圧倒されていた。

山城がベンチに腰かけた。甲本との距離は一メートルほど。何でここにいるんだ？　いや、いるのが自然か。大熊に一番世話になっているのはこの男なのだ。

「走るんですか」

いきなり問いかけられ、甲本は言葉に詰まった。そんなことはとっくに分かっているはずで、何故今になって確かめねばならないのだろう。あるいは今まで、俺の存在が目に入ってもいなかった？その可能性もあると思い、甲本は小さく溜息をついた。腰を折り曲げて膝に肘を乗せ、壁にかかった解剖図を見詰める——とはいっても、整骨院などによくある骨格図でも、筋肉の図でもなく、レオナルド・ダ・ヴィンチの有名な解剖図である。前から不思議だったのだが、今まで大熊に理由を聞くことはなかった。毎回聞こうと思って、忘れてしまう。

「走るよ。そのためにここへ来たんだから」解剖図を見たまま、甲本は答えた。

「俺も走ることにしました」

「そうなのか？」甲本は思わず首を捻って、山城の顔を見た。説得作戦が功を奏したのか……これで月額二万円、増えるのか？

「まだ公表してませんけど」

「どうして？」

「そういうタイミングじゃないから」

「そうか」

重苦しい沈黙。エアコンが吐き出す冷気が、壁を伝って背中を撫でていく。体を起こして壁に背中を預け、両手を組み合わせる。この男は何を言いたいのだろう。

甲本は、自分の肩がぴくりと動くのを感じた。どうしてこんなところで、俺にこんなことを言う？

「世界最高、狙います」

「そういうのは……」

「狙います」

真意を測りかねた。こんなところで、俺に話してどうするのだろう。いや、記者会見などで宣言したら、記者たちは微妙な反応を示すかもしれない。元々山城は、大口を叩くタイプではない——むしろマスコミの間では「寡黙《かもく》」で通っている——から、世間は引くかもしれない。実力よりも大きな目標を口にすることで自分を鼓舞し、奇跡を起こせるタイプの選手もいるが、山城は明らかに違う。不言実行型だ。

「本気なんだな？」

「基本、嘘は言わないんで」

「それは知ってるけど」

「それだけ、言っておきたかったんです」山城が立ち上がった。首を捻って、甲本を見下ろす。馬鹿にしているような、同情しているような……何とも言えない目つきだった。

ここで俺は何か言うべきなのか？　ペースメーカーとして引っ張ってやるから、絶対に記録を狙ってくれ、とか。自分はそのためにいるのだから……しかしまだ、自信がない。確実にタイムは向上しているが、まだ一キロ二分五十五秒台をキープしたまま、三十キロを走り続けるまではいっていなかった。二十キロ手前、十七キロか十八キロ付近で必ず失速して、残りは三分台に落ちてしまう。ハーフで一時間の壁も、まだ遠い。ここを何とかしないと、自分の役目は果たせないのだ。

「人には頼りません」

一礼して、山城が足早に去って行った。俺を当てにしていないということか？　甲本は啞然として、山城の背中を見送った。

「甲本君？　お待たせ」

診察室と待合室を区切るカーテンが開き、大熊が顔を見せた。甲本は慌てて立ち上がり、少し裾が乱れたシャツを直した。どうせ脱ぐから関係ないのに……山城の一言ですっかりペースを狂わされてしまった。

あいつは――主役のあいつは、ペースメーカーなど必要ないと言ったに等しい。だったら、俺が走る意味は何なんだ？

いつもは体が軽くなる大熊の治療も、今日ばかりはあまり効果がないようだった。気づくと甲本は、クラブハウスの方に向かって歩き出していた。自分のアパートに帰るバスに乗るには逆方向なのだが……金網に覆われたグラウンドが見えてきて、反対に歩いて来てしまったのだと気づいたが、何故か引き返す気になれない。

　ぶらぶらと歩いて、グラウンドに近づいた。照明を点けて、この時間までまだトラック練習をしている選手が何人もいる。たまたま立ち止まったところは、向かい側の照明がもろに目に当たる場所で……少し横に動いて、選手たちの動きを見守った。それほど広くないグラウンドなので、この位置からも選手たちの息遣い、アンツーカーを蹴る足音がはっきりと聞こえてくる。縦一列に整然と並んで走っていると、猛烈なスピード感に襲われた。自分はあんな風に走れているのだろうか、と心配になる。実際のタイムと、走っていて実感できるスピード感は、必ずしも一致しないのだ。体が軽く、いかにもスピードに乗っているように思えてもタイムが短縮できていない時もあるし、どうにも足が動かないと悩んだ後で、思ってもいなかったいいタイムに驚くこともある。

「甲本君じゃないか？」

　いきなり声をかけられ、甲本は心臓が縮み上がるのを感じた。振り向くと、美浜《みはま》大の「M」のロゴ入りキャップを被った老人が、にこにこ笑いながら立っている。吉池？　吉池だ。美浜大を長年率い、数年前に引退した、伝説の監督。

「会うのは初めてだね」

「はい……よく分かりましたね」

「気になる選手は、皆ここに入ってる」吉池が、こめかみを人差し指で叩いてにやりと笑った。「ハーフの日本最高記録を出した選手は、当然インプットされてるよ」

「昔の話です」つい目を逸らしてしまう。

「復活しつつあるんじゃないか？　仙台も札幌もいい走りだった」

「チェックしてるんですか？」

「さすがに現地には行かなかったけどね。テレビで見ただけだ。最近、ちょっと腰を痛めてな」

それで少し、屈むような格好になっていたのか。そんな男が、どうしてここにいるのだろう。タキタには美浜大のＯＢもいないはずだし……ふと思い至った。もしかしたら、山城？　思い切って訊ねてみた。

「山城に会いに来たんですか？」

「ご名答」吉池がにやりと笑った。「ま、無事に役目は果たしたというところかな」

「役目？」

「ああ、いや、それはまあ」吉池が口を濁した。誤魔化すようにキャップを取ると、すっかり白くなった髪をかき上げた。「それより、飯でもどうだね。もう練習は終わってるんだろう？」

「ええ」初対面の人間からの誘い――奇妙な展開に、甲本は戸惑いを覚えた。「構いませんけど……」

「よし、じゃあ、行こうか。この辺でどこか、美味い酒が呑める店はないか？」

「すいません、自分、酒は呑まないんで、そういう店は……」

「ありゃ、そうか」吉池が頭を掻いた。「まあ、そんなことはいいや。酒抜きでいいよ。ゆっくり飯でも食おう」

何でこんなことになってしまったんだろうと思いながら、甲本はタクシーを呼んだ。タキタのグラウンドは、最寄りの駅――ささやかな繁華街がある――まで歩いて二十分ほどかかる。基本的に緩い下り坂だから、駅へ行く時は楽なのだが、腰を傷めているという吉池をそんなに長時間、歩かせるわけにはいかない。駅前に何かいい店があっただろうか。酒を呑める人も呑めない人も食事を楽しめる店……まあ、とにかく行ってみよう。

店を見つけたのは吉池だった。「ここなら来たことがある」と自信満々に、一件の古びた洋食屋に入って行く。外も中も古くなっていたが、少なくとも清潔でこざっぱりした雰囲気が漂っているのが救いだった。午後七時で、店は八割方埋まっている。テーブルには赤白、あるいは青白のチェックのクロス。どうやら喫煙席が赤白で、青白は禁煙席、という区分けになっているようである。吉池は迷わず、青白のテーブルに向かった。

「取り敢えず、生ビールを貰うよ。君は」

「ウーロン茶にします」

メニューを見ながら、いつもの癖で甲本は値段を確認してしまった。カレーが千円から……横浜のこの辺りにしては、少し高めだ。タキタで世話になるようになってからもずっと自炊を続けている甲本にとっては、財布にダメージの大きい価格設定である。しかし、カレーだけというのも……甲本が迷っている様子を見て、吉池がすかさず声をかけてきた。

「何でも好きな物を食ってくれ。俺が誘ったんだから、奢るよ」

「いやあ、悪いですから」一番安いカレーにしようと決め、甲本はメニューを閉じた。

「馬鹿言うな。現役の選手と割り勘するようになったら、俺もおしまいだ。年金暮らしだけど、飯を奢るぐらいの金はあるぞ。実際今は、ちょっと懐が暖かい。昨日講演をしてきたからな」

「伝説の指導者の話なら、誰でも喜んで聞きたがるでしょう」

「こんなジイサンでも、呼んでくれる人がいるからありがたいよな……ま、若い選手に奢るのは、年寄りの楽しみなんだ。気にしないでどんどん食ってくれ」

まさか、俺の懐具合の寂しさを知っているのか？　それも情けない話だ。初めて会う人が、自分の窮状に詳しいというのは、何だか丸裸にされたような気分になる。

吉池に勧められるまま、コーンポタージュと野菜サラダ、ポークソテーにチキンライスと大量に頼んでしまった。吉池はカツカレーとサラダ。

料理が来るのを待つ間、吉池はひたすら喋り続けた。どちらかというとのんびりした口調なのだが、一度口を開くと止まらない。口を挟む暇もなかった。亡くなった中西への哀悼《あいとう》、美浜大の今年の箱根駅伝予選会の予想、二つのハーフマラソンを走った甲本に対する評価――まだ伸ばせる、だった。しかし肝心の、甲本が聞きたい、彼の「役目」については触れようとしない。聞くタイミングもなかった。彼の話に相槌を打ちながら、食事を続ける。

吉池は、相当なボリュームのカツカレーに大量のソースをかけ、がつがつと食べ始めた。六十歳をとうに越えた白髪の男にしては信じられないような食欲を発揮して、ビールでどんどん流しこんでいく。半分ほど食べたところで――その間は口をつぐんでいた――ふと顔を上げ、「どうした」と訊ねる。

「いや……凄い食欲ですね」自分の分のポークソテーに手をつけるのも忘れ、甲本は訊ねた。

「たくさん食べる人間に、悪い奴はいないのさ。さあ、あんたもちゃんと食べなよ」

うなずき、分厚いポークソテーにナイフを入れる。上等なビーフステーキのようにすっと切れるわけではなく、かなりの抵抗感を示した。そういえば、ポークソテーを食べるのはいつ以来だろう。大きく切り取って頬張ると、口一杯になってしまう。塩胡椒《こしょう》と醤油《しょうゆ》だけでシンプルに味つけしているせいか、脂の甘みが際立つ。白飯の方が合うかもしれないが、一緒にとったチキンライスも絶品だった。ごく薄いトマト味で、大きめに切ったほとんど生のたまねぎが、いいアクセントになっている。

「美味いですね」

「こういう美味い店は忘れないんだよなあ」吉池がにっこり笑う。

ああ、この人は天性の指導者だな、と納得した。指導者にはいくつかのタイプがある。独裁者タイプ、理論家タイプ……吉池は、おそらく「人情家」とでも呼ぶべきタイプだ。監督のこの笑顔を見るためなら頑張ろう、と選手に思わせる指導者。一度、この人の下で練習してみたかったな、と思う。

食事を終え——吉池がだいぶ早く食べ終えた——二人とも揃ってコーヒーを頼む。酒を呑んでいる人も多いようで、長居しても文句は言われそうになかった。

「役目って何ですか」また吉池が暴走して喋り始めないうちに、甲本は訊ねた。

「聞きたい？」吉池が悪戯《いたずら》っぽく笑う。

「気になります。監督、タキタとは全然関係ないじゃないですか……」言ってから、山城とは関係あるのだ、と気づいた。あの男が学連選抜で走った時の監督。二位という好成績に、レース後はスポーツ誌も大々的に取り上げていたから、甲本もよく覚えている。

「ダメ押ししてきたんだよ」

「ダメ押し？」

「山城が東海道マラソンを走る気になったの、聞いたか？」

「今日、聞きました」

「そうか……あいつには悪いけど、ちょっと騙したんだ。絶対に言うなよ」吉池が唇の前で人差し指を立てる。

それはちょっと、どうなんだろう。コーヒーの湯気を前に、甲本は腕を組んで疑念を顔に浮かべた。山城を説得する人間として、学連選抜の名前を出したのは俺だ。しかし、騙すとは……山城は徹底した個人主義者であり、他人の言うことに耳を傾けない。騙されたなどと分かったら、どれだけ荒れるか、想像もつかない。

「山城、ああいう男だろう？　我が道を行くというか、他人の言うことを聞かないというか。でも、たった一度だけ心を開いたことがあった。それが、学連選抜で走った時なんだよ。もちろん、皆と一緒に泣いたり笑ったりしたわけじゃないけど、あいつが仲間を信頼したことは、皆知っている」

やはりそうか。しかし、想像が当たった満足感よりも、今は不安の方が大きかった。

「特に、学連選抜のキャプテンを任せた浦な。あいつと山城の間には、他人には分からない信頼関係がある。それで今回は、浦に一芝居打ってもらったんだ」

怪我で手術が必要なこと。しかし選手生命を左右される可能性があり、踏み切れない。もしも東海道マラソンで山城が世界最高記録を出したら、俺も思い切って手術してみる――話を聞いているうちに、甲本は呆れて口が開いてしまった。

「そんなことで山城は騙されたんですか?」

「ああ」

「信じられない。あいつは猜疑心《さいぎしん》の強い男じゃないんですか」

「無条件で信じられる仲間だっているんだ……何でもいいじゃないか、あいつが走る気になったんだから」吉池がにこやかに説明する。「たぶんあいつも、まったく走る気がなかったわけじゃないと思う。話の持っていき方が悪かっただけなんじゃないかな。だから、何かきっかけがあれば、あいつが走るちゃんとした理由があれば、よかったんだ」

「ばれたらどうするんですか」自分のことでもないのに、甲本は激しい不安を感じた。「レース直前に、やめる、とか言い出すかもしれませんよ」

「その時は、俺も浦も土下座だよ」吉池が笑い飛ばした。「それぐらい、やってやる。俺だって、山城の世界最高は見たいんだ……さて、それで君の話だけど」

「俺ですか?」甲本は、口元まで運んだコーヒーカップを慌てて遠ざけた。「俺が、何か」

「悩んでいるような様子だったけど。君は運がいいんだぞ。たまたま俺に会ったからな。山城と話して、その後あの辺をぶらぶらしていて、つい練習に見入ってしまったんだ。いい機会だから、何か心配事があるなら話してみろよ。こんなジジイでも――ジジイだからこそ、人より少しは経験豊富なんだぞ」

甲本はコーヒーカップを両手で包みこみ、ちらりと吉池の顔を見た。今目の前にいるのが、伝説的な指導者だということがどうしても信じられない。引退して数年の歳月が、鋭く尖った部分――どんな笑顔をモットーにする指導者にもある――を削り取ってしまったのだろうか。ただ、穏やかに笑う老人の顔でしかなかった。

「ペースメーカーとしてどうするか、だな？」

心の中をあっさり読み取られ、甲本は目を伏せた。もしかしたらこの男は、須田辺りから何か聞いているかもしれない――陸上界は狭く、多くの人が顔見知りだ――が、顔色を見ただけで心情を見抜いたのかもしれない。吉池なら、それぐらいのことはできそうな気がする。

「正直、分からないんです。一キロを二分五十五秒で走って、それを三十キロ……まだ設定タイムで走れてませんし」

「だいたい、何で引き受けたんだ」

「金のためです」

その言葉がさらっと出てきたことに、甲本は自分でも驚いた。まずいことを言ってしまったかと吉池の顔を見たが、相変わらず穏やかな笑みが浮かんでいる。

「金がないとスポーツもできないのは確かだ。嫌な時代になったよなあ。俺らが若い頃は、そんなことはなかったぞ……まあ、そういうことを言っても仕方ないんだがね。君がいろいろ苦労しているのは知っている。中西君が元気だったら、こんなことにはならなかっただろうな」

「他人を頼ってばかりじゃ、どうしようもないです」

「でも、君に運がなかったのは間違いない」吉池が、人指し指を振った。「チームが二回も解散して、恩師には死なれて……これは、君の責任じゃないぞ。運まではコントロールできない」

「今回は拾ってもらったみたいなものですから、それについては感謝してます。今も毎月お金を貰ってますし、ペースメーカーの報酬は桁外れです。でも、それに見合った走りができるかどうか……」

「できる」吉池があっさり断じた。

「どうしてそんなことが――」

「仙台と札幌での君の走りは、テレビで見た。いい走りだったが、まだ改善の余地がある。須田のコーチは受けてるんだろう?」

「練習スケジュールは出してもらってます」

「あいつはいい監督になる素地はあるが、まだまだだ」吉池がにやりと笑った。「須田は、現役時代は間違いなく天才だったよ。自分で自分を律することもできた。しかしな、天才にありがちな落とし穴を知ってるか?」

傲慢なこと? いや、それはない。彼がしばしば山城にやりこめられているのを、甲本は知っていた。あれは、山城の方がレベルが高い天才である証拠だと思っていたのだが……吉池が、空になったジョッキを脇にどけた。今のところ、アルコールの影響はまったく見えない。

「競技の天才が、必ずしもコミュニケーション能力に長《た》けているとは限らない。自分の持っているノウハウを、言葉で上手く伝えられない人間は多いんだよ。もちろん、何キロ走るとか、タイム設定をどうするかとかは、説明できる。だけどそれより深い技術論を、相手に分かる形で説明できるのは、また別の能力だからな。須田にはまだ、そこが足りない。経験を積めば何とかなるだろうが」

彼が何を言いたいのか、分からなくなった。須田の下で練習をしていては駄目だと？　だったらこの数か月間は無駄になる。タイムは伸びてきたが、ここから先、壁にぶつかる可能性だってあるのだ。

「君はまだまだ伸びる」吉池が断言した。「今は、階段の踊り場状態かもしれない。何か月か、ずっと記録が伸び続けてきて、急に止まる時があるだろう？　今がそういう状態じゃないかな。それを破る方法はある」

「ご存じなら、教えて下さい。恥はかきたくないんです」

「それはおいおい……しかし、君の考え方には納得できないぞ」

吉池の目つきが急に鋭くなった。何か間違ったことを言ってしまったのかと、背筋が冷たくなる思いを味わう。

「どういうことでしょうか」

「恥をかくとかかかないとか、そんなことを考えて走っちゃいけないよ。そんなことを考えただけで気持ちが消極的になって、体も萎縮する。走る時は必ず、自分が勝つという気持ちでいかないと」

「だけど自分は、ペースメーカーですよ？　勝ち負けは関係ない」

「どういう契約になってるんだ」吉池が突然話題を切り替えた。

「契約？」

「ペースメーカーは、ちゃんと契約を交わすもんだろう。設定タイム通りで走れなかった場合には報奨金を減らすとか、いろいろ細かい約束事がある」

「そういう契約は……少なくとも契約書はまだ交わしていません。これからだと思います」

「なるほど」コーヒーを一口飲んで口を湿らせた吉池がうなずく。「それなら、契約書には十分注意することだ」

「どういうことですか？」

吉池がカップを置き、テーブルに両手をついた。ぐっと身を乗り出して、甲本の顔を凝視する。催眠術にでもかかったかのように、甲本は彼の澄んだ目から視線を外せなくなった。

「三十キロまで指定のペース通りに走る――契約書に書いてあるのがそれだけなら、別に気にしなくていい。三十キロで必ず離脱する、というような項目があったら、絶対削らせるんだ」

「意味が分かりません」甲本は眉を潜めた。この男はいきなり何を言い出すのか……。

「君は鈍いのか？」背中を椅子に押しつけ、呆れたように吉池が両手を広げる。「走れと言ってるんだよ、俺は」

「はい？」

「三十キロまでは仕事でいい。だけど、そこから先は自分のレースにしたらどうなんだ？　目標は先に置く方がいいだろう。ラストまで走り切っていいという契約にしておけばいいんだ。それなら記録はちゃんと残る」

想像もしていなかった提案に、甲本は言葉を失っていた。

10

本番前日。改めてコースを一周して、山城は――好き嫌いはともかくとして――音無の仕事ぶりに舌を巻かざるを得なかった。例えば、スタートして一キロほど過ぎた地点、北仲橋の欄干《らんかん》に立てられた広告板。これが広告の役目だけを果たしているわけではないと、すぐに分かった。風よけなのだ。

湾岸部から吹きこむ風をシャットアウトするための壁。レース前日のこの日は、ほとんど風が吹いていなかったが、これならかなりの強風でも何とかなりそうだ。何か所かある橋には、全て同じような広告板が設置されている。都会のレースでは、えてして不規則な風が吹くのだが、それさえコントロールしようとしているわけか。

ゴール地点の新港サークルウォークを過ぎ、赤レンガ倉庫近くの駐車場に車を停めると、ハンドルを握っていた須田が満足そうに言った。

「いいコースだろう」

「まあ、そうですね」認めて、山城は車を降りた。二月の風が吹きつけ、体をすくませる。走っている最中には、風の冷たさは気にならないものだが、体を持って行かれそうになるのはたまらない。もしかしたら音無は、コース全体をトンネルで被いたかったのではないか、と思った。完全無風の状態で、最高のスピードレースにする。

よくやった、と感心はするが、どこか不自然なのは否めない。やり過ぎ……これではまるで、ロードではなく屋内競技場のトラックを走っているようなものだ。

須田がクラクションを鳴らした。振り返ると、窓から顔を突き出して、「風邪引くぞ」と怒鳴ってくる。うなずき、車に戻ろうとして、もう一度ゴール地点を見た。何なのだろう、この違和感は。マラソンを走った時に一度も感じたことのない、奇妙な感覚。それを明らかにする答えが明日出るのだろうか、と山城は首を傾げた。

また会見。走る前に喋って何になるのだ、と不満は感じたが、山城は大人しく、会見場のひな壇に座っていた。こういう場では、とにかくじっとして、時間が過ぎるのを待つしかない。余計なことは言わず、当たり障りのない答えに終始し、いい子でいればいいのだ。

それにしても、よくこれだけ人が集まったものだ。会見場は、みなとみらいにあるホテルのコンベンションルームで、国際会議に使えるぐらいの広さがある。そこがほとんど埋まっているのだから、注目度の高さが窺える。ベルリンで優勝して帰って来た時も、これほどではなかった。

今回のレースが、国際的に注目を集めているのは分かっている。記録が期待できそうな高速コースであり、メンバーも豪華だった。現在の世界最高記録保持者、ケニアのムタイこそ怪我で欠場していたが、その前に世界で一番早かったエチオピアのデンシモ、世界各地のマラソンで四回優勝しているアメリカのベテラン、ステファン・ジョンソンなど、日本でも名の知られたランナーが多数参加している。そのため、世界各国からもメディアが集まっていた。

司会は、後援に入っている民放のアナウンサー。型通り、主催者である陸協会長の藤木――山城は目を合わせないよう必死になっていた――が、開会に向けての挨拶をした後、質疑応答に入る。世界記録奪取を狙うデンシモに質問が集中したが、当然山城のコメントを求める声も多かった。

ヘマするなよ、と自分に言い聞かせる。ちゃんと質問を聞いて、的を射た答えを短い言葉で返してやるんだ。

「山城選手に伺います。コンディションはどうですか」

「問題ありません」

「世界記録を出す自信は」

「いつも記録に挑戦するつもりで走っています」

答えながら、山城は会場に美奈の姿を探した。また意地悪な質問をぶつけてきたら……いた。中央付近、真ん中より少し前の席に座っているが、今日は必死にノートにペンを走らせているだけで、手を挙げる様子はない。結局今まで、会見で散々俺を揺さぶってきたのは、走らせるための作戦だったのだろう。そういうのは新聞記者の仕事じゃないでしょう、と皮肉に思う。

テレビカメラのライトが強烈で、山城は額に汗が滲むのを感じた。手元にはおしぼりが置いてあるが、これで顔を拭くのはみっともない。おしぼりで軽く濡らした指先で、額をそっと撫でるに止めた。その瞬間、一番聞かれたくなかった質問が飛ぶ。

「ずっと走らないと言っていたのに、どうして変わったんですか」

山城は顎に力を入れ、口を引き結んだ。この質問は予期していたもので、答えのバリエーションを幾つも用意していた。いわく、コンディションがよかったので。ベルリンとベルリンの間の調整として。こういう傲慢な答えは返せない。かといって、本当のことは絶対に言えなかった。数少ない友を勇気づけるため、とは……マスコミの人間は、俺がそういうキャラクターだとは思っていない。ということは、急にこんなことを言い出したら、長々と説明しなければならなくなるわけで、そんな面倒なことはしたくない。

結局、一番無難なコメントを口にする。

「熱心に誘っていただいたので、挑戦する気になりました」

質問が途切れる。どうやら今の言葉で、記者連中は納得してくれたようだ。だいたい今の話は、既に新聞などに散々書かれている。出走するメンバーが正式に発表になった後、何件も問い合わせが来て、音無が今と同じ言葉で説明していた。

結局ややこしい質問もなく、会見は予定通りの時間で終わった。最後にフォトセッション。たまたまだが、山城はデンシモともジョンソンとも同じレースで走ったことがない。そういう二人と一緒に、愛想良く写真に納まるのはどこかこそばゆい感じもしたが、ほんの一瞬のことである。何とか笑顔のような表情を浮かべたまま、会見を終えることができた。

終了後、同じホテルの、宿舎に設定されている部屋へ戻る。結構面倒だな、と思った。どうせなら、「ニューグランド」を宿舎にすれば、スタート地点まで歩いて行けるのに。ただしあそこは、部屋数がそれほど多くないはずだ。

部屋で一人きりになると、ベッドの上で大の字に寝転がった。首を倒して、デスクの時計を見る。六時……食事は七時だ。これからは分刻みでスケジュールをこなしていかなければならない。この辺は須田が得意とするところで、彼は一週間前から食事の予定も完全に組んで、山城の体調をコントロールしようとしていた。実際、彼自身がかつて「チーム須田」として活動していた頃――金持ちだった頃――に使っていたシェフを呼び寄せ、ここ一か月は三食とも彼の料理を食べさせたのだ。今夜も明日の朝食も、この部屋で一人、食事をとることになっている。まあ、決して味気ない食事というわけではなく、味が上々なのが救いだが……そもそもあのシェフは、どこで料理をしているのだろう。寮ならば、設備は古くても自由に料理ができるが、ここはホテルである。レストランの厨房《ちゅうぼう》を勝手に借りるわけにはいくまい。まさか須田は、そこまで手を回しているのだろうか。だとしたら、その背後には音無の姿があるかもしれない……。

何だか、陰謀の謎解きをしているようだ。苦笑しながら、山城は目を閉じる。少し眠ってしまっても、食事はこの部屋で食べるのだから、寝過ごす心配はない。しかしすぐに慌てて目を開け、睡魔を追い払った。須田からは、昼寝禁止を厳重に言い渡されている。明日のレースは正午スタート。前日、変な時間に寝ると、夜に十分な睡眠が取れない。いくら昼寝しても、夜はきちんと眠れるのにと思いながらも、山城は須田の指示に従っていた。

ひょっとしたら自分は、負けるのを恐れているのかもしれない。平凡なタイムに終わり、順位もふるわず……その時のための言い訳を用意しているのではないか。自分の信念に従ったわけではなく、監督の命令を聞いたから負けたのだ、と弁明できる。

しかし、そんな言い訳はみっともない。最後は全部、自分の責任なのだから。それに、最初から負けを想定して走るランナーはいない。

ベッドから下り、テーブルに置いてあった大会パンフレットを手に取って、ソファに腰を下ろす。ペットボトルから水を一口飲み、ぱらぱらとページをめくった。コースを再確認する。ここを完全に走り切ったことはないが、沿道の様子はほとんど頭に入っていた。コース図と記憶を照らし合わせて、チェックポイントになる建物を一つ一つ思い出す。

折り返し、第一京浜に戻った地点の左側には、ファミリーマート。そこを過ぎて、側道を走っている間に、左側にマンション群が見えてくる。ただし、そのマンション群の前に達するまでは、左側に大きな建物がない。結構強く風が吹くところだが、音無はここにも広告板を立てていた。その先は、芝の植えられた広い中央分離帯が続く。やがて歩道がタイル敷きになり、大きな歩道橋が見えてくれば、川崎駅のすぐ近くだ。

——と記憶を探り出しながら、こんなことをしても無駄だと思い直す。今回のレースでは、先導するパトカーと中継車に、距離やタイムが掲示されることになっているのだ。先頭に立っている限り、自分が今どこを走っているか、スプリットタイムはどれぐらいか、正確に知ることができる。

他のページをめくり、明日のライバルになりそうな選手たちの記録を見ていく。山城のベストタイムはデンシモには及ばないが、ジョンソンとはほぼ互角。自分が十五秒遅いだけだ。ジョンソンは既に三十三歳で、選手としてのピークは過ぎている。駆け引きが上手い男で、だからこそマラソンで四度も勝っているのだが、それは全て二十代の時の話である。ただし日本のファンには、当時の勇姿が焼きついているはずだ。何しろ、四回の優勝のうち一回は、福岡国際である。

ふと、手が止まる。選手名鑑の最後のページ。太く横線が引かれ、その下に三人のペースメーカーが別枠で紹介されていた。甲本剛。ハーフマラソン日本最高記録保持者。ハーフのベストタイムは一時間〇分四十五秒——十一月の名古屋で記録したものだ。日本人として初めて、ハーフの一時間切りが期待されるタイム。それにしても、この自信のない表情は何だろう。どこか憂いを帯びた目は落ち窪《くぼ》み、唇は不安そうにすぼめられている。どうせ写真を撮られるなら、カメラのレンズを破壊するぐらいのつもりで睨みつけてやればいいのに、甲本は写真を撮られるのを恐れているようだった。

そういえばあの人、いつも愚痴ばかりなんだよな。まあ、苦労はしているわけだから、仕方ないのだろう。須田から散々聞かされて、山城は甲本の不運な競技人生をすっかり知ってしまった。実力とは関係ないところで、運命が狂ってしまうこともあるのだが、彼の場合、その陰気な顔が、悪運を引き寄せたようなものではないか。

それにしても甲本は、どうしてタキタで練習することになったのだろう……須田はごく自然に「うちで預かることになった」と言ったが、どうにも釈然としない。何か裏の事情でもあるのだろうか。まあ、どうでもいい。自分に関係ないことに興味を持っても、無意味なのだから。今は、自分の走りに集中すべきだ。

あれこれ考えているうちに、食事の時間がきてしまった。七時ちょうどにドアがノックされ、問題のシェフと一緒に須田も入って来る。どうやらレース前最後の夕食は、山城と一緒に食べるつもりらしい——しかし、テーブルに並んだ食事は一人分だった。大皿一杯のパスタに温野菜のサラダ、大量のフルーツとボトル一本の水。今さらながらのカーボローディングだ。具が見えない大量のパスタを飽きずに食べられるだろうかと心配したが、細かく砕いたアンチョビの塩味とケッパーの酸味で、すいすいと平らげてしまった。温野菜はどれも、少し柔らかか過ぎるぐらいに仕上げられている。ちょっとぐらい固い野菜を食べても、腹を壊すことなどないのに。ほとんど歯ごたえがない人参《にんじん》のグラッセを頰張りながら、山城は苦笑した。

デザートには巨大なスフレ。コーヒーではなく緑茶。ゆっくり時間をかけて食べたせいで、腹は膨れた。明日の朝はバナナだろうな。消化がよく、すぐにエネルギーに変わる糖分を摂取しなければならない。この食事は、その前の最後の飽食か。

最後まで食事の面倒を見てくれたシェフが退席した後も、須田は部屋に居残っていた。自分用にコーヒーを用意し、立ったまま、ゆっくりと啜っている。何か言いたいことがあるのだとすぐに気づいたが、山城は自分から訊ねることはしなかった。

ややあって、須田がようやく口を開く。

「よく走る気になってくれたな」

「いや」いや、何なのだ。警戒し、山城は口をつぐんでうつむいた。

「とにかく明日は、何も考えずに走ってくれ。周りの人間は皆、お前を後押ししてくれる」

「走るのは俺ですよ」

「そうじゃない」須田の表情はいつになく真剣だった。「このレースは、完全にお前のために――お前のためだけに用意されたんだから」

「どういうことですか?」意味が分からず、山城はソファに座り直した。俺のため? たった一人の人間のために、こんな大規模な大会を用意する?

「お前に世界記録を狙わせるために、皆しゃにむになっていたんだ。感謝の気持ちを忘れるな」

「ちょっと待って下さい」山城は思わず立ち上がった。「このフラットなコース設定も、風よけの板も、全部俺のためだって言うんですか？」

「そうだよ。それに、甲本もだ」

「甲本さんが何なんですか」

「最高のペースメーカーになってお前を引っ張ってもらうためだけに、うちへ呼んだ。俺がコーチしてきた」

「まさか……」山城はつぶやいた。同時に、猛然と怒りが湧き上がってくる。何だかんだと理屈をつけてはいるだろうが、甲本に対して、お前はマラソン選手としては駄目だ、と言い渡したようなものではないか。選手として見込みがあるなら、そもそも東海道マラソンに招待されているはずである。ということは、ハーフに絞ってレースを走らせたのも、ペースメーカーとしての練習だった？

「山城？」須田が心配そうに声をかけてくる。

「ああ、いや……何でもないです。今日は早く休みますから」

須田を追い出すと、山城はドアに背中を預けた。まだ鼓動が収まらない。何とも釈然としなかった。こんなことをしてもらわなくても、俺は世界記録を出す。何なんだ、この過保護なレースは。

気づくと、部屋を出ていた。このホテルは、みなとみらいの複合施設の一番海側にある。山城は当てもなく、買い物客で賑わう建物の中を、ホテルと反対方向へ歩いていた。「施設」といっても、この建物自体が小さな街のようなものである。クイーンズスクエア、ランドマークプラザと続く施設は、各階ごとに様々な表情を見せる。山城が歩いている通路は上階まで吹き抜けで、柔らかくアーチを描く天井が、ソフトな雰囲気を醸し出している。ジャージのポケットに両手を突っこんで歩いている自分が、ひどく場違いな存在に思えた。

何なんだ、このもやもやとした感覚は。

ランナーなら、誰でも速く走りたいと願う。優秀なランナーなら、周りの人間がそれをサポートするのも当然だ。しかし、やり過ぎということもあるのではないか。速く走れる環境を作り上げた音無の手腕は尊敬に値するが、彼は一人のランナーの可能性を奪っている。いや、甲本がそれほど優れたランナーだというわけではない。ハーフの日本最高記録保持者という経歴——しかも二度にわたり、かなりの間隔を置いて記録したのは異例だ——は、あくまでハーフマラソンのものであり、マラソンではそれほど大した成績は残していないのだから。

だが、走っている限り、可能性はある。

それなのに音無たちは、マラソン選手としての甲本の可能性を摘んでしまったことにならないだろうか。本来、四十二・一九五キロを走るための練習をすべき時期を、三十キロまでレースを引っ張るためのスピード練習だけに費やさせたのだから、これからマラソンに戻るのは容易ではないだろう。普通にマラソンの練習をしている選手がペースメーカーを務めるのとは、訳が違う。

甲本はマラソンに復帰できない。本人はそれを理解しているのだろうか。何故引き受けたのだろう。金のため？　彼の不運、経済的な苦境は知っていたが、そのためだけにペースメーカーを引き受けたとしたら、ランナー失格だ。そして音無は、分かっていて甲本を走らせようとしているのだろうか。

仕組まれたレース。

こんなレースを走る意味、どこにある？

第三部　最後の奇跡

1

　気温六度。ずらりと集まった選手の集団の一番前にいる甲本は、一瞬だが正面からもろに風を受けた。気温はちょうどいいが、この風の強さは気になる。走り出す時には収まるだろうか。腕を挙げ、時刻を確認。十一時五十五分――スタート五分前だ。次第に鼓動が速くなり、早くも盛り上がり始めた観客の歓声で、軽い耳鳴りがしてくる。

　両腕を上体に巻きつけるようにして、体を捻った。準備運動で十分体は解してあるが、こうやって待っている間に寒さで固まってしまいそうだった。その場で二度、軽くジャンプ。両足の筋肉が程よく緊張しているのが分かる。コンディションは最高と言っていい。

　十メートルほど前方では、既に二台の白バイがスタンバイしている。左の白バイがトータルの経過時間、右の白バイが一キロごとのスプリットタイムを表示する掲示板を積んでいる。さらに白バイの前には、テレビの中継車。白バイに積んであるのより一回り大きな掲示板が取りつけられており、そこには通算距離が示されることになっている。ただ前を向いて走っていれば、自分のペースが分かる仕組みだ。至れり尽くせりだが、こんな情報過多の状態で走るのは初めてであり、集中できるかどうか、不安になる。

左側前方の歩道に、やぐらが用意されている。松尾知事が、軽い足取りでそこへ上がっていった。オフィシャルスタッフ用の蛍光イエローのフィールドコートが、冬の弱い陽射しを受けてきらきらと光る。興奮を隠し切れない様子で、顔は上気していた。

間もなく、初めての東海道マラソンの号砲が鳴る。

甲本は足元を見下ろした。市庁舎前はスクランブル交差点になっており、交通量が多いせいか、横断歩道の線は一様にかすれていた。顔を上げて前を向くと、ふっと背中を押されるような感覚に襲われる。これだけの人数が一塊になっているのだから、圧力を感じてもおかしくない。

自分は走りたいのだ、と分かった。一刻も早くここを飛び出して、走り始めたい。今日なら、何でもできる気がしていた。目を閉じ、じっと気持ちを集中する。何度も走ったコースを思い出す、自分がこれから刻む一キロ一キロをイメージする。五キロ地点ではどんな走りをしているか、十キロでは体の具合はどんな風になっているか、二十キロ地点でもスピードは落ちていないか。そのまま三十キロを走り切れるか。

隣に人の気配を感じる。放っておいてくれ。俺はこれから忙しいんだ……そう思ったが、何故か強い圧力を感じて目を開けてしまった。

山城。目が合うと、彼が怒っているのが分かった。怒りの焔は赤ではなく、青。相当温度が高い。何故？　これから記録を狙うレースが始まるというのに、どうしてこんなに怒っている？

「こんなレースはインチキだ」

「え？」

山城が、一瞬だけ甲本の顔を見詰めた。インチキ……どういう意味だ？　聞こうとしたが、山城はずっと左側に寄って行ってしまった。コースの左端——エースにだけ許されたポジション取りをするために。

あいつ、何を言ってるんだ。インチキって、何が？　混乱を抱えたまま、甲本は左を向いて山城の姿を捜した。先ほど彼に謎を投げかけたことなどすっかり忘れたように表情を消し、腰に両手を当て、アスファルトの上で足首を回している。

俺を混乱させて何になる？　俺はただのペースメーカーなんだぞ。このレースを引っ張っていく、重要な役目を負っている。それを迷わせ、もやもやとした気持ちを抱かせることに、意味があるとは思えなかった。

あいつだけは分からない。理解できない。理解できないまま、スタートしてしまっていいのだろうか。

山城は、十数メートル離れた場所にあるやぐらに目をやった。知事の松尾は、ひどく自慢気な表情である。ついに東海道マラソンのスタートまでこぎつけたと、満足感に浸っているのだろう。くだらない。

真正面にいる白バイの掲示板を見た。マイナス三十からのカウントダウンが、既に始まっている。スタート三十秒前。二十九、二十八……もう一度知事の顔を見る。右手を高々と挙げ、今にもスタートピストルを鳴らそうという勢いだ。冗談じゃない、ゼロになるまで鳴らすなよ。こんなところでフライングしたら、レースは出だしから大失敗になる。

目を閉じる。五つ数えて目を開けた。予想通り、掲示板の数字は十五に減っている——時間の感覚は鋭いのだ。ざわめいていたのが急に静かになり、空気が重くなったように感じた。道路にゴミでも落ちれば、その音でも聞こえそうだった。ずっと先に目をやると、歩道に観客が鈴なりになっているのが見える。鬱陶しい……余計な声援など送らないで欲しい。静かな環境で走りたかった。

先ほどまで吹いていた風は、スタート直前になって止《や》んでいた。ぐっと前傾姿勢を取り、前に出した左足で体重を支える。伸ばした右足はがっちりとアスファルトを噛み、すぐにでも全力疾走を始められる勢いだ。

スタート地点から県庁前交差点までの四百五十メートルが、最初のポイントである。山城は短距離の経験はなかったが、ここは四百メートルの世界記録を狙う気持ちで走るつもりでいた。そこでペースが乱れたとしても、やり抜かなければならない。全員の前に出て、俺がレースをリードする。

仕組まれた奇跡など、ぶち壊さなければならない。

さらに低く、低く。クラウチングスタートのつもりで準備を整えた。左足がぐっと緊張し、帯電したように緊迫した空気が全身を包みこむ。

前方に目をやると、スタートまで「5」になっている。頭の中でカウントを始めた。「ゼロ」と数えた瞬間、電気的に増幅された号砲が空気を切り裂く。同時に歓声が爆発し、耳をつんざく勢いで広がり始めた。やぐらの後方から、色とりどりの風船が音もなく舞い上がる。山城は、まるで自分が爆心地にいたような衝撃を感じていた。そのショックに後押しされるように、一気にスピードに乗る。

邪魔だ、どけ。

声に出さずとも、全身から発する迫力が、他の選手を押しのける。歩道に向かって鋭角的に走り、一番端のコースを取る。よし、スタートダッシュ成功だ。後はこのまま、最初の関門を突破するのみ。

足音が重なり合い、地響きのように耳を煩わせる。その音は背後からだけでなく、右からも迫ってきていた。そうなんだよな……スタートの時だけ張り切る奴が、どんなレースでも必ずいる。何がしたい？　ちゃんと作戦を立てた上で飛び出しているのか？

ちらりと横を見ると、甲本がいた。派手な蛍光イエローのトップに、てかてかと光る素材のパンツ。ゼッケンは、ペースメーカーを示す「50」、招待選手のトップに位置する山城は「01」をつけている。顔のカーブに沿った甲本のサングラスが、弱い陽光を受けて鈍く輝いた。

いつの間にか、集団に呑みこまれていた。だから……張り切るなよ。他の選手の体温さえ感じられそうな混み具合だ。そうか、そんなに張り切ってるなら、他の選手にも今のうちだけ、トップ集団を形成する優越感を味わわせてやろう。山城は、跳ね上がった鼓動を宥めるように、ほんの少しだけペースを落とした。

右側の、横浜公園の緑が切れると同時に、左側に開港記念館の特徴的な塔のような建物が見えてくる。茶色いレンガ作りの、歴史的な横浜を象徴する建物だ。この街は、明治と平成が複雑に入り混じり、他の街にはない独特の表情を持っている――と考えたところで、余計な考えを頭から押し出した。ああいう建物には味わいがあるが、今日に限っては単なる目印に過ぎない。通過地点を示す、小さなランドマーク。

前方に目をやると、中継車の掲示板が視界に入った。「00：00：35」。三百五十メートル通過。よし、お遊びは終わりだ。あと百メートルで最初の勝負を仕掛ける。山城はギアを切り替えた。いつものレースなら、まだ体のあちこちとやり取りしながらペース作りを意識する地点に過ぎないが、今日は違う。

一気に集団から抜け出す。風が体を叩いた。前方から強風が吹きつけているのではなく、自分から空気の壁にぶつかっていくことで生じる風。スピードに乗っているのがはっきりと分かり、集団の喧騒がたちまち後ろに遠ざかる。

激しい歓声が全身を包みこんだ。「山城！」。勝手に名前を呼ぶな、と苛々する。お前らに呼び捨てにされるいわれはない。沿道で振られる旗が触れ合ってかさかさと耳障りなノイズが生じる。俺を気持ちよく走らせるためだったら、観客は排除しておくべきだったんだ、と苛立たしく思った。

さあ、気を取り直してここからだ。最初のポイント、県庁前交差点。ここを、他の選手に邪魔されずにどう左折するかが肝である。そのためにいち早く集団から抜け出したのだ。交差点が見えてくる。左側前方には、ほとんど倒れそうな古い洋食屋の看板。自動販売機に囲まれたあの店は、この交差点を通りかかる時にいつも気になっていた。一度も入ったことはないが——今日は俺の走りを見守ってくれよ。

山城はさらにギアを上げた。スピードを殺さないぎりぎりで、鋭角的に交差点に進入、クリアする。九十度のカーブからの立ち上がり、他の選手たちは既に後方に取り残されていた。

どうだ。

今日は俺がペースメーカーだ。三十キロまで、世界最高のペースでレースを引っ張ってやる。その後は——こんなレース、俺にとってはゴールする意味がない。

好きにしてくれ。

「何だ、あいつ！」音無は、中継車の前を走る運営管理車の中で短く悲鳴を上げた。天井につけられたモニタ——本来は、退屈する子どもたちを静かにさせるために、ディズニーのアニメでも流しておくためのものだ——を凝視し、思わず身を乗り出す。

山城が、県庁前交差点の数十メートル手前で、突然集団から抜け出した。まるでラストスパートをかけるような勢いであり、他の選手は当然ついていけない。山城らしい綺麗なフォームは崩れていないが、力が入って引き締まった顎を見る限り、かなり無理をしてスピードを上げたのが分かる。

「どうしたんですか」パソコンのモニタに視線を落としていた高沢が、驚いて顔を上げる。

「山城がいきなり飛び出した」

中継車からの映像は、山城が他の選手を優に五メートルは引き離して、交差点に入りかかるところを映していた。ああ、そういうことか……音無は、ゆっくりと背中をシートに預けた。スタート直後、集団がばらけていない時に交差点に進入するのは、危険でさえある。スピードを落とさざるを得ないのは当然として、あまりにも混み合っているから、他の選手と接触して転倒、という最悪の事態も考えられる。実は、コース設定で最も心配していたのが、この問題だった。スタート地点を市役所前ではなく、本町通りをずっと山手寄りに行った方に設定しようと考えたこともある――それなら、ずっと直線を走ることになる――のだが、叶わなかった。この件は最終的に一番上までいき、知事はコース変更を許可しようとしたのだが、横浜市長が強引に横やりを入れてきた、と聞いている。中華街付近をスタート地点にするのも横浜らしくていいが、やはり最初は横浜市役所から送り出すのが筋ではないか、と。「スタート地点には、それに相応しい場所がある」という理屈だった。散々協力してきたのだから、というねちねちとした脅しに、知事が屈する形になった。

市長の下らないプライドのせいで、山城が本番で苦労している。申し訳ないなと思いながら、音無は自分が山城を見くびっていたことを認めざるを得なかった。あいつが、こういう状況を頭に入れていなかったはずがない。集団から抜け出すために無理をする計画は、最初から頭にあったのだろう。ほうっと溜息をつき、水を一口飲む。スタートしたばかり、選手たちはまだ五百メートルほど走っただけだというのに、音無の喉はからからに渇いていた。ペットボトルの水を何本も用意してきてよかった、としみじみと思う。今日はどれだけ緊張させられることか……音無は、鼓動がまだ収まっていないのを意識した。まるで選手たちの走るリズムと合わせるように、早鐘を打つ。

「順調だろう」助手席に座る青田がこちらを振り向き、上機嫌で声をかけてきた。「スタートは何とかクリアした」

「今のところ……トラブルはありませんね。全員無事にスタートしました」高沢がモニタを覗きこみながら言った。選手全員のゼッケンにＩＣチップが仕込まれており、スタート・ゴール、それに通過順位を二キロごとに確認できるようになっている。これが一般参加も許される市民マラソンなら、全員がスタートするまで何十分もかかるのも珍しくない。

「よし、後はレースの展開だな」

準備室の中核メンバーである四人は、中継車のすぐ前を走る運営管理車の中で、レースを見守ることになっていた。選手のすぐ近くにいるのに、テレビの画面越しにしか見守れないのが、ひどく歯がゆい。自分も寒風に叩かれ、レースを見守りたかったのだが、中継車には音無たちが乗れるスペースはないし、何より今日の仕事は、不測の事態に備えることである。

「甲本が出て来たぞ」青田が、カーナビの画面を覗きこんで言った。

釣られて音無も画面に視線を転じる。出て来たといっても、先頭を行くのはあくまで山城である。まるで彼がペースメーカーであるかのように、他の選手たちを引っ張っていた。甲本、これは困る。早く前に出て、レースを組み立ててくれ。選手が勝手に考えて走るようなレースは、今や時代遅れだ。サングラスに隠れた甲本の表情は、はっきりとは窺えないが、どこか苦しげだった。思ったよりもペースが速いのか、山城の走りに調子を狂わされたのか。

「一キロのスプリット、出ます」

高沢が、音無の方にパソコンを向けた。このノートパソコンがレースの頭脳であり、白バイや中継車へのデータ転送も、ここから無線で行われる。「00：2：54」の赤い文字が浮かんだ。

「早いな」音無は舌打ちした。

「ほぼ予定通りじゃないか」助手席から、青田が不思議そうに訊ねる。「一秒早いだけだぜ？　誤差の範囲だよ」

そうか、と音無は考え直した。これはトップを走る山城の通過タイムである。わずかに、それこそ二メートルほど遅れて山城の背中を追う甲本のタイムは、当初設定した通りの、一キロ二分五十五秒をキープしているはずだ。急に山城が飛び出したことによる焦りもあるはずなのに、甲本は予定通りにやってくれている。あとはこのペースをきちんと維持してもらうだけだ。この状態では、ペースメーカーの役割を果たしているとは言えないが……しかし、どうしろというのだ？　レース中は、甲本に連絡を取る手段はない。それに、無理にペースを上げたら、三十キロまで持たないかもしれない。長距離、特にマラソンは非常に時間のかかる競技ではあるが、本質は百メートルの積み重ねとも考えられる。そこで〇・一秒狂ったら、先の十キロでは大きなタイム差になって選手の走りを乱す。

何か変だ。

山城だって、ペースメーカーを指標にしてレースを作ることぐらい分かっているし、慣れてもいるはずだ。事実、今まではそうしてきたのだから。しかし彼は、まるで甲本の存在を無視しているようではないか。いったい何が……本人たちに話を聞けないもどかしさで、音無は身悶《みもだ》えする思いだった。

その瞬間、携帯電話が鳴る。松尾だった。知事自ら……慌てて取り落としそうになる。

「音無です」電話に出た声は、自分でも滑稽なほど震えていた。

「ご苦労様。無事にスタートしたね」

「お疲れ様です」そういえば知事は、寒風吹きすさぶやぐらの上で、スタートの号砲を鳴らしたのだった。音無はテレビで見ていただけなので細かい表情までは分からなかったが、寒さをまったく感じさせない、上気した顔だったような気がする。そこまで名誉なことなのか……知事は本当に、このマラソンを実現したかったのだな、と改めて思い知る。その、言ってみれば我儘のために散々走り回った自分たち。苦笑すべきところかもしれないが、音無は目頭が熱くなるのを感じた。一年数か月の苦闘。自分はこれから何十年も生きるだろうが、これ以上のイベントは仕掛けられないはずだと確信した。

「とにかく、最初が上手くいってよかった」知事の声も上ずっている。

「はい」

「結構です。では、二時間後にゴールで会いましょう……今日はどうかな」

質問の意味はすぐに分かった。本当に世界最高記録は出せるのか。東海道マラソンを、世界レベルの一流ランナーがこぞって出場したがるレースに育てられるのか。

「いけると思います」一抹の不安を感じながら、音無は請け合った。「気温もちょうどいい感じですし、天候も安定しています。幸い、今は風もほとんどありません」何か所か設定した計測ポイントからは、ボランティアの連絡が随時入ることになっている。

「風よけも無駄になりそうだな」

「あれはあくまで用心のためですから。風が吹かないに越したことはありません」

「六角橋商店街の人たちも、いい宣伝になってよかっただろう」知事がくすくすと笑った。スタートという一大イベントを終え、早くもリラックスしたような調子だった。

「何かあったら、すぐご連絡します」言ってみたものの、知事の携帯にかけるのは気が引ける。向こうからは直接かかってくるわけで、何だか不公平な感じもするが……ここは、組織の——社会人の常識に従わないと。

「頼む。こっちは、どこか沿道で、一度選手たちを応援してからゴールに向かうつもりだ」

二時間後……自分は何を見るだろう。選手たちより一足先にゴールに入って、その瞬間を見届けることになるのだが。

二時間後。

違う。もう、ゴールまでは二時間を切っているのだ。本当に世界最高記録が出るとしたら、そういう計算になる。音無は、再び鼓動が激しく打ち始めるのを感じた。


甲本が気にするレース序盤のポイントは、二つの橋だ。馬車道《ばしゃみち》からみなとみらい地区へ入る時に通る北仲橋と、その先のみなとみらい大橋。どちらの橋も傾斜はほとんどないが、風が強く吹く確率が高いのは、今まで何度か走った経験から分かっていた。音無は「万全の対策をとった」と胸を張っていたが、本当に大丈夫なのだろうか。

五メートル先を行く山城の背中を必死に追いかける。甲本は最初こそ驚いたものの、その後は必死で自分を落ち着かせた。あいつが飛び出したのはあいつの勝手で、俺の仕事には関係ない。ひたすら一キロ二分五十五秒ペースで刻むこと。それ以外のことを考えると、絶対に気持ちが乱されて、タイムに悪影響が出る。

それにしても、山城のフォームは美しく、かつ力強い。アスファルトを蹴る度に腿の裏側の筋肉が浮き上がる様は、動く彫像のようだった。極限まで体を絞りこんでいながら、悲壮感はない。むしろ自信たっぷり、傲慢とも言える態度でレースに臨んでいた。普通、どんなに自信があっても、レース前は謙虚にならざるを得ないものだが……人は誰しも失敗を恐れる。というより、失敗した時に人から笑われるのを恐れる。「でかい口叩きやがって」と言われないためには、控え目な目標を口にするに限るのだ。

山城は、そんな姑息《こそく》な手を取らなかった。ビッグマウスで自分を追いこんでいる訳でもなく、ただ純粋に世界最高を狙えると信じているようだった。会見の様子を見て、甲本は彼の純粋さを感じ取った。

まあ……あいつのことはいい。今は、意識を風に集中しよう。今日はほとんど風がない、横浜にしては珍しい凪《なぎ》の日だが、水上を渡る橋の上では、空気の流れは気まぐれになりがちだ。少し肩に力が入っているのを意識しながら、北仲橋に突入する。途端に、トンネルの中に入ったような気分になった。両側に、高さ三メートルもある広告板が立てられ、完璧に風を防いでいる。これほど効果的とは……ただし、副作用もあった。歩道に陣取った観客の声援が、反射してひどく大きく聞こえるようだった。これはどうも、耳に優しくない。

しかし……今日の俺は絶好調ではないか？　十一月の大会でハーフの日本記録を更新した時、一つの壁を突き抜けたように感じた。あれこれ考えて落ちこむこともあったが、気持ちと体は関係ない。一月に徹底して走りこんで体を苛め抜き、その後の休息期間を経てから、またピークへ持ってきた。調整は完璧。これまで走ったどんなレースよりも、いい体調で本番に臨めている。これがハーフマラソンだったら、今回も記録更新できるだろう。

腕の振りで体をリードする。足は上げ過ぎないよう注意しつつ、しっかりとアスファルトを蹴った。何というか、今日はシューズのソールに軽い粘着性がある感じだ。しっかりとアスファルトを捉えられるうえに、蹴り出す時はすぐに剝がれて形跡が残らない。調子が悪い時は、空気の上を歩いているかのように、手応え——足応えがないものだ。蹴っても蹴っても前に進まないあの感じを、今日は味わわずに済みそうだった。

体の芯が少しだけ熱い。この先は、どんどん体内のエネルギーを熱に変えていくようなものであり、いずれ耐えられないほどの熱さが襲ってくるのは分かっていた。だが今日は、三十キロ耐えるだけでいい。それで一千万円が手に入るのだし、将来の展望も開けるかもしれない。山城がペースメーカー代わりになってレースをリードしているのは気に食わなかったが、こんなことは音無も想定していなかったはずだ。俺のせいじゃない。

みなとみらい地区の、フラットで広い道路を走り抜ける。夜中の練習では何度も信号に邪魔されたが、立ち止まらずに済むのはこんなに気持ちがいいものだったのか。ランドマークタワーなどの高層ビルが建ち並んでいる割に、ビル風もほとんど吹かなかった。素晴らしいコースだと考え、頬が緩む。あっという間にみなとみらい地区を走り抜けてしまい、みなとみらい大橋にさしかかる。橋の向こうには、再び高層ビル街。横浜駅の東側だが、あの辺りを抜ければ、一転して中層階のマンションなどが建ち並ぶ住宅地になる。道路は少しカーブがあるものの、概して直線的だ。

みなとみらい大橋の両側にも、広告板があった。これらの設置には、いったいどれぐらいの時間と人手がかかったのだろう。昨日の昼、最後にコースを回った時には、まだ影も形もなかったのだ。この辺にはボランティア——千人集めた、と音無から聞いていた——がかかわっているはずだが、頭が下がる思いである。

サングラス越しの視界が、少し暗くなった。スタートの時点では快晴だったのだが、少し雲が出てきたようである。雪が降るような感じではないが、サングラスが邪魔になり始めた。日が照っている時はいいのだが、この状態では視界が暗くなってしまう。といって、投げ捨てるにはまだ早い。ここから先、また太陽が顔を出したら、絶対サングラスは必要になる。捨てるとしたら、本当に最後の最後にしよう。

一度気になり出すと、本当に邪魔な感じがしてくるのだが、甲本は意識をレースに集中した。山城は左端の車線の真ん中付近をキープして、快調に飛ばしている。彼の前方、両側に白バイが位置して、様々な情報を伝えていた。タイム的には、まったく問題ない。見ると、右側のオートバイの掲示板が、「2：55」から「0：00」に変わる。一キロごとのラップタイムは、今のところ予定通り。よし……山城が何を考えているか分からないが、取り敢えず自分の義務は果たせそうだ。

走っていくしかないんだ、走っていくしか。甲本は白バイの掲示板も、山城の背中も無視した。目に入るのは灰色の道路だけ。今走るのに必要なのは、道路から得られる情報だけだ。


山城は、東海道マラソン全体を、四つの区間に分けて考えていた。スタートから第一京浜に入るまでの短い区間が第一区。第一京浜の折り返しまでは第二区。そこから三十キロ地点までは第三区で、残り区間が第四区になる。

一区は、最初の交差点と二本の橋がポイントになったが、この二つは上手くクリアした。二区と三区は、ひたすらフラットな道路を走るし、風の影響も受けにくいから、少しペースを上げてもいい。今は一キロ二分五十五秒ペースを保っているが、これを五十四秒、あるいは五十三秒まで短縮して、前半でリードを稼ぐのも手だ。百メートル当たり、〇・一秒から〇・二秒の短縮。無理な走りではない。

栄町《さかえちょう》の交差点が近づいてくる。ここからコースは第一京浜に合流し、自分で設定していた第二区が始まる。

この辺りを走るのは快適だった。左側には歩道がなく、右の中央分離帯は分厚い植えこみに覆われているせいか、反対側に陣取る観客の声援が耳に届かない。静かな中で走るのは、非常に気分がよかった。

やがて、Y字路にさしかかる。上を首都高が走るところで、ここを過ぎるとしばらくは、その下を走ることになる。交差点の角の部分は、緑の植えこみになっていた。そこを過ぎ、首都高の下へ。山城は一番左の車線へ突っこんでいった。本当は距離を稼ぐために、そのまま一番右の車線――首都高の下を走りたかったのだが、これは設定されたルートだから仕方がない。

それで正解だったかもしれない。ちらりと右側を見ると、首都高の下は影になっており、いかにも寒そうだ。影になっていない分、左側の車線の方が走りやすい。ただ、歩道に鈴なりになった観客の声援がまた激しくなるのは鬱陶しかったが。マラソンの時の声援は……最初、虫の大群が飛ぶ羽音のように聞こえる。それが次第に盛り上がって鼓膜を不快に刺激し、やがてよく通る声が聞こえてくるのが常だった。一番多いのは、「山城!」と名前を呼ぶ声。あるいは「頑張れ!」。声が通る人というのはいるもので、言葉にならないざわめきを突き抜けて、確実に耳に届いてくる。

聞きたくもないのに。

本当は、耳栓をしてこようと思っていた。最近の耳栓は優秀だ。反発力のあるスポンジ素材で、耳に入れておくと、穴の形に膨らんでフィットし、完全に騒音をシャットアウトしてくれる。試してみたことがあるのだが、装着感はまことに快適で、そのまま走っても煩わされることはないはずだ。だがレース本番では何が起きるか分からないから――音が重要な情報になることだってあり得る――結局断念した。その結果、無責任な声援の乱打に耐える羽目になっている。

首都高の下を走るのは、五百メートルか六百メートルほどで、インターチェンジを過ぎた後は、並走する格好になる。一気に視界が広くなり、はるか先まで見通せるようになった。そこを先頭で疾走する自分。いつ経験しても気分がいいものだ。体は完全なリズムを保ち、どこにも異常がない。極めて精密、かつ頑丈な機械のように、ただ一定のペースで一歩ずつを刻んでいくのだった。何も考えない時が一番いい。腕の振りや足の踏み出しなどが気にならないのは、理想のフォームで走れている証拠である。足がアスファルトを蹴る感触が、心地好く下半身に響いてくる。調子が悪い時は、どすどすと重い嫌な音が脳天に突き抜ける感じがするのだが、今日はひどく軽やかだった。

そういえば、ベルリンに絞ってコンディションを調整しているから、東海道マラソンは走れないんだって言ってたんだよな。何度も繰り返した言い訳を思い出して、山城は思わず笑い出しそうになった。今日は、ベルリンの時よりはるかに調子がいい。世界最高を狙う本番は今日で、ベルリンが予行演習のようなものだったのかもしれない。

だが今日は、走らない。

三十キロでやめてやる。

昨夜から頭の中で何度も転がしている考えを、山城は再確認した。こんなインチキなレース、最後まで走る価値はないという気持ちに変わりはない。どうして音無たちは、こんなに俺を甘やかすのだろう。普通に走らせればいいのだ。ちゃんとしたコースを設定したのだから、後はランナーの実力に任せるべきである。わざわざ風よけを作ったり、専属のペースメーカーを仕立てたりする必要はまったくない。これだけの好条件を提示されて、記録を残せないランナーはクズだ。

甲本には気持ちが通じただろうか。俺がペースメーカーをやる。あんたが走り切って、世界記録でも何でも狙えばいい——優勝を狙うはずの選手が三十キロ付近で棄権し、ペースメーカーが代わりに走り抜いて記録を更新するのは、前代未聞のレースになるだろう。だが結果的に、音無たちはそれで満足するのではないか。あいつらは、栄誉が欲しいだけなのだ。選手の栄誉ではなく、レースとしての格を欲しがっている。世界最高記録が出たコースとなれば、世界中から一気に注目を浴びるのだ。その後は高名なランナーがこぞって出場したがるから、テレビも視聴率を期待できるし、応援の観客も集まって、周辺に金を落としていく。ＰＲ効果、経済効果を考えれば、誰が勝っても同じことなのだ。俺が一番、世界記録に近い位置にいるから、声をかけてきたに過ぎない。

あいつらは、スポーツの世界に住む人間ではない。単なる役人で、イベント屋だ。だから俺は、あいつらの言いなりになる気はない。記録なんて、甲本にくれてやる。あの人は散々ひどい目に遭ったんだから、一度ぐらいヒーローになってもいいだろう。

問題は、甲本が山城のこんな気持ちに気づいているかどうかだ。はっきり言わなければ分かるはずもないし、言ったら言ったで緊張して力を出し切れないだろう。

甲本は、本質的に負け犬なのだ。運が悪いだけ、と言う人がいるかもしれない。だが勝つべき人間は、運さえも引き寄せてしまうのだ。

2

「よーし、いいペースです」高沢の声がわずかに上ずる。

「どんな感じだ？」彼の興奮は、音無には伝染しなかった。まだレースは序盤であり、この段階で浮かれたり落ちこんだりしてはいられない。自分だけは冷静でいなければならない、と自戒した。

「一キロ二分五十五秒、ないし五十四秒で確実に刻んでます」

「他の選手は……見えないな」

まったく予想していない展開――ある意味二人の独走――になった。テレビ画面を凝視したまま、少しだけボリュームを上げる。車内に、やや興奮したアナウンサーの声が満ちた。

『東海道マラソン、五キロ近くまで進んで意外な展開になっています。ゼッケン一番、優勝候補筆頭の山城選手が先頭。その五メートル後にペースメーカーの甲本選手がつけています。他の選手は遅れ、甲本選手の二十メートルほど後方で、第二集団を作っています。こちらは現在、七人の集団です』

アナウンサーも焦っているのではないか、と音無は皮肉に考えた。こんな風に、ペースメーカーを無視していきなり選手が飛び出すマラソンなど、しばらく見ていない。本当は、団子状態になった第一集団の中にいる選手たちのエピソードを、一人一人伝えていく展開――実況の定番だ――でも考えていたのではないだろうか。しかしこの状況では、孤独にペースを刻む山城の走りを実況するしかない――甲本は公式なペースメーカーではあるが、半ば透明な存在なのだ。

『山城選手、ここまで快調に飛ばしています。相当ハイペースなレースになっていますが、まったくリズムが乱れていません。解説の吉池さん、いかがですか』

『これは、狙っていますね。今回のレースでは、ペースメーカーの設定は一キロ二分五十五秒なんですが、時折それを上回るペースを出しています。まるで山城君が、自らペースメーカーになったような展開ですね』

吉池もそう思っているのか……普段から少しだけ籠っている彼の声だが、戸惑っているせいか、今日はいつにも増して聞き取りにくい。

『ペースメーカーを使ってレースを組み立てることは、考えていないんでしょうか』

『それが必要ないほど、絶好調なんだと思いますね。前半でできるだけタイムを稼いで、記録への可能性を残したまま、後半に挑む計算ではないでしょうか。まず、勝利を確実にする展開を考えているのかもしれません。記録との戦いはその後ですね』

無責任なことを……しかし吉池にとっても、これは予想できなかった事態であるに違いない。山城が何を考えているか分からない以上、この程度の解説でお茶を濁すしかないだろう。

もちろん、山城がこのまま走り切って記録を更新してくれれば、何も問題はない。甲本の存在は意味がなかったことになるが、彼は彼で契約通り義務を果たしてくれれば、こちらはちゃんと報奨金を払うことになる。もしかしたら、後で議会で問題になるかもしれないな、と音無は心の中で苦笑した。

「役に立たなかったペースメーカーに一千万円も払う意味があるのか」といちゃもんをつける議員はいそうだ。まあ、どうでもいい。それに対して答弁するのは俺じゃないんだから。

また携帯電話が鳴った。知事。走り出してわずかな間に、二回目である。苦笑しながら、音無は通話ボタンを押した。

「山城は大丈夫なのか」

音無は画面に目をやった。正面から山城の顔を捉えているが、顔は一向に苦しそうではない。サングラスをかけているのではっきりとは分からないが、口を半開きにした走りは、いつも通りである。

「大丈夫です」

「こんな展開のはずじゃなかっただろう」松尾の口調には、はっきりと苛立ちが滲んでいた。

「ええ。でも、レースが本番でどう動くかは、コントロールできませんから。走りまでは指示できませんし」

「甲本は、ちゃんとリードできるのか」

「山城がどこまでこのペースをキープできるかは分かりません。その時は、逆に甲本が引っ張ってくれるはずです」我ながら、口から出任せばかり言っている、と呆れる。

「分かった」長々と文句を言い続けていても無駄だと思ったのか、松尾が短く言って電話を切った。

「知事か？」青田が振り向いて訊ねる。

「ああ」

「だいぶ焦ってる？」

「そうだな」

「こんな展開、考えてなかったんだろうな」

「俺だって初めて見た」音無は携帯を閉じ、シートに背中を預けた。

最近の典型的なレースは、とにかく先頭グループが一塊になって、同じペースを刻んでいく展開だ。時計代わり、風避《よ》け、あるいは一種の手本。ペースメーカーに課される役割は多い。

山城の奴、何を考えているのだろう。ペースメーカーなど不要、ここで俺の本当の実力を見せつけてやる、とでも思っているのか。今日のペースメーキングについては、昨日の段階で入念に説明してある。一キロ二分五十五秒では遅いと思っているのか……いや、あれは偶然だ。出だしの混雑を嫌い、抜け出したときのリードを取り敢えずキープしている、という感じではないだろうか。それならそれでいい。このペースはあいつにとって、決して無理なものではないだろう。途中で多少落ちても、挽《ばん》回《かい》可能と見ているのかもしれない。それぐらいは計算しているはずだ。

画面の中の山城を凝視する。綺麗な腕の振り。力強く、かつしなやかな足さばき。ぶれない頭。少し伸びた髪は、風に流されて綺麗なオールバックになっている。サングラスが陽光を照り返し、複雑な色に光った。わずかに口を開けているが、決して苦しいわけではあるまい。

その後ろ五メートルの位置に、甲本が詰めている。山城の陰に見え隠れして、はっきりと表情は読めないが、こちらも順調に走っているようだ。あいつ、焦ってるだろうな……こんな展開を最も予想していなかったのは、あいつに違いない。これでは仕事を果たせないと、走りながら、相当混乱しているのではないだろうか。

音無はまた、テレビのボリュームを上げた。目立った展開がないので、アナウンサーも解説の吉池も大人しい。

『さあ、ここまで山城のリードが続いています。第二グループの七人は、その後方二十メートルほどのところ。このグループが山城を追いかける展開ですね、吉池さん』

『そうですね。とにかく今日はハイペースのレースになっています。この七人の中で、何人が山城選手に食いついていくか、注目ですね』

『スタートは正午、この時の気温は六度です。横浜地方は薄い雲がかかっている天候で、風はほとんどありません。吉池さん、コンディションとしてはどうですか?』

『マラソンとしては理想的なコンディションです。気温が上がる気配もありませんから、走りやすいと思いますよ。記録も十分期待できると思います』

『第一回横浜国際マラソン、現在五キロを通過しようとしています。五キロのスプリットタイムは……十四分三十二秒!　速い!』

『これは、相当ハイペースなレースになっています。一キロのスプリットで、二分五十五秒ペースを切るぐらいですよ』

『後は、このスピードをどこまでキープできるか、山城選手のスタミナの問題になります。その辺り、どうでしょうか、吉池さん』

『山城選手は、スピードとタフさ、両方を兼ね備えた選手です。このレースは、彼にとっても未知の領域になりそうですが、期待したいですね』

『東海道マラソン、トップの山城は、間もなく京急神奈川新町駅付近を通過します』

　ボリュームを絞って高沢に確認する。

「今のタイム、間違いないな？」

「ええ。一キロごとで言えば、二分五十四秒、五十五秒、五十五秒、五十四秒、五十四秒です」

「きっちりきてるな」

「今のところは」

　五キロは、まだほんの序盤である。全体の八分の一以下。今後の展開を占うには早過ぎる。吉池は「速さとタフさを兼ね備えたランナー」と山城を評していたが、その山城にして、走ったことがないはずのハイペースなのだ。条件は最高に近いが、果たしてこのペースをずっとキープできるのか……沈黙したテレビに目をやり、山城の走りを目に焼きつける。歩道から乗り出すように応援している人が振り回す旗が彼の肩に当たり、一瞬ひやっとした。山城は道路の左端にコースを取っているのだ。

「青田、旗を注意してくれ」

「了解」

　青田がマイクを取り上げる。運営管理車にはメガフォンが取りつけてあり、万が一の時には使うことになっていた。音無は窓を少しだけ開け、青田が観客に注意を与えるのを聞いた。

「こちら、運営管理車です。危険ですから、歩道から身を乗り出さないで下さい。旗を振る時は、選手に触れないように気をつけて下さい。繰り返します……」

　振り向いて、首を無理矢理捻って歩道を確認する。忠告が聞いたのか、風に揺れる稲穂のようだった旗の動きが少しだけ小さくなったような気がする、窓を閉めたが、車内の暖気は全て外へ押し出されてしまい、ひどく寒い。身震いしてから、上体をきつく抱きしめた。体の底からこみ上げるような震え……寒いのか興奮しているのか、自分でも分からなくなっていた。

靴底がしっとりと地面に吸いつくような感覚は健在だった。甲本はそれを楽しみながら、ひたすら山城の背中を追い続ける。今のところ、完璧に事前の計画通りの走りだ。

それにしても、空が広く高い。薄曇りなのだが、視界が開けている分、爽快感は高かった。左側にはマンションなどが建っているが、右側には一戸建ての民家しかなく、荒野の真ん中を行くような走りだ。違うのは、四方八方から猛烈に声援が襲ってくること。特に、マンションの上階から降り注ぐ声援は、いかにも都市型マラソンのそれである。

つい頬が緩む——何と走りやすいコースだろう。試走の時は、しばしば信号で引っかかっていたのだが、自分たちのために開放されている今は、まさに王様の気分だった。道路はフラットなのだが、微妙なカーブが、走り続ける気持ちをキープしてくれる。子安《こやす》通一丁目の交差点通過……赤で点滅する信号は、自分の鼓動よりやや遅いリズムだった。この辺は、街路樹の背が低いのだな、と唐突に思う。中央分離帯の植栽も、低く刈りこまれている。こういうせいもあって視界が広いんだな、と分かった。

左車線が左側に切れこんでいく場所がある。ここに入って左折すれば、子安駅だ。眼前の交通情報掲示板も停止している……ちらりとそれを見上げてしまった瞬間、ほんのわずかだが時間をロスしてしまったと気づく。視線を前に戻した瞬間、山城の背中が少しだけ小さくなっていた。慌てるな。ここで無理に詰めていく必要はない。

子安駅前を過ぎると、左側に給水所がある。七階建てのマンションの前に細長いテーブルを幾つも並べ、選手が自由にドリンクを取っていけるようになっているのだ。甲本は、自分用に調合したスペシャルドリンク――須田の勧めで作った物――を用意してもらっていたが、気温が低いせいか、ハイペースのレースなのにあまり喉が渇かない。だいたい、まだ五キロを過ぎたばかりであり、ばてるには早いのだが……しかしここで、一回喉を潤しておくことにした。気づいた時には体中の水分が抜けてしまって手遅れ、ということもある。須田は「最初から給水ポイントを決めて、喉が渇いていなくても水分を取るべし」と主張していた。彼は、人間の体というのは精巧な機械だと信じている節があり、定期的なメインテナンスで一定の性能を保てると信じているようだった。

だが甲本は、そこまで割り切れなかった。給水ポイントは何か所もあるのだから、喉が渇いたと感じた時に飲めばいいではないか。須田お勧めのスペシャルドリンクも、一種の気休めではないかと疑っていた。普通の水で十分。飲み方さえ間違えなければ――一気に胃に流しこむのは素人のやり方だ――喉の渇きは癒せるし、体をリフレッシュできる。何の心配もいらない。ここはスルーしておくか……山城はどうするのだろう?

山城が、流れるような左手の動きでボトルを摑んだ。その勢いで、他のボトルを二、三本倒してしまう。道路で跳ねたボトルから細かい飛沫が飛び、アスファルトに黒い染みができた。何か……あいつ、怒っているのか? 今の手の動きは、勢い余ってという感じではない。他の選手のドリンクを叩き落として、妨害してやろうという悪意。

まさか。

甲本はわずかに進路を左に変え、自分のボトルをすぐに見つけ出した。山城の狼藉《ろうぜき》にもかかわらず無事だったので、少しだけほっとする。スピードを落とさないよう意識しながらボトルを摑み、そのままの流れで口元まで持って行く。太いストローを吸うと、かすかに甘酸っぱい液体が口中に流れこんだ。それほど冷たくないが、それでもしばらく口中に含んで温める。じんわりと、口の粘膜に染みこんでいく感じがする。最初の一口は、飲まずに吐き出した。それだけで十分な感じがしたが、念のために飲んでおくことにする。ほんの一口。食道から胃にかけて柔らかな感触が伝わり、渇きが一気に去っていく。もう一口。体中にエネルギーが漲《みなぎ》り、まだいける、これからだ、という気持ちになる。

視線はずっと山城を捉えていたから、離されていないのは分かっている。甲本はボトルを投げ捨て、少しだけ足の回転を上げた。すぐに山城の背中が近づくわけではないが、遅れていないだけで十分だった。自分の役目が何なのか分からなくなっていたが、とにかく機械のように正確に走り続けることだけを意識する。

沿道の観客が途切れる。七階建てのマンションの前なのだが、そこの駐車場は事務局で借りて人払いしてある。甲本にある情報を知らせるためだ。若いボランティアが、大きなスケッチブックを持って飛び出してくる。乱暴な走り書きだが、字ははっきりと読み取れた。

「後続　二十メートル　七人」

短い情報で、甲本は現状を把握した。自分の後ろ、実質的な先頭グループ——この際山城は外しておくべきだろう——の七人を、現在二十メートルリードしている。この距離は変化しているのだろうか。他の選手をリードするのが自分の役目だ。しかし、ついて来られなかったら、徐々に距離が開いてしまったら、どうする？　それでも、最大のターゲットである山城は、こちらの存在など気にもならない——完全に無視して飛ばしているわけで、何が何だか分からない状態だ。

一瞬でも立ち止まって、あいつに聞くことができれば。無理だと分かっていても、そう考えてしまう。

「こんなレースはインチキだ」

スタート前の、あいつの言葉が脳裏に蘇った。あれは何だったんだ？　何がインチキだというんだ？　その真意は分からないが、山城の狙いは何となく想像できた。山城はレースの常識を――精緻に組み立てられたこのレースの展開を、ぶち壊そうとしているのかもしれない。おそらく、このレースのあり方が間違っていると憤っているが故に。気に入らない物、間違っている物なら、存在している価値はない、そう考えるのは自然だ。

だが山城、ぶち壊した先に何があるんだ？

レースは淡々と続く。入江橋《いりえばし》交差点の歩道橋下を潜《くぐ》り抜けると、先が見えなくなるので、緩い上り坂になっているのが分かる。しかし足に負担がかかるほどではない。ちょっとした変化という感じで、むしろ気分転換に使えるほどだ。だらだらと続く坂は、「東京　26km　川崎　7km　鶴見　4km」の青い表示板の真下で頂点を迎える。ガードレールに張りついた観客が打ち振る旗が、かさかさと乾いた音を立てた。途切れることのないホワイトノイズ。気づくと案外耳障りで、ペースが乱れそうになる。

表示板を過ぎると、一気に先まで見通せるようになった。これまでのところ、自分の体とまったく会話を交わしていないことにふと気づく。普通は、いろいろなことを考え、膝や足首に様子を聞いてみたりするものだ。もちろん、体のそれぞれのパーツが返事をするわけではないが、走っている最中に、ふと脳と体が切り離されたように感じることがある。そういう時は、概して調子が悪い。しかし今日は、ここ三回のハーフマラソンと同様に、ほぼ無心だった。アスファルトを蹴る、軽く軽快なショックがリズムを作り、何も考えずとも永遠に走って行けそうな感じがする。前回のハーフマラソン並み、いや、それ以上のスピードが出ているのは分かっていたが、体の中心にあるのは、疲労ではなく心地好い熱だ。心臓が小型の発電機に置き換えられたようであり、エネルギーを体中に送りこんでいく。わずかに胃に流しこんだスペシャルドリンクが新たな燃料になり、体調は万全だった。

よし、いくぞ。甲本はペースを上げた。まだまだ余裕がある。ここで山城の前へ出て、本来の役目を果たさなければ。あいつがどんなつもりでいるかは分からないが、無茶なペースをキープして、途中棄権でもされたらたまらない。

仕事は仕事。俺が守ってやるよ。お前は三十キロ過ぎから勝負すればいいんだ。十二・一九五キロを、自分で律しながら走るぐらい、お前には何でもないだろう。余計なことをせずに、後半の勝負に備えろ。

山城は、背中にかすかな刺激を感じた。これは……誰かが迫っている。甲本としか考えられないが、無理して大丈夫なのか。誰も助けてくれとは言っていない。大人しく、他の選手——どこにいるかは分からないが、かなり引き離している自信はあった——をリードしてやればいいじゃないか。

白バイの掲示板を確認する。今また、「2：53」の数字がリセットされて、「0：00」になったところ。この一キロは、少しだけペースを上げ過ぎたようだ。だが、頭では「上げ過ぎた」と考えても、体はまったく悲鳴を上げない。気持ちだけスピードを上げ、一キロ二分五十秒で走っても、何ともなさそうだ。

走り抜けば勝つことは分かっていた。誰も俺のペースにはついてこられない。問題は記録だけであり、このレースはひたすら自分自身との戦いであった——走り抜くとすれば、だが。

今度ははっきりと音が聞こえる。アスファルトを力強く打つというより、どたどたしたみっともない音。やはり甲本だ。彼の走りは、お世辞にもスムーズとは言えない。力強い、と評することもできるのだが、山城から見れば、あまり綺麗でないフォームで、苦しげに距離を刻んでいくだけである。これでよく長い距離を走れるものだと不思議に思う。

自分のペースは落ちていない、という強い自信があった。それは掲示板が示すデータでも明らかだし、何より体は正直だ。甲本は相当無理をして、距離を詰めてきたに違いない。いくら彼がハーフで強いといっても、限界はある。このスピードをさらに上回るペースで走ったら——一瞬だけ、あるいは数秒から数十秒の短いスパートは可能だろうが——その後はがたがたになるはずだ。

荒い息遣いが聞こえた。ちらりと右を見ると、甲本はいつの間にか横に並んでいた。苦しげに口元を歪め、少しだけ体を山城の方に傾げるように走っている、こんな汚いフォームで、どうしてこれだけのスピードが出せるのか。山城は心の中で首を捻った。こういう走り方をしていると、体のどこかに無理がくるものだが……力だけで走っていては、絶対に故障する。人間の体は、大地よりは強くない。力強く、無理にアスファルトを蹴り続けていると、必ずダメージが体に蓄積されていくのだ。山城は滑るようなイメージを常に頭に思い描いている。

さすがに抜き去るまでのスピードはないようで、甲本は二メートルほどの間隔を置いて、山城と並走し始めた。重苦しい足音、それに酸素を求めてあえぐ声が、はっきりと聞こえてくる。

ペースメーカーか……そんなに金が欲しいのか？　金というのは、優秀な選手には勝手についてくるもので、山城は今まで一度も財布の中身を心配したことがない。甲本のように中途半端な能力を持った人間が一番苦労するのだ、と考えて少しだけ同情した。

ふと、高校時代の監督を思い出す。ひどく嫌な男だった。傲慢で冷たく、選手を精神的に追いこむのも何とも思わない——フレンドリーな指導者が多い最近では珍しいタイプだ。その頃山城は既に非凡な才能を発揮し始めていたのだが、あの男は山城も他の選手と同じように扱った。少しでもタイムが落ちれば容赦なく叱責し、ただ嫌いな人間を苛めるように罵詈雑言《ばりぞうごん》を浴びせかけた。しかし山城はその頃から、気に入らない人間を無視する術《すべ》を身につけていた。話さなければいい。怒鳴られていても、受け流せばいつかは終わる。人を怒るには大変なエネルギーがいるもので、いつまでも続かないのだ。

意外な一言を言われたのは、卒業式の日だった。山城は東京体育大学への進学を推薦で決めており、その頃はもう大学生に混じって練習していたのだが、卒業式の時だけ高校に顔を出した。

グラウンドの隅にある部室。卒業式ということで、後輩たちも練習はしておらず、のんびりした空気が流れていた。三月だが、五月の連休中のように暖かい時期で、山城はぼんやりとグラウンドを眺めて、一人時間を潰していた。このトラックを何万周走ったことか……そこへいきなり、監督が近づいて来て、「誰にもいじらせるなよ」とぽつんとつぶやいたのである。いつもの仏頂面ながら、その言葉には妙に優しいニュアンスが混じっていた。

返事をせずに顔を見ると、監督は苦虫を噛み潰したような表情になっていた。

「お前は、俺の言うことを一つも聞かなかったな」

「はい」素直に認める。事実は事実だし、卒業したら、もう会うこともないのだ。

「なのに、結果を出してきた。怪我さえしなければ、十年以内にマラソンの日本記録を塗り替えるだろう」

「はい」相槌を打ちながら、もっと早くだよ、と思った。のんびりしているつもりなどないのだ。

「お前みたいな選手もいるということか……俺も長いけど、初めてだ」監督はその頃、確か五十歳ぐらいだった。「どうやらお前は、俺の守備範囲にはいなかった選手だ。たぶん、他の指導者も扱い切れないだろう。だったら一人で考えて、思うように走ってみろ。分からないことがあった時だけ、人に聞けばいい。それ以外には、誰の言うことも聞く必要はない」

責任放棄じゃないか、と思った。指導者がこんなことを言ってしまったら、仕事がなくなる。自己否定のようなものだ。

しかし山城は、結果的にこの教えを忠実に守っている。まったく好きな監督ではなかったし、提示するトレーニング方法も前時代的な色合いが強かったのだが、何故かこの教えだけは守らなければならないと、強く思っていた。そして、何度も結果を出している。結局、あの監督は正しかったのだ。

思うように走れ。そう、俺は今、思いのままに走っている。世界最高記録を狙えるペースで、他の選手を大きく引き離してレースをリードしている。

それでも、こんなレースで出した記録に意味はない、と強く思う。音無たちが甲本をペースメーカーに育て上げたこともそうだし、橋を渡った時に見えた広告にも怒りを覚える。あれは何だ。広告ではなく、風を防ぐためのものだろう。あんなことまでして欲しくない。自然な状況で、自分のできる限りの力を出すのがマラソンなのだ。こんな過保護な状態で記録を出しても、ベルリンで共に走ったライバルたちには笑われるだろう。そんなことは我慢できない。

俺は何も言わない。言わないが、態度で示してやる。三十キロまで世界最高記録更新ペースで走って、そこでレースを下りるのだ。本来、ペースメーカーに任された役割を、俺が負う。怪我でもしたことにしておこう。本心に気づく人間がいれば、それはそれでいい。

マラソンは、あまりにも過保護になり過ぎた。本当はもっとシンプルで、人間の基本的な力だけが験《ため》されるスポーツのはずなのに。軽量シューズ、高速コース、ペースメーカーの積極的な利用……人為的な要素が、マラソン本来の野性味を奪っていく。そう、今のマラソンにないのは野性味だ。マラソンは本来、戦争に起因するものである。マラトンの伝承を知る人間は、事務局には誰もいないのか。あいつらの頭の中にあるのは、どんなに人工的な環境を作ってでも、記録を出すことだけ。どうせ、その先にある余得が狙いなのだろう。東海道マラソンを世界に冠たる大会にし――世界最高記録が出た大会というのは、最も分かりやすい勲章だ——選手と観客を集めること。要するに、俺を客寄せパンダとして使っているだけじゃないか。

また、歩道から身を乗り出している観客がいる。手製のボードに、へたくそな字が躍っていた。「山城　目指せ世界一！」煩いんだよ。今日のレースがどうなるか、お前らをびっくりさせてやる。

走りもしないで応援だけしている連中の心境が、山城にはどうしても理解できなかった。ローマの剣闘士を見る観客の心境なのだろうか。記録に感動したい、名勝負の空気に身を浸したいというのは上辺だけの感情で、本当はこちらを「見世物」として見下しているのではないか。絶対に怪我をしない、安全な場所での高見の見物。自分たちができないことを他人に委ねて、一種の自己実現をしているだけかもしれないが、そんなことは間違っている。

京急新子安駅前の交差点を通過。この辺りは道路が少しうねっており、気をつけないと溝にはまるような感じになってしまう。山城は少しだけ斜めに走り、右側車線に近い部分をキープした。甲本との距離は一メートルほど。この先で道路は緩やかに左にカーブし、マンション群の向こうに消えて行く。交差点を完全に抜けて左カーブに突入していくと、白と茶色のマンション群が正面に現れた。左カーブを回り終わり、マンションが右側に見える位置までくると、今度は道路が右にカーブする。錯覚だと分かっているが、何となく道全体が右側に傾斜している感じがした。しかし道路のうねりは既に消えているから、走りにくいわけではない。山城はまた左車線の歩道側に寄り、甲本と距離を置いた。どうも、この男の近くにいると調子が狂う。

甲本がちらりとこちらを見た。サングラス越しだが、目が合った、と確信する。何を考えている？大声で問い詰めてみたかったが、走りながらそんなことができるはずもない。甲本が、苦しそうに顔を歪めながらスピードを上げた。しばらく足並みは揃っていたが、ほどなく山城を追い抜いていく。

おいおい……こんなところで、ラストスパートみたいな走り方をしていいのかよ。だいたいあんたの努力は、最後は全て水の泡になるんだ。一生懸命、一キロ二分五十五秒のペースで走って、俺の世界記録をお膳立てしているつもりかもしれないが、俺は途中で降りるんだ。それを知ったら、どれほどがっくりするだろう。何か月もかけて体を作り上げ、吐きそうなスピード練習に耐えて、短い期間に三度のハーフマラソンに出てまで、ペースメーカーとして備えてきたのが、全て無駄になる。

悪いですね、と思うと少しだけ気持ちが痛んだ。それでも自分の決意は変えられない。

3

音無は一口水を飲んだ。自分が走っているわけでもないのに、やたらと喉が渇く。現役時代を、ふと思い出した。レース中に飲む水の、何と美味かったことか……ただの水なのに妙に甘く、体の細胞一つ一つに染みこむようだった。

ちらりとテレビに目をやると、いきなりレースが動き始めていた。思わず身を乗り出し、画面に集中する。甲本がスピードを上げ、見る間に山城との差を詰めて行った。苦しげに首を傾けているから、かなり無理をしているのが分かる。ここで出てきたか……あくまでペースメーカーとしての仕事をこなそうとしているのだ。散々山城に掻き乱され、それこそペースメーカーとしてまったく役に立っていなかったのが、何とかレースを正常な状態に戻そうとしている。

吉池の解説を聞こうと、ボリュームを上げる。アナウンサーの困惑した声が耳に飛びこんできた。

『おっと、ここでペースメーカーの甲本が出ましたね……五メートルの差を追って、山城に並ぼうという勢いです。その差はあっという間に縮まり……今、並びました。山城がちらりと横を見ています。吉池さん、これはどういうことでしょうか』

『甲本選手は、本来の役目を果たそうとしているだけです。ここまで七キロ弱ですか……ペースメーカーとして、残りの責任の距離を走ろうとしているんです』

何だか言い訳がましい説明だな、と音無は釈然としなかった。結局吉池も、ペースメーカーの気持ちなど分からないのではないか。考えるまでもなく、ペースメーカーというのは極めて特殊な存在である。どんな練習をするのが効果的なのかもはっきりしない。ある程度は、想像の世界になってしまうだろう。しかし甲本は、きっちり走り続けている。やはりペースメーカーに向いているのか——どんな選手が「向いている」と言えるのかさえ分からないが。

『さあ……おっと、甲本が今、わずかに前に出ました。山城は無理についていきません』

甲本は選手じゃないんだから。苦笑しながら、音無は横に座る高沢を見た。テレビ中継を完全に無視して、パソコンの画面を凝視している。

「ちょっと……待って下さい」

こちらの意図を見抜いたように、高沢が言った。直近一キロのスプリットタイムが気になっている。音無はまた、画面に視線を戻した。

『さあ、甲本が完全に前に出てリードしました。一メートル……二メートルと離していきます』アナウンサーの実況は、完全に甲本と山城の競り合いを伝える調子だった。

『いや、これはペースメーカーとして普通のことですから』吉池が苦笑を嚙み殺すような口調で指摘する。言葉の端々から笑いが漏れ出るようだった。『いずれにせよ、これでレースは正常な状態に戻りました』

「何だかひやひやしたな」振り向いた青田が、肩をすくめながら言った。「もしもさ、この後山城がずっと頭を押さえたまま走ってても、甲本に金を払う予定だったのか?」

何でこいつは、この場でこんなに嫌らしいことを考えているのだろう。先ほど自分も同じようなことを考えていたのを忘れ、音無は静かに舌打ちしたが、乱暴な言葉をぶつけはしなかった。

「きちんと設定タイムを守って走ってくれれば、払うよ。そういう契約だから」

「何だか甲本の奴、自分も選手みたいな感じで走ってないか?」

指摘され、音無はまた画面に視線を戻した。左側に少しだけ傾げた首。小さく開いた唇。必死の形相はいつも通りで、音無も練習で何度も見た顔なのだが、真剣さのレベルがわずかに違う。いつもより深く、まさにトップ争いをするマラソン選手の雰囲気を振りまいている。一方、二メートル背後を走る山城——画面上では甲本とほぼ縦に重なっていた——は、まったくペースを崩していない。甲本がここで自分を抜き去るのは計算のうちで、風避けにでも利用してやろうと考えているようだった。

しかし甲本は違う。全身全霊、これまで選手として走ったレース以上に気合いを入れて、勝負に出ている感じがする。

一度甲本が先頭に立ってしまうと、アナウンサーの口調は静かなものに戻った。

『東海道マラソン、山城の記録への戦いが続いています。ベルリンマラソン、日本人男子初の優勝者。女子は二〇〇〇年から二〇〇五年まで日本人選手が連続優勝という快挙を成し遂げていますが、男子は山城が初めてでした。去年九月のレースは暑さに苦しめられ、勝負には勝ったもののタイムは伸びませんでした。しかし今日は、絶好のコンディションの下、ここ日本で世界記録に挑んでいます。箱根駅伝での衝撃デビューから今まで、数々の記録を塗り替えてきた山城が今、世界の頂点目指して走り続けていいます。吉池さん、ベルリンマラソンでも、今後は山城が中心になるかもしれませんね。来年には連覇の期待もかかります』

『まずは、このレースで結果を残すことですね。ここで勝てば、真の意味で、世界の超一流ランナーの仲間入りです』

テレビカメラも、甲本を微妙に外して山城に焦点を当てていた。中継車には計三台のカメラ——正面と左右——が乗っているのだが、正面からだと、甲本と山城がもろにカブってしまう。今、山城の姿は、左側から写されていた。背景には、歩道に溢れる観客と、無数の旗。後続の選手はまったく映っていない。

「——出ました。今の一キロ、二分五十秒です」高沢の声はかすかに震えていた。

速い。速過ぎる。一気に五秒もペースを上げたつけが、どこかで出てくるのではないかと、音無は急に不安になった。

「大丈夫かね」青田も同じ不安を感じているようだった。前席でテレビの画面を凝視しながら漏らす。

「どこかで調整するだろう」音無は、自分を納得させるように言った。本当はそんなに簡単なものではない。前の一キロを五秒早く走ってしまったから、次は五秒遅く、などと調整はできないのだ。百メートル換算なら、わずか〇・五秒。それを意識して伸ばしたり縮めたりできる人間などいない。一キロの単位で何となく調整——辻褄《つじつま》合わせしていく感じは、音無にもお馴染みだった。ただそれを、理屈では説明できない。トラックを走る練習で、コーチから「五秒詰めろ!」と指示され、必死で力を振り絞る。その結果を見ると、何とかタイムが合っている感じだ。五つ数える間だけ、アフターバーナーに点火したようにスピードを上げるとか……非科学的だが、何となく調整はできる。

「苦しそうだけど、ちょっと無理したかな」青田が心配そうに言った。

「彼は、あれが普通の顔だよ」

「そうだっけ?」

「練習の時にちゃんと見てないから、知らないんだろう」

「陸上選手のことは、よく分からない。何だか、死にそうに見えるんだけど」青田が首を振った。

「いいんだ、あんな感じで。彼は別に苦しんでないよ」そうであって欲しいと祈りながら音無は言った。

京急生麦《なまむぎ》駅前を通過する。ひたすら一直線に続く道。道路の両側にはマンションが並んでいるだけで、景色の変化には乏しいが、足への負担は少ない。

本番の今、信号に邪魔されず、ひたすら走りに集中できる甲本たちを羨ましく思う。車は選手たちと同じ、時速二十キロ程度で走っているのだが、彼らの鼓動を共有しているような気分になる。体が風を切る感覚、足から全身に伝わる心地好い衝撃などを、音無は完全に思い出していた。ジョギングペースでこのコースを走った時には感じられなかった、本気の走りの感覚が蘇っている。腹の上で手を組み、静かに目を閉じた。四十歳になり、今や競技としての走りからは完全に遠ざかっているが、感覚の記憶は意外に鮮明に残っているのだな、と驚く。

アナウンサーの声は、最初の頃とは違って滑らかになっていた。

『平坦なコースを、山城が淡々と刻んでいきます。この辺りは住宅地で、沿道では大勢の観客が声援を送っています。レースは八キロを通過、依然として山城が後続グループを二十メートルほど引き離す展開です。京急生麦駅前を通過しましたが、山城の独走、続いています』

独走というわけではない、と音無は訂正したくなった。彼はあくまで、最初の四百メートルで飛び出した時のリードを保っているだけだ。第一グループの走りもかなりのペースで、このまま全員が走り切れば、全体にとんでもないハイスピードレースになる。

「この調子がどこまで持つかだな……」

音無がつぶやいたのを、すかさず高沢が聞きつけて反応する。

「持たないと思いますよ。第一……第二グループ、ばらけ始めてます」

「そうなのか？」

高沢がソフトを立ち上げ、グラフ上に輝点が集まっているウィンドウを音無に見せた。二キロごとにセンサーを設置し、ゼッケンに仕組まれたチップを通過の度に読み取る仕組みになっているので、各選手の差が一目瞭然に分かる。

最初に記録された二キロ地点では、一番前の輝点、二番目の輝点に続き、複数の重なり合う輝点が固まっている。この時点では第一グループは七人いたはずだが、輝点が重なっているので、正確には読み取れない。四キロでも同じ。しかし六キロになると、塊になっていた輝点はばらけ、縦に長い列を作り始めていた。「差がついた」というほどではないが、既に塊とは言えなくなっている。

「八キロは？」

「間もなく出ます」高沢が「Ｅｎｔｅｒ」ボタンを押した。新しい画面に輝点がぽつぽつと現れる。最初は甲本、続いて山城と分かる。その差は、六キロ地点よりもわずかに狭まっていた。その後にぽつぽつと輝点が現れ、すぐに揃う。ほぼ縦一列で綺麗に並んでいた。まるでトラック練習のようである。

「確かにばらけたな」

「そうですね。ごくアバウトなんですけど、この七人の集団の先頭と最下位の差は、十メートルぐらいあります」

「ケツの選手は、すぐに零れ落ちるかもしれない」これだけハイペースのレースだ、早々とスタミナを使い果たしてしまう選手がいてもおかしくない。国内外からレベルの高い選手を揃えたという自負はあるが、本番で全員が同じコンディションで走れるわけではないのだ。「三位以下……じゃない、二位以下についていては、誰が誰だか分かるか？」

「これじゃ分かりませんね。二キロごとのチェックポイントにいるボランティアに、目視で確認してもらわないと」

「俺が聞くよ」青田が助手席で携帯電話を振った。メモを取りながら短く通話を終え、順位を告げる。「まあ、アフリカ勢はやっぱり強いよな」

「重森《しげもり》が五位か。頑張るな」音無は感心して言った。重森は今年三十歳のベテランで、オリンピックにも出場経験があるが、大きなレースで勝ったことはほとんどない。それが初めての東海道マラソンで、トップグループに食いこんでいる。

「取り敢えず、順調か」青田が携帯を畳んだ。「知事からも電話がかかってこなくなって、よかったじゃないか」

そういえばそうだ。甲本がレースをリードするという、本来予定していた形になり、展開が安定してきたから、安心して観戦しているのだろう。どこかで観客に混じり、自分も旗を振って声援を送るつもりかもしれない。選挙に向けてはいいアピールになるだろうな、と思う。スタートの号砲を鳴らす姿、ゴールで選手たちを出迎える姿が中継され、沿道の観客にも顔を見せれば、これ以上のアピールはない。

純粋なスポーツ好きとしてではなく、政治的な思惑があったとしたら……それに乗って突っ走ってきた俺たちは何なのだろう。知事の熱っぽい演技に騙されたということか。苦笑せざるを得なかったが、この車の中で座っていても、何ができるわけでもない。

そんなことより、今は先のことを考えなければならない。間もなく京急鶴見《つるみ》駅付近——十キロ地点を通過する。ここを過ぎると、前半の一つのポイント、鶴見橋が近づいてくる。緩やかだが坂であり、選手に負担をかけることになる。どうしても避け得ないポイントだが、ここまでかなり無理して走って来た山城たちには、どんな影響が出るだろう。

よし、十キロを過ぎた。自分の仕事の三分の一が終了。序盤で山城にリードされるという想定外の事態はあったが、ここまではまずまず、義務を果たしていると言っていいだろう。途中、いろいろ考えることはあったが、甲本は今、いい気分で走っていた。

口から流れこむ空気は冷たく、呼吸する度に、オーバーヒートしそうな体を冷やしてくれる。暑さはまったく感じない。気温はスタート時点からほとんど上がっていないようで、暑くなったら外そうと思っていたアームウォーマーもそのままだ。

鶴見駅入口の交差点、鶴見警察署前交差点を過ぎると、道路は急に二分される。突然中央分離帯が現れ、左側は一車線、右側が二車線に分けられている。先導する中継車とパトカーは、右側の広い車線の方に突っこんでいった。「間違えないように」と、音無からしつこく忠告を受けていたのをはっきりと思い出す。真っ直ぐ走ると左側の車線に入るのだが、そちらはすぐにT字路にぶつかってしまう。この先直線的に進むのは、右側の車線だ。

ガードレール沿いに緩く左カーブしていく道路をひた走る。無意識のうちに、ちらりと後ろを振り返ってしまった。視界の端に、山城の姿を捉える。きっちり二メートルの距離をキープしていた。別に彼の存在を気にする必要はない——注意しなければならないのはタイムだけだ、と自分に言い聞かせる。

所々が歪んだガードレール沿いの箇所を抜けると、再び真っ直ぐな二車線道路に戻る。急に視界が開けたようで、かすかにくらくらした。沿道にはレストランや商店が立ち並び、賑やかな感じである。歩道が狭いせいか、この辺では応援の人はまばらだ。声援が急に聞こえなくなったので寂しい感じもするが、ここは一つ、走りに集中しよう。間もなく前半の山場、鶴見橋にさしかかるのだ。コースはきっちりと覚えている。この先「鶴見会館前」「鶴見中央三丁目」「鶴見橋南側」の交差点を過ぎると、鶴見橋に入る。何度も走って、橋の傾斜は体が覚えているが、ここまで追いこんで走った後で、あの緩い上りに挑んだことはない。しかし、自分を信じて挑むしかない。

まったく変化のないペースで、三つの交差点を通過する。鶴見橋南側の交差点を過ぎると、はっきりと道路が上り坂になっているのが分かる。緩い左カーブを曲がり切ると、いきなり橋だ。練習の時よりも、傾斜を緩く感じる。体がいい感じで解れ、足取りは軽快だ、と実感した。そしてこの橋の上では、風はほとんど吹かない。左側にコンクリートの壁があり、上手く風を遮断してくれるのだ。

橋の中央付近までくると傾斜はなくなり、道路はフラットに戻る。この橋には中央分離帯がないので、練習で走る時はいつも、対向車線を走るトラックに恐怖を覚えたのだが、今日は道路が完全に封鎖されているので、気分的には遥かに楽だった。まるで、広い四車線道路を、自分一人が独占して走っているような気分だった。

初めて知った。マラソンでトップを走るというのは、こういうことなんだ。

甲本は、ハーフマラソンでしか優勝したことがないが、この感覚は病みつきになりそうだった。ハーフマラソンの場合は全体にペースが速いので、ゴール寸前まで団子状態が続くことも珍しくない。いつも横に他のランナーの存在を感じているのではなく、ぶっちぎりの状態でただ一人、誰にも汚されていない道路を走るのはこんなにも気持ちいいものなのか。中継車のカメラも俺だけを注視して……いや、違うか。カメラは角度を変えて、山城を映しているはずだ。俺は順位には関係ないのだから。今現在、このレースのトップに立っているのはあくまで山城であり、自分は透明人間に過ぎない。

不意に、どうしようもない寂しさが襲ってきた。自分は透明な存在である。どんなに頑張って走っても記録に残らず、後で関係者から「ご苦労様」と言われるだけのランナー。祝福ではなく、義務を果たしたことを労われる。その後に巨額の報奨金が待っているとしても、それが何なのだ。しばらくは生活の心配をしなくていいし、練習にも使えるが、金は金だ。いつかはなくなる。

この瞬間の気持ち——俺は、勝ちたいんじゃないか？

鶴見川を渡り切ると、橋は緩い下り坂になる。その先、道路が一度左へカーブした後、右へ曲がっていくのが見えた。よしよし……ここはスピードを出し過ぎないように気をつけないと。下り坂では、知らぬ間にスピードが上がってしまうことがあるが、それによって、筋肉に反動がくる恐れがある。足の表と裏というか……とにかく、焦らないこと。ややスピードを抑え目にするぐらいの感覚でちょうどいい。

マラソンとはつくづく、平坦なコースを走るべき競技だと思い知る。箱根駅伝は人気があるが、あんな特殊なコース設定は、世界中のどんなレースを見てもない——本格的な山岳地を走るトレイルマラソンはあるが、あれはさらに特別だ。むしろ「山岳競技」と呼ぶべきだろう。

ここはセーブだ。何度も自分に言い聞かせる。山城も同じことを考えているようで、無理に追って来る気配はない。もっとも山城の場合、足音も呼吸音も静かだから、近づいて来てもほとんど気づかないのだが。どうしてあんなスムーズな走りができるのか、謎だった。まるで滑るような……。

橋を下り切ると、コースはまた完全にフラットになる。バス停用に作られた左側の膨らみ、同じデザインの家が並ぶ建売住宅。沿道の景色をちらりと視界に収めてから、前方に意識を集中する。いよいよ川崎に入った。菅沢《すがさわ》町の交差点で、スタートから十一キロになる。そろそろ、第一京浜の折り返し地点を意識しなければならない。ここまでほとんどカーブを曲がらず、真っ直ぐ走って来たので、折り返し点となる立体交差の大きなカーブを綺麗に曲がり切れるかどうか、少し心配だった。まさか、あんなところでこけることはないだろうが、車がいない状況であそこを走ったことはないから、想像がつかない。

まあ、それはもう少し先の話だ。今はとにかく、ひたすら正確にタイムを刻むことだけを意識しよう。そう言えば間もなく、鶴見市場の駅になる。ここは、箱根駅伝で言えば九区から十区への中継地点だ。上りの三車線のうち左側の一車線だけが、緑地帯で区切られた側道のようになっており、そこが、自動車レースのピットのような格好で中継地点になる。あのガソリンスタンドの前だ……ああ、ここは今回の東海道マラソンに縁がある人間全員が走った場所なのだな、と妙な感慨に浸る。学連選抜で九区を受け持った山城が、あり得ないスピードで区間記録を更新した地点。そして松尾知事は、二年連続九区を走ったので、ここで襷を受け渡している。

いや、音無や知事が走ったのはもうずいぶん前のことだから、道路もこんな風でなかったかもしれない。中継所の位置も、当時はここではなかった可能性がある。あの駅伝のコースは、必ずしも不変ではないのだ。

気持ちが拡散している。考えながら走るとペースダウンするわけではないが、今は余計なことを考えない方がいいだろう。ひたすら走りに集中するためには、数字をイメージするのがいい。特にレースに関係する数字を。よくやるのは、十数えることだ。十歩分をカウントして、リセット。それを延々と繰り返す。

よし、白バイの掲示板に注目だ。一キロのスプリットタイムが、「2：30」に変わる。確かこの先、八丁畷《はっちょうなわて》駅の手前が十二キロ地点だ。そこからの一キロは、しっかりタイムを意識しながら走ろう。

累計距離を示す、中継車の一回り大きい掲示板をちらりと見やる。「10：85」。残り百五十メートルで二十五秒。ペースはかなり速い。こんなに速く走っていたか？　まず、ここからの百五十メートルで、自分の体調を確認しよう。もしかしたら、先ほど山城を追い越すために無理した時、どこかに狂いがきているかもしれない。

「10：90」で「2：37」。「10：95」で「2：44」。「11：00」で「2：51」。クソ、早過ぎる。設定タイムを四秒も上回っているではないか。無理し過ぎだ。

「2：51」が「0：00」にリセットされる。よし、ここからだ。意識して、本来の一キロ二分五十五秒のペースに戻そう。ほどなく、南武線の高架橋をくぐる。かなり低い位置にかかっているせいで、潜り抜ける時には奇妙な圧迫感を受けた。一瞬視界が暗くなり、冷たい空気が全身を覆う。

まずは掲示板を気にせずに、ひたすら走ろう。行けるか、と心臓に問いかけた。一、二と数えながら——これがほぼ正確に一秒ずつを刻むことは経験的に分かっている——鼓動のリズムとのずれを合わせる。大丈夫、まったくいつも通りだ。心臓は快調に脈動して、全身に血液を送り出している。

足は？　問題なし。相変わらず、アスファルトからの力強いキックバックがある。このまま四十二・一九五キロを走り切れるかどうかは分からないが、三十キロまでは問題なく行けるだろう。もう仕事の三分の一は過ぎた、と楽観的に考えるようにする。意識せずとも足は問題なく引き上げられ、足裏でしっかりアスファルトを捉えて蹴っていた。

汗は出ているか？　出ているが、低い気温が幸いして、不快に肌を流れ落ちるほどではない。

甲本は、左手を顔に伸ばしてサングラスを取った。投げ捨てるつもりはない。一瞬だけ、顔全体で風を感じたかったのだ。冷たい。顔全体を激しく叩く風の感触は、しかしあくまで心地好いものだった。

気温を肌ではっきり確認できたのはよかった。しかし、サングラスの処置に困る。走りながらかけ直すのは至難の技だということを、すっかり忘れていた。どうするか……空は薄曇。今日はこのまま、強い陽射しはないようだ。

思い切って左手を横へ振り、サングラスを歩道へ向かって投げ捨てる。ちらりと横目で見ると、綺麗に飛んでガードレールを越え、歩道に陣取る観客の中に飛びこんでしまった。わあっという歓声が上がる。まずい、これは何か勘違いされたかな、と心の中で苦笑する。サングラスを投げ捨て、気合いを入れる──シドニーの高橋尚子《たかはしなおこ》で有名になったパフォーマンス。あれの二番煎じだと思われたら恥ずかしい。だいたい俺は、選手でもないのだ。ただ、レースをリードするだけ。

「1：00」よし、何の問題もなし。これで三百五十メートルぐらい走ったことになる。腕をきっちり振り、体を前へ引っ張ることだけを意識して、ひたすら頭の中で数字をカウントする。一、二、三……十までいってリセット、そのうち自然と、掲示板の下二桁と数を合わせるようになった。こちらが十で、掲示板は「1：30」。リセット。もう一度十。「1：40」。

快調だ。実に調子のいい走りで、気持ちいいことこの上ない。今まで、レース本番で、これほど快調だったことはないだろう。先頭を走り続けることで、精神的にもプラスの影響が出ているのではないだろうか。体調的に問題がなければ、スピードを決めるのは気持ちだ。今は誰かが前方で待ち構えていて、大きな磁石で自分を引きつけてくれるような感じ。気持ちが前のめりになり、足がどんどん先へ出る。

元木《もとき》。この辺りは中央分離帯、それに歩道側にも植え込みがあるので、緑が豊かな感じがする。それにしても、冷たい空気は美味い。普段は道路を埋め尽くす車がいないだけで、こんなに空気は綺麗になるものか。

前方に青い道路情報掲示板が現れる。「東京　20㎞　品川　13㎞　蒲田　５㎞」。ということは、第一京浜の折り返しまでもう五キロもない。俺のレースもあと十八キロぐらいか……突然、無性に寂しさがこみ上げた。こんなに快適に走れているなら、最後までいけるんじゃないか？　このペースでゴールできたら、俺こそが世界記録を出せるんじゃないか？　一メートルでも、一秒でも山城の鼻先を押さえることができれば……。

「三十キロまでは仕事」という吉池の言葉が脳裏に蘇る。「そこから先は自分のレースにしたらどうなんだ？」。

どうなんだ？　走れるのか？　走りたいのか？

走りたい、と死ぬほど思った。勝ちたいわけではない。走り抜いて、マラソンランナーとしての自分の実力を証明したかった。

その時突然、甲本は左側に殺気を感じた。誰かが追いついてきたのだ。ペースメーカーの背中につくことをよしとせず、ペースを崩すことを覚悟しながらでも、前に出ようと仕掛ける選手——そんな人間は、山城しかいない。

格の違いってものを見せてやるよ。

山城ははっきりと意識していた。ペースメーカーなんて、余計な存在だ。どうして俺が、人の背中を見ながら走らなければならない？　ペースメーカーがいなければレースを組み立てられないような選手に、世界最高記録を狙うレースに出る資格はない。まあ、こんなインチキなレースは、俺がぶち壊してやるけどな……わずかにスピードを上げると、すぐに甲本の左側に並んだ。相変わらず、どたどたと……先ほどサングラスを放り投げてしまったので、素顔が露《あらわ》になっている。苦しそうで、これが一杯一杯という感じしか伝わってこなかった。それでもスピードは落ちていない。

今の自分の走りは、九十パーセント程度だ。百パーセントの走りは百メートルか二百メートルほどしか続かず、それこそラストスパートで誰かと競っている時とか、記録を狙って最後の追いこみに挑む時しか使わない。レース中、前を行く選手を追い抜く場合は、九十五パーセントまで上げる。追い抜いて、安全なリードを保てる五十メートルほど先まで続ける……九十五パーセントなら、一キロまでは持つ。

今は、ほんのわずか、足の回転スピードを上げただけだが、間隔は二メートルしかなかったので、あっという間に追いついた。道路の左端に近いコースを保ちながら前へ出る。どたどたした足音が少しだけ遠ざかり、確実にリードを奪ったのが分かった。このまま一気に引き離して、二度と甲本が俺の前に出ないようにしてやるか……山城はパワーを解放した。鼓動がにわかに早まり、足に緊張が走る。これで甲本もついてこられないだろう。

いや、相変わらずあの足音は耳に届いてくる。まさか、食いついてきているのか？　既にスピードの限界は越えているはずなのに、ここで無理をしてでも離されまいとしている？　馬鹿な。限界を越えて走れば、必ず、遠くない先で障害が出る。まあ、甲本がどうなろうが知ったことではないが……誰が勝とうが、俺がきっちりレースを作ってやる。

それにしても、応援が煩い。仕方ない、少しだけ右に寄ろう。急激に外側にコース変更すると調子が狂うから、数十メートル先を目標に斜めに走る。中継車のさらにその先、五十メートルかけて、一メートルほど右に寄るのだ。結果的に、甲本の鼻先を押さえることにもなる。とにかくどこかで引き離してしまいたい。ちょろちょろ後ろをついてこられるのは我慢ならなかった。独走というのがどんなものか、たっぷり思い知らせてやる。

スピードを上げる。自分の前に、白い一本の線が描かれたように感じた。頭の中でカウントが始まる。九十一、九十二、九十三……九十五までできて、さらに一目盛り上げた。まだいける。九十七パーセント。ようやく甲本の息遣いが消える。ほら、先輩、その辺にしておいて下さい。これ以上無理をすると、途中で棄権になりますよ。それじゃ、金は貰えないでしょう。

ほどなく、完全に甲本の気配が消えた。少なくとも十メートルは引き離したと確信し、ゆっくりとペースを落としていく。九十六、九十五、九十四……九十パーセントまで落ちたのを確認し、前方の白バイを見る。間もなく一キロを走り終えるところだ。時間表示は「2：49」。これはさすがに、少し飛ばしすぎたか。わずかに息遣いが荒くなり、喉に、特有の焼けるような感覚が生じる。渇きが目を覚まし、水の必要性を感じた。次の給水ポイントでは、必ずたっぷり水を入れよう。それでエネルギー補給は完了、体は元に戻る。

「2：50」で掲示板がリセットされた。これは相当なハイペースであり、どこかで自爆してしまう可能性が高まる。甲本は十分引き離したのだから、ここからは少しスピードを緩め、ペースを安定させて走って行こう。それでも、甲本の後ろにいる連中――何人でグループを形成しているかは分からないが――はついて来られず、完全にレースは崩壊するはずだ。甲本は意地でも、三十キロまでは離されないようにするかもしれないが、そこから先は、何とか生き残った二番手グループの誰かがトップ争いをすることになる。ただし、完全にスタミナを使い果たしてしまい、もはやどうにもならずに、ただ完走するだけ、というレースになってしまうかもしれない。

そんなことなら、甲本が走り切るしかないんじゃないか？　少なくとも三十キロ地点までは、それなりのペースを保ってくるはずだから、残る十二・一九五キロを、多少スピードが落ちても走り切れば、そんなにみっともない記録にはならないはずだ。

関係ない。そんなことは、こちらの勝手な想像だ。だいたい甲本自身、四十二・一九五キロを走り抜くことなど考えてもいないだろう。レースは潰れる。だがそれは、主催者側の責任だ。こんなインチキレースを作ってしまったんだから、インチキな結果になるのも仕方ないではないか。

俺を怒らせるとどうなるか、思い知るがいい。

4

『ここで山城、一気に前へ出ました。確実にスピードアップ……今、ペースメーカーと並びます。あ、ちらりと横を見ましたね』

『山城選手は、まだ余裕がある感じです。汗もほとんど出ていないぐらいですね』

『さあ、山城は何を狙っているのか。ここで一気にペースアップして、早目に絶対的なリードを奪うつもりなのでしょうか。どう見ますか、吉池さん？』

『行ける時に行こう、と考えているのではないでしょうか。必ずしもペースメーカーに合わせる必要はないのですから。山城選手が今日は絶好調だという証拠です。自分でレースを組み立てようとしているんです』

アナウンサーと吉池のやり取りを聞きながら、音無は瞬きも忘れて画面を見詰め続けた。あまりにも目を大きく見開いていたせいか、頭痛がしてくる。山城……本当に、いったい何がしたいんだ？

高いレベルではあるが、一キロごとのスプリットタイムは乱高下している。数秒単位だから「乱高下」は大袈裟かもしれないが、一秒、二秒の差が、後々ダメージとなって体を蝕むかもしれない。そんなことが分からない山城ではないはずだが……。

「何考えてるんですかね、山城は」パソコンを見たまま、高沢がつぶやく。

「さあ、な」

「今までのペースが遅過ぎるとか？」

「まさか。それはない」

仮に一キロ二分五十秒ペースで走り続けたら、ゴールした時にはとんでもない記録が生まれる。しかしこのペースで完走するのは絶対に不可能で、どこかで必ずスピードが落ちてくるはずだ。山城はこの後、どういう配分を考えているのだろう。前半でリードを稼いで勝利を確実にし、後半どこまで落とさずに行けるかどうかで記録に賭ける？　それにしても無茶過ぎる走りだ。

「そろそろ知事から電話がかかってくるんじゃないか？」

青田が皮肉っぽく言ったが、音無は無視した。そんなことはとうに見越して、携帯電話は先ほどからサイレントモードにしてある。後で文句を言われても「気づきませんでした」の一言で逃げられるわけだ——知事に対して、平気でそんなことを考えられるようになっている自分に驚く。あの人も、結局はマラソンが分かっていないんじゃないか？　走り出してしまえば、レースは選手のものになる。こちらがどれほど細かく気を遣っても、彼らがそれに気づくとは限らないし、もしかしたら鬱陶しいと思っている可能性もある。

鬱陶しい？

山城はそう考えている？

あり得ない話ではない。あの男は、自分が全てだと思っている。傲慢になっていいだけの結果を残してきた。だからこそ、周りの過剰な準備に対して、違和感を覚えているのかもしれない。こんなことまでしてくれなくても、俺は結果を出せる、とか。

それはそうかもしれないが、こんな走りをしていて本当に勝てると思っているのか？ 今は三十メートルほど後方にいる第二グループの選手たちも、捨てたものではない。むしろ彼らの方が、正しいレースを展開しているのだ。ペースメーカーに合わせて——甲本は間違いなく役割を果たしている——飛び出しを我慢し、遅れないことだけに集中しながら、ひたすら三十キロまでの距離を刻み続けている。彼らの頭にあるのは「三十キロからが勝負」ということだけで、今はまだ、長い長い助走の最中なのだ。

「五秒の乱れは、想定の範囲内ですか？」突然高沢が訊ねた。

「そうだな……まだレース前半だから。でも、誤差というにはちょっと大きいかな」

「力を使い果たしていないといいんですが」

「それは大丈夫だろう」

「ペースが速過ぎます。一キロ二分五十五秒以下で走り切った区間が幾つかありますし、五キロのスプリットも予想より速いです」

スプリットタイムは、レースの中盤から後半にかけて乱れていきがちだ。エネルギー切れで全体にスピードが落ちる一方、勝負どころと見て、残ったエネルギーを全て注いでラストスパートに出れば、スピードは上がる。

ゲブレセラシェがベルリンで世界世界記録を出した時のタイムもそうだった。前半の五キロ、十キロのスプリットタイムは、十四分三十五秒と十四分三十八秒。しかし十五キロ、二十キロ、二十五キロ、三十キロの各区間は、前半に比べて十秒程度遅くなっている。要するに中だるみだ。ところが三十キロ過ぎから、温存していたエネルギーを解放するように突然盛り返し、三十キロから三十五キロは十四分三十八秒、三十五キロから四十キロは十四分二十九秒と確実にペースアップしてきた。
今回のレースでも、注目はここから先、第一京浜を折り返してからの十三キロだ。この辺りでペースが落ちれば、前半の貯金を使い果たしてしまい、後半は苦しくなる。

「五キロのスプリットは？」

「最初の五キロが十四分三十二秒、次の五キロが十四分三十秒です」

ゲブレセラシェの走りをも上回っている。とにかく、次の五キロは要注意だな。ここで一気にタイムが落ちると、山城は後半の展開で困ることになるし、もしも二十キロまでこのペースを保てれば、最後は力を使い果たして流しても、記録に迫れる可能性がある。

「本当に、記録は出るんですかね」高沢が疑わしげに言った。あまりにハイペースなレース展開を懸念しているのは分かる。

「駄目かもしれない」

音無が言うと、青田が勢いよく振り向いて言った。

「途中で落ちると思ってるのか？」

「それは分からない。でも一般的に、前半で飛ばし過ぎたレースは、後半でだれるものだから。誰だって、最後まで完全に同じペースで走れるわけじゃないよ」

ゲブレセラシェの場合、後半の盛り返しが異常だったのだ。自分の言葉の信憑性《しんぴょうせい》が薄れるのを感じる。本当に、今日の山城は汗をかいていないようだ。画面を見ると、時速二十キロを上回るスピードで十キロ以上も走ってきたら、消費する熱量は相当なものだが、今日はまさにベストコンディションのようだ。わずかに額が濡れて光っているだけで、本人も苦しげな表情を一切見せない。サングラスをしているので顔の半分しか見えないが、そういうのは分かるものだ。顔が歪めば、口が開く。それを我慢するためにきつく唇を結ぶと、今度は口の両端に深い溝ができる。そういう、苦痛を示す兆候は一切見受けられなかった。恐るべし……音無は一瞬、山城が二時間を切るのではないかと夢想した。

そう、中学生の頃、陸上に本格的に取り組み始めた時期には、よくそんな想像をしたものである。あの頃の世界記録は、ロペスがシカゴマラソンで叩き出した二時間七分十二秒だった。その二十年前には二時間十二分だったことを考えると、二十世紀が終わる頃には二時間を下回るのではないか、などと想像していた。ところがその後記録の伸びは鈍化し、二時間五分台に突入したのは、ロペスの記録から十五年近く経ってからである。そしてゲブレセラシェが二時間四分台を切るまでは、そこからさらに十年近くの時が流れた。記録の鈍化――人間という生物の限界が近づいているのかもしれない。

だが音無は、無限の可能性を信じたかった。いつか人間は、マラソンで二時間を切る。急に興奮が湧き上がってきた。もしかしたら、今日がその日になるかもしれない。自分は歴史の目撃者になるのではないか。こんな車の中ではなく、早くゴールにたどり着いて、その瞬間を直接見届けたい。テレビで見ているのと違い、生で見るゴールの瞬間には、一種独特の興奮と緊張感がある。だいたい、どこかに巨大な電光掲示板があっても、一瞬はタイムを見逃すのだ。誰かがそれに気づき、どよめきが広がる。慌ててタイムを確認し、数秒遅れで事実を認識し、遅れてきた興奮に身を委ねる――あんな時間を共有できる機会は、人生で何度もない。

自分が裏方でいる事実が恨めしかった。これだけのレースを作り上げたという誇りよりも、自分は直接参加できていない事実が悲しい。沿道で声援を送る観客が、心底羨ましかった。むしろあそこにいた方が、レースとの一体感は強いのではないか。

「もうすぐ折り返しだぜ」青田が前方を凝視したまま告げる。

顔を挙げ、体を斜めに倒して、フロントガラス越しに前方の光景を確認する。先導する白バイの向こうに、青い看板が三つ並んでいるのが見えた。ここから左の側道に入り、大きく回って第一京浜に戻る。レースは中盤に差しかかり、選手のスタミナが験されるポイントだ。ここからの十キロを見れば、山城が本物かどうか、分かる。

とにかく、行ってくれ。お前の力を見せてくれ。


川崎区役所の近くには、巨大な歩道橋がある。階段の傾斜が緩やかなせいか、大きく足を広げて踏ん張っている異型の生物のようにも見えた。歩道橋に遮られて先の風景は見えないが、三車線の広い道路がこの先もずっと続いていくのを甲本は知っていた。中央分離帯も広く取られており、広々とした走りやすい場所だ。

歩道橋の下を通過する。広い交差点を上空で結ぶ構造なので、複雑なデザインになっている。一つの通路の下を通り過ぎて、一瞬空が開けたと思ったら、すぐに別の通路に差しかかる。上空からも声援が降ってくるのに気づいた。確かに、この歩道橋は絶好の応援ポイントだろう。上からは、選手たちの走りがよく見えるのだ。

山城は五メートル先を独走していた。恐ろしいほどペースが乱れない。今のところ、甲本は何とか遅れずについて行けたが、これ以上スピードを出されたら、間違いなく取り残される。甲本は、決して自分を高評価しない。できることとできないことは分かっており、高望みをしたことはなかった。できることをひたすらこなす。

もしかしたら自分に足りなかったのは、夢想する力だったかもしれない。誰よりも速く駆け抜ける姿……それを四六時中頭の中で思い描いていれば、いつかは現実が想像に追いつく。

だがもちろん今は、余計な想像などできない。自分の前にあるのは現実だけだ。山城を追うという、本来の目的からは外れた仕事をこなすこと。

手を振れ。足をしっかり引っ張り上げろ。少しだけ喉の奥が熱い。呑みこむ空気が熱を持っているようだ。まだ早い……こんな風になるのは、いつももっとレースが進んでからだ。もしかしたら今日の俺は無理をし過ぎている？　知らぬ間に限界を越えて走り続け、体が密かに悲鳴を上げているのではないか？　だとすれば、山城のせいだ。何が気に食わないのか分からないが、俺を潰そうとしているのではないか。ペースメーカーのペースを崩そうとしている選手……意味が分からない。

歩道橋の下を過ぎると、道幅がさらに広くなった感じがする。中央分離帯には背の高い街路樹の植栽があり、高層ビルと緑のコントラストが心地好い光景を提供している。まるで滑走路を走るような……あるいは箱根駅伝の予選会か。スタート地点の陸上自衛隊立川《たちかわ》駐屯地では、だだっ広い敷地内を走ることになるのだが、あの感覚に近かった。

前方で、車線を示す白線が広がるのが見えてきた。あそこで道路は二股に分かれる。右側の二車線を真っ直ぐ走れば東京方面へ、左へ入れば側道に出て、第一京浜の折り返し地点である府中街道との立体交差に到着する。自分の役目ももう半分か、と少し寂しい気持ちになる一方、どうしても消せない炎が心の底で燃えているのを感じている。

走り切りたい。ただのペースメーカーでは終わりたくない。

契約書の中身を、改めて思い出してみる。距離に関する条文は「三十キロ地点まで」としかない。義務は三十キロまで。そこから先どうするか、という指示は何もなかった。つまり、最後まで走り抜いても契約違反にはならないのだ。文句を言われたら、その時はその時で考えればいい。言い訳は、得意とするところではないか。

風が強く頬に当たり、顔がふっと後ろに押し戻されるような感じになる。ずっと、ほぼ無風状態で走ってきたのだが、少し風が出てきたのだろうか。向かい風……だとしても、折り返したら追い風になる。条件は依然として悪くないのだ、と自分を鼓舞した。ともすれば弱気になってしまいそうだが、何とか踏ん張り、一歩一歩を刻む。ほどなく、風の感覚が正常に戻った。

しかし、汗がきつい……甲本は腕を上げ、アームウォーマーで額を拭った。体が熱いわけではないのだが、やけに汗が出る。これも、知らぬ間に無理してしまった証拠なのだろうか。呼吸のリズムを一度だけ乱し、大きく空気を取りこむ。やはり喉の奥が熱く感じられた。これは、限界近くまできている……だが、まだ走れる。実際、走ってるじゃないかと自分に言い聞かせた。

側道に入る。前方右側にパイロンが並んでいるのが見えた。その先から、右側の二車線は上り坂になり、府中街道を跨ぐ跨線橋に入る。

前方を見ると、これまでの広々とした視界が一気に狭まっていた。五メートル前を行く山城。その前で左右に配置された、二台の白バイ。さらに前には巨大な中継車が走っていて、視界を塞いでいる。この折り返しで白バイは交代するのだが、その後もちゃんと走れるだろうか。前方の光景が少しでも変わると、慣れるのにはかなり時間がかかる。

側道に入ってしばらく行くと、右側は長く続くコンクリートの壁になる。道路幅が少しだけ広くなり、二車線に変わった。進路を示す矢印は、それぞれ「左折」と「直進・右折」。甲本は素早くコース変更して、右車線に入った。一方山城は、依然として左車線の左端に近い場所を走っている。そろそろ大回りしてUターンする準備をしなければならないのだが……やがて山城は、ゆっくりと右斜め

できるだけカーブや交差点がない場所を走りたいのだろう。ればずっと真っ直ぐ、できるだけカーブや交差点がない場所を走りたいのだろう。

ということは、転回ポイントでも、大回りしてくる可能性がある。そこが一つのチャンスになるのではないか？

甲本は一瞬、ペースメーカーとしての考えを捨てた。これはレースなのだ。相手は山城一人だが、どうしてもこの男に負けたくないという気持ちが湧き上がってくる。山城はマラソンの日本最高記録保持者であり、誰もが認める、今世界最高記録に最も近い選手だ。だが俺だって、ハーフではあるが日本最高記録保持者なんだからな。

一度も見たことのない夢を、今日だけ見てもいいじゃないか。

限界に近い……だが甲本は、わずかに足の回転を速めた。少し斜めに走っている山城と、直線のコースを取る自分。少しずつ距離が縮まってきた。五メートルが四メートルに、すぐに三メートルになる。二メートル……完全に山城の後ろについた。向こうは気づいているだろうか。後ろを気にする様子もなく、相変わらず疲れを感じさせない軽快な走りを続けている。手足に無駄な動きが一切なく、わずかに前傾した姿勢を保って、空気の壁を切り裂いていく。甲本は、自分の周りの空気が少しだけ乱れたように感じた。山城の体がかき回した空気が、一種の乱気流のようになって、こちらにまとわりついている……そんなことはない。たかだか人間一人が動いた時の空気の乱れが、はっきりした形で出るわけではないのだから。

しかし今は、少しでも山城の背中に近づきたかった。一メートル後ろまで接近すれば、本当に空気が遮断されるのは、経験的に分かっている。スリップストリームとはいかないが、風が直接当たらないようにはできる。それだけでずいぶん違うのだ。もう一歩、頑張れ。限界は近づいているが、まだ限界じゃない。甲本は歯を食いしばり、何とか二メートルの差を詰めた。山城の背中の力の入り方、揺れるウエアの様子まではっきり見て取れる。それにしてもこの男は、ほとんど汗をかいていない。首筋が少し光っているだけで、非常に楽そうだった。気温が低く、風がほとんどないこの状況を楽しんでさえいるようである。

こっちは必死だ。もう後がない。少しペースを上げた後遺症で、息が切れかかっている。

コンクリートの壁が途切れ、高架の橋脚が取って代わる。右側のガードレールの奥、橋脚の下には駐車場。そこにも観客が陣取り、寒さに肩をすぼめながら——日陰なのだ——声援を送ってくる。

先導する二台の白バイが、同時にウィンカーを右へ出した。既に中継車は、交差点に差しかかっている。

山城が急にコースを右寄りに変え、カーブの内側に寄った。負けじと甲本は、さらに右側に寄る。山城より内側を突いて、百八十度方向を変える数秒の間に抜き去るつもりだった。白バイが揃って右へ曲がる。共通のメトロノームでも使っているように、まったくぶれがない走りだった。

目の前に、一瞬だけ光り輝く細い道が現れる。そこだ。そこを突け。甲本は、まだ呼吸が整わない状況にもかかわらず、スピードを上げた。あそこを上手くすり抜ければ、再び山城をリードできる。

またあいつか……山城はいい加減、うんざりしていた。どたどたと煩いばかりの足音。かなり近くまで迫って来ているのは分かるが、後ろを振り向きたいという誘惑は封印する。そういう余計な動きが、コンマ数秒のロスにつながるのだ。

よし、ここで大きく右折。トラックのカーブよりきついことは分かっているし、どういうわけか人間の体は左よりも右へ曲がる方がコントロールし辛いのだが、何ということはない。体重を少しだけ右に移すことを意識し、車体をわずかに右へ倒してカーブをクリアする白バイの後を追う。問題なし。行ける。

だがそこで、甲本が邪魔してきた。右側にわずかに空いたスペースを突いて、内側に入りこもうとしている。右へ動いてブロックするか？　いや、それは危険だ。カーブを曲がっている最中にコースを変更すると、バランスを崩す可能性がある。少し内側に腕を振るようにしてやるか……目の前に腕があると、ぶつかるのを恐れて思い切った走りができなくなるのだ。

片側二車線の第一京浜は車幅が広く、高架橋が作る影は大きい。急に気温が下がり、競馬場の方から吹いてくる風が顔を襲った。だだっ広い競馬場のせいだろうか、この辺りは常に強い風が吹くようだ。それも一瞬の我慢だと、自分に言い聞かせる。

白バイはカーブを曲がり切る直前、第一京浜の下り側にあるコンビニエンスストアの駐車場に入って行った。ここで先導を交代、か。

――と余計なことを考えた瞬間、右側を風のように甲本がすり抜けた。クソ、何でそこで……いや、こいつの存在を気にしてはいけない。単なるペースメーカーなのだから。だが甲本の走りは、本気のレースそのままだった。競り合いで、わずかな隙を突いて前へ出ようとする……何のつもりだ？　こんなのは、ペースメーカーの仕事じゃない。

甲本が窮屈そうな姿勢から、普通の走りに戻る。間もなくカーブを曲がり終えるところだが、ここから挽回して抜き返すのは難しい。まあ、無視しておこう。どうせ甲本はかなり無理をしているはずで、この先の直線でもう一度かわすのは難しくない。だいたい、無駄に体力を使うカーブで仕掛けるのは、レースを知らない素人のやり方だ。

カーブの立ち上がり、側道へ出たところで、交代要員の二台の白バイが待機していた。申し合わせたようにスタートし、二人をリードしていく。掲示板は、先ほどまでの白バイとまったく同じタイムを刻んでいるようだ。積み替えたわけではなく、何台もの掲示板をシンクロさせて動かしているのだろう。まったく、ご苦労なことだ。この辺りの事情はスポーツ新聞で事前に報道されており、「ハイテクマラソン」などと絶賛されていたが、そういう考えこそ間違っているというのだ。過保護な運営は、選手を弱くする。ただ自分の力だけを信じて走るべきなのに、サポートが分厚過ぎるのだ。

側道は緩く右へカーブしながら、途中で一車線になる。歩道と車道を分ける街路樹が、冬枯れして裸なのが痛い。隙間隙間から旗が飛び出し、目障りで仕方がない。わずかに中央寄りに進路を取り、煩わしい応援から逃れる。

甲本のリードは五メートルほど。かなり無理したな、と分かる。いつも首を左へ傾げているのだが、その角度が少し深くなったように見えた。もう一杯一杯だったのだろう。ここで無理して勝負を仕掛けたことに、何の意味があるのか。

同じ道路を折り返しただけなのに、がらりと光景が変わっていた。中央分離帯の街路樹の向こうに見えている高層ビル群……あの辺りが、ＪＲ川崎駅付近だ。陸橋を渡ってきた車線と合流する場所に、道路標示がある。三百二十メートル先、右側が川崎駅。その交差点を左へ曲がれば、アクアラインだ。あそこを通行止めにして走ったらどうなるだろう。誰にも邪魔されず、ひたすら走りに集中できるはずだ。しかし、水面下を走るのは嫌な気分ではないだろうか。しかも高低差が結構あるはずだ――馬鹿馬鹿しい。余計なことを考えるのは、レースに集中できていない証拠である。本当に調子がいい時は、何も考えない。

道路表示は、真っ直ぐ進めば横浜、と示している。そう、今は真っ直ぐ進むことだけを考えればいい。その先には、絶対に栄光が……俺は走らないが。三十キロでストップするのだから。やっぱり、こんなレースには出るべきではなかった。世界記録は、来年のベルリンで狙えばいい。怪我さえなく、状況がよければ、十分記録を破れる自信があった。

第一京浜沿いには高いマンションが建ち並んでおり、道路は完全な日陰になっている。立って応援している人は一様に、ダウンジャケットで完全武装だ。だがこちらとしては、体が冷やされてちょうどいい。それほど体が熱いわけではないが、陽射しが遮られ、冷たい空気が体に叩きつけられる感覚は、なんとも心地好かった。

再び、川崎区役所前の大きな歩道橋の下を通り過ぎる。特徴的なX型の歩道橋の上には観客が鈴なりで、声援が豪雨のように降ってきた。上空を飛ぶヘリの騒音が、切れ切れに耳に飛びこむ。まったく、煩い。こんな状況がまだまだ続くと考えると、心底うんざりした。ゴール地点の騒ぎはこんなものではないだろうが……途中でやめる俺には関係ないか。片側三車線の見通しのいい道路はまだ延々と続く。山城はほんの少し位置取りを変えて、五メートル前を行く甲本の真後ろにつけた。この位置だと、俺の姿は中継車からは見えなくなるはずだ。肝心の俺を映せず、どんな具合に中継されるのだろうと悪戯心が湧く。

急カーブや交差点ではペースが乱れて、走りそのものに影響が出ることも珍しくないが、山城はまったく安全にクリアしていた。足が重くなったり、手を振るのが面倒になったりということもない。ひたすら正確に、機械のように走るのは変わらなかった。そう、マラソンでは自分の体をマシンにしてしまうのが、一番簡単なやり方である。

そうだ、そろそろ水を入れておかないと。折り返してから一キロ、新川橋交差点の先に給水所がある。ここもやたらと広い交差点で、その先にある給水所の様子は、はっきりとは見えなかった。特徴的な蛍光イエローのベンチコートを着たボランティアが何人か車道に出ているから、あの辺が給水所だろうと見当をつけるしかない。

交差点を渡り切ると、折り畳み式のテーブルを長くつないだ給水所が目に入る。俺のドリンクはどの辺にあるんだろう……左側に寄って目を凝らす。差しこんだストローに、黒いリボンを結びつけてあるから、すぐに分かるはずだ。

ない？

まさか。準備は万端のはずである。もしかしたら甲本が間違って持っていってしまった？　いや、そんなはずはない。甲本はドリンクを手にしてはいない。クソ、何かの手違いだ。ここで少し糖分を補給しておかなければ……仕方がない。山城は左手を伸ばし、普通の水のボトル――誰が使ってもいいもの――を取った。冷たいボトルの感触は掌に心地好かったが、一方で頼りなくも感じる。特別に調合したドリンクの、かすかな甘さは気に入っていたのだが……水を口に入れる。粘つく口の中を少し潤しただけで、すぐに吐き捨てた。もう一度、口中を洗う。無味乾燥な水は、元気の素《もと》にはなり得そうになかった。それでもここで水分を取っておくのは大事だ。スペシャルドリンクは、あと二か所で用意してあるから、そちらで何とかエネルギーを補給しよう。しかし、今の給水所はどういうことだったのか。スタッフの手違いか、ボランティアがミスしたのか。納得いかなかったが、終わってしまったことを愚図愚図考えても仕方がない。

山城は水を口に含み、ゆっくりと飲み下した。全身の細胞に、水が染みこんでいく感覚。もう一口、今度は少し多めに飲んで、まだ重いボトルを投げ捨てた。どこへ飛んでいったのか分からないが、沿道の観客から、何故か「おお」という声が上がる。歩道まで飛んでいった？　まさか。そこまで力は入れていない。気合いを入れたとでも思ったのか。まったく、見ているだけの人は無責任だ。こっちは何も考えていないのに。

さあ、取り敢えず水分の補給は完了だ。これからいよいよ、レースは盛り上がる。予想もしていない展開に驚くがいい、と山城は皮肉に考えた。

5

まったく、何回驚かせれば気が済むんだ。

音無は目を閉じ、前腕を目の上にきつく押しつけた。先ほど見た光景が頭の中で何度もプレイバックし、鼓動が高鳴ってしまう。右カーブで、わずかな隙間を突いて山城を抜き去り、リードを奪う甲本。その瞬間、山城の顔に驚愕《きょうがく》の表情が浮かぶのを、音無ははっきりと見た。いつも冷静――不機嫌な表情を浮かべている山城が、思い切り目を見開いたのだ。まさか、ここで仕掛けてくるとは……とでも言いたげな表情。あの男にしても、予想できない事態はあるのだろう、と一瞬ほっとしたのを思い出す。常に、あらゆる事態に備えて準備を進めている人間など、面白くも何ともない。トラブルが起きてこそ、スポーツなのだ。

しかし自分たちは、そのトラブルを最小限に抑えるべく、努力を続けてきた。何者にも汚されない、無菌室のようなレースを作りたかったから。しかし「選手」という最も不確定な要素までは、コントロールできない。

「どうするんだよ」青田が不安そうな口調で訊ねる。

「どうもこうも、この段階で俺たちにできることなんかないよ。それに、ペースメーカーが先頭を走ってるのは普通だろう。これが予定通りだ」音無は自棄《やけ》っぱちになって答えた。自分たちの役目は、レースが始まるまでであり、いったん走り出してしまったら、もう打つ手はない。

「でも、ペースが乱れてるぞ」

「分かってる」

「甲本に呼びかけるか？」青田がマイクを持って手を振った。「ちゃんとペースを守れ、ぐらいは言えるぞ」

「駄目だ。走ってる最中にそんな指示は出せない。それに、テレビに声を拾われるぞ」

「それはまずいか」青田が肩をすくめる。

「だいたい、甲本はもう一杯一杯だと思う。これ以上は望めないよ」

「確かに苦しそうだな」

音無はテレビを覗きこんだ。サングラスを投げ捨ててしまったために、顔が露になっている。薄く口を開け、目を細めた険しい表情。腕の振りや足の運びに変化はないが、顔だけ見ると、今にも棄権寸前という感じだ。いつもこんなに苦しそうな顔をしていたか……限界を越えて走っているのは間違いないが、それにしても苦しそうだ。つい、同情してしまう。自分が箱根を走って襷を渡した時も、こんな表情だったのではないか。あの時は区間最下位で、肉体的にも精神的にも打ちのめされていたのだが……甲本も、精神的にダメージを受けているはずだ。その原因は山城である。本来なら、甲本をリード役に淡々と走っているはずなのに、まるで甲本とのマッチアップのようだ。三位以下のグループは、既に五十メートル近く後方に取り残されている。

「なあ、山城って、甲本とつき合いがあったのかな」青田が突然訊ねる。

「さあ、どうだろう」予想外の質問に、音無は言葉を濁した。「甲本もタキタで練習してたけど、遠慮して他の選手とはなるべく顔を合わせないようにしてたみたいだからな。個人的な知り合いってわけでもないし、ほとんど接触はないと思うよ」

「そうだよな……何だか競争してるみたいだけど、あの二人、今お互いのことをどう見てるのかね」

「それは、俺には分からない」

言葉を濁した途端、高沢が甲高い声を上げる。

「記録です、記録！」

鼓膜を突き破りそうな声に、音無は思わず耳を塞いだ。普段冷静な彼がこれだけ興奮した声を出すということは……。

「ハーフ、一時間を切りました！」

これがハーフマラソンなら、日本最高記録更新だ。それどころか、日本人初の一時間切り。音無は、体の内側からじわじわと熱が噴き出すのを感じた。瞬間、狭い車内で歓声が爆発する。レースの展開も忘れ、大変な記録が――公認されるわけではないが――生まれたことに対する賛辞。青田が両手を突き上げ、ルーフに拳をぶつけて派手な音を響かせた。

「このペースが続けば、間違いなく世界最高記録更新だ！」傷めた両手を振りながら、青田が興奮した口調でまくしたてる。それを後押しするように、テレビではアナウンサーが興奮して説明した。

『今入った速報ですが、驚くべきハイペースでレースが進んでいます。山城選手のタイムなんですが、ハーフマラソン換算で五十九分五十七秒。これは、ハーフマラソンとしては日本最高記録を更新する数字になります。ゲブレセラシェがベルリンで世界記録を出した時のハーフのタイムは、一時間二分五秒。それを大きく上回る、素晴らしいペースです。どうですか、吉池さん』

『少し早過ぎますね』吉池が、興奮するアナウンサーに冷水をぶっかけた。『前半、飛ばし過ぎです。まだレースは半分ですから、この貯金がどこまで持つか……これからしばらく抑え気味にして、ラストスパートに備えた方がいいですね』

これは、吉池の意見が正しい。どう考えてもここから先はしばらくペースが落ちるだろう。前半に比べて、五キロスプリットで二十秒程度のタイムの落ちは、まだ計算のうちである。最後の十キロで元のペースに戻せれば、記録は十分狙える。

しかし、甲本はその辺りまで計算に入れているだろうか。掲示板を使って情報は逐一提供しているが、酸素不足の頭で、どこまで理解できているか。

「高沢、中継車の掲示板にメッセージを流せるか?」

「え?」高沢が目を見開く。

「少しスピードを抑えさせたい。このままじゃ、甲本はともかく、山城がパンクする」

「メッセージは流せますけど、そんなことしていいんですか? 沿道で見ている人は気づきますよ」

「構わない。甲本はランナーじゃないんだ。ペースメーカーに指示を与えても、誰かに文句を言われる筋合いはない」先ほど青田に「指示はまずい」と忠告したのも忘れ、音無は強い口調で言った。

「声を出すのはヤバいかもしれないけど、文字ならいいだろう」

「そうですか……」高沢はどこか不満そうだったが、キーボードの上で指を構えた。「どうします? 文字数に限りがありますけど」

「何文字までいける?」

「十五字です」

音無は一瞬言葉を切り、文句を考えた。余計なことは言わない方がいいだろう。甲本を混乱させるだけだ。

「ペース落とせ、でいい」

「具体的には？」

一キロ三分。五秒のペースダウンで、これから五キロのスプリットタイムを二十五秒遅らせることができる。ただし、それを伝えたところで甲本がきちんと対応できるかどうかは分からない。白バイの掲示板もリセットして、分かりやすくするか……そこまでやると、今度は山城が混乱する可能性もある。あいつが掲示板のデータを参考にしているかどうかはともかく。

「ペース落とせ、一キロ三分」音無は指を折りながらゆっくり言った。「これで十二文字。いけるな？」

「了解」高沢の指が、ピアノを弾くような滑らかさでキーボードを叩いた。「……出ます。ここからは確認できませんけど」

うなずいて、音無はまたテレビ画面を見た。甲本は気づいていない様子だ。

「ちょっとそのままキープしてくれないか」

「了解」

苦しげな表情の甲本が、顎を上げた。まずい……あんな風になるのは、息が上がっている証拠である。しかし彼の表情は一変した。目を大きく見開き、表情が緩む。気づいたか。

「点滅させられるか？」

「できます」

高沢が素早くパソコンを操作した。テレビ画面では、甲本の表情がさらに落ち着く。背後から山城がぐっと近づいてきたが、甲本に並ぶまではいかない。やはり彼も、甲本をペースメーカーとして使っているのだ。少なくとも後ろについている限りは。

「よし、元の情報に切り替えて」

「……完了です」一瞬のことだった。

画面では、甲本が再び表情を引き締めている。状況は把握して、これから残り十キロ弱でレースを再構築しようとしているのだろう。頭の悪い男ではない。自分の役割が何か、十分理解しているはずだ。

さあ、ここからは少し力を溜めこむ時間だ。本当の勝負は後半、おそらくはラスト五キロの戦いになる。その時山城は、完全に一人で、孤独な戦いに挑む。だが彼は、その孤独に耐え、打ち勝つことができる男だ。

本当の勝負の時まで、あとおよそ四十五分。

ペースダウンしないと……わずかにスピードを緩め、大きく息を吸いこむ。途端に、視界に色が戻ってきた。折り返し地点を過ぎてから、あまりにも遮二無二、ペースも考えず走ってきたことを意識する。両足の筋肉が緊張し、パンク寸前になっているのが分かった。危ないところだった……山城が迫ってくる気配はないので、さらにスピードを落とす。一キロ当たり五秒、百メートルでは〇・五秒という感じか。肉体で正確に感知するのは難しいが、何故かきちんとペースダウンしていると確信できた。時間の感覚に関して、自分には動物的本能がある。

今までほとんど、無意識のまま走ってきたことに気づく。これでよく倒れなかったものだ。脳にたっぷり酸素が行き渡るに連れ、周囲の状況をきちんと把握できるようになった。

間もなく鶴見橋。左側にマンションを見ながら、緩い上り坂に入る。道路が途切れて見えなくなる辺りが、橋の頂点だ。足に負荷を感じながら、坂道を上り始める。左側には風避けのフェンス。途中に「路面凍結走行注意」の看板が立っている。この辺りは歩道が狭いので、観客も少ない。

急に頭が涼しくなった。風？　そうだ。これまでほとんど風の存在を感じることはなかったが、ここにきて吹き始めたようである。とすると、ここから先、三つの橋が鬼門になるかもしれない。フェンスが終わった先は、歩道の端に青色の欄干が見えているだけだ。雲の隙間からかすかに覗く陽光を受けて、鶴見川の水面が鈍い銀色に輝く。甲本は覚悟した。走っている最中ではどうしようもないが、体の中心に力を溜めこみ、踏ん張るような意識を高める。

来た——耳元でびゅう、と鋭い音が響き、体の左側から冷たい風が襲う。思わずよろけそうになるほどの強風。まだ上り坂が続いており、体のバランスが崩れる。何とか踏ん張っていると、今度は往復びんたを食らうように右側から風が吹きつけた。これは……右側にあるコンクリート製のフェンスに風が跳ね返り、襲ってきているのか？　音無さんも、対策が中途半端だったんじゃないだろうか。この橋にも、しっかり強風対策を採るべきだったんだ。

錆《さ》びた歩道の手すりを横目で見ながら、最後の緩いカーブを駆け上がる。曇天だが、左側——海に近い方が少し晴れてきたようで、川面《かわも》が銀色に光っている。水面が白く波立つのを見る限り、風はやはり強いようだ。川の上だけのことなのか、あるいはここから先、ずっとこうなのか。だとすると、このペースを保つのは難しくなる。空気の壁に体当たりを続けるようなものなのだ。箱根駅伝を走った時も風が強く、走っても走っても前へ進まないような気がした。

坂の頂点を過ぎた。風は相変わらず左側からきつく吹きつけてくる。甲本は下り坂の傾斜を利用するようにして、体重を前へ進めた。足に負担はかかるのだが、風の影響を最小限に抑えるためには、自然落下のようなこの動きを利用するのが一番だ。横っ面《つら》を殴られ続けたように、顔の左側に痛みが走ってくる。いや、これは寒さのせいだ。

道路はこの先、右から左へと緩く曲がっている。左側、橋のたもとには、日産の販売店の赤い看板。

その先には交通情報掲示板があるが、まだ距離が遠くて内容までは読み取れない。

ふと、胸を張りたいと思った。

この第一京浜における俺は、王様だ。車は一台も通らず、ただ自分たちを走らせるためだけに多くの人が協力してくれている。第一京浜の上り車線を、何人かの選手が通り過ぎて行った。かなり遅れて、折り返し地点を目指す選手たちだ。この辺りには中央分離帯がないので、手を伸ばせばハイタッチもできそうである。

山城の気配はない。もっともあの男は、足音も響かせず、忍者のように近づいて来るから、油断はできないが……。

鶴見小入口の交差点を過ぎると、中央分離帯が姿を見せて、また道が広くなってくる。ビルが多くなり、都会の様相が強くなった。しばらくそのまま走って行くと、左側に大きな街路樹が立ち並び、雲の隙間から零れ出る陽光が遮られる。が、時折強い陽射しが漏れ出て目を焼いた。サングラスを投げ捨てたのは失敗だったな、と悔いる。冬の陽射しだからそれほどきつくはないのだが、やはり煩わしい。

程なく、鶴見線の青い高架橋の下をくぐる。ここまで来ると、間もなくコース全体の半分なのだが……中継車の掲示板を見て、数字を確認する。覚えていた通りだ。とにかく二十キロは過ぎた。途中から意図的にペースを落としたが、よく走った。ここまでは自分を褒めてやっていいと思う。今までの自分なら。しかし今日の甲本は強欲だった。体力は次第に限界に近づきつつあり、エネルギーは最後まで持つかどうか分からない。それでも勝負したかった。このレースに挑む以上、走り切って記録を残したい。

義務として課された残り十キロは、ペースを崩さないことだけを考えよう。白バイの掲示板で確認した限り、一キロ二分五十八秒程度で刻んでいる。体を休ませるために、意識してかなり遅くしたつもりだったのだが――厳密に言えば契約違反だ――意外に速いペースを保っている。それでも体は、特に不平を訴えることはなかった。知らぬ間に走る力がアップしていたのか……ひやりとしたのは鶴見橋の上で風に横っ面を叩かれた時だけで、後は特に問題なく走れている。あの時緊張した足も、今は問題なく動いていた。アスファルトを嚙む靴底の感覚も今まで通り。山城との競り合いで精神的に疲れた、ということもなかった。一歩ごとに打ち砕く空気の壁も今はごく薄く、何の抵抗もなく前進できる。

ああ、あと一キロ少しでハーフの距離に達するのか。頭の中でざっと計算して、ハーフだったら日本最高記録だな、と思い至る。もちろん、そういう記録は残らないが、一時間を切るのは確実ではないか。ということは、マラソンとしても世界最高記録ペースで走っていることになる。このままゴールできれば……山城を抑え切れば、俺が世界最高記録保持者になるのだ。

誰がそんなことを想像しただろう。本当にそんなことになったら、音無たちはどんな顔をするだろう。誰が勝っても、世界記録なら文句はないはずだ。この東海道マラソンは、世界に誇れる大会になる。

もしも本当に走り切るつもりなら――記録との勝負は、最後の最後になるだろう。三十キロまでは義務として、今までと同じペースをキープしなければならない。だがそこから先は、最後のスパートに備えて、少しスピードを控えるべきだ。体を休ませ、そこで山城に抜かれたとしても、再び勝負を挑むための力を貯《た》めこむ。たぶん決着がつくのは、最後の五キロ。

甲本は中継車の掲示板を注視した。去年三回走ったハーフマラソン。別にこの競技に愛着があるわけではないが、記録を更新し続けてきたことには意味がある。今ここで、俺はどんな――「00：59：

57」。思わず右手を拳に握った。記録に残らない記録。超がつくハイペースで刻んだハーフの距離。どうでもいいことだと思っていたが、やはりこの数字は自分の胸に叩きこんでおこう。ふと、温かいものがこみ上げてくる。泣いてる場合じゃないぞ。自分はこんなにできると自慢したって、誰も褒めてはくれない。自己満足で泣くなんて、最低だ。レースはこれからも続く。立ち止まっている暇はないのだから、邪魔になる感情の波を消せ。

突然、中継車の掲示板の数字が消えた。故障か？　白バイの掲示板があるから、走るのには問題はないのだが……突然、メッセージが現れた。

「ペース落とせ、一キロ三分」

何だ、これは？　一瞬混乱したが、音無の指示だとすぐに分かった。それでいいのか？　二分五十五秒のペースを崩して問題ないのか？　契約とは違う走りになるが……音無は音無でいろいろ考えているのだろう。今後のレースの展開を考え、中盤ではスタミナを温存しろ、ということではないか。まあ、音無たちの方が冷静にレース展開を分析しているだろうし、ここは指示に従っておいた方がいいか。三十キロまでは、あくまで仕事なのだから。

わずかに力を抜いた。これまでより、一キロ当たり五秒遅いペース……三分で一キロを走る感覚を忘れている。取り敢えず、白バイの掲示板で時間を確認しながら行くしかない。ハーフの距離、ちょうど二十一キロを過ぎて掲示はリセットされたばかりだから、二十二キロを通過するまでは勘で行くしかない。そこから先の八キロも同じペースで行くのか——五キロ十五分はかなり遅いペースになる——あるいはどこかでまたペースアップを指示されるのか。

何だか、自分がロボットになったような気分になる。言われるまま、ただ時間を守って走れ——その他のことは、求められない。

そんな自分を頼りに走る、他の選手はどうなのだろう。確かに、ペースメーカーがいると楽だ。背中を追って行けば、自分でタイムを気にする必要はないのだから。だが、マラソンで最も大事な要素——ペース配分を他人に任せてしまうのは、正しいことなのだろうか。野球で、バッターが次の球種を必ず教えてもらうようなものではないか。それではスポーツの楽しみは半減する。

ルール内のことだからいいのか？　誰もが高速レースを望んでいるからいいのか？

何かが間違っている。理屈ではなく感覚的だが、ひどい違和感を覚えた。もしかしたら山城は、もっと明確に、何が「インチキ」なのか理解しているのかもしれない。だからレースをぶち壊そうとして、滅茶苦茶なペースで走ってきたのかもしれない。

しかしその山城は、今はまったく大人しくしている。スピードが落ちるのを覚悟で、甲本は一瞬だけ振り向くと、平然と走っている彼の姿が目に入った。その差五メートル。甲本を風避けにするわけではなく、表情を見た限り、こちらのペースを利用している感じでもない。ただひたすら、自分の走りで距離を刻んでいるだけだ。

この男のことは、未だにまったく分からない。理解不能な人間が世の中にいることを、甲本は改めて感じ取っていた。

中継車の掲示板に流れたメッセージに、山城は目ざとく気づいた。

「ペース落とせ、一キロ三分」

何だ、これは。ふざけてるのか？　走りもしない連中が、車の中でぬくぬくしながらレースをコントロールしようとしている。いくらペースメーカーに対する指示とはいえ、外部の人間によるアドバイスは問題にならないのだろうか。

一気に抜き去ってしまうか？　ここまで少しだけ体を休めてきたのだが、もうこんな茶番にはつき合っていられない。三十キロといわず、もう棄権してしまってもいいじゃないか。後で、洗いざらいぶちまけ、問題提起してやる。ルールの範囲内なら何をやってもいいのか。こんな過保護なレースで出た記録に意味があるのか、と。

そんなことを言ったら、国内では総スカンを食うかもしれない。いや、海外でも同じか……今はどこだって、高速レースが花盛りだ。俺だって、ベルリンではその恩恵を受けた。手助けなしで走りたいというランナーを、誰が相手にする？

レースは、京急沿いのコースを延々と進む。前方五メートルを行く甲本の首の傾きが、少しだけ真っ直ぐに近い位置に戻った。今まで相当苦しんでいたのは間違いなく、今の指示で少しだけ楽になったということか。人の言う通り走るロボット。あと九キロ強、三十分にも満たない時間で、甲本の義務は終わる。レースから外れた時、何を思うだろう。コースを離れてほっとしている時、後ろから俺が肩を叩いて「お疲れ様でした」と爽やかに声をかけたら、心臓麻痺《まひ》を起こすかもしれない。死んでしまったら、報奨金を受け取っても使う道がない。

山城は、知らぬ間に力を抜いていた。現在、フルパワーの九十パーセントを切っているかもしれない。呼吸は完全に安定し、足には疲労も痛みもない。山城にすれば、ほとんどジョギングに毛が生えた程度と言っていい走りだった。数をカウントするのもやめた。流しているとは言えないが、自分を追いこまなければ耐えられないようなスピードではない。それにだいたい、マラソンにはしばしば、中盤の中だるみがあるものだ。前半から飛ばしたレースの場合は特にそうである。ただそれは悪いことではなく、途中でスタミナを温存して後半に備えるのは、作戦として極めて正しい。ベルリンの時も、これと同じような感じだった。ただあの時は、まだ気温が上がらない前半にはペースを上げていったのだが、十五キロ以降、急激な気温の上昇でペースを落とさざるを得なかったのである。結果的に中盤では、山城は十人で作るトップ集団の最後尾に回ったが、おかげで体力は温存できた。ペースメーカーが外れる直前、明らかにスピードが落ちてしまった他の選手を尻目に、何とかロングスパートをかけて逃げ切ることができた。

今日はベルリンの時よりも、ずっとペースが速い。ここで少しスローダウンしておくのは、作戦としては悪くない——そう考えた次の瞬間には、どうせあと九キロで終わりにするのだから、という諦めにも似た考えが心を支配する。

前を行く甲本の背中は細く、いかにも頼りない。優秀なランナーは、背中で語るものだ。がっしりした体形でなくても——必死に走り続けていればそんな体形にはならない——何故か頼りがいがあり、言葉にならないメッセージを後続のランナーに伝える。しかし甲本の背中からは、何のメッセージも伝わってこなかった。スピードこそとんでもないものだが、何だかジョギングをしているような感じにしか見えないのだ。

あんたのレベルはそんなものなんでしょうね。ペースメーカーを引き受けた時点で、もうランナーとしての可能性を諦めていたはずだ。

ちらりと歩道を見る。この辺りで須田が待機していて、指示を飛ばしてくる予定なのだが……まあ、いてもいなくても同じだし、指示に従うつもりもないが、約束は約束だ。予定が狂うと、何となく気分が悪い。

いた。何とも悪目立ちする蛍光イエローとオレンジのベンチコートを着て、ガードレールに体を押しつけるようにして、斜めに身を乗り出している。あんな太った体形で、危なっかしいことこの上ないが、必死の形相でバランスを取っていた。両手でボードを持ち、旗のように打ち振っている。あんな風にされたら見えないものだが……目を細めて、何とかメッセージを読み取る。

「第二グループ　五十メートル差」

ずいぶん開いたものだ。マラソンで五十メートルの差を詰めるのに、どれだけ時間がかかることだろう。二番手の集団にいるであろう日本人選手の顔を思い浮かべた。あいつも、あいつも……こちらが今のペースを保っている限り、差を縮められそうな奴はいない。結局、甲本のペースメーキングに合わせて走れる選手は集められなかったということか。俺以外は、名前こそ知られているものの、ロードレースか経験の少ない若手だけだ。

結局このレースは、俺一人のためのものだったのだ。

そういうことに感激して、実力以上の力を振り絞る選手もいるだろう。だが、山城の気持ちは冷える一方だった。下らない……まあ、余計なことは考えなくていいか。甲本さん、少しだけ、ペースメーカーとして利用させてもらいますよ。

そこで、完全に調子が狂ってしまったことに気づく。自分がペースメーカーをやるつもりだったのに、誰もついてきていない。ということは、俺の役割は何だったのだろう。甲本と二人、競い合うように走って来ただけではないか。

もしも甲本が、三十キロでやめなければ——二人のマッチアップはゴールまで続くかもしれない。それは山城にとって、望ましい展開であった。誰か——ペースメーカーではなく、力の拮抗《きっこう》したライバルと競うことによって、最後までスピードは維持できる。結果的にそれで新しい記録が生まれるなら、万々歳ではないか。何より、誰かと競う快感は何物にも代え難い。マラソンで、独走ほどつまらないものはない。考えてみれば、ここまで甲本を「ペースメーカー」ではなく「仮想敵」と見ていたからこそ、ここまでハイペースなレースができたのではないか？

違う。仕組まれたレースは粉砕しなければならない。

――どうしても、だろうか？

6

音無は、少しだけ気持ちが楽になって、ペットボトルから水を飲んだ。ハーフの距離を過ぎ、二十二キロからの一キロごとのスプリットタイムは、ジャスト三分で安定している。それが既に三キロ、続いていた。

「大したもんだな、甲本は」青田が関心したように言った。「よくあれだけ、機械みたいにスピードを調整できるもんだ」

「それだけの練習を積んできたから」音無はさらりと答えたが、正しい時間感覚を身につけるために甲本が走りこんだ何千キロという距離を考えると、目眩がするようだった。

そろそろ知事に電話しておくべきかもしれない。何回も無視してしまったから、怒り狂っている可能性もある。謝るなら早い方が……電話を取り出した瞬間、他の携帯が鳴り出した。高沢が慌てて自分の携帯を開く。相手の言うことに耳を傾けていたが、突然「何だって！」と悲鳴を上げ、電話を取り落としそうになった。何とか押さえると、送話口に掌を当てたまま、「橋が……」とあたふたと告げる。

「橋がどうした」

「北仲橋です。強風で、広告板が飛んだそうです！」

「分かった」

音無の冷静な返事に、高沢が唖然とした表情を浮かべる。

「いいんですか？　風が強くなってきてるんですよ」

「想定内だ」言って、自分の携帯を取り出す。かけた相手は、音無からの電話を待っていたように、呼び出し音が一度鳴っただけで出た。相手に短く指示を伝え、電話を畳む。

「今のは？」高沢が恐る恐る訊ねた。

「ボランティア部隊の遊軍を動かす」

「ああ」

高沢の声から熱が引く。こんなこともあろうとか予想して、打っておいた手が当たったわけだ。高沢はパニック状態で、事前の準備を忘れていたのだろう。

「俺も先回りして現場に行こうか？　人手がいるだろう」青田が訊ねた。

「いや、今ここから行っても、間に合わないと思う。足がないからな」

「しょうがないな……遊軍の方、準備は大丈夫なのか？」

「こっちが言う前に、もう準備していたらしい。今回のボランティアは優秀だよ」

音無が用意していたのは「移動風よけ」とでも言うべき仕組みである——仕組みというほど難しいものではない。万が一、広告板にトラブルがあった場合、巨大な横断幕——最初に北仲橋で防風実験をした時に使ったようなもの——を人力で掲げて風を防ぐのだ。一見馬鹿馬鹿しいが、ある程度効果があるのは分かっている。危険は承知の上で、とにかく山城を通してしまいたい。後のことは——このレースは山城のものだから、どうでもいいのだ。

「北仲橋のボランティアから映像、入ります」高沢が冷静さを取り戻して言った。

音無は、高沢のノートパソコンの画面に視線を投げた。車の中で揺れる映像を見ていると気持ち悪くなったが――満杯の観客で、まともに撮影ができないようだ――広告板の一部が、十メートルほどなくなってしまっているのが分かった。風で飛ばされたというが、怪我人は出ていないだろうな、と考えて一瞬真っ青になる。だが、観客が落ち着いた感じで笑っているので、大きなトラブルはない、と確信した。おそらく広告板は、歩道側ではなく川に落ちたのだろう。何人かのボランティアが観客の背後を走り回って、横断幕を広げる準備をしていた。音無はもう一度スタッフに電話をかけ、慌てないようにと指示を飛ばした。風が強くなっているから、横断幕を掲げているだけでも相当な力を要する。必要な時だけ、広げてもらえばいいのだ。数分程度の話である。

それにしても、風は強そうだ。広告板が外れた付近に立っている観客の髪やフードが、激しく煽れている。思わずよろけて前へ押し出されてしまう人もいるほどだった。車の中にいる限りでは、そんなに風が強いとは思えないのだが……。

全てのトラブルを封じこめ、山城が走る完璧な環境を作り上げたつもりだったが、少しだけ想定外の事態が起きてしまった。音無は拳を握りしめ、画面から目をそらした。起きてしまったことは仕方がない。風に関しては横断幕で対応させるとして、この他に何か、トラブルは考えられないだろうか。考えろ、考えろ……とにかく、残り半分を切っているのだ。考え得るトラブルは、全て排除しておかなければならない。

その前に、知事に電話か。クソ、俺は混乱している。

「落ち着いたのか?」松尾の第一声はそれだった。何度も山城と甲本の首位が入れ替わったのを見て、うんざりしているのかもしれない。

「今のところは……今、どこにいらっしゃるんですか」

「県庁前に来ている。ここで選手たちを応援するつもりだ。その後で、ゴール地点へ移動する」

「県庁前への到着まで、あと二十分ほどの予定です」

「分かった。記録の方はどうなんだ?」

「速過ぎます。少しペースを落とすよう、甲本君に指示しました」

「それで大丈夫なのか?」松尾の声に疑念が滲んだ。

「前半、飛ばし過ぎました。後半、ちゃんと記録を狙うためには、ここで一休みしてもらう必要があります」

「そんな呑気なことで大丈夫なのか」

なじるような口調に、音無はかすかな怒りを感じた。

「我々が気を遣わなくても、山城は分かってますよ。あいつは、自分で自分を律することができる男です」

「それならいいが……」不満そうに言葉を濁して、松尾は電話を切ってしまった。

自分を律することができる男、か。音無は携帯を握りしめて溜息をついた。そうなら、自分たちがこんな風におぜん立てする必要などなかったのではないか。あいつなら、放っておいても世界記録を出すのでは……自分たちの仕事に何の意味があったのか。そう考えて、音無は愕然とした。


スタート直後に通ったみなとみらい地区を逆方向へ走り抜け、北仲橋へ。往《い》きとは光景が変わってしまっていることに、甲本はすぐに気づいた。橋の上の歩道に観客が鈴なりになっているのは変わらないが、広告板の一部が見えない。代わりに、観客の背後で横断幕が広げられていた。何か事故でもあったのだろう。強風で広告板が吹き飛ばされたとか……棒を持って横断幕を支えている数人のボランティアの顔が、一様に赤らんでいるのが分かった。横断幕は風をはらみ、歩道側に大きく膨らんでいる。支えているだけで大変だろう。

申し訳ないと思いながら、少しスピードを上げて橋を渡り切る。冷たい風が吹きつけたが、頬を撫でられる程度だった。山城、こういうボランティアの努力まで「インチキ」だというのか。皆がお前に世界最高記録を出して欲しいと願い、金にもならないのに頑張っている。そういう努力を馬鹿にするつもりか。

お前がそういうつもりなら、俺が代わりに皆の努力に応えてやる。

ラストスパートにはまだまだ早い。だが甲本は、意識して再加速した。二十キロ過ぎからしばらくペースを落としてきたので、体力が蘇ってきた感じもある。スピードを緩めた直前には、一杯一杯の感じがあったが、今はもう大丈夫だ。

橋を渡り切ると、横浜の市街地に入り、歓声が空気を震わせていた。ここから県庁前を通り、中華街に至るまでが、最高の応援ポイントのはずだ。大袈裟ではなく、歩道から人が溢れそうになっている。ガードレールがなかったら、車道まで人がはみ出しているはずだ。身の危険すら感じ、甲本は隣の車線近くまで遠ざかった。突然、手拍子が始まる。自分の足の運びに合わせて……いや、後ろにいる山城に対してだろう。自分はゼッケンの色が違うペースメーカーなのだ。

だが、手拍子は明らかに甲本の背中を押している。そんなことはないと分かっているのに、心地好い興奮が湧き上がってきた。他人の応援で力をもらえるはずなどないと分かっているのだが、その考えは覆さねばならないのではないか。巨人の手に押されるように、ぐんぐんスピードが上がっていく。アスファルトを蹴る際に受ける衝撃は少しだけ大きくなっていたが、まだ膝や腰に深刻なダメージを受けるほどではなかった。

「行けるのか……」口の中でつぶやく。

「行けるぞ！」誰かが、そのつぶやきを読み取ったように叫び、甲本はどきりとした。まさか、聞こえるわけもないのに……。

「行け、甲本！」今度は若い女性の声。分かってないのか？　俺はペースメーカーなんだ。どんなに頑張って走っても、三十キロまでの命――いや、今日だけは、そんなことはない。

行けるぞ。もう一度、自分に言い聞かせる。行くしかないんだ。

眼前に突然、光り輝く道が現れる。幅二メートルほどのその道は、本町通りを直進し、自分の行くべき道を示してくれていた。ここから三十キロ地点まで、あと三キロ。普通に行けば、十分弱で走り切れる。問題はそこから先だ。義務を果たした後は、また一キロ二分五十五秒台に戻してペースアップするつもりだった。十キロ以上の長いロングスパートになるのか、それとも……山城はどこで仕掛けてくるだろう。あの男だって、スタミナは相当消耗しているはずだ。俺が一気に行ってしまったら、ついて来られるかどうか。まず、三十キロ過ぎからの最初の一キロで様子を見よう。

ここから先は、ペースが変わるポイントがいくつかある。交差点を曲がったり、比較的きついカーブをクリアしたり……コースの様子は頭の中に全て入っていたが、レース本番ともなると、練習の時とは様子が違うだろう。疲れていないつもりでも、予想以上の疲労が体に溜まっているかもしれない、と自戒する。自分の体の様子を確かめる最初のポイントは、一・五キロほど先だ。

それにしても、本町通りはまるで花道のようだ。打ち振られているのは旗だが、色合いが派手なため、観客が両手に花を持っているようにも見える。こんな大勢の観客の前で走るのは初めてだったし、これほど熱狂的な歓声を浴びることなど、この先二度とあるまい。

県庁前交差点付近には、一際賑やかな観客の一団が陣取っていた。声を合わせて「ガンバレー」と叫ぶ様は、まるで応援団のようである。一人一人の顔ははっきりとは見えないが……いや、松尾知事の顔だけは分かった。ボランティアと同じ蛍光イエローのフィールドコートに、同色のキャップ。両手に旗を持って打ち振りながら、何事か叫んでいる。

甲本は、思わず足から力が抜けるのを感じた。何だか……知事のためのレースみたいじゃないか。東海道マラソンにそういう側面があるのは否定できないが、俺には関係ない。何を言っているかは分からないが、それも力にさせてもらいますよ。

甲本は再び、下半身に意識を集中した。しっかり足を引っ張り上げることだけを意識しろ。そのために、腕の振りを強く！　腕、足、腕、足。順番に頭の中で声をかけ、スピードを上げて行く。打ち振られる旗のうち何本かが左肩をかすめたが、気にもならない。神経質な山城だったら、舌打ちでもしそうだが。

県庁前からの数百メートルは、官庁街、ビジネス街が続く。マスコミの支局が集まっているのもこの辺で、ビルの上階からカメラでレースの様子を撮影している記者が何人もいるのが見えた。もちろん、狙っているのは山城だろう。だが、彼らは知らない。最後に勝つのは俺だ、ということを。

突然、すぐ近くで何かが破裂する音がして、鼓動が跳ね上がる。反射的に周囲を見回すと、道路の右側で白い煙がかすかに上がっているのが見えた。ああ、中華街で誰かが爆竹を鳴らしたのか。すぐに事情は分かったが、一度跳ね上がった鼓動はなかなか収まらない。結局、少しだけスピードを緩めざるを得なかった。

「爆竹を鳴らさないで下さい！　爆竹はやめて下さい！」前方を行く運営管理車から、注意が飛んだ。ボリュームを上げ過ぎたのか、ハウリングを起こして、耳障りな雑音が鼓膜を震わせる。続いて、観客に混じっているボランティアが、一斉に両手でメガフォンを作り、「爆竹はやめて下さい！」と叫び始めた。

まったく、人騒がせな……横浜の中華街は、神戸の中華街辺りに比べると大人しい感じがするのだが、やる時はやる、ということか。

白バイの掲示板を見る。ちょうど一キロのスプリットを走り終えるところで、タイムは「2：58」と出た。よし、わずかだがペースアップに成功した。爆竹に脅かされた割には上出来である。鼓動も何とか正常に戻っていた。次の一キロは、必ず二分五十五秒ペースに戻そう。

ほどなく、道路の右側に広がる満艦飾の建物が姿を消し、ごく普通のマンションが取って代わった。すぐ前方に、首都高の橋脚が見えてくる。ここが久しぶりの交差点だ。左へ九十度。すぐに右側の車線に入り、次の交差点での右折に備えねばならない。

人通りの多い交差点のせいか、横断歩道の白い塗装がかなり剝げている。妙なことが気になるものだと思っているうちに、先導する白バイが綺麗に揃って左へ曲がった。二台の白バイのちょうど中間地点に位置取りしながらカーブを曲がる瞬間、かすかな悪臭が鼻を突く。そうだ、ここでは、首都高の下を流れる川の悪臭が大敵になる。これまで、清冽《せいれつ》な空気を吸い続けてきたので、どぶ川のような臭いは、かすかな吐き気を催させる。この川を渡らなければならないわけで……甲本は、渡り切った先にある給水所に思いを飛ばした。ここはきちんと水を飲んでおかないと、悪臭がいつまでも鼻先についで回りそうだ。

首都高沿いに短い距離を走った後、すぐに右折の体勢に入る。右側に見えている首都高は大きく右へカーブしていた。これからあの下に突入——道路が広いから、第一京浜の折り返し地点よりも曲がりは緩い。トラックのカーブよりもずっと楽な感じだ。ほとんど「曲がっている」という意識を持たぬまま、コーナーに突入する。ほどなく、首都高の下の影に吞みこまれると、悪臭混じりの寒風が顔を叩いた。吐き気がこみ上げてくるのを、何とか我慢する。

それにしてもこの橋の下は、何度走っても、頭を上から押さえつけられる嫌な感じがする。並列する二本の巨大な道路が、怪物の腸のように頭上からのしかかり、太い橋脚が圧迫感を増加させるのだ。加えてこの悪臭。鶴見橋と違って、強い風にこそ見舞われなかったが、もしかしたらここは、コース全体で最大の難所かもしれない。音無さん、どうせ徹底的にやるなら、この悪臭対策もしておくべきだったんじゃないですか。環境美化にも役立つし……つい、愚痴が心に浮かぶ。

ようやく橋の下を抜け、少し細い二車線の道路に入った。コースはこの先、大きく右へカーブしていく。直線に入った瞬間、甲本は姿勢を立て直した。大したカーブではないはずなのに、やはり右側に体重がかかっていたのを意識する。ある程度スピードが乗っていれば、カーブを曲がる際には、当然のように体重が左右どちらかにかかるのだ。

左側には、運河の上で緩くカーブを描く首都高。しかし甲本の目は、右に向かって緩やかに曲がる道路に向けられていた。ここから先しばらくは、山手の丘の麓を回る緩やかなカーブが続く。第一京浜のように見通しがいいわけでもなく、道幅もやや狭いから、それほど走りやすいわけではない。

だが甲本の目にはまだ、光る道が見えていた。そこが真空で、自分が吸いこまれていくような感じ。何という心地好さか……大声で叫びたい気分だった。自分以外の力に引っ張られて走る。その快感を甲本は初めて知った。それは一種のご褒美のようなものかもしれない。努力した人間にだけ舞い降りる、第三者の力による後押し。

これまで、どれだけ自分を追いこんでいただろう、と甲本は反省した。必死でやっているつもりでも、もう一歩も二歩も努力が足りなかったのではないか。今は違う。この一年の努力は、確実に俺の体を変えた。

バス停を通り過ぎ、緩い右カーブを抜けると、マンションが建ち並ぶ中を走る道路は直線になる。目の前の光る道は、さらに輝きを増すようだった。噛み砕く空気が顔に当たって目が乾き、涙が溢れてくる。今さらながら、サングラスを投げ捨ててしまったのを後悔したが、手に入らない物を欲しがっても仕方がない。だいたい昔のランナーは、サングラスなんかしていなかったじゃないか。自分を守る道具など何もなく、体一つでスピードと戦っていたのだ。

体が熱い――甲本はずっと腕につけていたアームウォーマーを左、右の順番で外した。二つまとめて、道路端に向かって投げ捨てる。むき出しになった腕を風が襲ったが、寒さは感じず、心地好いだけだった。この風が余計な熱を奪って、体を冷やしてくれる。一気に楽になった。

だが、残る距離は十キロ以上ある。ここしばらくは未踏の領域だ。走れると自信を持ってここまで来たが、途中でへばってしまう可能性の方が高い。三十キロでレースから離脱しなかったら、音無にも「走り抜く気だ」とすぐ分かるだろう。だがその後、三十五キロ付近で棄権したら？　彼が呆気にとられる様が目に浮かんだ。

そんなことにはならない。

俺にはまだ、十分なパワーが残っているはずだ。

三十キロ地点が近づくに連れ、山城ははっきりとした迷いを感じていた。絶好調なのだ。優勝したベルリンの時よりも、はるかに体が軽く、スタミナも残っている。コースの四分の三近くを走って来たのに、未だに体には何の異変もなかった。普通、レースがこの辺りまで進めば、必ずどこかに変調が生じるものである。軽い酸欠状態になるとか、痛みとまではいかなくとも、足が緊張してくるとか。しかし今日は、スタート当初と同じようにまっさらな状態だった。ただ、心地好く体が解れているだけ。

道路が狭く、普通の民家や商店が建ち並んでいる道なので、圧迫感がある。歩道に立ち並んだ街路樹すら、少し邪魔な感じだった。鬱陶しいなと思いながら、山城は二つの車線を分ける白線の上を走り続けた。時折カーブが姿を見せるから、左右どちらに曲がる時にも対応できるようにしておかねばならない。

前を行く甲本の首が、また左に曲がってくる。相当無理をしているようだ。限界を越える走り……そろそろ本当に限界だろう。体も左右にぶれ始めている。走りを支える基本中の基本である体幹に疲れがきているのだろう。

後続の連中はどうしているだろう。大分前に須田から情報を得た時には、五十メートル差だった。ずっと、比較的緩いペースで走って来たから、少しは詰めて来ただろうか。ただし、集団が迫って来るとそれなりに気配を感じるのに、今はそれがない。

まだ相当離れているだろうと推測し、一瞬だけ振り向いた。

誰もいない。

長い直線だから、後方も百メートルぐらいは視界があるのだが、後続はまったく見えなかった。これは……完全な独走状態に入ってしまったのか。

こういうレースは本当につまらない。どうせなら、もっとレベルの高い選手を集めて、接戦になるようなレースにして欲しかった。それなら俺も、ランナーの本能で最後まで競おうと思っただろう。こんな展開では、何ともやる気が出ない。やはり、三十キロで棄権してしまおうか。

「山城！」

突然、聞き慣れた声が耳に飛びこんできた。浦？　浦だ。あの野郎、わざわざ応援に来たのか。物好きなことで……左側に目をやると、交差点のところで浦が手を振っているのが見えた。分厚いダウンジャケットにニットキャップで重武装しているが、顔は上気しており、寒さなど感じてもいないようだった。あろうことか、歩道から駆け下りて、山城と並走しようとする。わずかに先を走り、短距離のリレーでバトンを受けようとするように……あの馬鹿、取り押さえられやがった。歩道に鈴なりになった観客から、軽い失笑が漏れる。ボランティアに両脇を抱えられるようにして歩道に戻される浦の姿は、連行される犯人のようだった。

まったく、みっともない男だ。あいつはいつまで経ってもガキだから、感情に任せてこんなことをする。

ふと、激しい違和感を覚えた。

あいつ、ちゃんと走ってなかったか？　この前会った時は、傷めたという足を引きずっていたのに、今はまったく元気な様子だった。それこそ本当に、俺と一緒に走り出そうとでもいうように。

嘘をついた？

俺は騙されたのか？

突然、笑いがこみ上げてきた。浦は馬鹿正直な男だ。集めた選手たちの前で、檄《げき》を飛ばしながら本気で泣けるような、キャプテンタイプ。それだけに、演技ができるなどとは考えてもいなかった。「お前が世界最高記録を出したら思い切る」というあいつの言葉……あの臭い台詞と演技に、俺はあっさり騙されてしまったのか？

これは、何とかしなくては。

浦を追い詰め、嘘を白状させるためには、途中で脱落したら駄目だ。優勝して世界最高記録を出すしかない。ゴールであいつを見つけて、「俺は勝った。記録も出した。手術はどうするんだ」と問い詰めてやる。あいつはどんな顔で言い訳するだろう。絶対に、その時の顔を見たい。

そのためだけにも、走り抜いて記録を出す意味はある。

何だかんだで、俺の選手生活は、重要なポイントであいつと交錯しているわけか。箱根駅伝しかり、東海道マラソンしかり。あんな単純馬鹿とつき合いたくはないのだが、こういうのを腐れ縁と呼ぶのかもしれない。

待ってろよ、浦。大勢が見てる前で恥をかかせてやるからな。世界最高記録を祝福すればチャラになると考えているかもしれないが、調子に乗って応援に参加してしまったのが運の尽きだ。絶対に逃がさない。必ず吐かせてやる。

山城は、自分で想定していたよりもずっと余力があることを意識した。今は十メートルほど開いている甲本との距離を詰めるために、一気に九十パーセントから九十五パーセントまでパワーを上げる。なだらかな加速ではなく、いきなり一段上にギアが入る感じだ。

甲本さん、遊びはここまでだ。これからが本当のレースだ。三十キロ近くもご苦労さんだったけど、あなたは俺の役には立たなかった。ここまで、あなたに引っ張ってもらったわけじゃないからな。

俺のようなランナーには、ペースメーカーなんか必要ないんだ。インチキじゃない本物のマラソンがどんなものか、これからきっちり見せてやる。あんたは、どこかでゆっくり休みながら、見物していてくれ。孫子の代まで語り継がれる奇跡が、これから起きるんだぜ。

7

甲本は、交差点の左側にある中華料理店をちらりと見た。ビルの一階に入った、真っ赤な柱が特徴的な店で、トータルの距離を示す中継車の掲示板を見逃しても、間違いのない目印になる。三十キロ地点。本当は、この交差点を左に折れて、レースから脱落する予定になっていた。

しかし甲本は、停まらない。ここからなんだ、と自分に気合いを入れ、リズムを崩してまで深く息を吸った。肺の中が燃え上がるようで、風を強く受けた目から涙が滲み出す。白バイの掲示板がそれぞれ、「0：00」に変わった。ここからの十二・一九五キロ。もう、スピードを落とすな。死ぬ気で走り切れ。

沿道のざわめきが耳に入った。事情をよく知っている人は、当然異変に気づいているだろう。ペースメーカーが停まらない？　何が起きたんだ？

教えてやる。俺は勝ちに行くんだ。

ここから道路は、右へ大きくカーブしていく。背の高いNTTのビルぐらいは見えているが、そこから先は不透明だ。左側に街路樹が生い茂っているせいでもある。確かこの先は、また左へカーブ……いわゆるS字カーブだ。ここから先しばらくは、同じように緩やかなカーブが続く。景色の変化は気持ちに余裕をもたらしてくれるが、今はそんなものを楽しんでいる余裕はなかった。

腿の裏側がひりひりと緊張する。限界が近いことを、痛みに近いこの感覚が告げていた。それでも、ペースを落とすな。とにかく安全なリードを保って逃げ切れ。残り二百メートルを走るつもりで続けるんだ——自分に言い聞かせる。お前、一度でも必死になったことがあるか？　自分で自分の限界を決めて、その枠の中だけで勝負しようとしてきたんじゃないか？
一度ぐらい、枠を外して飛ばしてみろ。

へえ、停まらないつもりか……それならそれで結構だ。所詮、ここから先は俺の敵じゃないんだから。

三十キロを過ぎてなおも走り続ける甲本の姿を見て、山城はにやりと笑った。いい度胸ですよ、先輩。ここから勝ちに行くつもりでいるかもしれないが、もう限界でしょう。首は左側に倒れ、いかにも苦しそうに体が上下動している。あんな走り方をしていたら、膝と足首にダメージが溜まり、最後にはパンクする。

それじゃ駄目なんだ。マラソンは本来、もっと楽に走るべきものなのだから。柔らかいアンツーカーを走るトラック競技と違い、長距離のロードの競技では、いかに体を痛めないようにするかが重要である。腰、膝、足首。関節を柔らかく、上手く使ってショックを分散させなければならない。そうすることで、結果的に滑るような走りになってスピードも出るのだ。多くのランナーはこの走りを身につけることができず、遅かれ早かれ故障との戦いを強いられる。須田がその典型だ。

しかし、案外粘るな……甲本は相当無理している様子ではあるが、スピードは落ちてこない。ラストスパートというには早過ぎる。ここはまだ中盤、勝負は最後の五キロになるのに、それが分かっていないようだ。三十キロの義務を果たしたと思って、たがを外したか。しかしそのペースでは、絶対に最後までは持たない。こっちは、三十五キロ過ぎから勝負をかける。それでもまだ、世界最高記録は狙えるのだ。間違いなくやれる。

甲本の背中が少しずつ小さくなる。猛烈に引き離されている感じはないが、山城は少しだけ焦りを感じた。まさか甲本は、こちらが想像しているよりもスタミナを残しているのか？　あんな無理な走り方でも行ける？　冗談じゃないぞ。

山城は、もちろん駆け引きはするが、下手な意地を張って自分のペースを崩すようなことはしない。いかに刺激されようが、当初立てた計画に従って走ることで、これまでは結果を得てきた。しかし今、経験したことのないざわめきが心を揺らしている。ほぼ独走で勝ち続けてきたからだ。誰かを追う……駅伝では何度かあったケースだが、マラソンでは珍しい。

もしも追いつけなかったら。あんな男に勝利をさらわれ、記録まで持っていかれてしまったら。我慢できない。

山城はギアを切り替えた。さっさと追いついて、このレースを自分だけの物にしよう。横に俺が並んだら、甲本は必ず動揺するはずだ。そこを突いて抜き去り、一気に差を広げる。ここまで来て抜かれたら、そのダメージは長く残るものだ。

もう少し、待ってろよ。

山城は、三十メートル先を走る甲本の背中を追い始めた。

顔が風の壁にぶつかる。無理矢理突き抜け、走りをさらに一段上のレベルに上げた。耳元で渦巻く風が、ごうと鳴る。

「何やってるんだ！」音無は思わず大声を上げ、身を乗り出した。その拍子にペットボトルの水がこぼれ、ジーンズの膝を濡らす。

「あいつ……もう、三十キロ過ぎたよな……」青田が呆然として言った。「何で停まらないんだ？」

「知るかよ！」吐き捨て、音無は乱暴にシートに背中を押しつけた。体がバウンドし、車がわずかに揺れる。

「でも、問題はないんですよね？」高沢が恐る恐る訊ねた。声が震えている。「契約とか……」

「そういう問題じゃないだろう。あいつはペースメーカーなんだぞ？　あれじゃまるで、勝ちにいってるみたいじゃないか」

「実際、そうなんじゃないか」青田が言った。「あの顔……見ろよ」

いつの間にか、テレビは甲本の姿を大写しにしていた。つまりこの時点で、ペースメーカーではなく、一人の選手として認識されたわけだ。

苦しそうだ。必死に腕を振り、重くなった体を何とか前へ進めている感じ。首は左へ傾げたままで、必死の形相は、酸素が足りていない様子だ。口をずっと薄く開いているので、相当喉も渇いているだろう。須田はこれらの状態を全て「普通だ」と断言したが、本当にあと十キロ以上も走れるのか。

しかし実際には力強く、確実にスピードを上げている。画面の後ろの方に小さく見えていた山城の姿が、次第に小さくなった。

「あいつが勝ったらどうするんだ」青田が困ったように訊ねる。

「勝つわけないだろう。あのペースで、ずっと走れるはずがない」音無は吐き捨てた。

「そんなこと、分からないだろうが。山城は完全に引き離されてるじゃないか」

「絶対追いつくよ。山城は、他の選手にペースを乱されるような男じゃないから」

「だったら、ペースメーカーなんかいらないじゃないか」

いきなり、そんな根本的なことを言われても……音無は唇をきつく引き結んだ。青田の言うことは真実かもしれないが、このレースを三十キロまで作ってきたのは、間違いなく甲本のハイペースの走りだ。

「そういう問題じゃないんだ」

「金、払うのか？」

「契約上は問題ないんですよね」高沢が念押しをした。予算のことを心配しているのかもしれない。

「タイムはどうだ？」音無はむっつりとした口調で訊ねた。

「細かいデータ、いりますか？」

「いや」音無は首を振った。「それはいい。全体に、お前の評価でどうなんだ」

「前半は予定通り、一キロ二分五十五秒台で推移しています。一時乱れましたが、全て設定タイムを上回る感じですから、これはいいんでしょうね。誤差は数秒なので、問題ない範囲だと思います。その後のペースダウンはこちらの指示ですし、それでもここまで、世界最高記録ペースですよ」

「概《おおむ》ね、三十キロまでは契約通りだったと言っていいんだよな」

「ですね」

「だったら、金は払うことになる」青田に向かって言った。

「何だか釈然としないな。これで優勝でもされたら、詐欺《さぎ》みたいじゃないか」青田が肩をすくめる。

「そんなこと、言うなよ」

「じゃあ、甲本が勝ってもいいのか？　あいつじゃ……何ていうか、あいつじゃ駄目だろう」

青田の台詞は明らかに言葉不足なのだが、言いたいことは音無にも理解できた。甲本は今回、完全な裏方である。コアな陸上ファンなら、彼がハーフの日本最高記録保持者であることは知っているだろうが、そうでない人にとっては無名の、顔のないペースメーカーに過ぎない。そんな選手が、三十キロを過ぎても走り続けて優勝したら、「あいつは誰だ」と戸惑いが広がるだろう。それでは困る。

甲本には華がないのだ。

誰でも知っているスターが勝ってこそ、このマラソンには価値が出てくる。無名の選手が勝って盛り上がるのは、大会が回数を重ね、最高の格を得た後だ。

「勝たないから」自分を納得させるように音無は言った。「いつまでも続かないから。絶対に続かない」

「何で分かるんだよ」青田はしつこかった。

「甲本はそういうランナーじゃないんだ。勝てるランナーじゃない。勝てると思ってたら、最初から選手として招待してた」

「そうか……」

青田が口をつぐむ。何故か、ひどく冷たい口調だったのが気にかかった。何か怒らせるようなことを言ったか？　だが、そう考えたのもつかの間、音無の意識はまた画面に引き戻された。

甲本の口の開きが、少し大きくなったようだ。酸素が足りない……限界まで走り続けてきて、そろそろエネルギーが尽きかけているのだ。無理しなくていい。ここでやめても、きちんと報奨金は払ってやる。何と言うか……目障りだ。才能のない人間が、たまたまトップに立っているのは、見ていて愉快なものではない。

『さあ、大変な事態になりました。東海道マラソン、三十キロまでペースメーカーとしてレースを引っ張ってきた甲本が、停まりません。三十キロを過ぎても依然としてハイペースなまま、先頭に立っています。現在、二位の山城との差は五十メートルほど……かなり開いています。吉池さん、これは問題ないんでしょうか』

『契約上は三十キロまで、決められた設定タイムでレースを引っ張ることになっています』

『記録として認められるかどうかなんですが……はい、問題ないようです。契約として、最後まで走り切っていい、ということになっていますね。ですから、仮にですが、甲本がこのままリードを保って勝った場合、東海道マラソンの初代チャンピオンということになるわけです』

『甲本選手はこれまで、非常に苦労してきました。数年前にもハーフマラソンの日本最高記録を出して、マラソンでも期待されたのですが、所属チームが不景気の影響で解散してしまったんですね。その上、移籍したチームも一年で活動停止し、その後は仕方なく、母校で練習を積んできました。ところがそちらの中西監督、陸上ファンの方はお馴染《なじ》みでしょうが、髭の中西監督が、去年急逝されました。それからは、山城選手も所属するタキタの練習場所を借りて、たった一人で研鑽《けんさん》を積んできたわけです。それが今、最高の晴れ舞台で、最高の走りを見せているわけです。素晴らしいですね』

吉池さん、何でそんなに、準備してきたみたいにすらすらと喋ってるんですか？　音無はふと、嫌な想像をした。まさか、甲本をけしかけたのは、吉池なのか？　ただのペースメーカーだったらつまらない、男だったら勝ちに行ってみろ、とか。

そうかもしれない。だいたい、最初からおかしかったのだ。エントリーの際、甲本が「選手としても正式に登録してくれ」と頼んできた時、何かあると疑うべきだった。忙しさにかまけて、きちんと話を聴かなかったのが悔やまれる。

これは……やはり、重大な契約違反になるのではないか。ペースメーカーとしてではなく、選手の意識で走っていたとしたら、義務をきちんと果たしていなかったことになる……いや、こちらのペースダウンの指示には従っていたのだから、仕事を放棄していたわけではない。三十キロまでは仕事に徹し、その後は「あわよくば」と狙っていたということか。

ということは、このまま甲本が優勝したら、ペースメーカーの報奨金一千万円と同時に優勝賞金二千万円、さらに世界最高記録が出れば、ボーナスとして五百万円が支給される。計三千五百万円……横浜の外れの方なら、立派な一軒家が建つ。

『吉池さん、この段階で甲本の優勝の確率、いかがでしょう』

『まだ何とも言えません。甲本選手はこのところ、ペースメーカーの調整のために、ハーフマラソンを中心に走ってきました。三十キロ過ぎてのスタミナ面では心配がありますから、後は気力での戦いになるでしょう』

『一方、優勝候補本命の山城ですが、どうでしょうか』

『少し離されましたが、まだまだ走りに余裕がある感じですね。中盤、一キロのスプリットタイムが三分程度に落ちましたが、これで逆に、山城君はスタミナを温存できたはずです』

『現在、トップの甲本とは五十メートルの差。甲本にとっては、セーフティリードとは言えませんね？』

『レース展開はまだ、予断を許しませんよ』

音無はボリュームを絞った。吉池さん……あなたは何がしたかったんですか？

8

産業道路は、本牧埠頭の近くで、首都高湾岸線と合流する。実際には首都高の下に潜りこむ格好で、ここからしばらくは、頭の上に高架を仰ぎ見ながら進む格好になる。

甲本は急に寒さを感じた。完全に日が翳《かげ》り、暗くなった道路を一人行く感じ。気温も明らかにスタート時からは下がっており、氷の壁に体当たりしているようだった。ただし、この冷たさは心地好くもあった。体は芯から熱を発し、ともすれば内側から溶けてしまいそうになる。それを冷たい空気が冷やし、ほどよく熱のバランスを取ってくれた。

呼吸を安定させろ。一度深く吸って、二度短く吐く。喉を冷たく刺激する空気に、意識がはっきりしてきた。スピードは……落ちていない。白バイの掲示板が「2：56」から「0：00」に変わるのを見て、甲本は一安心した。この一キロ、ずっと右足が心配だったのだ。痛みではなく、重たい疲れが腿の裏に居座っている。すぐに走りに影響するような感じではないが、いずれパンクするのは間違いない。それが一キロ先か、ゴールまで持つのか……左手は規則正しく振りながら、右手を後ろに伸ばして腿の裏を叩く。緊張した筋肉はわずかに解れたが、十歩ほど進むと、また緊張感が高まってくるのが分かった。痙攣の前兆というわけでもないのが、逆に怖い。何がどうなっているのか分からないのだ。経験したことのない故障だったら……しかし今は、どうしようもない。一度走り始めてしまったら——自分のレースは三十キロを過ぎてから始まったばかりだと思っていた——倒れるまで停まれないのだ。停まるのは、故障した時だけ。その時点でレースは終わる。

右足の状態は、ひとまず無視することにした。考えても仕方ないし、立ち止まって治療もできないのだから、今は無視するのが一番だ。前方に意識を集中しよう。道路は大きく右カーブを描き、百メートルほど先で見えなくなっている。この辺は歩道が狭いので、観客もほとんどいなかった。本町通りを走っていた時に比べれば、無人のトラックで練習するようなものである。

ふと、気配を感じた。まさか……しかし、山城以外に追いついて来る人間がいるとは考えられない。確信はないが、三位以下の選手ははるか後方を走っているはずだ。

自分のようなランナーが、山城とトップ争いをすることになるとはな——甲本は皮肉に思う。山城は間違いなく、同時代の最高の選手である。いや、日本最高のランナーの一人、世界トップレベルに名前が入る一人と言っていいだろう。そんな選手と、「不運」を苗字《みようじ》にしたい自分が、同じレースでトップ争いをしている。しかも世界最高記録がかかっているのだ。

こんな経験、滅多にできない。そう思うと武者震いしてしまう。

気配ではなく、音がした。だったら山城ではない？　あいつは滑るような走りをするから、足音さえほとんど聞こえないのだ。まさか、三位グループから誰か抜け出して、一気にここまで上がって来たとか？　だとすると、とんでもないロングスパートだ。

荒い息遣い。空気をかき乱す感覚。我慢しきれずちらりと横を見ると、山城だった。わずかに口を開け、苦しげに頬が引き攣っている。こんな山城の顔は見たことがなかった。

何故か、一瞬同情を覚える。山城は本来、こんな走りをする男ではない。どんなにハイペースなレースでも、楽々と、表情一つ変えずに走り切ってしまう選手なのに。

三十キロ地点では、相当引き離していたはずだ。五十メートル、もしかしたら百メートル差。そこからのわずかな距離で追いついてきたのだから、山城にしても限界に近い、あるいは限界を越えるパワーを出し切ったに違いない。どたどたと、彼らしからぬ重たい足音がその証拠だ。疲労が蓄積してくるとスピードが落ち、それをカバーするために、必要以上に足に力が入ってしまう。そんな走り方してると、最後まで持たないぞ。そう思ったが、当然、アドバイスなどできない。

本当に苦しんでいるのか？　どうしても気になって、もう一度横を見る。同じタイミングで、山城もこちらを見た。二人の距離は、肘が触れ合うほど近い。何とも窮屈だったが、甲本はそれより、山城の顔の変化に気づいて愕然とした。

笑っている。

ここまできて、まだ余裕があるのか。

甲本は、山城の作戦に気づいた。この男は、ここから本当に俺をペースメーカーとして使おうとしているのだ。追いつくまでは全力に近いスピードを使うが、一度並んでしまえばペースを落とせる。この先はずっと食らいついて体力を温存し、最後の最後で勝負に出る——そういうシナリオではないだろうか。

気づくと、山城は横から消えていた。自分から先行した意識はないし、そもそもそんな体力の余裕もない。つまり、山城が意図的に俺のバックを取ったのだろう。息遣い、足音がはっきり聞こえるほどだから、距離は一メートルもないはずだ。完全に、風避けとしても利用するつもりだ。

やっぱりこいつは、一枚上手だ。今まで散々レースを掻き回されたと思っているかもしれないが、ここにきて、自分のペースで最後のレースメークをしようとしている。結局俺は利用されるだけなのか。何とか引き離そうとして、足に力を入れた途端、右腿の裏にぴりりと鋭い痛みが走った。足を引きずるほどではないが、「無理はできない」というサインを体が発している。クソ、これ以上は無理か。このままあいつの風避けになりつつ、最後で抜かれるのを、指をくわえて見ているしかないのか。

いや、まだ諦めるな。

ゴールするまでは、何も終わらないのだから。


山城は呼吸のリズムを乱してまで、大きくゆっくりと息をついた。全身に酸素が行き渡り、疲労が一気に押し流される感じがする。甲本に並ぶとペースを落とし、並走することにした。ちょっと、彼の様子を見てみたい。どこまで限界に近づいているか、今のうちに見極めないと。

驚愕、だった。甲本は大きく目を見開き、口をぽかんと開けて山城の顔を見た。レース中の表情ではない。どうしてお前がこんなところにいるんだと、今にも問いかけを発しそうだった。

驚かせて申し訳ないけど、これからしばらくは利用させてもらいますよ、先輩。山城はスピードを落としてわずかに遅れると、コースを変えて彼の真後ろについた。揺れる背中。左に傾げた首。苦しそうな走りで、いつダウンしてもおかしくない感じだが、しばらくは風避けに使うつもりだった。まだ極端にペースが落ちているわけではないから、ぴたりとついて行ってもタイムには影響がないだろう。このままどこまで行くか……甲本のペースが落ちるまで、だ。そのタイミングがいつ訪れるかが問題である。あまりにも早ければ、こちらはまた孤独なレースを——慣れてはいるが——することになる。三十八キロ、ないし三十九キロぐらいまでこのペースが続いてくれれば、後の展開が楽なのだが……そこまで今と同じような感じで走り続ければ、最後の数キロで置き去りにし、自分は記録に挑む走りができるだろう。

さあ、どうなんですか。どこまで引っ張ってくれるんですか。あんたはヒーローになるつもりだったかもしれないし、走り切ろうとした気持ちには感心するけど、勝負になれば別だ。

誰にも、俺より先にテープは切らせない。


頭を押さえられたような暗さがずっと続く。甲本は次第に、不快感を覚えるようになってきた。風は収まっているが、今になると気温の低さが足かせになる。このままでは体が冷え切り、手足の自由が奪われてしまうかもしれない——そんなことがあるはずもないのに、妄想に捕われ始めた。これではまるで雪山で遭難しかけているようなものではないか。

手足をしっかり動かすことだけを意識した。右、左……馬鹿馬鹿しいとは思ったが、口の中で実際につぶやいてもみた。さあ、頑張れ。ここでへばってどうする。

しかしスピードは落ち始めていた。一キロ、三分五秒。最初の設定タイムより、十秒も落ちている。百メートル当たり一秒。このまま盛り返せなければ、最終的な記録もぐんと落ちてしまう。

山城の気配は、背中にずっと貼りついたままだった。どこまでプレッシャーをかけてくるんだ？　行くならさっさと行ってくれ。俺に合わせて走っていると、タイムも出せないぞ。いや、山城なら、そんなことはとうに計算に入れているはずだ。分かっていて、今このペースで走っていても、まだ記録に挑めると確信しているのか。

今は、息遣いが聞こえるわけではない。足音も耳に入らなかった。いつものあいつらしい、滑るような走りが蘇ったのだろう。それに引き換えこちらは、パンク寸前だ。もうひと頑張り、スピードを回復しなければならないのに、明らかに足が上がらなくなっている。シューズがアスファルトをしっかり捉えていた感触も消え失せ、今はソールを引きずっているような感じだった。マラソンシューズは、軽さと引き換えに耐久性を放棄しており、このままゴールまで持つだろうかと不安になる。俺が潰れるのが先か、シューズが駄目になるのが先か。

ようやく先に空が見えてきて、ほっとした。首都高の下を走るルートも間もなく終了である。この後はＪＲ根岸線としばらく並行して走り、その後右折を二回繰り返す。横浜の市街地南部を大きく周回するルートに入って、ゴールを目指すのだ。陽光が恋しい。全身に太陽を浴びて、一気に元気を取り戻したかった。風をもろに受ける肘から先、それに脛が冷たい。一歩ごとに体温が下がっているようでもあった。体が温まりさえすれば、まだまだ走れるはずなのに……。

このまま停まってしまいたい、と弱気が心に忍びこむ。今やめてしまえば、楽になれるのだ。三十キロを過ぎても走って来たのに、途中で脱落するのはみっともないが、どうせ俺はペースメーカーだ。誰も俺のことなど気にしていない。そうだ、やめてしまえばいい。ここで足を停めれば、全てが終わる。報償金だって手に入るはずだし、きっちりレースを引っ張ったのだから、褒められてもいい。「つい勢いで停まれなくて」と照れ笑いして、頭でも掻いておこう。それで全てが終わるはずだ。

そんなことでいいのか？　みっともない……自分で自分が許せないだろう。一度走り始めたら、ゴールまで停まってはいけないのだ。

しかし体は確実に、限界に近づいている。体内にはほとんどエネルギーが残っておらず、このままでは途中で意識を失う恐れもある。体が冷えていると思っても、脱水症状に陥ることはあるのだ。そういえば、この前給水したのはいつだったか……記憶にない。わずか二時間弱しか走っていないのに、レースの経過は完全に頭から抜け落ちていた。こんなことでいいのか？　優秀なランナーは、一メートルごとの光景を記憶しているというではないか。そうすることで、後で自分の走りを反省することができる。

俺は絶対に、優秀なランナーじゃない。

だけど、意地がある。意地だけは。

「ガンバレー」小さい男の子の声が突然耳に飛びこんできた。

そうか、首都高の下を走っている時は、沿道に観客がまったくいなかったのが、ここにきて、歩道にわずかだが観客が陣取っているのだ。声のした方を見ると、若い母親に抱きかかえられた二歳か三歳の子どもが、しきりに旗を振っていた。意味があってやっていることではないのだろうが、何故かその声が心に染みる。

頑張っていいのか？　俺はまだ走れるのか？　走っていいのか？

この辺りは道路の幅が狭く、直線だが前方の見通しはあまりよくない。しかし唐突に、給水所に気づいた。ああ、そうか……根岸駅のすぐ手前に給水所があったのだと思い出す。ここにも、須田がブレンドしたスペシャルドリンクが置いてある。急いで進路を左側に取り、折り畳みテーブルを並べた給水所に近づいた。目印は、黄色――ボランティアのオフィシャルカラー――のボトルとリボン。あった。よし、あれで水分とエネルギーを補給できる。

手を伸ばしたが、震えている。こんなことじゃ摑めないぞ。しっかりしろ。甲本は喉の奥からうなり声を出し、気合いを入れ直した。手の震えがぴたりと収まり、指がしっかりボトルを摑む。バランスを崩すのを承知で、一時両手で抱えこんだ。ボトルの冷たい感触が掌に広がり、一気に意識が鮮明になる。最初は口の中を潤すだけというルールを忘れ、思い切り吸いこんだ。むせそうになったが何とか耐え、すぐにもう一口。疲労が蓄積しているせいか、実際よりも甘みが増しているように感じられた。しかし飲みにくいわけではなく、口中の乾きが一気に治まり、食道から胃にかけて冷たい、心地好い刺激が伝い落ちていく。半分死んでいた全身の細胞が生き返り、手足に力がみなぎった。

左手にボトルを持ったまま走り続ける。このボトルは手の形に合うように微妙に窪んでおり、持っていてもほとんど負担を感じない。厳密に言えば、五百グラム近い物体が体の左側にぶら下がっていることになり、この状態ではバランスを崩しそうになるものだが、まったく平気だった。

今後に備えて、もう一口だけ飲むことにする。今度は口の中を洗って吐き捨て、次の一口を口中に溜めこんだ。少し温まってきたと感じたところで飲み下し、ボトルを投げ捨てる。

エネルギー充塡、完了。アスファルトを嚙む靴底の感覚も蘇った。足はしっかり上がっているし、手も触れている。甲本は意図的に、少しだけスピードを上げた。快適な負荷は、自分の能力内のものである。あとはこれをどこまでキープできるか……どこで限界を越えた走りに挑むべきか。

作戦とも言えない作戦を考えながら、同時に甲本は、先ほど「ガンバレー」と声をかけてくれた男の子に対して、心の中で感謝していた。君が今日唯一の、俺の応援団かもしれないな。

給水してペースが上がったか……山城は冷静に甲本の走りを見守った。いや、あれは気のせいに過ぎない。体が潤って、一時的にパワーが戻ってきたように感じているだけだ。長くは持たないだろう。

山城も給水した。汗になって出た分を完全にドリンクで補給することはできないが、まだ体がオーバーヒートしている感じはない。現在のペースは九十二パーセント程度。勝負どころはまだまだ先だ。

ＪＲ根岸駅前を通過する。この辺りになると道路も広く、見通しもよくなった。右側の高台にはマンションなどが建ち並んでいる。見晴らしはいいかもしれないが、駅から帰る時には大変そうだな、と余計なことを考えた。こういうことを考えられるのも、余裕がある証拠である。

甲本との差は、五メートルほどに開いてしまった。だが焦りはない。これぐらいの距離は、十秒、二十秒で追いつき、楽に逆転できる範囲だ。しばらくこのまま行くか……もうすぐ、甲本の存在は無用になる。山城は、自分が独走してゴールする場面を想像した。ガッツポーズなし。右手を左手首に添えて時計を止め、ゆっくりとスピードを落とす。ゴールには正式計時用の大きな時計が置いてあるはずで、タイムを確認した観客からは、どよめきが起きるだろう。それが渦となって空気を震わせ、自分の体を揺らす場面は容易に想像できた。

そしてゴールした後は、静かに控えの場所に消える。たっぷり水分を補給して体を労《いたわ》ることを最優先に、観客の声には応えない。余計なことをして、体を冷やすわけにはいかなかった。レース後には、早急に体をケアしてやらなければならない。終わった瞬間に、次のレースが始まっているのだから。

五メートル差、キープだ。今はこれでいい。

勝負に出るポイントは、この先で右折し、さらに首都高の下をくぐってもう一度右折する直前でいいだろう。そこからゴールまでは約二キロ。甲本を完全に振り払い、記録更新へ向けて、まだまだ十分余裕がある。

『さあ、依然として甲本がリードしています。その差は約五メートル。山城は無理に詰めてきません。様子を見ているようです。吉池さん、この展開、いかがですか』

『山城選手は、ラストスパートに向けて体力を温存しているようですね。まだ顔にも走りにも余裕があります。記録更新を狙う場合、ロングスパートで独走態勢を固めるよりも、誰かと競い合ってから、最後の最後で抜け出した方がいいタイムが出る場合が多いんです』

『そのタイムですが……前半のリードが効いて、甲本、山城とも、現在まで世界最高記録を更新するペースです。これは大変なことですね』

『はい、このコースの優秀性が証明された形にもなりました。今回は気温も低く、風もほとんどない状態で、フラットでカーブも少ない高速コースの利点が最大限に生きています。これは、コースを設定したスタッフの知恵の勝利ですね』

「褒められちゃったよ、音無」乾いた笑い声を上げながら青田が言った。「よかったじゃないか、ちゃんと評価してくれる人がいて」

「分かってるよ」音無は両手を揉み合わせた。褒めてもらうのは素直に嬉しいが、まだレースが終わったわけではない。「高沢、残りで風は大丈夫か？」

もう一度首都高の下をくぐる直前で、最後の小さな橋を渡る、高低差は大したことはないが――小さな瘤《こぶ》のようなものだ――川の上、さらに首都高の下という条件は、風を生みやすい。風は、首都高沿いに流れることが多く、あのポイントでは横風を受ける可能性も高い。

「今のところ、静かなようです」各ポイントに散らしたボランティアからは、逐一メールで情報が寄せられている。「突発的なことは何とも言えませんが」

「あのポイントに遊軍を回してくれ。念のために横断幕を用意させよう」

「でもあそこは、強風は吹きにくいですよ」高沢が反論する。「観測結果によると……」

「いいから、指示してくれ」

高沢の言葉を、音無はきつい言い方で封じこめた。すぐに高沢が携帯電話を取り出したので、テレビのボリュームを絞る。彼がボランティアに指示するのを聞きながら、テレビの画面に視線を注ぐ。甲本は相変わらず苦しそうな走りだが、給水する前よりも、少しは楽になったようで、表情が和らいでいる。山城は依然として、平然とした様子。体の動きにまったく変化はなく、五メートルの差を気にしている様子もなかった。おそらく、これぐらいの差なら何でもないと考えているのだろう。彼には彼の計算があり、甲本の存在は既に、視界に入っていないはずだ。その目は、前を行く白バイの掲示板に向けられているはずである。

「指示、終えました」少し憮然《ぶぜん》とした口調で高沢が告げる。

「ありがとう」言って、またテレビのボリュームを上げた。

『こうなってくると、どちらが世界最高記録を更新するか、期待が高まります』

『山城選手有利は間違いないですね。仕掛けるタイミングを狙っているようです』

『甲本選手もここまでよく頑張ってきました。この走りをどこまで続けられるか、注目ですね』

『応援したいですね』

吉池さん、本当に甲本を応援しているんじゃないでしょうね。音無は不思議に思った。変な話だ……むしろ山城の方が、吉池にとっては「教え子」に近いはずである。学連選抜では教えることなど何もなかっただろうが――山城が他人のアドバイスを聞くとは思えない――同じチームにいた意識はあるはずなのに。あるいは吉池は、甲本の立場に同情なり共感なりを覚えているのか。

9

「あと六キロだ……」苦しくなるのを承知の上で、甲本は自分を鼓舞するために喉の奥でつぶやいた。根岸駅前の交差点を過ぎ、さらに信号を二つ通過。この先が、残り六キロ地点になる。この辺りはマンションが建ち並ぶ住宅街で、道路はひたすらフラットである。そのマンション群が、左側の二車線に影を落としている。ぐっと冷えこむ感じで、高い建物を回ってくる風が体の周りで軽く渦巻いた。走りを阻害するほどではないが、鬱陶しい。

右足を一歩踏み出すごとに、左手を下へ突き動かして肩を回すようにする。こんなことは初めての経験だったが、走っている最中に肩が凝ってきたのだ。あまりにも緊張し続けてきたせいかもしれないが、全身の筋肉が動いているのに、肩だけが緊張することなどがあるのだろうか。肩をぐるりと一回だけ回し、元の腕の振りに戻した。まあ、こんなことが気になるのは、まだ余裕がある証拠だろう。そう考えて自分を納得させ、走りに集中する。

依然、山城の気配はなかった。音無さんもいろいろな仕掛けをしてくれたけど、一つだけやり忘れたな。どうせなら、中継車に大きな鏡をつければよかったのだ。後続の様子を確認できるし、自分のフォームもチェックできる。

甲本は昔から、「変なフォームだ」と言われ続け、それを気にしていた。何故か首が左に傾いでしまうせいで、体全体が左に傾いているように見える。もちろん体が傾くわけはないが、バランスが悪いのは間違いないから、軸を真っ直ぐ立て直せと、どのコーチにも指摘された。しかし、意識的に首を倒さないようにすると、今度は重心が右側にぶれてしまう気がしてならない。結局、修正できないままここまできてしまった。

根岸小学校前、通過。この先道路はわずかに右に曲がっており、甲本はカーブの中心目指してわずかにコース取りを変えた。これで最短距離を行ける。その先はごく緩い左カーブ。少し道路がうねっている……それはセンターライン付近だ。近寄らなければ問題ないだろう。この付近が残り六キロのポイントだ。あと一キロ走ると、中継車の掲示板の表示は、通算距離ではなく残り距離を示す予定になっている。後はカウントダウンするように残りの時間を数えていこう。仕掛けるとしたら、もう少し先。吉野町の交差点を曲がってからだろう。そこからしばらくは直線が続くが、関内に入ると二度、交差点を曲がらなければならない。そこでの駆け引きは少しばかり厄介だ。できるだけ山城を引き離して、諦めさせなければ——。

あの男が諦めるわけがない。

突然、右側を風が通り抜け、山城が一気に前へ出る。先ほど「注意しなければならない」と思っていたうねりに向かって一直線だ。何を考えている——ここで勝負に出たのだ、と悟る。このまま俺の右側を押さえて走っていけば、次に右折する時に内側へ入れるのだ。クソ、そう簡単に離されてたまるか。

甲本は自分に鞭《むち》を入れた。まだ走れる。ここまで走って来て残り六キロ、レースを投げるわけにはいかない。体は特に悲鳴を上げるわけではなく、順調に加速していく感覚があった。それでも山城との差は一向に縮まらず、距離は開くばかりである。三メートルが五メートルに、五メートルが八メートルに……十メートルまで広がったら、体よりも先に心が悲鳴を上げる。

そんな甲本の思いを知るはずもなく、山城は平然と差を広げていった。

直接肉体的接触のないマラソンでも、相手の心を折ることはできる。体力が限界に近づいている時に一気に引き離されれば、「もう追いつけない」と諦めてしまうものだ。何も最後までつき合わなくてもいい、ここで甲本を潰してしまおうと、山城はパワーを九十五パーセントまで高めた。ここで一度引き離してからペースを緩め、最後の最後、関内に入って二つの交差点をクリアしてから、本当のラストスパートに入る。これだけ長距離のレースでも、メリハリは大事だ。ただ走るだけなら誰でもできる。

誘惑に負け、一度だけ後ろを振り向いた。十メートルほど距離が開いている。やはり必死の形相が目に入った。この人は、まだ食いついてくるのか……しつこさだけが才能、という選手もいるが、甲本はまさにそういうタイプかもしれない。

だけど、これ以上同じペースを保てますか？　もう限界を越えているはずだ。ここで無理に追いつこうとすればスタミナを使い果たし、完全にあなたのレースは終わる。

最後は独走で決めてやる。

八幡橋の交差点を右折する。思い切り内側にコースを取り、最短距離で九十度……もう少しきつい角度で回る。コースはすぐに川沿いの国道十六号横須賀街道に入り、山城は水の気配を強く感じた。横浜、川崎と海辺の街を走り抜けてきたのに、これまで水の存在を意識したのは、橋を渡った時だけである。

道路の右側を流れる川にはボートが係留してあり、その向こうにはマンションが建ち並んでいる。マンション群の奥にある小高い丘には米軍住宅があるはずだが、ここからは見えなかった。これからしばらくは川と並走するルートで、延々と直線が続く。道幅が少し狭い感じがするのは、歩道が狭いからだろう。その狭い歩道一杯に人が鈴なりになり、旗を振っている。山城は例によって鬱陶しい応援を避けるため、中央分離帯寄りの車線を走った。どうせこの先、吉野町の交差点で右折することになるから、こちら側を走って行けば距離を稼げる。

磯子橋にかかる最初の信号を過ぎて、山城はわずかにスピードを緩めた。アクセルを戻し、スピードメーターの針がゆっくり落ちていく感じ。

だが、体の内側で燃える炎が、なかなか小さくならない。これは……山城は今日初めて、小さな不安を覚えた。熱が上がり過ぎ、クールダウンできない感じである。まさか、この俺がもう限界に近づいている？　確かにこれだけハイペースなレースは初めてだ。体力的には十分やれる目算はついていたのに……右膝の裏に、小さなショックが走る。痙攣の前兆だ。まずい……ここで足が攣ったら、立ち止まらざるを得ない。簡単に治せるが、その後では絶対にスピードは戻らないのだ。山城は拳を固め、右の腿を叩いた。治すというより、小さなショックを与えて様子を見る感じ。よし、まだ大丈夫。もう少しスピードを抑えれば、痙攣は避けられる。

問題ないんだ。何も問題ない。俺が途中で停まるわけがない。

入道雲のように湧き出す不安を押さえつけながら、山城は何とかスピードをセーブしようと努めた。自分的には八十五パーセント……ほとんどジョギング並みの速度である。それでもきつい。酸素を求めて、つい口を大きく開けてしまった。リズムを崩すからやってはいけないことなのだが……とにかく、甲本のどたどたした足音は聞こえてこない。向こうも苦しんでいるのだ、絶対に抜かれることはないと自分に言い聞かせ、何とかペースを取り戻そうとした。

ずっとスピードをセーブしたまま、横須賀街道を北上する。眉根を寄せ、歯を食いしばり、久しぶりに必死になった。ベルリンのラストでも、ここまで力が入ったかどうか。やがて、上下二段になった首都高の高架が見えてきた。あそこへ辿り着けば、吉野町の交差点まであと少しだ。ゴールまで残り三つの交差点のうちの一つ。その前、高架下を通る時に橋を渡るのだが、わずかに高低差がある。ほんの数十センチのはずなのに、今は巨大な壁が聳《そび》え立っているように見えた。クソ、ペースダウンせずにあそこを走り切れるだろうか。坂にさしかかると、ぐっと足に力が入り、また痙攣の予兆が膝裏に走った。耐えろ。何とか乗り切れ。歯を食いしばり、ひたすら足を持ち上げることを意識する。ようやく頂点に出た時には、涙が出そうになった。この俺が？　情けない。こんなことでどうするんだ。

短い下り坂を慎重に下りた。坂道を下りる方が楽なわけではない。平地を走る時とは使う筋肉が全然違うから、体のバランスを崩しがちになるのだ。睦橋《むつみばし》の交差点を過ぎると、やっとコースがフラットになる。一安心して、体の各部をチェックした。呼吸は正常。膝裏の小さな痛みも消えている。相当ペースを落としたせいで、体の中心部に巣食った重みは何となく消えていた。大丈夫、行ける。自分を鼓舞して、山城は同じペースをキープした。よほど記録に影響が出るようでなければ、残る二つの交差点をクリアするまでは、何とかこのスピードで我慢だ。

追いつけない……甲本は今や、自分の弱気と戦うので必死だった。もう勝負は諦めて、ただ完走だけを狙おうか。山城も少しスピードが落ちたようだが、それでもまったく差は縮まらず、逆に少しずつ開いていく。

ほどなく吉野町の交差点に差しかかる。大きな交差点で右カーブの半径も大きいが、それでもかなり急に方向転換するような感じだった。重心を右に寄せ、体を傾け……と意識しないと曲がれない感じがするが、そのバランスを取るだけでも一苦労だった。できるだけ内側を回ろうとしても、今は鋭角的にコーナーをクリアできる自信がない。結局、ほとんどコース取りを変えずに、交差点を曲がり切った。

山城の背中が少しだけ近づいている。ここまで来てエネルギー切れか？　だったらまだ、俺にもチャンスがある。おそらく二回……本町三丁目と四丁目の交差点だ。左折してすぐ右折。ずっと真っ直ぐな道路が続いていたこのコースで唯一の、トリッキーとも言えるポイント。関内から本町通りの間の道路は狭い一方通行が多いので、こういうルートを取らざるを得なかったのだと、音無から聞いたことがある。コーナーワーク――マラソンにおいてはほとんど発揮する機会がない技術だが、それを使って山城に揺さぶりをかけてみよう。本町四丁目交差点――馬車道駅のすぐ上だ――を抜けると、後はゴールのサークルウォークまで一直線。距離的にはトラック一周分の四百メートルを少し越えるぐらいだ。そこで最終的に勝負をかけるには、何とかここは食いついていくしかない。

よし、気合いだ。どんなに科学的なトレーニングを積んでも、本番で最後に決め手になるのは気合いだ。

この辺りは、風俗関係の店が入る雑居ビルも多く、昼間なのに猥雑《わいざつ》な雰囲気が流れている。何となく空気の粘度も高く、練習中からずっと走りにくい感じがしていた。だが今は、そんなことは言っていられない。

時に緩く曲がるルートを走り抜け、地下鉄阪東橋《ばんどうばし》駅に近づく。ここに、危ないポイントがある。山城は知っているだろうか……阪東橋駅の百メートルほど手前、道路が左から右へとS字カーブを描くところで、首都高の高架に近づくのだが、何故かいつも、強い横風が吹きつけてくるのを、甲本は経験的に知っていた。知ってさえいれば、心構えができる。だが知らないと……。

山城が問題のポイントに差しかかる。右側に並ぶ街路樹が大きく揺れているのに気づいたか？　気づいていない。見えない風が吹きつける中へ突っこんだ瞬間、確かに体が揺れた。髪が横へ吹き流され、足取りがわずかに左側へ揺らぐ。姿勢を立て直すためだろう、一瞬だが明らかにスピードが落ちた。

一方甲本は、風の攻撃に備えて下半身に力をこめた。少しだけ前傾姿勢を取り、踏ん張りながら進めるようにする。予想以上の強風だったが、事前に心構えができていたので、それほどスピードは落ちなかった。山城が元のペースに戻るまでに、差は一気に五メートルまで縮まる。

よし、これでぐっと楽になった。右手を拳に握り、それで全身に力をこめる。俺はまだ折れてない。五メートルの差は、走り続ける動機づけにこそなれ、絶望を呼ぶものでは決してなかった。

近い。甲本は確実にすぐ後ろに迫っている。

山城は、生まれて初めてと言っていい恐怖を背負った。誰かに追い上げられ、背中をじりじり火で炙《あぶ》られるような焦り。ほとんど死にかけていたはずなのに、心を砕いてやったはずなのに、どうしてまだ走れる？

気配を読み取る。甲本は決して前へ出ようとも並ぼうともせず、右斜め後ろをキープして走っているようだ。山城は彼の存在を頭から消そうとしたが、あのどたどたした足音が、存在感を強烈に植えつける。あんな走り方で、ここまで持つわけがないのに……関内が近づき、町並みは整然としたものに変わりつつあったが、それを眺めている余裕などない。宇宙は道路と自分、それに甲本だけになり、他の情報は一切入ってこなかった。今や、掲示板でタイムを見る余裕さえ消えている。

苦しいわけではない。呼吸が乱れたり、足が重くなったりしているわけではないし、痙攣の恐怖もいつの間にか消えていた。しかしどうしてもスピードが上がらず、前方の風景がいつまで経っても大きくならない。

交差点……そう、交差点だ。あと二か所、面倒な交差点をクリアしなくてはならない。よりによって最後の最後に、こういう厄介な山場が待ち構えているとは。左折して百メートルだけ走ってから今度は右折。いわゆるクランク型だ。コース取りが難しい。なるべく内側を回って距離を稼ぐのが常道だが、最初に内側に入ると、次の交差点では外側に膨らむことになる。急激なコース変更は避けたい。直線の百メートルで、上手く調整していかなくては……。

本町三丁目の交差点が見えてきた。前方左側には、クリーム色の直方体のビル。真ん中だ。左に寄るな。自分に言い聞かせたが、常に端を走るよう意識しているせいか、体がそちらに寄ってしまう。駄目だ。縁石ぎりぎりを走っていたら……。

曲がり終えたところで、慌てて道路の中央に戻る。本町四丁目の交差点まではわずかな距離だ。ここでは何とか、コースのぎりぎり右端に寄って走りたい。

甲本が右側にぐっと大きく膨らみながら、とうとう横に並んだ。


ラストチャンスだ。

甲本は必死で前へ出た。最後の交差点で前へ出られれば、絶対に山城を置き去りにできる。ここに来て抜かれたら、もう抜き返す気力は残っていないはずだ。正面右に合同庁舎の建物を見ながら、道路の真ん中寄りにコースを取る。呼吸を整えろ。山城が気づいたようだ。後ろを振り向くわけではないが、緊張した背中の雰囲気で分かる。絶対に足の回転を緩めるな。上がりそうになる顎を押さえ、胸に埋めるようなつもりで前傾姿勢をキープする。

交差点の中央に、緩やかなカーブを描いてパイロンが置いてあった。これがコースの左端……甲本はパイロンからできるだけ遠く離れ、歩道ぎりぎり、内側のコース取りをした。交差点に入り始めたところで、山城に並びかける。しかし山城もぐっと右に寄り、自分の体でコースを塞ごうとした。クソ、どけ。そこは俺が行く道だ——山城のブロックが甘い。完全に寄り切れず、ほんのわずか、隙間が空いている。もしかしたらぶつかってしまうかもしれないが、構うものか。ここは強引に行くしかない。

甲本は顎を上げ、雄叫《おたけ》びを喉の奥で押し潰しながら、必死で抜きにかかった。ほとんど体が触れ合わんばかりで、山城の体温さえ感じられるほどだった。

カーブをクリアしながら、ちらりと左側を見たいという欲望を抑え切れない。

笑ってやがる。

こんな状況なのに山城は笑っていた。それが余裕の笑みなのか、ただ顔が引き攣っているだけなのか、甲本には判断しようがない。交差点を抜けて最後の直線に出た瞬間、二人は完全に横並びになっていた。

残り、五百メートル。

参ったな。

こんな状況でなければ、大笑いしたいところだ。四十キロ以上走って来て、残り数百メートルで完全な並走。こんなレース展開、誰が予想しただろう。世界最高記録を出すべく完全にお膳立てされた俺と、ペースメーカーとして雇われただけの甲本。俺も含む全ての人間の思惑が吹っ飛び、誰も予想していなかった結末が待ち構えている。

俺は今まで、人生を完全にコントロールしてきたつもりだった。誰にも負けず、一人独走して勝ち続けるだけで競技生活を終えたかった。唯一自分の自由にならなかったのは、箱根駅伝の学連選抜を走った時で、あの時は……まあ、いい。誰だって、恥ずかしい想い出の一つや二つはある。

あれ以降、俺の人生は第二ステージに入った。誰にも負けず、思うがまま走り続け、目標を次々とクリアしてきた。前に立ちはだかった人間は一人もいなかったと言っていい。だけどここで、まさか甲本が。俺は、散々馬鹿にしていた男と、優勝と記録の両方を競っている。これは、俺が甲本レベルの選手でしかなかったということか？

そんなことはあり得ない。俺が自分で自分の評価を間違うわけがないのだから。

甲本さん、あんた、自分で気づかなかっただけで、凄い選手なんじゃないのか？

「もう、行ってくれ」音無は運転席のシートを左手で摑み、身を乗り出して、ハンドルを握る坂崎に頼んだ。

「え、でも……」坂崎が躊躇《ちゅうちょ》する。「無理ですよ。危ないです」

「だったら停めてくれ。一瞬でいい」

「危ないです」

「いいから停めろ！」

坂崎が慌ててブレーキを踏み、音無は運転席の背中に額をぶつけた。痛みに耐えながらドアを開けて外へ飛び出し、そのまま車道を走り出す。高沢が慌ててドアを閉め、車は二秒か三秒の停車——実際は停まってもいなかった——で走り出した。

既に万国橋を渡り終えたところで、ゴール間近なため、歩道は観客で膨れ上がっている。音無は車道の端に寄り、必死に走った。警備している制服警察官がホイッスルを鳴らしたが、無視する。レースの進行を妨げているとして、身柄を拘束されてもおかしくないのだが……左側にワールドポータースの茶色い建物を見ながら、ひたすら走った。途中、観客が途切れているところを見つけ、強引に歩道に上がりこむ。女性の悲鳴が上がったが、とにかく走り続けた。前方に、ゴール地点のサークルウォークが見えてくる。交差点を飾る巨大な王冠。

人が多くてほとんど走れなくなってしまったが、体をぶつけてはスペースを空け、何とか前へ進む。少しでもあの二人より早くゴールに着かなければ。まだ余裕はある。もう少しだけ……。

こんな馬鹿なレースがあるか。

自分の狙いが全て狂ってしまった今、音無は誰に怒りをぶつければいいのか分からなかった。三十キロ過ぎても走り続けた甲本か、その甲本を振り切れなかった山城か、気まぐれな風か。あるいは詰めの甘い計画を立てた俺か、そもそもこのマラソンをぶち上げた知事か。

ようやくサークルウォークに辿り着いた。信号を無視して車道に飛び出し、全速力で向こう側に渡る。当然のことながら、サークルウォークはゴールシーンを見られる最高の場所なので、人が溢れて上れそうにない。しかし音無は、悲鳴と罵声が飛び交うのを覚悟の上で、群衆の中に体をねじこんだ。階段は人で埋まり、満員電車の中を進んで行くような感じだった。文句が、罵声が音無に降りかかったが、無視して必死に、人波を両手でかき分ける。どいてくれ。早くしないと、二人が来てしまう。

何とか上に上がり、万国橋の方を向いた場所に陣取る。隣の観客が文句を言いながら睨みつけてきたが、無視した。奇跡——仕組まれたものではなく、本当の奇跡の前では、あらゆることが矮小《わいしょう》になり、どうでもよくなる。本物の奇跡が今、音無の目の前で起こりつつあるのだ。仕組まれたものではない、二人の走りによってもたらされる奇跡。これを見届けなくてどうする。頭の中で綿密に組み立てた計画は全て吹っ飛び、音無は東海道マラソンの企画者ではなく、一人の陸上ファンに戻っていた。

山城と甲本。二人はなおも、声をかけ合っているように並走し、両手両足、ぴたりと動きを合わせてゴールに突進して来る。

道路一杯に張り渡されたテープまで、あと五十メートル。

本書の執筆にあたり、次の皆様方のご協力をいただきました（敬称略）。
毎日新聞西部本社　千々和仁、ＲＫＢ毎日放送　石井彰
日本陸上競技連盟施設用器具委員会　小池一好・平塚和則
朝日新聞社企画事業本部スポーツ事業部　大串亘
この場を借りて御礼申し上げます。
なお、マラソンコース策定にあたり「カシミール３Ｄ」（http://www.kashmir3d.com/）を参考にしました。
（著者）

[著者略歴]

堂場瞬一（どうば　しゅんいち）

1963年生まれ。茨城県出身。青山学院大学国際政治経済学部卒業。2000年、『8年』で第13回小説すばる新人賞を受賞し、デビュー。『キング』『焔The Flame』『ミス・ジャッジ』『大延長』『チーム』『ラストダンス』『水を打つ』といったスポーツ小説や、「刑事・鳴沢了」「警視庁失踪課・高城賢吾」「警視庁追跡捜査係」「アナザーフェイス」などの警察小説シリーズほか、意欲的に多数の長編を発表している。近著に『異境』『八月からの手紙』『共鳴』などがある。

ヒート

初版第１刷／2011年11月25日

著　者／堂場瞬一
発行者／村山秀夫
発行所／株式会社実業之日本社
〒104-8233　東京都中央区銀座1-3-9
電話[編集]03(3562)2051　[販売]03(3535)4441
振替00110-6-326
http://www.j-n.co.jp/
小社のプライバシーポリシーは上記ホームページをご覧ください。

印刷所／大日本印刷
製本所／ブックアート

ISBN978-4-408-53598-2（文芸）